DESAPARECIDO PARA SEMPRE

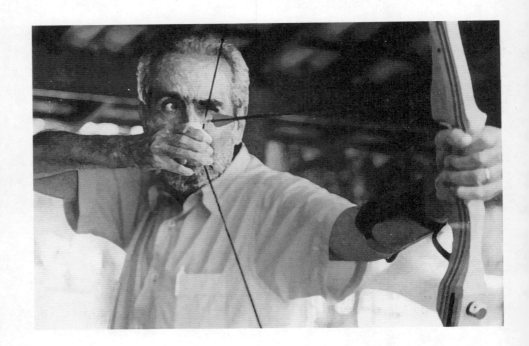

O Arqueiro

GERALDO JORDÃO PEREIRA (1938-2008) começou sua carreira aos 17 anos, quando foi trabalhar com seu pai, o célebre editor José Olympio, publicando obras marcantes como *O menino do dedo verde*, de Maurice Druon, e *Minha vida*, de Charles Chaplin.

Em 1976, fundou a Editora Salamandra com o propósito de formar uma nova geração de leitores e acabou criando um dos catálogos infantis mais premiados do Brasil. Em 1992, fugindo de sua linha editorial, lançou *Muitas vidas, muitos mestres*, de Brian Weiss, livro que deu origem à Editora Sextante.

Fã de histórias de suspense, Geraldo descobriu *O Código Da Vinci* antes mesmo de ele ser lançado nos Estados Unidos. A aposta em ficção, que não era o foco da Sextante, foi certeira: o título se transformou em um dos maiores fenômenos editoriais de todos os tempos.

Mas não foi só aos livros que se dedicou. Com seu desejo de ajudar o próximo, Geraldo desenvolveu diversos projetos sociais que se tornaram sua grande paixão.

Com a missão de publicar histórias empolgantes, tornar os livros cada vez mais acessíveis e despertar o amor pela leitura, a Editora Arqueiro é uma homenagem a esta figura extraordinária, capaz de enxergar mais além, mirar nas coisas verdadeiramente importantes e não perder o idealismo e a esperança diante dos desafios e contratempos da vida.

HARLAN COBEN

DESAPARECIDO PARA SEMPRE

ARQUEIRO

Título original: *Gone for Good*
Copyright © 2002 por Harlan Coben
Copyright da tradução © 2010 por Editora Arqueiro Ltda.
Todos os direitos reservados. Nenhuma parte deste livro pode ser reproduzida
sob quaisquer meios existentes sem a autorização por escrito dos editores.

Este livro é uma obra de ficção. Os personagens e os diálogos foram criados
a partir da imaginação do autor e não são baseados em fatos reais.
Qualquer semelhança com acontecimentos ou pessoas, vivas ou mortas,
é mera coincidência.

tradução
Sergio Viotti

preparo de originais
Beth Rocha

revisão
Rachel Agavino
Sheila Til
Viviane Diniz

projeto gráfico e diagramação
Valéria Teixeira

capa
Elmo Rosa

impressão e acabamento
Bartira Gráfica e Editora S/A

CIP-BRASIL. CATALOGAÇÃO NA PUBLICAÇÃO
SINDICATO NACIONAL DOS EDITORES DE LIVROS, RJ

C586d	Coben, Harlan, 1962- Desaparecido para sempre / Harlan Coben [tradução de Sergio Viotti]. São Paulo: Arqueiro, 2020. Tradução de: Gone for good ISBN 978-85-306-0047-1 1. Pessoas desaparecidas – Ficção. 2. Ficção americana. I. Viotti, Sergio. II. Título.
19-61530	CDD 813 CDU 821.111(73)-3

Todos os direitos reservados, no Brasil, por
Editora Arqueiro Ltda.
Rua Funchal, 538 – conjuntos 52 e 54 – Vila Olímpia
04551-060 – São Paulo – SP
Tel.: (11) 3868-4492 – Fax: (11) 3862-5818
E-mail: atendimento@editoraarqueiro.com.br
www.editoraarqueiro.com.br

Para Anne,

minha vida,

de todo o coração

1

Três dias antes de morrer, minha mãe me disse – não foram bem suas últimas palavras, mas quase – que meu irmão ainda estava vivo.

Isso foi tudo o que ela declarou. Não entrou em detalhes. Falou apenas uma vez. Ela não estava muito bem. A morfina já tinha dado a cartada final e enfraquecia seu coração. Sua pele tinha aquela tonalidade entre icterícia e fim de um bronzeado de verão. Seus olhos estavam fundos, incrustados na ossatura. Ela dormia a maior parte do tempo. Na verdade, teria ainda mais um momento de lucidez – se é que foi mesmo um momento de lucidez, do que eu duvido muito – e me daria a oportunidade de dizer que ela era uma mãe maravilhosa, que eu a amava muito, e de me despedir. Não dissemos mais nenhuma palavra sobre meu irmão. Isso não significa que não pensássemos nele como se ele também estivesse ali, sentado à beira da cama.

– Ele está vivo.

Essas foram exatamente suas palavras. E, se fossem verdade, eu não sabia se isso era bom ou ruim.

❖❖❖

Enterramos minha mãe quatro dias depois.

Quando voltamos para casa a fim de começar os sete dias de luto da tradição judaica, meu pai irrompeu na sala de visitas meio mal-arrumada. Estava vermelho de raiva. Minha irmã, Melissa, tinha vindo de Seattle com o marido, Ralph. Tia Selma e tio Murray andavam de um lado para outro. Sheila, minha cara-metade, estava sentada ao meu lado e segurava minha mão. Éramos praticamente só nós.

Havia apenas um arranjo de flores, de tamanho descomunal. Sheila sorriu e apertou minha mão quando viu o cartão. Nenhuma palavra, nenhum recado, apenas um desenho:

Meu pai continuava a olhar pela janela – a mesma janela na qual haviam atirado com uma espingarda de chumbinho duas vezes nos últimos 11 anos – e resmungou baixinho:

– Filhos da mãe.

Ele se virou e lembrou-se de alguém que não tinha aparecido.

– Pelo amor de Deus, era de esperar que os Bergman fizessem, pelo menos, a droga de uma visita.

Ele fechou os olhos e dirigiu-se para o outro lado. A raiva o consumia novamente, misturando-se à dor e transformando-se em algo que eu não tinha forças para encarar.

Mais uma traição em uma década cheia delas.

Eu precisava de ar.

Levantei-me. Sheila olhou para mim, preocupada.

– Vou dar uma volta – anunciei baixinho.

– Quer companhia?

– Acho que não.

Sheila assentiu. Estávamos juntos havia quase um ano. Eu nunca tivera uma companheira tão em sintonia com as minhas estranhas vibrações. Ela apertou minha mão novamente e seu amor me aqueceu por dentro.

Em frente à porta, o capacho áspero de grama artificial, que parecia roubada de um campo de golfe, tinha uma margarida de plástico no canto superior esquerdo. Saí sem pisar nele e comecei a subir a Downing Place. A rua era ladeada por fileiras de casas de dois andares num estilo típico dos anos 1960. Eu vestia um terno cinza-escuro que me pinicava. O sol implacável batia em minha pele, e uma parte cruel de mim pensou que era um dia perfeito para apodrecer. Uma imagem do sorriso da minha mãe, que iluminava o mundo – um daqueles que ela costumava dar antes de tudo acontecer –, passou rapidamente diante dos meus olhos. Afugentei-a.

Sabia para onde estava indo, embora eu duvide que teria admitido isso para mim mesmo. Sentia-me atraído para lá, levado por alguma força invisível. Certas pessoas chamariam isso de masoquismo. Outras talvez achassem que tinha alguma coisa a ver com uma necessidade de virar a página. Pensei que, provavelmente, não era nem uma coisa nem outra. Só queria ver novamente o lugar onde tudo terminara.

As visões e os sons do verão do subúrbio me agrediam. Crianças barulhentas passavam em suas bicicletas. O Sr. Cirino, dono da concessionária Ford/Mercury na Rodovia 10, aparava o gramado. Os Stein – que haviam construído uma rede de lojas de eletrodomésticos, mas depois foram engolidos por uma maior – passeavam de mãos dadas. Na casa dos Levine acontecia uma partida de futebol americano, mas eu não conhecia nenhum dos participantes. Fumaça de churrasco subia do quintal dos Kaufman.

Passei pela velha casa dos Glassman. Mark Glassman, "O Idiota", quebrara os vidros das portas de correr ao se lançar de encontro a elas quando tinha 6 anos. Estava brincando de Super-Homem. Lembro-me da gritaria e do sangue. Precisou levar 40 pontos. Mark cresceu e se tornou uma espécie de multimilionário gerenciando empréstimos para empresas emergentes. Acho que não o chamam mais de "O Idiota", mas nunca se sabe.

A casa dos Mariano, com aquela horrível pintura amarelo-catarro e um veado de plástico na entrada, ficava na esquina. Angela Mariano, a garota mais cobiçada da vizinhança, era dois anos mais velha que nós e parecia pertencer a alguma espécie superior, que causava suspiros. Foi vendo-a pegar sol com um tomara que caia que desafiava a lei da gravidade que senti pela primeira vez a ação de meus hormônios. Angela costumava brigar com os pais e ir fumar escondida num quartinho nos fundos da sua casa. O namorado tinha uma motocicleta. No ano passado eu a vi na Madison Avenue, em Nova York. Imaginara que estaria com uma aparência péssima – é o que sempre ouvimos que acontece com nosso primeiro amor adolescente –, mas ela estava ótima e parecia muito feliz.

Um irrigador girava lentamente no gramado em frente à casa de Eric Frankel, no número 23 da Downing Place. Quando estávamos no 7º. ano, Eric comemorou seu bar mitzvah com uma festa temática de viagem espacial no Chanticleer, em Short Hills. O teto foi todo decorado como um planetário, transformando-se num céu escuro pontilhado de constelações. Meu convite indicava que eu deveria me sentar à mesa Apolo 14. Havia uma peça decorativa no centro da mesa, um pomposo foguete acoplado a uma plataforma de lançamentos. Os garçons vestiam trajes espaciais, representando os astronautas do Mercury 7. "John Glenn" nos serviu. Cindi Shapiro e eu nos esgueiramos para dentro da capela e ficamos nos agarrando por mais de uma hora. Eu não sabia o que estava fazendo. Cindi sabia. Lembro-me de que achei incrível o jeito como a língua dela me acariciava e me fazia estremecer inesperadamente. Mas lembro também que, depois de uns 20 minutos, meu encantamento inicial deu lugar a um confuso "e agora?", seguido de um ingênuo "então é só isto?".

Quando Cindi e eu retornamos furtivamente para a mesa Apolo 14, totalmente amarrotados e na melhor forma pós-sacanagem (a orquestra do Herbie Zane encantava o pessoal com "Fly Me to the Moon"), meu irmão, Ken, me puxou para o lado e exigiu que eu lhe contasse todos os detalhes. Eu, é claro, contei tudo, muito feliz. Ele me presenteou com um baita sorriso e uns tapinhas nas costas. Naquela noite, deitados em nossos beliches, Ken na cama de cima e eu na de baixo, enquanto o estéreo tocava "Don't Fear the Reaper" com os Blue Oyster Cult (a banda favorita de Ken), meu irmão mais velho me explicou os fatos da vida sob a perspectiva de um garoto do primeiro ano do ensino médio. Mais tarde descobri que ele estava errado na maior parte das coisas (como seu destaque um tanto exagerado aos seios), mas, quando me recordo daquela noite, sempre sorrio.

Ele está vivo...

Balancei a cabeça e entrei à direita na Coddington Terrace, junto à antiga casa dos Holder. Era o mesmo trajeto que Ken e eu costumávamos fazer para chegar à Escola Burnet Hill. Havia um caminho pavimentado entre duas casas que encurtava a distância. Perguntei-me se ainda existia. Minha mãe – todos, mesmo as crianças, a chamavam de Sunny – costumava nos seguir sorrateiramente até a escola. Ken e eu revirávamos os olhos quando ela se escondia atrás das árvores. Sorri ao recordar como fora superprotetora. Naquele tempo isso me deixava envergonhado, mas Ken apenas dava de ombros. Meu irmão era autoconfiante o suficiente para deixar para lá, mas eu não.

Senti um aperto no coração e segui em frente.

Talvez fosse apenas minha imaginação, mas as pessoas começavam a me olhar. As bicicletas, as bolas de basquete, os irrigadores e os aparadores de grama, os gritos dos jogadores de futebol – tudo parecia silenciar à minha passagem. Algumas pessoas me encaravam por pura curiosidade, já que um homem desconhecido caminhando de terno cinza-escuro numa noite de verão era algo incomum. Mas, ao que parecia, a maioria delas me olhava horrorizada porque me reconhecia e não acreditava que eu pudesse estar caminhando naquele solo sagrado.

Aproximei-me sem hesitação do número 97 da Coddington Terrace. Minha gravata estava frouxa. Enterrei as mãos nos bolsos. Caminhei até o lugar onde o meio-fio encontrava a calçada. Por que eu estava ali? Vi um movimento na cortina. O rosto da Sra. Miller apareceu na janela, magro e fantasmagórico. Ela arregalou os olhos para mim. Não me mexi nem desviei o olhar. Os olhos dela continuaram arregalados por algum tempo – aí, para minha surpresa, seu rosto se suavizou. Era como se nosso sofrimento em comum tivesse gerado algum tipo de ligação. A Sra. Miller me cumprimentou com um movimento de cabeça. Retribuí o cumprimento e senti as lágrimas me encherem os olhos.

◆◆◆

Talvez você tenha visto a notícia no *20/20*, no *Prime Time Live* ou em alguma outra porcaria de programa de televisão equivalente. Para os que não viram, aqui vai o relatório oficial: no dia 17 de outubro, 11 anos atrás, na cidade de Livingston, no estado de Nova Jersey, meu irmão, Ken Klein, então com 24 anos, estuprou e estrangulou brutalmente nossa vizinha Julie Miller.

No porão da casa dela. No número 97 da Coddington Terrace.

Foi onde o corpo foi encontrado. As provas não indicaram de maneira conclusiva se ela havia sido realmente assassinada naquele porão mal-acabado ou se fora jogada lá depois de morta, atrás de um sofá estampado de zebra e todo manchado pela umidade. A maioria acredita na primeira hipótese. Meu irmão fugiu para algum lugar desconhecido – isso, mais uma vez, segundo o relatório oficial.

Nos últimos 11 anos, Ken vem conseguindo se esquivar de um cerco policial internacional, embora tenha sido "visto" algumas vezes.

A primeira foi mais ou menos um ano depois do assassinato, quando foi supostamente avistado num pequeno vilarejo de pescadores no norte da Suécia. A Interpol se envolveu, mas de alguma forma meu irmão conseguiu escapar. Supõe-se que ele tenha sido alertado. Não posso imaginar por quem nem como.

Quatro anos depois ele foi localizado novamente, em Barcelona. Nas palavras do jornal, Ken havia alugado "uma propriedade com vista para o Atlântico" (Barcelona fica na costa do Mediterrâneo) com – citando ainda o jornal – "uma linda mulher de cabelos escuros, possivelmente uma dançarina de flamenco". Por mais incrível que pareça, um morador de Livingston que estava de férias no local declarou ter visto Ken e sua namorada espanhola jantando à beira-mar. Ele declarou que meu irmão estava bronzeado e em excelente forma física e que usava uma camisa branca com o colarinho aberto e mocassins, sem meias. O morador de Livingston, um tal de Rick Horowitz, tinha sido meu colega de turma no 4º ano, quando estudávamos com o Sr. Hunt. Durante meses, Rick nos divertiu comendo larvas na hora do recreio.

Em Barcelona, Ken escapuliu mais uma vez por entre os dedos da lei.

Na última vez em que meu irmão foi supostamente localizado, esquiava nos Alpes franceses, numa área destinada a esquiadores experientes (é interessante salientar que Ken jamais havia esquiado antes do crime). A história não deu em nada, a não ser num comentário no programa *48 Hours*. Ao longo dos anos, meu irmão acabou ganhando o status de fugitivo notório, seu nome ressurgindo sempre que qualquer boato vinha à tona ou, o que era mais provável, quando faltavam notícias novas nos programas que exploram os casos de polícia.

Eu, evidentemente, detestava esse tipo de cobertura sensacionalista sobre "jovens ricos que entraram para o crime". Suas "reportagens especiais" (pelo menos uma vez eu gostaria de vê-los chamá-las de "reportagens normais", levando em conta que todos já cobriram essa história) eram sempre ilustradas com a mesma fotografia de Ken trajando seu uniforme branco de tênis – ele chegou a participar de algumas competições nacionais –, com ar muito pomposo.

Não posso imaginar onde a conseguiram. Na foto, Ken ostenta uma beleza daquelas que fazem as pessoas morrerem de inveja logo de cara: confiante, os cabelos à la Kennedy, o bronzeado realçado pela roupa branca, o sorriso exibindo os dentes brancos. O Ken da foto parecia uma dessas pessoas privilegiadas (o que ele não era nem um pouco) que passeiam pela vida à custa do próprio charme (o que até certo ponto era verdade), donas de uma polpuda conta de investimento (que ele não tinha).

Cheguei a participar de um daqueles programas de entrevistas. Um produtor entrou em contato comigo – isso foi logo depois do crime – e alegou que queria apresentar "os dois lados da história". Já havia muita gente querendo linchar meu irmão, observou ele. O que eles realmente precisavam agora para "equilibrar o debate" era de alguém que descrevesse o "verdadeiro Ken" para o público.

E eu caí direitinho.

Uma âncora loura de cabelos meio desbotados e postura simpática me entrevistou por mais de uma hora. Na verdade, eu gostei do processo. Foi terapêutico. Ela me agradeceu, me acompanhou até a saída, mas, quando o episódio foi ao ar, a emissora utilizou apenas um pequeno fragmento da entrevista, cortando a pergunta dela – "Mas, com certeza, você não vai nos dizer que seu irmão era perfeito, vai? Não está tentando nos vender a imagem de que ele era um santo, certo?" – e editando minha resposta, de modo que apareci num close tão próximo que dava para ver os poros do meu nariz, com uma música dramática ao fundo, dizendo: "O Ken não era nenhum santo, Diane."

E aquele acabou sendo o relato oficial do que havia acontecido.

Nunca acreditei. Não estou dizendo que não fosse possível. Mas sempre achei muito mais provável que meu irmão estivesse morto – que estivesse morto todo esse tempo.

Para falar a verdade, minha mãe sempre acreditou que Ken estivesse morto. Acreditava firmemente nisso. Sem reservas. Seu filho não era um assassino. Seu filho era uma vítima.

Ele está vivo... Ele não é culpado.

A porta da frente da casa dos Miller se abriu. O Sr. Miller saiu, ajeitou os óculos no nariz, colocou os punhos fechados sobre os quadris numa lamentável postura de Super-Homem e disse:

– Suma já daqui, Will.

Então me afastei.

◆◆◆

O próximo grande susto aconteceu uma hora depois.

Sheila e eu estávamos no quarto de meus pais, no andar de cima. A mesma mobília, de um cinza desbotado com um arremate azul, havia adornado aquele quarto desde quando posso me lembrar. Sentamos na cama king size com colchão de molas já gastas. Os pertences mais pessoais de minha mãe – as coisas que ela conservava nas gavetas entupidas da mesinha de cabeceira – estavam espalhados sobre a colcha. Meu pai ainda estava lá embaixo, junto à janela, olhando desafiadoramente para fora.

Não sei por que queria remexer nas coisas que minha mãe achara suficientemente valiosas para guardar e conservar perto dela. Aquilo iria me machucar, eu sabia. Há uma ligação interessante entre a dor autoinfligida e o consolo, uma espécie de desejo de brincar com fogo relacionado ao sofrimento. Acho que eu precisava fazer aquilo.

Olhei para o lindo rosto de Sheila – ligeiramente virado para a esquerda, os olhos voltados para baixo – e senti meu coração se elevar. Isto vai soar um pouco estranho, mas eu poderia ficar olhando para ela durante horas. Não era só a sua beleza – a qual não se podia chamar de clássica, já que seus traços eram um pouco assimétricos, talvez por motivos genéticos ou, mais provavelmente, por causa de seu passado obscuro –, havia algo de vibrante nela, uma curiosidade, mas também uma delicadeza, como se um simples golpe pudesse despedaçá-la. Sheila me fazia querer – sejam pacientes comigo – ser corajoso por ela.

Sem erguer os olhos, ela deu um meio sorriso e disse:

– Pare com isso.

– Não estou fazendo nada.

Finalmente levantou a cabeça e viu a expressão no meu rosto.

– O quê? – perguntou.

Dei de ombros.

– Você é meu mundo – respondi, simplesmente.

– Você também não é pouca coisa.

– É. É verdade.

Ela fingiu me dar um tapa.

– Eu te amo. Você sabe disso, não é?

– Como poderia não amar?

Ela virou os olhos. Então seu olhar se fixou novamente na cama da minha mãe. Sua expressão se suavizou.

– No que está pensando? – perguntei.

– Em sua mãe. – Sheila sorriu. – Eu gostava muito dela.

– Queria tanto que você a tivesse conhecido antes.

– Eu também.

Começamos a examinar os recortes amarelados. Comunicações de nascimento – dos três filhos: Melissa, Ken e eu. Artigos sobre as proezas de Ken no tênis. Seus troféus – aqueles homenzinhos de bronze rebatendo a bola de tênis – ainda enchiam seu antigo quarto. Havia fotografias, a maioria antigas, de antes do assassinato. Sunny. Esse tinha sido o apelido de minha mãe desde menina. Combinava com ela. Encontrei um retrato de quando ela era presidente da Associação de Pais e Professores. Não sei o que estava fazendo, mas estava num palco usando um chapéu ridículo enquanto todas as outras mães riam. Havia outra foto dela participando de uma festa escolar. Mamãe vestia uma roupa de palhaço. Sunny era o adulto preferido dos meus amigos. Eles gostavam quando era a vez dela de dirigir no rodízio de caronas. Queriam que o piquenique da turma fosse sempre lá em casa. Sunny era zelosa sem ser chata, um tanto maluquinha, talvez, de maneira que nunca se podia prever o que ela faria. Havia sempre uma efervescência, uma agitação ao redor de minha mãe.

Ficamos lá por mais de duas horas. Sheila olhou pensativa, sem pressa, para cada fotografia. Depois de olhar por um bom tempo para uma delas em particular, ela apertou os olhos:

– Quem é esse aqui?

Sheila estendeu a fotografia para mim. À esquerda estava minha mãe usando um biquíni amarelo quase obsceno – eu diria que a foto fora tirada por volta de 1972 –, com um corpo escultural. Ela estava abraçada a um homem baixo de bigode escuro que exibia um sorriso satisfeito.

– É o rei Hussein – respondi.

– Quem?

Eu confirmei com a cabeça.

– O rei da Jordânia?

– Sim. Minha mãe e meu pai o encontraram no Hotel Fontainebleau, em Miami.

– Sério?

– Mamãe perguntou se ele se importaria de tirar um retrato.

– Está brincando!

– A prova está aí.

– Ele não tinha seguranças ou coisa parecida?

– Acho que ela não parecia estar armada.

Sheila riu. Lembrei-me de minha mãe contando o incidente. Ela posando com o rei Hussein, a máquina fotográfica do papai não funcionando, ele praguejando entre os dentes, suas tentativas de consertá-la, ela sinalizando com os olhos para ele se apressar, o rei ali, de pé, esperando pacientemente, seu chefe de segurança examinando a câmera, descobrindo o defeito, consertando-a, entregando-a de volta ao meu pai.

Minha mãe, Sunny.

– Ela era tão bonita! – comentou Sheila.

Seria um clichê terrível dizer que parte dela morreu quando o corpo de Julie Miller foi encontrado, mas acontece que os clichês quase sempre são verdadeiros. A exuberância de minha mãe se aquietou, sufocada. Depois do interrogatório sobre o crime, ela não chegou a ter um ataque de nervos nem chorou histericamente. Muitas vezes, desejei que o tivesse feito. A energia vibrante de minha mãe se tornou terrivelmente estável. Tudo nela ficou nivelado, monótono – sem mais arroubos de entusiasmo, seria a melhor maneira de descrever –, o que, numa pessoa como ela, era mais aflitivo de presenciar do que a mais ridícula das palhaçadas.

A campainha tocou. Olhei pela janela do quarto e vi o carro de entregas da delicatéssen Eppes-Essen. Sanduíches para os que viessem prestar condolências. Papai, otimista, havia encomendado uma grande quantidade. Ele insistia em enganar a si mesmo até o fim. Permanecera na casa como o capitão do *Titanic*. Lembro-me da primeira vez em que a janela foi estilhaçada por uma espingarda de chumbinho, não muito tempo depois do crime – a maneira como ele ergueu o punho cerrado numa atitude de desafio. Mamãe, acho, queria se mudar. Papai, não. Mudar-se seria ceder, ele achava. Mudar-se seria admitir a culpa do filho. Mudar-se seria uma traição. Que tolice.

Sheila olhava para mim. Seu calor era quase palpável, como raios de sol no meu rosto, e por um momento apenas deixei-me banhar neles. Tínhamos nos conhecido no trabalho, havia cerca de um ano. Sou diretor da Covenant House, que fica na Rua 41, em Nova York. É uma fundação beneficente que ajuda menores que fugiram de casa a sobreviver nas ruas. Sheila tinha começado a trabalhar como voluntária. Era de uma cidadezinha em Idaho, apesar de já haver perdido em grande parte os trejeitos de garota de cidade pequena. Ela me disse que, muitos anos antes, também fugira de casa. Foi tudo o que me revelou do seu passado.

– Eu te amo – declarei.

– Como poderia não amar? – retrucou ela.

Não revirei os olhos. Sheila tinha sido bondosa com minha mãe perto do fim. Ela tomava o ônibus da Community Line no Port Authority, na Northfield Avenue, e ia a pé até o Centro Médico St. Barnabas. Antes de adoecer, a última vez que minha mãe se internara no St. Barnabas tinha sido quando me deu à luz. Talvez isso tivesse alguma ferina relação com o ciclo da vida, mas não pude percebê-la na época.

Contudo, tinha visto Sheila ao lado de minha mãe. E fiquei pensando. Aí, arrisquei.

– Devia telefonar para os seus pais – sussurrei.

Sheila me olhou como se eu a tivesse esbofeteado. Ela deslizou para fora da cama.

– Sheila?

– Agora não, Will.

Peguei um porta-retrato com a fotografia de meus pais, bronzeados, nas férias.

– Parece um momento tão bom quanto qualquer outro.

– Você não sabe nada a respeito dos meus pais.

– Gostaria de saber – falei.

Ela me deu as costas.

– Você já trabalhou com adolescentes que fugiram de casa – respondeu.

– E daí?

– Você sabe muito bem como pode ser ruim.

E eu sabia. Visualizei seus traços ligeiramente descentralizados – o nariz dela, por exemplo, com aquele calombo suspeito – e fiquei pensando.

– Também sei que pode ser ainda pior quando não falamos a respeito.

– Já falei sobre isso, Will.

– Não comigo.

– Você não é meu terapeuta.

– Sou o homem que você ama.

– É.

Ela se virou para mim.

– Mas agora não, está bem? Por favor.

Eu não tinha o que responder, e talvez ela estivesse certa. Meus dedos brincavam distraidamente com a moldura. E foi aí que aconteceu.

A fotografia na moldura escorregou um pouquinho.

Olhei. Outra fotografia começou a aparecer embaixo. Puxei mais um pouco a que estava em cima. A mão de alguém apareceu na foto de baixo. Tentei puxá-la um pouco mais, mas não se mexia. Meus dedos acharam as presilhas atrás da armação. Abri-as e deixei a parte de trás da moldura rolar sobre a cama. Duas fotografias caíram.

Uma delas – a de cima – era de meus pais em um cruzeiro, parecendo muito felizes, saudáveis e relaxados, de um jeito que eu jamais me lembrava de tê-los visto antes. Mas foi a segunda fotografia, a que estava escondida, que me chamou a atenção.

A data marcada em vermelho, no rodapé, era de menos de dois anos antes. A foto havia sido tirada em um campo, ou numa montanha, ou algo parecido. Não vi nenhuma casa ao fundo, apenas montanhas com os cumes cobertos de neve, como uma cena tirada do começo de *A noviça rebelde*. O homem na foto usava short e óculos de sol, tinha uma mochila nas costas e botas já gastas. O sorriso era familiar. Assim como o rosto, apesar de parecer mais marcado de rugas agora. Seu cabelo era longo. A barba tinha um toque grisalho. Mas não havia dúvida.

O homem na fotografia era meu irmão, Ken.

2

MEU PAI ESTAVA SOZINHO no quintal. A noite havia caído. Ele estava sentado, completamente imóvel, olhando para a escuridão. Quando me aproximei por trás dele, uma lembrança desagradável me sacudiu.

Uns quatro meses depois do assassinato de Julie, encontrei meu pai no porão com as costas voltadas para mim, exatamente como agora. Ele pensara que a casa estivesse vazia. Aninhada em sua mão direita estava uma pistola Ruger calibre 22. Ele a acariciava ternamente, como se fosse um pequeno animal, e nunca senti tanto medo em toda a minha vida. Fiquei paralisado, congelado. Ele continuou com os olhos no revólver. Depois de alguns longos minutos, voltei depressa, na ponta dos pés, até o alto da escada e fingi que havia acabado de entrar. Depois de me arrastar escada abaixo, a arma tinha sumido.

Não saí do lado dele por uma semana.

Esgueirei-me pela porta de correr de vidro.

– Oi – cumprimentei-o.

Ele se voltou para mim, o rosto se abrindo num largo sorriso. Ele sempre tinha um sorriso para mim.

– Oi, Will – disse, a voz ríspida se suavizando. Papai sempre ficava feliz em ver os filhos. Antes de tudo isso acontecer, ele era um homem bastante popular. As pessoas gostavam dele. Era amigável, digno de confiança, embora um pouco durão, o que o fazia parecer ainda mais confiável. Mas mesmo que meu pai sorrisse para os outros, não dava a mínima para ninguém. Seu mundo era a família. Ninguém mais importava. O sofrimento de desconhecidos ou mesmo dos amigos jamais o tocou – era como se ele vivesse totalmente centrado na própria família.

Sentei-me na espreguiçadeira ao lado dele, sem saber como tocar no assunto. Suspirei profundamente algumas vezes e ouvi-o fazer o mesmo. Senti-me incrivelmente seguro. Ele podia estar mais velho e mais fraco, e eu agora podia ser o mais alto e o mais musculoso, mas sabia que, se houvesse algum problema, ele ainda se colocaria à minha frente e levaria um soco por mim.

E eu o deixaria fazer isso.

– Preciso podar aquele galho – anunciou, apontando no escuro.

Eu não conseguia ver o galho.

– É – concordei.

A luz iluminava seu perfil através das portas de vidro. A raiva havia se dissipado e a expressão de derrota se instalara novamente em seu rosto. Às vezes eu achava que ele realmente tentara dar um passo à frente e levar o soco quando Julie morreu, mas tinha sido atirado no chão. Seus olhos ainda guardavam aquela expressão de alguém que fora inesperadamente atingido no estômago e não sabia o porquê, alguém que fora ferido pela própria vida.

– Tudo bem com você?

Era o que ele sempre perguntava.

– Tudo. Quero dizer...

Papai sacudiu a mão.

– É, que pergunta idiota.

Voltamos a ficar calados. Ele acendeu um cigarro. Papai nunca fumava dentro de casa. Por causa da saúde dos filhos e tudo mais. Deu uma tragada e aí, como se tivesse se lembrado de repente, me olhou e apagou o cigarro com o pé.

– Não tem problema – consenti.

– Sua mãe e eu combinamos que eu nunca fumaria em casa.

Não discuti. Entrelacei as mãos e descansei-as no colo. Então, mergulhei no assunto.

– Mamãe me disse uma coisa antes de morrer.

Seus olhos se voltaram em minha direção.

– Disse que Ken ainda estava vivo.

Por um momento, papai enrijeceu o corpo. Logo um sorriso triste aflorou em seu rosto.

– Foram os remédios, Will.

– Foi o que pensei – disse. – Inicialmente.

– E agora?

Olhei para o rosto dele tentando encontrar algum indício de que estivesse escondendo algo de mim. Havia rumores, claro. Ken não era rico. Muitos se perguntavam como meu irmão havia conseguido viver escondido por tanto tempo. Minha resposta era que ele não tinha – ele também morrera naquela noite. Outros, talvez a maioria das pessoas, acreditavam que meus pais, de alguma maneira, mandavam dinheiro para ele às escondidas.

Dei de ombros.

– Fico pensando por que, depois de tantos anos, ela diria isso.

– Foram os remédios – repetiu. – Ela estava morrendo, Will.

A segunda parte da resposta parecia abranger tanta coisa... Deixei aquilo pairar no ar por um instante. Então perguntei:

– O senhor acha que Ken está vivo?

– Não – respondeu ele. E olhou para o outro lado.

– A mamãe disse alguma coisa ao senhor?

– A respeito do seu irmão?

– É.

– Mais ou menos o que disse a você.

– Que ele está vivo?

– É.

– Mais alguma coisa?

Papai deu de ombros.

– Disse que ele não tinha matado Julie. E que ele já deveria estar de volta, mas tinha de fazer uma coisa antes.

– Fazer o quê?

– Ela não estava falando coisa com coisa, Will.

– O senhor perguntou a ela?

– Claro. Mas ela estava divagando. Não podia mais me ouvir. Eu a fiz aquietar-se e disse que ia ficar tudo bem.

Ele olhou para o outro lado de novo. Pensei em lhe mostrar o retrato do Ken, mas mudei de ideia. Queria pensar bem antes de enveredar por aquele caminho.

– Disse a ela que ia ficar tudo bem – repetiu ele.

Através das portas de vidro eu podia ver diversas fotografias em porta-retratos, as imagens desbotadas pelo sol, transformadas num borrão amarelo-esverdeado. Não havia fotos recentes na sala. A casa havia parado no tempo, congelado 11 anos antes, como naquelas histórias em que o relógio de pêndulo para quando o dono morre.

– Já volto – disse papai.

Eu o vi levantar-se e caminhar até achar que não podia mais ser visto. Mas eu conseguia distinguir seu perfil no escuro. Vi-o baixar a cabeça. Seus ombros começaram a tremer. Creio que nunca vira meu pai chorar antes. Não queria ver agora.

Virei-me para o outro lado e lembrei-me da outra fotografia, a que ainda estava lá em cima, dos meus pais naquele cruzeiro, bronzeados e felizes, e imaginei se ele também estaria se lembrando disso.

◆◆◆

Quando acordei tarde naquela noite, Sheila não estava na cama.

Sentei-me e escutei. Nada. Pelo menos, não no apartamento.

Podia ouvir os costumeiros ruídos noturnos da rua, três andares abaixo. Fui até o banheiro. A luz estava apagada. Na verdade, todas as luzes estavam apagadas.

Pensei em chamar por ela, mas havia algo de frágil naquele silêncio, como a proteção de uma bolha. Escorreguei para fora da cama. Meus pés tocaram o carpete que cobria toda a extensão do apartamento, do tipo que se costuma colocar nos prédios para abafar o ruído dos vizinhos de baixo e de cima.

O apartamento não era grande, tinha apenas um quarto. Andei silenciosamente até a sala e espiei. Sheila estava lá. Sentada no peitoril da janela, os olhos voltados para baixo, fitando a rua. Olhei para ela, o pescoço longo, os ombros esguios, o jeito como os cabelos escorriam de encontro à sua pele branca, e novamente estremeci por dentro. Nosso relacionamento ainda estava naquele estágio inicial de arroubo, aquele amor que nos faz sentir como é maravilhoso estarmos vivos, em que jamais nos saciamos um do outro e sentimos aquele delicioso friozinho no estômago ao atravessar o parque correndo para um encontro, um amor que todos sabem, *sabem* mesmo, que logo se transforma em algo mais profundo.

Só havia me apaixonado uma vez antes. E isso já fazia um bocado de tempo.

– Oi – falei.

Ela se virou, mas não muito. Lágrimas escorriam pelo seu rosto. Podia vê-las deslizando à luz da lua. Ela não fez nenhum ruído – nada de choros ou soluços ou peito arfante. Eram apenas lágrimas. Fiquei parado à porta pensando no que devia fazer.

– Sheila?

Em nosso segundo encontro, Sheila fez um truque de mágica com o baralho. Pediu que eu escolhesse duas cartas, as devolvesse ao baralho enquanto ela olhava para o outro lado, e, a seguir, atirou todas as cartas no chão, exceto as duas que eu havia escolhido. Ela abriu um enorme sorriso depois de executar o truque, segurando as duas cartas para que eu as examinasse. Sorri de volta. Era – como direi? – uma brincadeira meio boba. Sheila gostava de coisas assim, meio bobas. Gostava de fazer truques com cartas, de refresco de cereja e de bandas adolescentes. Cantava ópera, lia vorazmente e chorava quando assistia a comerciais na televisão. Podia fazer uma boa imitação de Homer Simpson e do Sr. Burns, se bem que suas versões de Smithers e Apu fossem mais fracas. Acima de tudo, Sheila gostava de dançar. Adorava fechar os olhos, pôr a cabeça no meu ombro e desaparecer.

– Desculpe, Will – disse sem se virar.

– Desculpar o quê? – perguntei.

Ela manteve os olhos fixos lá fora.

– Volte para a cama. Vou daqui a pouco.

Eu queria ficar, dizer-lhe algumas palavras de consolo. Mas não fiquei. Seria difícil chegar perto dela naquele momento. Alguma coisa a afastara. De qualquer modo, palavras e ações às vezes podiam ser supérfluas. Pelo menos foi o que eu disse a mim mesmo. Assim, cometi um grande erro. Voltei para a cama e esperei.

Sheila não voltou.

3

Las Vegas, Nevada

MORTY MEYER ESTAVA DEITADO de costas na cama, em um sono profundo, quando sentiu o cano do revólver em sua testa.

– Acorde – disse uma voz.

Os olhos de Morty se arregalaram. O quarto estava escuro. Ele tentou levantar a cabeça, mas o revólver não deixou. Seus olhos correram para o visor luminoso do radiorrelógio na mesinha de cabeceira. Porém não havia nenhum relógio lá. Fazia anos que ele não tinha um, mas só agora se lembrava disso. Não tinha um radiorrelógio desde que Leah morrera. Não tinha um desde que vendera a casa colonial de quatro quartos.

– Olha aqui, estou sempre disposto a ajudar – disse Morty. – Vocês sabem disso, cara.

– Levante.

O homem afastou o revólver. Morty ergueu a cabeça. Focando melhor os olhos, pôde distinguir um lenço cobrindo o rosto do homem. Morty se lembrou de um programa de rádio, *O sombra*, de quando era criança.

– O que você quer?

– Preciso da sua ajuda, Morty.

– Eu conheço você?

– Levante.

Morty obedeceu. Girou as pernas para fora da cama. Quando ficou de pé, sua cabeça rodou em sinal de protesto. Perdeu o equilíbrio, encontrando-se de repente naquele ponto em que o zumbido da bebedeira começa a diminuir e a ressaca ganha força como uma tempestade que se aproxima.

– Onde está sua maleta médica? – perguntou o homem.

Uma sensação de alívio correu nas veias de Morty. Então era disso que se tratava. Morty procurou por um ferimento no homem, mas estava escuro.

– É para você?

– Não. Ela está no porão.

Ela?

Morty enfiou a mão debaixo da cama e puxou sua maleta de médico. Era velha e desgastada. Suas iniciais folheadas a ouro, outrora brilhantes, haviam se apagado. O zíper já não fechava direito. Leah a tinha comprado quando ele se formara na Escola de Medicina da Universidade de Colúmbia, havia mais de 40 anos. Morty trabalhara no hospital de Great Neck nas três décadas seguintes. Ele e Leah haviam criado três filhos. Mas ali estava ele agora, com quase 70 anos, morando numa pocilga de um quarto, devendo dinheiro e favores a meio mundo.

O jogo. Era seu vício. Por anos Morty fora uma espécie de "jogador controlado", convivendo com seus demônios interiores, mas mantendo-os a uma distância segura. Até que afinal os demônios conseguiram pegá-lo. Eles sempre conseguem. Alguns achavam que Leah havia contribuído para isso. Talvez fosse verdade. Mas, quando ela morreu, não havia mais motivos para lutar. Ele deixou os demônios assumirem o controle e fazerem o estrago.

Morty perdera tudo, até mesmo a licença para exercer a medicina. Mudara-se para aquela espelunca na zona oeste. Passara a jogar praticamente todas as noites. Seus filhos – todos crescidos e com suas famílias – não o procuravam mais. Culpavam-no pela morte da mãe. Diziam que ele fizera Leah envelhecer mais cedo. Talvez tivessem razão.

– Ande logo – ordenou o homem.

– Tudo bem.

Os dois começaram a descer a escada para o porão. Morty podia ver as luzes acesas. Aquele prédio, aquela droga de moradia, tinha sido uma casa funerária. Morty alugava um quarto no andar térreo. Isso lhe permitia usar o porão – onde os corpos costumavam ser guardados e embalsamados.

Num dos cantos, no fundo do porão, havia um escorrega de criança, todo enferrujado, ligando-o ao estacionamento atrás do prédio. Era assim que costumavam levar os corpos para ali – era só estacionar e escorregar. As paredes eram cobertas de azulejos brancos, embora muitos já tivessem caído graças a anos de descaso. Era preciso usar um alicate para abrir as torneiras. Quase todos os armários já estavam sem porta. O fedor da morte ainda pairava por ali, como um velho fantasma se recusando a ir embora.

A mulher ferida estava deitada numa mesa de metal. Morty pôde ver logo que a coisa não estava nada boa. Voltou-se para o Sombra.

– Ajude-a – disse o homem.

Morty não gostou do seu tom de voz. Havia raiva, sim, porém a emoção mais patente era o mais puro desespero. Acima de qualquer outra coisa, sua voz era uma súplica.

– Ela não parece estar nada bem – disse Morty.

O homem pressionou o revólver contra o peito do velho.

– Se ela morrer, você morre.

Morty engoliu em seco. A sentença era mais do que clara. Ele se aproximou da mulher. Ao longo dos anos, havia tratado de muitos homens naquele local – mas aquela seria a primeira mulher. Era assim que Morty conseguia sobreviver mal e porcamente. Os pacientes vinham, eram costurados e se mandavam. Se alguém chegasse a um pronto-socorro ferido à bala ou esfaqueado, o médico de plantão era obrigado, por lei, a preencher um relatório. Para não terem de passar por isso, muitos iam ao hospital improvisado de Morty.

Ele pensou rapidamente na lição de triagem que aprendera na faculdade de medicina. Checou a função respiratória, o pulmão e a circulação. A respiração da mulher era ruidosa, o que indicava a presença de muita secreção.

– Você fez isso com ela?

O homem não respondeu.

Morty fez o melhor que pôde. Um remendo, para ser mais exato. Procure estabilizá-la, disse a si mesmo. Estabilize-a, e então eles caem fora daqui.

Assim que terminou, o homem ergueu cuidadosamente a mulher.

– Se abrir o bico...

– Já recebi ameaças piores.

O homem saiu depressa com a mulher. Morty ficou no porão. Seus nervos estavam em frangalhos por conta do despertar repentino. Suspirou e decidiu voltar para a cama. Mas antes de subir a escada, cometeu um erro imperdoável.

Olhou pela janela dos fundos.

O homem carregou a mulher até o carro. Cuidadosamente, quase com ternura, ele a colocou no banco traseiro. Morty assistia à cena. E então notou um movimento.

Apertou os olhos. E foi aí que estremeceu de alto a baixo.

Havia outro passageiro.

Havia um passageiro no banco de trás do carro. Um passageiro que não devia estar lá.

Automaticamente, Morty fez menção de pegar o telefone, mas antes mesmo de tocar no aparelho, parou. A quem chamaria? O que diria?

Morty fechou os olhos, lutou contra a ideia. Arrastou-se escada acima. Meteu-se de volta na cama e puxou as cobertas. Encarou o teto e tentou esquecer.

4

O BILHETE QUE SHEILA HAVIA DEIXADO era curto e carinhoso:

Te amarei para sempre.
S

Ela não voltou para a cama. Supus que tivesse passado a noite inteira olhando pela janela. Tudo permaneceu quieto até o momento em que a ouvi sair silenciosamente, por volta das cinco da manhã. O horário não era assim tão estranho. Sheila sempre acordava cedo, era do tipo que fazia lembrar um velho comercial do exército sobre como era possível fazer mais antes das nove do que a maioria das pessoas faz o dia inteiro. Sheila é o tipo de pessoa que faz qualquer um parecer indolente e de alguma forma adorá-la por isso.

Uma vez Sheila disse – apenas uma vez – que estava acostumada a levantar cedo porque passara anos trabalhando numa fazenda. Quando a pressionei para me contar mais detalhes, ela se calou rapidamente. Seu passado era como uma linha traçada na areia. Se você decidisse ultrapassá-la, teria de arcar com as consequências.

Seu comportamento me confundia mais do que me preocupava.

Tomei um banho e me vesti. A fotografia de meu irmão estava na gaveta da cômoda. Peguei-a e estudei-a por um bom tempo. Havia uma sensação de vazio em meu peito. Minha cabeça girava e dançava, mas um pensamento se sobrepunha a tudo isso: Ken tinha conseguido escapar.

◆◆◆

Você deve estar tentando imaginar o que teria me convencido durante todos aqueles anos de que ele estava morto. Em parte, confesso, era aquela velha mistura de intuição e esperança cega. Eu amava meu irmão. Eu o conhecia. Ken não era perfeito. Ele se irritava com facilidade e gostava de um confronto. Estava envolvido em algo ruim. Mas não era um assassino, disso eu tinha certeza.

Contudo a teoria da família Klein era baseada em mais do que simples fé. Em primeiro lugar, como é que Ken poderia ter sobrevivido todo esse tempo fugindo daquela maneira? Ele só tinha 800 dólares no banco. Onde teria conseguido recursos para escapar àquela caçada humana internacional? E que motivo teria para matar Julie? Como poderia jamais ter entrado em contato conosco nesses 11 anos? Por que estava tão nervoso quando voltou para casa pela última vez? Por que me disse que estava em perigo? E por que, agora que relembro o que aconteceu, não o pressionei para que me contasse mais?

Porém, o mais estranho de tudo – ou o mais encorajador, dependendo do ponto de vista – foi o sangue encontrado no local. Parte do sangue era de Ken. Uma grande mancha foi achada no porão, e pequenos pingos formavam um rastro escada acima e saíam pela porta. Outra mancha foi encontrada em um arbusto no quintal dos Miller. A teoria da família Klein era que o verdadeiro assassino matara Julie e ferira gravemente (e, por fim, matara) meu irmão. A teoria da polícia era mais simples: Julie tinha reagido.

Havia mais um fato que reforçava a teoria da família, algo que eu vi e que, por isso, acredito, ninguém levou a sério: um homem rondando a casa dos Miller naquela noite.

Como disse, as autoridades e a imprensa literalmente não deram a menor importância a isso – afinal de contas, eu teria todo o interesse em inocentar meu irmão –, mas é importante entender por que acreditávamos em nossa teoria. No fim das contas, minha família teve de fazer uma escolha: podíamos aceitar que, sem motivo algum, meu irmão tivesse matado uma linda mulher e que então vivera escondido, aparentemente sem nenhuma renda, durante 11 anos (e isso, não se esqueçam, apesar da ampla cobertura da mídia e do cerco policial); ou podíamos acreditar que Ken fizera sexo consensual com Julie Miller (daí todas as provas físicas) e que, independentemente da confusão em que estava metido, quem quer que o estivesse perseguindo – talvez a pessoa que vi perto da casa em Coddington Terrace naquela noite – houvesse, de alguma maneira, armado tudo para jogar a culpa do crime nele e agido de modo que seu corpo nunca fosse encontrado.

Não estou dizendo que tudo se encaixe perfeitamente. Mas nós conhecíamos Ken. Ele não havia feito aquilo. Assim, qual era a alternativa?

Muitas pessoas deram crédito à teoria de nossa família, mas em sua maioria eram aqueles fanáticos por teorias da conspiração, do tipo que pensa que Elvis Presley e Jimi Hendrix estão tocando juntos até hoje em alguma ilha perto de Fiji. As emissoras de TV espalhavam histórias tão sem pé nem cabeça que às vezes parecia até que o aparelho ia dar um sorrisinho irônico para nós. Com o passar do tempo, tornei-me mais comedido em minha defesa de Ken. Por mais egoísta que isso possa parecer, eu queria ter uma vida. Queria uma carreira. Não queria ser simplesmente o irmão de um famoso assassino foragido.

Tenho certeza de que a Covenant House teve reservas quanto a me contratar. Quem poderia culpá-los? Apesar de eu ser um dos diretores, meu nome não aparece nos papéis timbrados. Nunca estou presente nas cerimônias para angariar fundos. Meu trabalho se limita inteiramente aos bastidores. E, na maioria das vezes, isso não me incomoda.

Olhei novamente para o retrato daquele homem tão familiar e, ao mesmo tempo, completamente desconhecido para mim.

Será que minha mãe estivera mentindo desde o início?

Será que estivera ajudando Ken enquanto dizia a meu pai e a mim que acreditava que ele estivesse morto? Quando penso nisso agora, lembro que minha mãe foi a mais firme defensora da teoria sobre a morte de Ken. Será que ela lhe mandara dinheiro às escondidas esse tempo todo? Será que Sunny sabia onde ele estava desde o início?

São perguntas que fazem a gente pensar.

Desviei o olhar e abri o armário da cozinha. Já havia decidido que não iria a Livingston naquela manhã – a ideia de ficar mais um dia sentado naquela casa agora tão fúnebre me dava vontade de gritar. Além disso, eu precisava mesmo voltar ao trabalho. Minha mãe, eu tinha certeza, não só me compreenderia como me encorajaria. Assim, enchi uma tigela de cereal e liguei para o escritório de Sheila. Deixei um recado na secretária eletrônica dizendo que a amava e pedindo que retornasse a ligação.

Meu apartamento – bem, *nosso* – fica na esquina da Rua 24 com a Nona Avenida, perto do Hotel Chelsea. Quase sempre caminho os 17 quarteirões até a Covenant House, que fica na Rua 41, não muito longe da West Side Highway. Antes da limpeza da Rua 42, quando esse trecho fedorento ainda era um antro de degradação, a localização da Covenant House era ideal para um abrigo para menores fugidos de casa. A Rua 42 havia sido uma espécie de porta do inferno, o lugar onde se encontrava uma grotesca mistura das espécies. Trabalhadores e turistas caminhavam ao lado de prostitutas, traficantes e cafetões ao longo de sex shops e cinemas pornô, o que deixava alguns deles excitados e outros desesperados para tomar um banho e uma injeção de penicilina. A perversão me parecia tão suja, tão deprimente, que me entristecia. Sou homem. Tenho desejos e necessidades como a maioria dos caras que conheço. Mas nunca entendi como alguém pode confundir com erotismo a imundície de uma mulher desdentada e viciada em crack.

A limpeza da cidade, de certa forma, tornou nosso trabalho mais difícil. Antes, a van da Covenant House sabia exatamente por onde passar. Os adolescentes fugidos estavam ali, expostos, bem evidentes. Agora nossa tarefa já não era tão clara. E o que é pior, a cidade em si não estava realmente mais limpa – era só aparência. As "pessoas decentes", aquelas que trabalhavam na cidade e os turistas que mencionei antes, não precisavam mais ver vitrines escuras com cartazes que diziam SÓ PARA ADULTOS ou toldos caindo aos pedaços que anunciavam títulos escrachados de filmes pornô como *Levando couro do soldado Ryan* ou *Fogo nas calcinhas*. Mas vulgaridade como aquela nunca morre. A imoralidade é como uma barata. Sobrevive. Abriga-se e se esconde. Acho que não se pode acabar com ela.

E há aspectos negativos em se tentar esconder a imoralidade. Quando a imoralidade é óbvia, podemos zombar dela e nos sentir superiores. As pessoas precisam disso. Para algumas, é como uma válvula de escape. Outra vantagem da imoralidade explícita é a seguinte: o que você preferiria? Um ataque frontal anunciado ou o perigo de uma cobra escondida deslizando no mato alto? Finalmente – e talvez eu agora esteja extrapolando –, não se pode ter frente sem costas, não se pode ter subida sem descida, e não sei ao certo se é possível ter luz sem escuridão, pureza sem imoralidade, nem se o bem pode existir sem o mal.

A primeira buzinada não me fez olhar para trás. Moro em Nova York. Tentar evitar buzinadas enquanto se caminha pelas avenidas é o equivalente a querer fugir da água quando se está nadando. Assim, só quando ouvi uma voz familiar gritando "Ei, seu idiota" foi que me virei. A van da Covenant House freou ao meu lado. Dentro dela havia apenas o motorista, Squares. Ele abaixou o vidro e tirou os óculos.

– Entre aí – disse.

Abri a porta e pulei para dentro. A van cheirava a cigarro, a suor e vagamente à mortadela dos sanduíches que distribuímos todas as noites. Havia manchas de todos os tamanhos e formas no estofamento. No lugar do porta-luvas havia apenas um buraco. As molas dos bancos estavam quebradas.

Squares tinha os olhos grudados no caminho.

– Que diabos está fazendo?

– Indo trabalhar.

– Por quê?

– Terapia.

Squares assentiu. Passara a noite inteira dirigindo a van – um anjo vingador à procura de jovens para salvar. O trabalho não parecia tê-lo desgastado tanto, mas, de qualquer forma, sua aparência já não era lá muito boa. Seu cabelo era comprido, no estilo Aerosmith dos anos 1980, repartido no meio e mais para oleoso. Acho que nunca o vi totalmente barbeado, mas também nunca cheguei a vê-lo barbudo ou mesmo com uma barba rente à la *Miami Vice*. A pele que ficava à mostra tinha visíveis marcas de acne. Suas botas de trabalho estavam gastas, esbranquiçadas. Seu jeans parecia ter sido pisoteado por búfalos e a cintura era larga demais, deixava a calça caída, dando-lhe aquele ar de operário. Um maço de Camel estava enfiado na manga enrolada da camisa. Os dentes eram manchados pelo tabaco, de um amarelo quase mostarda.

– Você está com uma cara péssima – exclamou ele.

– Vindo de você, isso parece até um elogio – respondi.

Ele gostou. Seu apelido, Squares, era por causa da tatuagem que tinha na testa, um quadrado grande dividido em quatro menores – "four squares", em inglês.

Agora que era um instrutor de ioga respeitado, com vários vídeos lançados e uma rede de escolas, a maioria das pessoas supunha que a tatuagem tinha alguma simbologia hindu. Mas não era nada disso.

Inicialmente tinha sido uma suástica. Ele apenas acrescentou quatro traços, fechando-a.

Era difícil imaginar isso. De todas as pessoas que conheço, Squares é o que menos julga os outros. Ele provavelmente também é o meu melhor amigo. Quando me contou sobre a origem dos quadrados, fiquei chocado. Ele nunca explicou nem se desculpou e, como Sheila, nunca falava do passado. Outras pessoas preencheram as lacunas. Eu compreendia isso melhor agora.

– Obrigado pela coroa de flores – agradeci.

Squares não respondeu.

– E por ter aparecido – acrescentei.

Ele havia levado um grupo de amigos da Covenant House até a casa de meus pais na van. Foram praticamente os únicos presentes no funeral que não eram da família.

– Sunny era gente boa – disse.

– Era – concordei.

Um momento de silêncio. Então Squares disse:

– Que funeral de merda!

– Obrigado por me lembrar.

– Quer dizer, meu Deus, quantas pessoas havia lá?

– Você é o consolo em pessoa, Squares. Obrigado.

– Você quer consolo? Fique sabendo disso: os seres humanos são todos uns canalhas.

– Deixe eu pegar uma caneta e anotar isso.

Silêncio. Squares parou num sinal vermelho e me olhou de lado. Estava com os olhos vermelhos. Tirou o maço de cigarro da manga.

– Não vai me dizer o que está errado?

– Bem, no outro dia minha mãe morreu.

– Ótimo – respondeu ele. – Não precisa me dizer.

O sinal ficou verde. A van avançou. A imagem do meu irmão naquela fotografia lampejou diante dos meus olhos.

– Squares?

– Estou escutando.

– Acho que meu irmão ainda está vivo.

Squares não disse nada. Tirou um cigarro do maço e colocou-o na boca.

– Uma epifania e tanta – disse ele.

– Epifania! – repeti, balançando a cabeça.

– Ando fazendo uns cursos noturnos. Por que mudou de opinião?

Entramos no estacionamento da Covenant House. Antes costumávamos estacionar na rua, mas as pessoas arrombavam a van para dormir nela. É claro que não chamávamos a polícia, mas a despesa das janelas quebradas e das fechaduras arrombadas começou a pesar.

Depois de algum tempo, passamos a deixar as portas destrancadas para que as pessoas pudessem entrar. De manhã, quem chegasse primeiro dava uma batidinha na porta da van. Os inquilinos da noite entendiam o recado e se mandavam.

Tivemos de parar com isso também. A van se tornou – não querendo ser muito descritivo – nojenta demais para ser usada. Os moradores de rua nem sempre são asseados. Vomitam. Fazem as necessidades na roupa. Muitas vezes não encontram banheiros para usar. Já dá para ter uma ideia.

Enquanto ainda estávamos sentados na van, fiquei pensando em como abordar o assunto.

– Posso fazer uma pergunta?

Squares consentiu.

– Nunca me disse o que acha que aconteceu com meu irmão.

– Isso é uma pergunta?

– É mais uma observação. A pergunta é: por quê?

– Quer saber por que eu nunca disse o que achava que havia acontecido ao seu irmão?

– É.

Squares deu de ombros.

– Você nunca perguntou.

– Conversamos muito a esse respeito.

Squares deu de ombros novamente.

– Está bem, estou perguntando agora – falei. – Você acha que ele está vivo?

– Sempre achei.

Assim, de cara.

– E todas aquelas conversas que tivemos, todos os meus argumentos em favor do contrário...

– Eu ficava me perguntando se você estava tentando me convencer ou convencer a si mesmo.

– Nunca aceitou meus argumentos?

– Nunca – disse Squares.

– Mas você nunca discutiu comigo.

Squares deu uma tragada funda no cigarro.

– Sua ilusão parecia inofensiva.

– A ignorância leva à felicidade, não?

– Na maior parte das vezes, sim.

– Mas eu tinha bons argumentos.

– É o que você diz.

– Você não concorda?

– Acho que não – respondeu Squares. – Você pensava que seu irmão não tinha recursos suficientes para se manter escondido, mas não é preciso ter recursos. Olha só esses garotos que encontramos todos os dias. Se um deles quisesse mesmo sumir, pronto, sumiria na hora.

– Mas não há um cerco de polícia internacional procurando por nenhum deles.

– Cerco de polícia internacional – disse Squares com um tom de desprezo. – Acha que tudo quanto é policial no mundo acorda pensando no seu irmão?

A observação era válida, principalmente agora que eu me dava conta de que ele podia ter recebido ajuda financeira de minha mãe.

– Ele não mataria ninguém.

– Besteira – insistiu Squares.

– Você não o conheceu.

– Somos amigos, não somos?

– Somos.

– Acreditaria se eu dissesse que houve um tempo em que eu queimava cruzes e saía gritando "*Heil Hitler*"?

– Isso é diferente.

– Não é, não.

Saímos da van.

– Uma vez você me perguntou por que eu não me livrara dessa tatuagem de uma vez por todas, lembra?

Assenti.

– E você me mandou ir à merda.

– Mandei. Mas a verdade é que eu podia ter eliminado a tatuagem com laser ou ter feito um desenho que a disfarçasse melhor. Mas decidi conservá-la porque ela me ajuda a lembrar.

– Do quê? Do passado?

– Do potencial.

– Não sei o que isso quer dizer.

– Porque você não tem jeito.

– Meu irmão nunca violentaria nem mataria uma mulher inocente.

– Algumas escolas de ioga ensinam mantras – disse Squares. – Mas repetir uma frase sem parar não faz dela uma verdade.

– Você está muito profundo hoje.

– E você está se comportando como um idiota.

Ele pisou no cigarro e perguntou:

– Não vai me dizer por que mudou de opinião?

Estávamos perto da entrada.

– No meu escritório.

Deixamos o assunto de lado ao entrar no abrigo. As pessoas esperam encontrar uma pocilga, mas nosso abrigo não era nada disso. Nossa filosofia era que aquele deveria ser um lugar onde gostaríamos que nossos filhos ficassem se estivessem com problemas. De início esse comentário deixava os doadores meio tontos – como acontece com a maior parte das instituições de caridade, esta parecia muito distante deles –, mas logo depois ele tinha o efeito de fazê-los se sentirem pessoalmente envolvidos.

Squares e eu nos calamos porque, quando estamos no abrigo, toda a nossa atenção, toda a nossa concentração é dirigida para a garotada. Eles merecem pelo menos isso. Pelo menos uma vez em suas vidas tristes eles são o centro das atenções. Sempre. Cumprimentamos cada um deles – perdoem a minha forma de expressar isso – como se fosse um irmão perdido há muito tempo. Nós os ouvimos. Jamais apressamos ninguém. Seguramos as mãos deles e os abraçamos. Olhamos direto nos olhos. Nunca os ignoramos. Paramos e os encaramos frente a frente. Se tentássemos fingir, esses garotos perceberiam na hora. Eles têm ótimos detectores de mentiras. Damos amor a eles para valer, de forma completa e sem restrições. Todos os dias fazemos isso. Ou então voltamos para casa. Não quer dizer que sejamos sempre bem-sucedidos. Ou mesmo que tenhamos sucesso a maior parte do tempo. Perdemos muitos mais do que salvamos. Eles tornam a ser sugados pelas ruas. Mas enquanto estão aqui, em nossa casa, têm conforto. Enquanto estão aqui, sabem que serão sempre queridos.

Quando entramos no meu escritório, duas pessoas – uma mulher e um homem – estavam à nossa espera. Squares parou na hora. Ergueu o nariz e farejou o ar, como se fosse um cão de caça.

– Polícia – disse.

A mulher sorriu e deu um passo à frente. O homem ficou atrás dela, encostado à parede.

– Will Klein?

– Sim – respondi.

Ela abriu o distintivo com um floreio. O homem fez o mesmo.

– Meu nome é Claudia Fisher. Este é Darryl Wilcox. Somos agentes especiais do FBI.

– Federais – exclamou Squares, erguendo os polegares, como se estivesse impressionado por eu estar recebendo tamanha atenção.

Ele apertou os olhos, olhou para os distintivos e depois para Claudia Fisher.

– Por que cortou o cabelo?

Claudia Fisher fechou o distintivo com um estalido. Levantou uma das sobrancelhas para Squares.

– E o senhor é...?

– Facilmente excitável – disse ele.

Ela franziu a testa e virou os olhos em minha direção.

– Gostaríamos de trocar umas palavras com o senhor.

E acrescentou:

– Em particular.

Claudia Fisher era baixa e agitada, a típica estudante/atleta dedicada do ensino médio, no entanto parecia muito tensa – o tipo de pessoa que se divertia, mas nunca espontaneamente. Seu cabelo era curto, penteado para trás, meio fim dos anos 1970, mas combinava com ela. Usava um pequeno brinco de argola e tinha nariz de batata.

Aqui nós naturalmente suspeitamos da polícia. Não tenho a menor intenção de proteger criminosos, mas também não quero contribuir para sua apreensão. Este lugar tem de ser um abrigo seguro. Cooperar com a polícia poderia prejudicar nossa credibilidade nas ruas – e o fato é que nossa credibilidade nas ruas é tudo. Gosto de pensar que somos neutros. A Suíça dos adolescentes fugidos. E, é claro, não se pode esquecer que minha história pessoal – a maneira como os agentes federais lidaram com a situação do meu irmão – também contribui muito para que eu não seja nenhum fã da polícia.

– Prefiro que ele fique – anunciei.

– Isso não tem nada a ver com ele.

– Pense nele como meu advogado.

Claudia Fisher avaliou Squares – o jeans, o cabelo, a tatuagem. Ele ajeitou as lapelas imaginárias e fez um trejeito com as sobrancelhas.

Segui para minha mesa. Squares afundou na cadeira à minha frente e apoiou as botas sobre a mesa. Elas caíram com um baque empoeirado. Fisher e Wilcox permaneceram de pé.

Dei de ombros e abri os braços.

– Em que lhe posso ser útil, agente Fisher?

– Estamos procurando por Sheila Rogers.

Não era o que eu esperava.

– Pode nos dizer onde podemos encontrá-la?

– Por que estão procurando por ela? – perguntei.

Claudia Fisher deu um sorriso condescendente.

– Se importaria em nos dizer onde ela está?

– Ela está com algum problema?

– No momento – ela fez uma pequena pausa e mudou o sorriso – gostaríamos de fazer algumas perguntas a ela.

– Sobre o quê?

– O senhor está se recusando a colaborar conosco?

– Não estou me recusando a nada.

– Então diga onde podemos localizar Sheila Rogers.

– Gostaria de saber por quê.

Ela olhou para Wilcox e ele assentiu. Então ela se voltou para mim.

– Hoje cedo o agente especial Wilcox e eu visitamos o trabalho de Sheila Rogers, na Rua 18. Ela não estava lá. Pedimos informações sobre onde poderíamos encontrá-la. O chefe dela disse que Sheila havia telefonado comunicando que estava doente. Conferimos seu último local de residência. O senhorio disse que ela se mudou há alguns meses. Fomos informados de que sua residência atual era no seu endereço, Sr. Klein, Rua 24 Oeste, número 378. Fomos até o seu apartamento, mas Sheila Rogers não se encontrava lá.

Squares apontou para ela.

— A senhora fica linda quando fala.

Ela o ignorou.

— Não queremos complicações, Sr. Klein.

— Complicações?

— Precisamos interrogar Sheila Rogers. Precisamos interrogá-la imediatamente. Podemos fazer isso por bem, ou, caso o senhor escolha não colaborar, poderemos tomar um outro caminho, menos agradável.

Squares esfregou as mãos.

— Ah, uma ameaça!

— Qual das duas opções vai ser, Sr. Klein?

— Gostaria que os senhores se retirassem — disse.

— O que o senhor sabe a respeito de Sheila Rogers?

A coisa estava ficando esquisita. Minha cabeça começou a doer. Wilcox pôs a mão no bolso do paletó, tirou uma folha de papel e a entregou a Claudia Fisher.

— O senhor tem ideia da ficha criminal dela? — perguntou Fisher.

Tentei aparentar calma, mas até Squares reagiu diante da pergunta.

Fisher começou a ler a ficha.

— Roubos em lojas. Prostituição. Posse e tráfico de drogas.

Squares fez um ruído de zombaria.

— Coisa de amador.

— Assalto à mão armada.

— Está melhorando — disse Squares, com um aceno de cabeça.

Ele ergueu os olhos para Fisher e perguntou:

— Nenhuma condenação, certo?

— Certo.

— Então vai ver ela não fez nada.

Fisher franziu a testa de novo.

Mordi levemente o lábio inferior.

— Sr. Klein?

— Não posso ajudá-la.

— Não pode ou não quer?

Tornei a morder o lábio.

— Uma questão de semântica.

– Parece até um déjà-vu, Sr. Klein.

– Que diabos a senhora quer dizer com isso?

– Pelo visto o senhor tem o hábito de acobertar criminosos. Primeiro, seu irmão. Agora, sua amante.

– Vá para o inferno – explodi.

Squares fez uma cara feia para mim, claramente desapontado com minha resposta.

Fisher não recuou.

– O senhor não está avaliando com clareza a seriedade do caso – afirmou.

– Como assim?

– As repercussões – continuou ela. – Por exemplo: como acha que os doadores da Covenant House iriam reagir se o senhor fosse preso por acobertar e ajudar uma criminosa?

Squares aproveitou a deixa.

– Sabe quem vocês deveriam consultar?

Claudia Fisher torceu o nariz para ele, como se Squares fosse algo que ela tivesse acabado de raspar da sola do sapato.

– Joey Pistillo – disse Squares. – Aposto que Joey saberia.

Agora foi a vez de Fisher e Wilcox girarem sobre os calcanhares.

– A senhora tem um celular? – perguntou Squares. – Podemos falar com ele agora mesmo.

Fisher olhou para Wilcox, depois para Squares.

– O senhor está querendo dizer que conhece o diretor-assistente Joseph Pistillo? – perguntou ela.

– Ligue para ele – disse Squares. – Ah, espere, talvez a senhora não tenha o número particular dele.

Squares estendeu a mão e mexeu o indicador num gesto de "me dê isso aqui".

– Se importa?

Ela passou o telefone para ele. Squares digitou os números e colocou o fone junto ao ouvido. Recostou-se totalmente na cadeira, ainda com os pés sobre a mesa. Se estivesse usando um chapéu de caubói, teria jogado a aba sobre os olhos, pronto para uma pequena sesta.

– Joey? Ei, cara, como é que vai?

Squares ficou ouvindo por um instante e depois caiu na gargalhada. Ele falou algo, e então vi Fisher e Wilcox ficarem brancos. Geralmente eu me divertia em ver como ele se aproveitava do contraste entre seu passado de altos e baixos e seu atual status de celebridade – Squares agora tinha acesso a praticamente qualquer pessoa –, mas minha cabeça estava girando.

Depois de alguns minutos, Squares entregou o celular à agente Fisher.

— Joey quer falar com a senhora.

Fisher e Wilcox foram para o corredor e fecharam a porta.

— Ei, cara, os federais — disse Squares, os polegares para cima de novo, ainda impressionado.

— É, estou superemocionado.

— Que coisa, cara, isso de a Sheila ter uma ficha. Quem iria imaginar? Não eu.

Quando Fisher e Wilcox reapareceram, a cor já havia retornado aos seus rostos. Fisher passou o telefone para Squares com um sorriso forçado.

Squares levou o fone ao ouvido novamente e disse:

— O que está havendo, Joey?

Ele ouviu por um instante, disse "o.k." e desligou.

— Quem era? — perguntei.

— Era Joey Pistillo. Um dos chefões do FBI na Costa Leste.

— E?

— Ele quer falar com você pessoalmente — anunciou Squares. E olhou para o outro lado.

— O quê?

— Acho que não vamos gostar do que ele tem a dizer.

5

O DIRETOR-ASSISTENTE Joseph Pistillo não só queria me ver pessoalmente, mas em particular.

— Fiquei sabendo que sua mãe faleceu — disse ele.

— Ficou sabendo como?

— O quê?

— O senhor leu o obituário no jornal? — perguntei. — Um amigo lhe contou? Como ficou sabendo que ela faleceu?

Ficamos nos encarando. Pistillo era um homem corpulento, com apenas uma penugem grisalha no alto da cabeça, os ombros bem largos. Estava com as mãos entrelaçadas e sobre a mesa.

— Ou — continuei, sentindo a velha raiva tomar conta de mim — será que tinha um agente nos vigiando? Vigiando minha mãe. No hospital. No seu leito de morte. No enterro. Será que o novo funcionário do hospital a respeito de quem as enfermeiras andaram comentando era um dos seus agentes? Ou o motorista da limusine, que esqueceu o nome do gerente da funerária?

Não tiramos os olhos um do outro.

– Sinto muito pela sua perda – disse Pistillo.

– Obrigado.

Ele se recostou.

– Por que não nos diz onde está Sheila Rogers?

– Por que não me diz por que estão procurando por ela?

– Quando foi a última vez em que a viu?

– O senhor é casado, agente Pistillo?

Ele não se perturbou.

– Há 26 anos. Temos três filhos.

– Ama sua esposa?

– Amo.

– Então, se eu aparecesse aqui e fizesse exigências e ameaças que envolvessem sua mulher, o que o senhor faria?

Pistillo meneou a cabeça.

– Se o senhor trabalhasse para o FBI, eu a aconselharia a cooperar.

– Só isso?

– Bem – ele ergueu o indicador –, com uma condição.

– Qual?

– Que ela fosse inocente. Se fosse inocente, eu não teria nada a temer.

– O senhor não ficaria imaginando do que se tratava?

– Imaginando? Claro. Agora, exigir saber...

Ele abaixou o tom de voz.

– Agora permita que eu lhe faça uma pergunta hipotética.

Pistillo fez uma pausa. Sentei-me.

– Sei que pensa que seu irmão está morto.

Outra pausa. Fiquei quieto.

– Mas suponha que o senhor descobrisse que ele está vivo e escondido, e suponha que, além de tudo isso, o senhor descobrisse que ele matou Julie Miller.

Ele voltou a se recostar.

– Hipoteticamente, é claro. Tudo isso é uma hipótese.

– Continue.

– Bem, o que o senhor faria? O senhor o entregaria? Diria a ele que se virasse sozinho? Ou será que o ajudaria?

Mais silêncio.

Então eu disse:

– O senhor não me trouxe até aqui para brincar de hipóteses.

– Não.

Havia um monitor do lado direito da mesa. Ele o girou de modo que eu pudesse vê-lo. Então pressionou algumas teclas. Uma imagem colorida apareceu e senti meus músculos retesarem.

Era uma sala como outra qualquer. Um abajur alto, num canto, estava caído no chão. O carpete era bege. A mesinha de centro estava virada de lado. Uma bagunça. Era como se um furacão ou algo parecido tivesse passado por ali. Mas no centro da sala havia um homem caído sobre uma poça do que imaginei ser sangue. O sangue era escuro, mais que carmesim, mais que ferrugem, quase negro. O homem estava caído com o rosto para cima, os braços e as pernas espalhados de tal maneira que ele parecia ter despencado de uma grande altura.

Enquanto eu olhava para a imagem no monitor, podia sentir os olhos de Pistillo sobre mim, avaliando minha reação. Meus olhos piscaram, olharam para ele e voltaram ao monitor.

Ele apertou outra tecla. Uma nova imagem substituiu a primeira. A mesma sala. O abajur alto já não era mais visível. Sangue ainda manchava o tapete. Mas havia outro corpo agora, desta vez encolhido em posição fetal. O primeiro homem usava camiseta e calça pretas. O segundo vestia uma camisa de flanela e calça jeans.

Pistillo pressionou mais uma tecla. Desta vez a imagem estava ampliada, mostrando os dois corpos. O primeiro, no centro da sala. O segundo, mais perto da porta. Eu só podia ver um dos rostos – daquele ângulo não me parecia um rosto familiar –, mas não dava para enxergar o outro.

O pânico começou a tomar conta de mim. Ken, pensei. Será que um deles seria...?

Então, lembrei-me das perguntas deles. Isso não tinha nada a ver com o Ken.

– Essas fotos foram tiradas em Albuquerque, no Novo México, no fim de semana – disse Pistillo.

Franzi a testa.

– Não estou entendendo.

– A cena do crime estava uma confusão, mas mesmo assim conseguimos encontrar alguns fios de cabelo e fibras. – Ele sorriu para mim. – Não estou muito a par do aspecto técnico do nosso trabalho. Hoje em dia existem testes que nem dá para acreditar. Mas às vezes ainda são os testes clássicos que nos fazem ganhar o dia.

– Posso saber do que o senhor está falando?

– Alguém fez um bom trabalho limpando a cena do crime, mas meu pessoal conseguiu encontrar algumas impressões digitais que não pertenciam a nenhuma das duas vítimas. Verificamos as digitais no banco de dados e conseguimos resultados positivos hoje de manhã. Pistillo se inclinou para a frente, e seu sorriso desapareceu.

– Quer adivinhar?

Eu vi Sheila, a minha linda Sheila, olhando pela janela.

Desculpe, Will.

– Pertencem à sua amiga, Sr. Klein. A mesma que tem ficha criminal. A mesma que estamos tendo um trabalhão para localizar.

6

Elizabeth, Nova Jersey

Estavam próximos ao cemitério agora.

Philip McGuane estava sentado no banco traseiro de sua limusine Mercedes com acabamento feito à mão – um modelo extralongo, com laterais blindadas e janelas à prova de balas, um luxo que lhe custara 400 mil dólares –, olhando para os restaurantes de fast-food, as lojas cafonas e os velhos clubes de striptease que margeavam a rua. Um uísque com soda, preparado no bar da limusine, estava aninhado em sua mão direita. Olhou para o líquido cor de âmbar. Sua mão estava firme. Isso o surpreendeu.

– O senhor está bem, Sr. McGuane?

McGuane se virou para o companheiro. Fred Tanner era grande como uma casa. Suas mãos pareciam tampas de esgoto, os dedos grossos como linguiças. Seu olhar demonstrava segurança. Tanner era dos velhos tempos. Usava um terno lustroso e tinha um anel imenso no dedo mindinho. Ele jamais tirava o anel, um objeto de ouro espalhafatoso, e costumava girá-lo no dedo e brincar com ele enquanto falava.

– Sim – mentiu McGuane.

A limusine saiu da Rodovia 22 e entrou na Parker Avenue. Tanner continuava mexendo no anel. Tinha 50 anos, 15 anos a mais que o patrão. Seu rosto era uma obra que sofrera a ação do tempo, planícies rudes e ângulos retos. O cabelo era meticulosamente cortado à escovinha. McGuane sabia que Tanner era muito bom no que fazia – frio, disciplinado, um homem letal para quem a piedade era um conceito irrelevante. Tanner era perito no uso daquelas mãos imensas, assim como de uma enorme variedade de armas de fogo. Já havia enfrentado adversários incrivelmente cruéis – e vencera todos eles.

Mas este, McGuane sabia, era um nível totalmente novo.

– Quem é esse cara, afinal? – perguntou Tanner.

McGuane balançou a cabeça. Usava um terno Joseph Abboud feito à mão. Alugava três andares em um prédio no sudoeste de Manhattan. Em outros tempos, McGuane seria chamado de *consigliere* ou *capo* ou outra besteira qualquer. Mas isso foi antes. Agora as coisas eram diferentes. Há muito se foram os dias (apesar de Hollywood tentar nos convencer do contrário) em que os mafiosos se reuniam em salas obscuras nos fundos de um bar qualquer, vestidos em paletós de veludo – dias dos quais Tanner, sem a menor dúvida, ainda sentia saudade. Agora eles possuíam escritórios, secretárias e folhas de pagamento impressas no computador. Pagavam impostos. Possuíam negócios legalizados.

Mas ainda eram maus.

– Afinal, por que estamos indo até esse fim de mundo? – perguntou Tanner. – Ele é que deveria encontrar o senhor, não é?

McGuane não respondeu. Tanner não conseguia entender.

Se o Fantasma quer que você vá até ele, você vai.

Não importa quem você seja. Recusar-se significa que o Fantasma virá até você. McGuane tinha um excelente esquema de segurança. Tinha funcionários de confiança. Mas o Fantasma era melhor. Tinha paciência. Ele estudava. Esperava uma oportunidade. E um dia você era pego. Quando estava sozinho. Todos sabiam que era assim que as coisas funcionavam.

Não, era melhor acabar logo com isso. Era melhor ir até ele.

A um quarteirão do cemitério, a limusine parou.

– Você entendeu o que eu quero – disse McGuane.

– Já tenho um homem em posição. Está tudo certo.

– Só atire se eu der o sinal.

– Certo. Já combinamos tudo.

– Não o subestime.

Tanner segurou a maçaneta da porta. O sol fez cintilar o anel em seu dedo mindinho.

– Não me leve a mal, Sr. McGuane, mas ele é só um homem, certo? Sangra vermelho como todos nós.

McGuane não estava tão certo disso.

Tanner saiu do carro, movendo-se muito graciosamente para um homem tão grande. McGuane se recostou e tomou um longo trago de uísque. Era um dos homens mais poderosos de Nova York. Ninguém chega até onde ele chegou –

ao topo – sem ser ardiloso e inclemente. Se demonstrar fraqueza, você morre. Se der uma mancada, você morre. Simples assim.

E, acima de tudo, não se pode recuar nunca.

McGuane sabia de tudo isso – sabia tão bem quanto qualquer outro –, mas naquele momento, mais do que tudo na vida, ele queria fugir. Colocar o que pudesse numa mala e simplesmente desaparecer.

Como seu velho amigo Ken.

McGuane encontrou os olhos do motorista no retrovisor. Suspirou fundo e acenou com a cabeça. O carro andou novamente. Viraram à esquerda e atravessaram os portões do cemitério Wellington. Os pneus esmigalharam as pedrinhas soltas no caminho.

McGuane mandou o motorista parar. O motorista obedeceu. McGuane saltou e se encaminhou para a frente do carro.

– Quando precisar de você, eu chamo.

O motorista assentiu e se afastou.

McGuane estava sozinho.

Ele levantou a gola. Seu olhar varreu o cemitério. Nenhum movimento. Ficou tentando imaginar onde Tanner e seus homens teriam se escondido. Provavelmente mais perto do local do encontro. Numa árvore ou atrás de algum arbusto. Se estivessem agindo certo, McGuane não os veria.

O dia estava claro. O vento batia nele como a foice de um ceifeiro. Encolheu os ombros. Os ruídos do tráfego na Rodovia 22 faziam serenata para os mortos. O cheiro de alguma coisa recém-assada flutuava no ar e, por um momento, a palavra "crematório" veio à mente de McGuane.

Nenhum sinal de ninguém.

McGuane encontrou o caminho e tomou a direção leste. À medida que passava pelas lápides e respectivas placas, seus olhos inconscientemente conferiam as datas de nascimento e morte. Calculava as idades e se perguntava que destino teria cabido aos mais jovens. Hesitou quando se deparou com um nome conhecido. Daniel Skinner. Morto aos 13 anos. Um anjo sorridente havia sido esculpido no túmulo.

McGuane abriu um leve sorriso diante da imagem. Skinner, um valentão, havia atormentado incessantemente um garoto da quarta série. Mas naquele dia – 11 de maio, de acordo com a lápide – o aluno da quarta série resolvera levar para a escola uma faca de cozinha para se proteger. Seu primeiro e único golpe furara o coração de Skinner.

Tchau, tchau, anjo.

McGuane tentou não pensar mais no assunto.

Será que tudo teria começado ali?

Ele seguiu em frente. Mais adiante, virou à esquerda e passou a caminhar mais lentamente. Não estava muito longe agora. Seus olhos varreram as cercanias. Ainda nenhum movimento.

O cemitério era mais silencioso ali – uma área de paz e verde. Não que isso fizesse qualquer diferença para os moradores. Ele hesitou, virou à esquerda novamente e desceu a rua até chegar ao túmulo certo.

McGuane parou. Leu o nome e a data. Sua memória retrocedeu. Procurou avaliar o que estava sentindo e percebeu que era praticamente nada. Não se preocupou mais em ficar olhando ao seu redor. O Fantasma estava por ali, em algum lugar. Podia senti-lo.

– Devia ter trazido flores, Philip.

Aquela voz, suave, sedosa e ligeiramente sibilante, gelou seu sangue. McGuane se virou lentamente e olhou para trás. John Asselta se aproximou, trazendo um ramo de flores na mão. McGuane se afastou. Os olhos de Asselta encontraram os dele e McGuane pôde sentir uma garra de aço penetrando seu peito.

– Faz um bocado de tempo – disse o Fantasma.

Asselta, o homem que McGuane conhecia como Fantasma, caminhou até o túmulo. McGuane ficou completamente imóvel. A temperatura parecia ter caído 15 graus quando o Fantasma se aproximou.

McGuane prendeu a respiração.

O Fantasma se ajoelhou e depositou delicadamente as flores no chão. Ficou abaixado ali por um momento, de olhos fechados. Então, levantou-se, estendeu a mão com seus finos dedos de pianista e acariciou a lápide com intimidade.

McGuane procurou não olhar.

A pele do Fantasma lembrava uma catarata, leitosa e grudenta. Veias azuis corriam pelo seu rosto quase bonito, como se o percurso das lágrimas tivesse sido tingido. Seus olhos eram cinzentos, quase sem cor. A cabeça, grande demais para os ombros estreitos, tinha a forma de uma lâmpada. Seu cabelo havia sido recentemente raspado à navalha nas laterais, e fios cor de lama vindos do topo da cabeça espalhavam-se para todos os lados como o esguicho de um chafariz. Havia algo de delicado, quase feminino, em seus traços – a versão pavorosa de uma boneca de porcelana.

McGuane deu mais um passo para trás.

Às vezes encontramos pessoas cuja bondade inata nos atinge como um raio de luz quase ofuscante. Mas outras vezes deparamos exatamente com o oposto – alguém cuja mera presença nos asfixia, nos encobre com uma pesada nuvem de putrefação e de sangue.

– O que você quer? – perguntou McGuane.

O Fantasma abaixou a cabeça.

– Você conhece a expressão "Não existem ateus nas trincheiras"?

– Sim.

– Bem, é mentira – disse o Fantasma. – Na verdade, é exatamente o contrário. Quando estamos numa trincheira, quando estamos cara a cara com a morte, é aí que concluímos que não existe nenhum Deus. É por isso que lutamos para sobreviver, para respirar mais uma vez. É por isso que pedimos ajuda para toda e qualquer entidade que exista, porque não queremos morrer. Porque, no fundo, sabemos que a morte é o fim do jogo. Não existe mais nada depois. Nenhum paraíso. Nenhum Deus. Só o nada.

O Fantasma levantou os olhos para ele. McGuane ficou imóvel.

– Tive saudades de você, Philip.

– O que você quer, John?

– Acho que você sabe.

McGuane sabia, mas não disse nada.

– Ouvi dizer – continuou o Fantasma – que você está com problemas.

– O que exatamente você ouviu?

– Só uns boatos.

O Fantasma sorriu. Sua boca era fina como o fio de uma navalha, e só de vê-la McGuane teve vontade de gritar.

– Foi por isso que voltei – disse ele.

– Os problemas são meus.

– Você sabe que isso não é verdade, Philip...

– O que você quer dizer, John?

– Aqueles dois caras que você mandou para o Novo México falharam, certo?

– Certo.

O Fantasma sussurrou:

– Eu não falharei.

– Ainda não estou entendendo o que você quer.

– Você concorda que eu também tenho alguma coisa em jogo nisso tudo, não é?

O Fantasma esperou. Por fim, McGuane assentiu e disse:

– Acho que sim.

– Você tem recursos, Philip. Tem acesso a informações que eu não tenho.

O Fantasma olhou para a lápide e, por um momento, McGuane chegou a pensar que talvez ainda houvesse alguma coisa de humano nele.

– Tem certeza de que ele voltou?

– Acho que sim – respondeu McGuane.

– Como você sabe?

– Um cara do FBI. Mandamos os caras ao Novo México justamente para confirmar isso.

– Eles subestimaram o inimigo.

– Aparentemente.

– Você sabe para onde ele fugiu?

– Estamos tentando descobrir.

– Mas não estão se esforçando o bastante.

McGuane não disse nada.

– Você prefere que ele suma novamente. Estou certo?

– Isso facilitaria as coisas.

O Fantasma balançou a cabeça.

– Não desta vez.

Houve silêncio.

– Então, quem sabe onde ele está? – perguntou o Fantasma.

– O irmão dele, talvez. O FBI pegou Will há uma hora. Acho que ele está sendo interrogado.

Aquilo chamou a atenção do Fantasma. Ele ergueu a cabeça.

– Interrogado a respeito de quê?

– Ainda não sabemos.

– Então – disse o Fantasma suavemente – esse pode ser um bom lugar para começar.

McGuane assentiu. Foi quando o Fantasma deu um passo à frente e estendeu a mão. McGuane estremeceu, não conseguiu se mover.

– Com medo de cumprimentar um velho amigo, Philip?

É claro que estava com medo. O Fantasma deu outro passo, aproximando-se ainda mais dele. A respiração de McGuane estava ofegante. Ele pensou em fazer sinal para Tanner.

Um tiro. Um tiro poria fim a tudo aquilo.

– Me dê sua mão, Philip.

Era uma ordem, e McGuane obedeceu. Quase a contragosto, ele ergueu lentamente a mão. O Fantasma, ele sabia, matava pessoas. Muitas. Como se não fossem nada. Ele era a Morte. Não apenas um assassino. Era a própria Morte – como se um simples toque seu pudesse furar a pele e entrar na corrente sanguínea, espalhando um veneno que penetraria o coração, exatamente como a faca de cozinha que usara havia tanto tempo.

McGuane desviou o olhar.

O Fantasma diminuiu rapidamente a distância entre eles e acolheu a mão de

McGuane na sua. McGuane mordeu o lábio para abafar um grito. Ele tentou se livrar da armadilha pegajosa, mas o Fantasma o manteve preso.

Então, McGuane sentiu alguma coisa – um objeto frio e duro na palma de sua mão.

O Fantasma apertou ainda mais sua mão. McGuane arfou de dor. O objeto misterioso que o outro tinha na mão espetou um feixe de seus nervos como uma baioneta. O aperto ficou ainda mais forte. McGuane caiu de joelhos.

O Fantasma esperou até que McGuane erguesse o rosto. Os olhos dos dois homens se encontraram e McGuane teve certeza de que seus pulmões iriam parar de funcionar, de que seus órgãos entrariam em falência, um por um. O Fantasma afrouxou o aperto, colocou o objeto afiado na mão de McGuane e fechou os seus dedos. Então, finalmente, o Fantasma o soltou e recuou.

– Talvez a viagem de volta seja solitária, Philip.

McGuane recuperou a voz.

– Que diabo você quer dizer com isso?

Mas o Fantasma lhe deu as costas e se afastou. McGuane abaixou os olhos e abriu o punho.

Ali em sua mão, brilhando ao sol, estava o anel de ouro do dedo mindinho de Tanner.

7

DEPOIS DO MEU ENCONTRO com o diretor-assistente Pistillo, Squares e eu entramos na van.

– Para o seu apartamento? – perguntou.

Fiz que sim com a cabeça.

– Sou todo ouvidos – disse ele.

E relatei minha conversa com Pistillo.

Squares balançou a cabeça.

– Albuquerque. Odeio aquele buraco, cara. Já foi lá?

– Não.

– Fica no sudoeste, mas parece um sudoeste de mentira. É como se o lugar inteiro fosse uma cópia da Disney.

– Não vou me esquecer disso, Squares, obrigado.

– Então, para onde a Sheila foi?

– Não sei – respondi.

– Pense. Onde você estava no último fim de semana?

– Com meus pais.

– E Sheila?

– Ela devia estar na cidade.

– Você telefonou para ela?

Parei para pensar.

– Não, ela me telefonou.

– Você notou o número no identificador de chamadas?

– Era um número não identificado.

– Tem alguém que possa confirmar que ela estava na cidade?

– Acho que não.

– Então pode ser que ela estivesse em Albuquerque – disse Squares.

Considerei a possibilidade.

– Há outras explicações – ressaltei.

– Como por exemplo...

– As impressões digitais podiam ser antigas.

Squares franziu a testa, os olhos sempre na rua.

– Pode ser – continuei – que ela tenha ido a Albuquerque no mês passado ou até, quem sabe, no ano passado. Quanto tempo as impressões digitais ficam no local?

– Bastante tempo, eu acho.

– Então talvez seja isso que tenha acontecido. Ou vai ver as impressões estavam, digamos, num móvel, numa cadeira talvez, e essa cadeira já esteve em Nova York e foi levada para o Novo México.

Squares ajustou os óculos escuros.

– Agora você está forçando a barra.

– Mas é possível.

– Sim, claro. E, olha só, pode ser até que alguém tenha pedido os dedos dela emprestados. Alguém pode ter levado os dedinhos dela para passar o fim de semana em Albuquerque.

Um táxi nos fechou. Fizemos uma curva para a direita e quase atropelamos um grupo de pessoas que estavam no meio da rua, a um metro do meio-fio. Os moradores de Manhattan fazem isso o tempo todo. Ninguém fica parado na calçada esperando o sinal fechar. Eles avançam como um rebanho, arriscam a vida para conseguir ganhar alguns segundos.

– Você conhece a Sheila – declarei.

– Conheço.

Era difícil ter de dizer estas palavras, mas lá estavam elas:

– Acredita mesmo que ela seria capaz de matar alguém?

Squares ficou calado por um instante. O sinal ficou vermelho. Ele parou a van e olhou para mim.

– Parece que a história do seu irmão está se repetindo.

– Tudo o que estou dizendo, Squares, é que há outras possibilidades.

– E tudo o que estou dizendo, Will, é que sua cabeça não está funcionando muito bem.

– E isso significa o quê?

– Uma cadeira, Will, pelo amor de Deus! Você está viajando! Ontem à noite Sheila chorou e lhe pediu desculpas. Aí, de manhã, pronto, ela sumiu. Agora os agentes federais aparecem dizendo que as impressões digitais dela foram encontradas na cena de um crime. E você me vem com o quê? Com uma droga de cadeira transportada de um estado a outro e visitas antigas a Albuquerque.

– Isso não quer dizer que ela tenha matado alguém.

– Quer dizer – concluiu Squares – que ela está envolvida.

Fiquei tentando digerir tudo aquilo. Recostei-me, olhei pela janela mas não via nada.

– Você tem alguma ideia, Squares?

– Nenhuma.

A van avançou mais um pouco.

– Eu a amo, você sabe.

– Sei – disse Squares.

– Na melhor das hipóteses, ela mentiu para mim.

Squares deu de ombros.

– Há coisas piores.

Pensei no que poderia ser pior. Lembrei-me da nossa primeira noite juntos, deitados na cama, a cabeça de Sheila em meu peito, seu braço por cima de mim. Havia um contentamento, uma sensação de paz tão profundos, uma certeza de que o mundo não podia ser mais perfeito. Continuamos lá, assim. Não sei por quanto tempo. "Sem passado", ela disse suavemente, quase como se falasse para si mesma. Perguntei-lhe o que queria dizer com aquilo. Ela manteve a cabeça em meu peito, sem olhar para mim. E não disse mais nada.

– Tenho que encontrá-la – falei.

– É, eu sei.

– Quer me ajudar?

Squares deu de ombros.

– Você não vai conseguir nada mesmo sem a minha ajuda.

– Então está combinado. Por onde começamos?

– Lembrando um velho provérbio – disse Squares –, antes de seguir adiante temos de olhar para trás.

– Acabou de inventar isso?

– Sim.

– Mas acho que faz sentido.

– Will?

– O quê?

– Não querendo dizer o óbvio, se olharmos para trás, talvez você não goste do que vai ver.

– Tenho quase certeza de que não vou gostar – concordei.

◆◆◆

Squares me deixou na porta do prédio e voltou para a Covenant House. Entrei no apartamento e joguei minhas chaves na mesa. Eu teria chamado Sheila – só para ter certeza de que ela não tinha voltado para casa –, mas o apartamento parecia tão vazio, tão sem energia, que nem tentei. O lugar que eu chamara de lar nos últimos quatros anos parecia diferente para mim agora, estranho. O ambiente estava abafado, como se o apartamento tivesse ficado fechado por muito tempo.

E agora?

Precisava fazer uma busca no local. Procurar pistas, seja lá o que isso significasse. Mas o que me ocorreu imediatamente foi como Sheila fora uma pessoa simples. Ela sentia prazer nas coisas pequenas, aparentemente insignificantes, e me ensinara a fazer o mesmo. Tinha pouquíssimos pertences. Quando veio morar comigo, trouxe apenas uma mala. Não era pobre – eu vira seu extrato bancário e ela sempre ajudara a pagar as contas em casa –, mas sempre foi dessas pessoas que vivem de acordo com a filosofia que diz: "O que possuímos nos domina, e não o contrário." Agora que eu pensava melhor a respeito, pude ver que aquilo que possuímos não só nos domina como também nos faz criar raízes.

Meu blusão de moletom da Amherst College estava numa cadeira no quarto. Peguei nele e senti uma dor no peito. Passamos um fim de semana em minha antiga faculdade no outono do ano passado. Há uma colina íngreme no campus da Amherst que começa num daqueles clássicos quarteirões da Nova Inglaterra e desce rumo a uma imensa área de quadras esportivas. Num arroubo de criatividade, a maioria dos alunos chama o lugar de "A Colina".

Uma noite, bem tarde, Sheila e eu caminhamos de mãos dadas. Deitamos na grama macia da Colina, olhando para o límpido céu de outono, e conversamos durante horas. Lembro-me de ter pensado que nunca havia sentido tamanha sensação de paz, calma e bem-estar, e sim, de alegria também. De repente, com os olhos nas estrelas, ela enfiou a mão dentro da minha calça. Virei-me ligeiramente para ela, e, quando seus dedos atingiram o alvo, pude ver a expressão provocante em seu rosto.

– Ter uma experiência universitária é importante – disse ela.

Confesso que fiquei excitado como qualquer outro homem naquela situação, mas foi naquele momento, naquela colina, com a mão dela na minha calça, que tive certeza, pela primeira vez e com uma força quase sobrenatural, de que ela era a mulher da minha vida, que nós sempre estaríamos juntos, que a sombra do meu primeiro amor, do meu único amor antes de Sheila, o amor que me perseguia e que afugentava os demais, havia finalmente sido banida para sempre.

Olhei para o blusão e por um momento pude sentir novamente o perfume das madressilvas e da grama. Apertei-o de encontro ao peito e pensei pela enésima vez desde que havia conversado com Pistillo: seria tudo mentira?

Não.

Não se pode fingir uma coisa dessas. Squares podia estar certo quanto à capacidade das pessoas de praticar atos de violência. Mas não era possível fingir uma ligação como a nossa.

O bilhete ainda estava ali.

Te amarei para sempre.
S

Eu tinha que acreditar naquilo. Devia isso a Sheila. O passado pertencia a ela. Eu não tinha nenhuma pretensão de exigir esclarecimentos. Não importava o que havia acontecido, ela devia ter lá seus motivos. Ela me amava, e eu sabia disso. Minha tarefa agora era encontrá-la, ajudá-la, procurar um jeito de recuperar... não sei... o que havia entre nós.

Decidi que não duvidaria dela.

Procurei por pistas nas gavetas. Pelo que eu sabia, Sheila tinha uma conta bancária e pelo menos um cartão de crédito. Mas não havia documentos em lugar nenhum – nada de extratos antigos, recibos, talões de cheques, nada. Todos haviam sido jogados fora. Pelo menos foi o que imaginei.

O protetor de tela do computador, um daqueles bastante populares, com linhas ondulantes, desapareceu quando mexi no mouse. Digitei o nome de Sheila na tela e cliquei na caixa de entrada do e-mail. Nada. Não havia nada. Estranho. Ela não usava a internet com frequência – raramente, para dizer a verdade –, mas daí a não ter recebido nenhum e-mail?

Cliquei em Meus Documentos. Também vazio. Procurei nos sites favoritos. Não havia nada. Conferi o histórico. Nada.

Recostei-me e olhei para a rua. Um pensamento aflorou. Ponderei por um momento, me perguntando se aquilo seria uma traição. Não importava. Squares tinha razão quando disse que era preciso olhar para trás a fim de saber que caminho tomar em seguida. Ele também estava certo quanto ao fato de que eu provavelmente não gostaria do que ia descobrir.

Fiz uma busca num site de listagem telefônica. Digitei Rogers no lugar do nome. Em estado, Idaho. Cidade, Mason. Sabia tudo isso por causa do formulário que ela havia preenchido antes de começar seu serviço voluntário na Covenant House.

Só havia um registro. Num pedaço de papel, anotei o número do telefone. Sim, iria telefonar para os pais de Sheila. Se tínhamos mesmo que mexer no passado, era preciso voltar às raízes.

Antes que eu encostasse no aparelho, o telefone tocou. Atendi.

– O que você está fazendo? – perguntou minha irmã, Melissa.

Fiquei pensando por alguns segundos em como responder, até que resolvi dizer:

– Estou resolvendo um problema.

– Will – disse ela, e eu pude ouvir aquele seu tom de irmã mais velha –, ainda estamos de luto pela mamãe.

Fechei os olhos.

– Papai está perguntando por você. Você tem que vir.

Olhei para aquele apartamento abafado, estranho. Não havia nenhum motivo para ficar ali. Pensei na fotografia que ainda estava em meu bolso – a imagem do meu irmão nas montanhas.

– Já estou indo.

◆◆◆

Melissa me recebeu à porta, perguntando:
– Onde está Sheila?

Resmunguei qualquer coisa sobre ela já ter um compromisso marcado e entrei.

Naquele dia tínhamos recebido a visita de alguém que não era da família – um velho amigo de meu pai chamado Lou Farley. Acho que eles não se viam havia uns 10 anos. Lou Farley e meu pai costumavam recontar com entusiasmo histórias muito antigas. Uma delas dizia respeito a um time de beisebol, e eu tinha uma vaga lembrança de meu pai usando um uniforme castanho-avermelhado feito de poliéster, com o logotipo do Friendly's Ice Cream estampado no peito. Ainda podia ouvir o ranger de seus sapatos na entrada da garagem, o peso de suas mãos em meus ombros. Faz tanto tempo... Ele e Lou Farley sempre riam muito quando estavam juntos. Mas eu já não via meu pai rir daquele jeito havia anos. Seus olhos agora estavam úmidos e distantes. De vez em quando minha mãe também ia assistir às partidas. Eu podia vê-la sentada na arquibancada vestindo uma blusa sem manga, os braços esbeltos bronzeados de sol.

Olhei pela janela na esperança de que Sheila ainda pudesse aparecer, de que tudo aquilo fosse apenas um grande mal-entendido. Uma parte de mim – uma grande parte – ficara bloqueada. Apesar de sabermos que minha mãe poderia morrer a qualquer momento – o câncer de Sunny, como muitas vezes acontece, tinha sido um caminho lento e certo até a morte, com um mergulho brusco no final –, eu ainda estava abalado demais para aceitar o que estava acontecendo.

Sheila.

Eu já havia amado alguém e perdido esse amor antes. Quando se trata de assuntos do coração, confesso que tenho um modo de pensar meio antiquado. Acredito em almas gêmeas. Todos nós temos um primeiro amor. Quando o meu me abandonou, deixou um buraco bem no meio do meu coração. Por muito tempo pensei que jamais fosse conseguir me recuperar. Havia motivos para isso. Para começar, nosso rompimento parecia incompleto. Mas não importa. Depois que ela me abandonou – sim, porque foi exatamente isso que ela fez –, convenci a mim mesmo de que estava fadado a me conformar com alguém... inferior... ou ficar sozinho para sempre.

Então encontrei Sheila.

Pensei no jeito como seus olhos verdes me penetraram. Pensei na textura sedosa dos seus cabelos. Pensei em como aquela atração física inicial – que era imensa, aterradora – havia se espalhado por todos os cantos do meu ser. Pensava nela o tempo todo. Sentia um friozinho no estômago. Meu coração começava a dançar cada vez que meus olhos pousavam em seu rosto. Eu estava com Squares na van e, de repente, ele sacudia o meu ombro porque minha cabeça estava longe, tinha voado para aquele lugar que Squares chamava, de brincadeira, de "A Terra da Sheila", e eu então teria um sorriso bobo estampado em meu rosto. Sentia-me inebriado. Ficávamos abraçados assistindo a filmes antigos, acariciando um ao outro, atiçando-nos para ver quanto tempo podíamos aguentar, a sensação aconchegante se transformando rapidamente numa excitação selvagem, até que... bem, é por isso que os aparelhos têm um botão de pausa.

Andávamos de mãos dadas. Fazíamos longas caminhadas. Sentávamos no parque e sussurrávamos comentários maldosos a respeito de desconhecidos.

Nas festas, eu gostava de ficar do outro lado da sala olhando para ela de longe, vendo-a andar, se mover e falar com os outros e, aí, quando nossos olhos se encontravam, eu sentia meu coração pular, e trocávamos um olhar de cumplicidade, um sorriso lascivo.

Uma vez Sheila me pediu para preencher um questionário bobo que ela havia encontrado numa revista. Uma das perguntas era: qual é a maior fraqueza do seu amor? Pensei sobre isso e escrevi: "Ela quase sempre esquece o guarda-chuva nos restaurantes." Ela adorou, mas pediu que eu escrevesse mais. Acrescentei que ela gostava de bandas de adolescentes e dos velhos hits do Abba. Ela concordou solenemente com a cabeça e prometeu que tentaria mudar.

Falávamos a respeito de tudo, menos do passado. Vejo com frequência esse tipo de coisa no meu trabalho. Aquilo não me incomodava muito. Agora, em retrospectiva, isso me faz pensar, mas naquela época a atitude dela parecia acrescentar, não sei, um ar de mistério, talvez. E mais do que isso, era como se não tivéssemos vivido nada antes de nos encontrarmos. Nenhum amor, nenhum parceiro, nenhum passado, era como se tivéssemos nascido no dia em que nos conhecemos.

É, eu sei. Parece piegas.

Melissa se sentou ao lado do meu pai. Podia ver os dois de perfil. A semelhança entre eles era grande. Eu parecia mais com minha mãe. O marido de Melissa, Ralph, rodeava a mesa de comida. Ele era o típico executivo americano, um homem que vestia camisas sociais de manga curta com uma camiseta por baixo, um cara todo certinho com aperto de mão firme, sapatos bem engraxados, cabelo bem penteado e inteligência limitada. Jamais relaxava totalmente e, embora não chegasse a ser um cara rígido, só se sentia à vontade quando tudo estava no devido lugar.

Não tenho nada em comum com Ralph, mas, para ser justo, na verdade não o conheço muito bem. Eles moram em Seattle e quase nunca aparecem. Contudo, não posso deixar de me lembrar do tempo em que Melissa estava atravessando sua fase rebelde, andando por aí com o delinquente da vizinhança, o Jimmy McCarthy. Naquela época havia um brilho em seus olhos. Ela tinha um humor espontâneo, escandaloso, às vezes, chegava até a ser inconveniente. Não sei o que aconteceu, o que a fez mudar, o que a amedrontou tanto. As pessoas dizem que foi a maturidade. Não acredito que tenha sido só isso. Acho que houve mais alguma coisa.

Mel – nós sempre a chamávamos assim – fez um sinal para mim com os olhos. Seguimos para a sala de estar. Coloquei a mão no bolso e toquei a fotografia de Ken.

– Ralph e eu vamos embora pela manhã – disse ela.

– Rápido, não?

– O que você está insinuando?

Balancei a cabeça.

– Nós temos filhos, e Ralph tem que trabalhar.

– Certo. Foi muito amável da parte de vocês pelo menos terem dado um jeito de aparecer.

Os olhos dela se arregalaram.

– Que coisa mais horrível de se dizer!

E era. Olhei para trás. Ralph estava sentado com papai e Lou Farley, comendo sanduíches, pedacinhos de alface aninhados nos cantos dos lábios. Queria dizer a ela que sentia muito, mas não podia. Mel era a mais velha de nós, tinha três anos a mais que Ken, cinco a mais que eu. Quando Julie foi encontrada morta, ela fugiu. Essa é a única maneira de expressar o que aconteceu. Ela se mandou com o marido e o bebê e se mudou para o outro lado do país. A maior parte do tempo eu a compreendia, mas ainda sentia raiva do que eu achava ser um abandono.

Pensei novamente na fotografia de Ken em meu bolso e tomei uma decisão repentina.

– Quero lhe mostrar uma coisa.

Pensei ter visto Melissa estremecer, como se estivesse se preparando para receber um golpe, mas isso pode ter sido impressão minha. Seu cabelo era tingido no mais puro estilo Barbie, com aquele tom de louro opaco, caindo em mechas até os ombros – provavelmente do jeito que Ralph gostava. Parecia uma escolha infeliz a meu ver, já que aquele cabelo não combinava com ela. Afastamo-nos um pouco até chegarmos perto da porta que levava à garagem. Olhei para trás. Ainda podia ver meu pai, Ralph e Lou Farley.

Abri a porta. Mel olhou para mim curiosa, mas me seguiu. Descemos até o cômodo frio com chão de cimento. A garagem de meus pais era a ilustração perfeita de um local com alto risco de incêndio: latas de tinta enferrujadas, caixas de papelão mofadas, tacos de beisebol, velhas peças de vime, pneus carecas – tudo espalhado como se tivesse havido uma explosão. Havia manchas de óleo pelo chão, e a poeira conferia ao ambiente um tom insípido de cinza desbotado. Era difícil respirar. Havia uma corda pendurada no teto. Lembrei-me de quando meu pai limpara uma parte da garagem para abrir espaço e prendera uma bola de tênis a uma corda no teto para que eu pudesse treinar minhas tacadas de beisebol. Eu não podia acreditar que aquela corda ainda estava ali.

Melissa fixou os olhos em mim.

Eu não sabia como começar.

– Sheila e eu ficamos olhando as coisas da mamãe ontem – falei.

Ela apertou um pouco os olhos. Eu queria lhe explicar como tínhamos mexido nas gavetas, examinado os recortes de jornal que anunciavam nossos nascimentos e um velho programa de teatro de quando mamãe fez o papel principal no musical *Mame* numa produção local, e, como Sheila e eu havíamos mergulhado naquelas fotos antigas – lembra daquela foto dela com o rei Hussein? –, mas nada disso saiu dos meus lábios.

Sem dizer mais nenhuma palavra, enfiei a mão no bolso, tirei a fotografia e coloquei-a bem na frente do seu rosto.

Não demorou muito. Melissa virou-se como se a foto pudesse queimá-la. Respirou fundo algumas vezes, então recuou. Tentei dar um passo em direção a ela, mas Mel ergueu a mão, me detendo. Quando levantou os olhos novamente, seu rosto estava inteiramente inexpressivo. Nenhuma surpresa. Nenhuma angústia nem alegria. Nada.

Ergui a foto novamente. Desta vez ela nem piscou.

– É uma foto de Ken – falei, estupidamente.

– Eu sei, Will.

– Esta é toda a sua reação?

– Como você queria que eu reagisse?

– Ele está vivo. A mamãe sabia. Esta foto estava com ela.

Silêncio.

– Mel?

– Ele está vivo – repetiu ela. – Eu ouvi.

Sua reação – ou a ausência dela – me deixou sem palavras.

– Mais alguma coisa? – perguntou Melissa.

– O quê? Isso é tudo que você tem a dizer?

– Há mais alguma coisa a dizer, Will?

– Ah... Eu tinha esquecido. Você tem que voltar para Seattle.

– Exatamente.

Ela se afastou de mim.

A raiva veio à tona.

– Diga uma coisa, Mel. Fugir ajudou em alguma coisa?

– Eu não fugi.

– Mentira – retruquei.

– Ralph conseguiu um emprego lá.

– Ah, tá.

– Como se atreve a me julgar?

Lembrei-me rapidamente de quando nós três brincávamos durante horas na piscina do hotel em Cape Cod. Lembrei-me, logo depois, da época em que Tony Bonoza espalhou uns boatos a respeito de Mel, de como Ken ficou vermelho de raiva quando soube e de como bateu no Tony.

— Ken está vivo — repeti.

A voz dela mais parecia uma súplica.

— E o que você quer que eu faça?

— Você age como se isso não tivesse importância.

— Não estou certa de que tenha.

— Que diabos está querendo dizer com isso?

— Ken não faz mais parte da nossa vida.

— Só se for da sua.

— Muito bem, Will. Ele não faz mais parte da minha vida.

— Ele é seu irmão.

— Ken fez a escolha dele.

— E isso significa que agora ele está morto para você?

— Não seria melhor se ele estivesse?

Mel balançou a cabeça e fechou os olhos. Esperei.

— Talvez eu tenha fugido mesmo, Will. Mas você também. Nós tínhamos que escolher. Ou nosso irmão estava morto ou era um assassino violento. Seja como for, sim, para mim ele está morto.

Levantei a foto mais uma vez.

— Pode ser que ele não seja culpado, você sabe disso, não sabe?

Melissa me olhou e, de repente, era a irmã mais velha de novo.

— Deixe disso, Will. Não seja tolo.

— Ele nos defendia quando éramos crianças. Ele cuidava de nós. Ele nos amava.

— E eu o amava. Mas também via exatamente o que ele era. Ele era dado à violência, Will. Você sabe. É verdade, ele nos defendia. Mas você não acha que em parte fazia isso porque gostava de brigar? Você sabe que ele estava envolvido em algo ruim quando morreu.

— Mas isso não faz dele um assassino.

Melissa fechou os olhos novamente. Podia ver que ela procurava encontrar alguma força interior.

— Pelo amor de Deus, Will, o que ele estava fazendo naquela noite?

Nossos olhos se encontraram e ficamos nos encarando. Eu não disse nada. Um frio repentino me cortou o coração.

— Esqueça o assassinato, está bem? Por que Ken estava transando com Julie Miller?

Aquelas palavras penetraram em mim, cresceram em meu peito, enormes e frias. Eu mal podia respirar. Minha voz, quando finalmente a encontrei, era fraca, longínqua.

– Já fazia mais de um ano que nós havíamos terminado.

– Está me dizendo que não sentia mais nada por ela?

– Eu... ela era livre. Ele era livre. Não havia razão para...

– Ele traiu você, Will. Encare isso de uma vez. Ele dormiu com a mulher que você amava. Que tipo de irmão faz isso?

– Nós já havíamos terminado – consegui dizer com dificuldade. – Eu não tinha nenhum direito sobre ela.

– Você a amava.

– Isso não vem ao caso.

Ela não desgrudava os olhos de mim.

– Agora quem é que está fugindo?

Recuei, tropeçando e quase caindo nos degraus de cimento. Sentei-me e coloquei o rosto entre as mãos. Procurei me recompor, o que levou algum tempo.

– Ele continua sendo nosso irmão.

– Então, o que você quer fazer? Encontrá-lo? Entregá-lo à polícia? Ajudá-lo a continuar se escondendo? O quê?

Eu não tinha nenhuma resposta.

Melissa passou por cima de mim e abriu a porta para sair.

– Will?

Levantei os olhos para ela.

– Esta não é mais a minha vida. Sinto muito.

Então eu a vi adolescente, deitada na cama, tagarelando, o cabelo com um penteado armado demais, o cheiro de chiclete no ar. Ken e eu ficávamos sentados no chão do quarto dela e virávamos os olhos. Lembro-me de sua linguagem corporal. Se Mel estivesse deitada de barriga para baixo, os pés agitando-se no ar, ela estava falando de garotos, festas e esse tipo de bobagens. Mas quando se deitava de costas e encarava o teto, bem, essa era a posição dos sonhos. Pensei nos sonhos dela. Pensei em como nenhum deles se tornara realidade.

– Eu te amo – falei.

E como se pudesse ler meus pensamentos, Melissa começou a chorar.

◆◆◆

O primeiro amor a gente nunca esquece. O meu acabou sendo assassinado.

Julie Miller e eu nos conhecemos quando a família dela se mudou para a Coddington Terrace, na época em que eu cursava o primeiro ano do ensino médio na Livingston High. Começamos a namorar dois anos mais tarde. Fomos juntos ao baile de formatura. Fomos eleitos o casal mais popular da escola. Éramos praticamente inseparáveis.

A única coisa de surpreendente em nosso rompimento foi o fato de ter sido inequivocamente previsível. Fomos estudar em faculdades diferentes, certos de que nosso amor era capaz de enfrentar o tempo e a distância. Não era, apesar de ter durado mais do que a maioria. Durante nosso primeiro ano na faculdade, Julie me telefonara dizendo que queria conhecer outras pessoas, que estava saindo com um cara chamado Buck.

Eu devia ter superado isso. Eu era jovem e aquilo era apenas mais um rito de passagem, algo bastante comum. E é provável que eu tivesse conseguido. Depois de alguns meses, comecei a sair com outras garotas. Levou algum tempo, mas aos poucos comecei a aceitar a realidade. O tempo e a distância ajudaram.

Mas então Julie morreu, e senti que uma parte do meu coração jamais se libertaria das suas garras.

Até que conheci Sheila.

◆ ◆ ◆

Não mostrei a fotografia ao meu pai.

Voltei ao meu apartamento às dez da noite. Ainda vazio, ainda abafado, ainda estranho. Nenhum recado na secretária eletrônica. Se a vida sem Sheila era assim, não me interessava.

O pedaço de papel com o telefone dos pais dela em Idaho ainda estava sobre a mesa. Qual era a diferença de horário em Idaho? Uma hora? Talvez duas? Eu não me lembrava. Mas isso significava que deviam ser oito ou nove da noite lá.

Não era muito tarde para ligar.

Desmoronei na cadeira e encarei o telefone como se ele pudesse me dizer o que fazer. Não disse. Peguei o pedaço de papel. Quando sugeri que Sheila telefonasse para os pais, seu rosto perdera toda a cor. Isso tinha sido ontem. Apenas ontem. Pensei no que devia fazer, e a primeira coisa que me passou pela cabeça foi que deveria pedir um conselho à minha mãe, ela saberia me dizer exatamente como agir.

Senti uma nova onda de tristeza me engolfar.

Mas eu sabia que tinha de agir. Tinha que fazer alguma coisa. E telefonar para os pais de Sheila era tudo em que eu podia pensar naquele momento.

Uma mulher atendeu no terceiro toque.

– Alô?

Limpei a garganta.

– Sra. Rogers?

Houve uma pausa.

– Sim?

– Meu nome é Will Klein.

Esperei para ver se o nome significava alguma coisa para ela. Se significava, ela não o deu a entender.

– Sou amigo de sua filha.

– Que filha?

– Da Sheila – anunciei.

– Sei – disse a mulher. – Ouvi dizer que ela estava em Nova York.

– É verdade.

– É de onde o senhor está telefonando?

– Sim.

– Em que posso ajudá-lo, Sr. Klein?

Era uma boa pergunta. Nem eu mesmo sabia a resposta, de forma que comecei da maneira mais óbvia.

– A senhora tem alguma ideia de onde ela possa estar?

– Não.

– A senhora a viu ou falou com ela recentemente?

Com uma voz cansada ela respondeu:

– Faz anos que não a vejo nem falo com ela.

Abri a boca, fechei, tentei decidir que rumo tomar, fiquei rodando em círculos.

– A senhora está sabendo que ela desapareceu?

– As autoridades entraram em contato conosco.

Passei o telefone para a outra mão e o coloquei contra o outro ouvido.

– A senhora disse alguma coisa relevante a eles?

– Como assim?

– A senhora tem alguma ideia sobre aonde ela possa ter ido? Para onde poderia ter fugido? Se ela tem algum amigo ou parente que pudesse ajudá-la?

– Sr. Klein?

– Sim?

– Há muito tempo Sheila não faz mais parte da nossa vida.

– Por quê?

A pergunta saiu sem pensar. Imaginei que haveria uma reprimenda, claro, do tipo o-senhor-não-tem-nada-a-ver-com-isso. Mas ela caiu novamente em silêncio. Tentei esperar que ela falasse, mas ela era melhor do que eu nisso.

– É só que... – eu podia me ouvir gaguejar – ela é uma pessoa maravilhosa.

– O senhor é mais do que um amigo, não é, Sr. Klein?

– Sou.

– As autoridades. Eles disseram que Sheila estava vivendo com um homem. Imagino que deviam estar se referindo ao senhor.

– Estamos juntos há quase um ano – concluí.

– O senhor parece estar preocupado com ela.

– Estou.

– O senhor a ama, não é?

– Muito.

– Mas nunca falaram a respeito do passado dela.

Eu não sabia como responder, embora a resposta fosse óbvia.

– Estou tentando compreender – falei.

– Não é tão simples assim. Nem eu entendo.

Nesse exato momento meu vizinho resolveu testar a todo volume seu novo aparelho de som com caixas quadrifônicas. O baixo sacudiu a parede. Como eu estava usando o telefone sem fio, caminhei até a outra extremidade do apartamento.

– Quero ajudá-la – disse.

– Vou lhe dizer uma coisa, Sr. Klein.

Seu tom de voz me fez agarrar o aparelho com firmeza.

– O agente federal que esteve aqui hoje – continuou ela – disse que não sabe nada a respeito.

– A respeito do quê? – perguntei.

– De Carly – respondeu a Sra. Rogers. – De onde ela está.

Fiquei confuso.

– Quem é Carly?

Houve outra longa pausa.

– Posso lhe dar um conselho, Sr. Klein?

– Quem é Carly? – perguntei novamente.

– Cuide da sua vida. Esqueça que um dia conheceu minha filha.

E então ela desligou.

8

PEGUEI UMA CERVEJA NA GELADEIRA e abri a porta de vidro. Entrei no que o corretor havia chamado, com otimismo, de "varanda". O minúsculo retângulo talvez fosse grande o suficiente para um berço. Uma pessoa, talvez duas, podiam caber ali, de pé, isso se permanecessem completamente imóveis. Não havia cadeiras, é claro, e, sendo no terceiro andar, a vista não era grande coisa. Mas podia respirar o ar fresco da noite, e eu gostava disso.

Nova York é bem iluminada e parece irreal à noite, permeada por um brilho azul-escuro. Esta pode ser a cidade que nunca dorme, mas, se tomássemos a minha rua como ponto de referência, ela bem que podia tirar um cochilo. Havia uma fileira de carros estacionados extremamente rentes uns aos outros, como se ainda disputassem um lugar muito tempo depois de seus donos os terem abandonado. Sons noturnos pulsavam e sussurravam. Podia ouvir música ao longe. Ouvia os barulhos vindos da pizzaria do outro lado da rua. Ouvia o tráfego na West Side Highway, agora mais suave, uma cantiga de ninar de Manhattan.

Sentia minha mente cansada. Não sabia o que estava acontecendo. Não sabia o que fazer em seguida. Meu telefonema para a mãe de Sheila trouxera mais perguntas do que respostas. As palavras de Melissa ainda me incomodavam, mas ela havia tocado num ponto interessante: agora que eu sabia que Ken estava vivo, o que pretendia fazer?

Queria encontrá-lo, é claro.

Queria encontrá-lo a todo custo. Mas e daí? O fato de eu não ser detetive ou não estar preparado para a tarefa não vinha ao caso. Se Ken quisesse ser encontrado, ele me procuraria. Procurá-lo poderia ser desastroso.

E talvez eu tivesse outra prioridade.

Para começar, meu irmão tinha fugido. Agora minha namorada havia evaporado. Franzi a testa. Ainda bem que eu não tenho um cachorro.

Estava prestes a tomar um gole de cerveja quando o notei.

Ele estava na esquina, talvez a uns 50 metros do meu prédio. Usava uma capa impermeável e o que parecia ser um chapéu de feltro e tinha as mãos nos bolsos. Àquela distância seu rosto parecia uma esfera branca brilhando de encontro a um pano de fundo negro, sem traços definidos e bem redondo. Não podia ver os seus olhos, mas sabia que estava olhando para mim. Podia sentir o peso do seu olhar. Era palpável.

O homem não se moveu.

Não havia muitos pedestres na rua, mas os poucos que havia, bem, eles se *moviam*. É isso que os nova-iorquinos fazem. Eles se movem. Andam. Andam com um objetivo. Mesmo quando param para atravessar a rua, seus corpos oscilam, sempre prontos a retomar a marcha. Os nova-iorquinos se movem. Não há um pingo de imobilidade neles.

Mas aquele homem estava imóvel como uma pedra. Ele me encarava. Pisquei com força. Ele ainda estava lá. Virei para o outro lado e tornei a olhar. Ele continuava lá, imóvel. E havia mais.

Alguma coisa nele me era familiar.

Eu não queria levar isso muito adiante. Estávamos bem distantes um do outro, era noite e minha visão não é das melhores, principalmente com as luzes das ruas. Mas os pelos atrás do meu pescoço ficaram arrepiados como os de um animal que pressente um perigo terrível.

Decidi encará-lo de volta e ver como ele reagiria. O homem não se mexeu. Não faço ideia de quanto tempo ficamos ali, daquele jeito. Podia sentir o sangue fugir das extremidades dos meus dedos. O frio se espalhava pelo meu corpo, mas sentia que algo dentro de mim ganhava força. Não desviei o olhar, e ele tampouco.

O telefone tocou.

Obriguei-me a desviar os olhos do homem misterioso. Meu relógio indicava que eram quase onze da noite. Já era tarde para um telefonema. Sem olhar para trás, entrei na sala e peguei o aparelho.

Squares disse:

– Com sono?

– Não.

– Quer dar uma volta?

Ele ia sair com a van naquela noite.

– Conseguiu descobrir alguma coisa?

– Encontre-me no estúdio. Daqui a meia hora.

Ele desligou.

Voltei ao terraço e olhei para a rua. O homem tinha ido embora.

◆ ◆ ◆

A escola de ioga se chamava simplesmente Squares. É claro que fiz várias piadas sobre isso. Squares havia virado um nome próprio, como Cher ou Sting. A escola, ou estúdio, ou o que fosse, ficava num prédio de seis andares na University Place, perto da Union Square. No início as coisas não foram fáceis. A escola lutara para sobreviver na obscuridade. Aí uma celebridade, uma estrela da música pop que todos conhecem muito bem, "descobriu" Squares. Ela contou para os amigos. Alguns meses depois a revista *Cosmo* fez um artigo. Depois, a *Elle*. Além disso, uma grande empresa especializada na venda de produtos pela tevê convidou Squares a fazer um vídeo promocional. Squares, que sempre apostou nas vendas, mergulhou de cabeça. O Yoga Squared Workout – a marca registrada da firma – deslanchou. Squares chegou até a fazer a barba no dia da gravação.

O resto é história.

De repente, nenhum evento social em Manhattan ou nos Hamptons podia ser considerado um "acontecimento" sem a presença do guru de fitness favorito das estrelas. Squares recusava a maioria dos convites, mas aprendeu depressa a ampliar o negócio. Ele agora raramente tem tempo para ensinar. Quem quiser ter aulas, mesmo com seus aprendizes, tem que entrar numa lista de espera de pelo menos dois meses. Ele cobra 25 dólares por aula. Tem quatro estúdios. O menor deles acomoda 50 alunos. O maior, 200. Ele tem 24 professores trabalhando em horários alternados. Quando cheguei à escola, às onze e meia da noite, ainda havia aulas em três estúdios.

Façam os cálculos.

No elevador pude escutar os acordes tristes da cítara misturados ao barulho de riachos, uma combinação de sons que acho tão reconfortante quanto um gato levando um choque elétrico. Logo na entrada, há uma lojinha cheia de incensos, livros, loções, fitas, vídeos, CDs, DVDs, cristais, colares, batas e vestidos indianos.

Atrás do balcão havia um casal de jovens anoréxicos de 20 e poucos anos, ambos de preto, seus poros exalando granola. Jovens para sempre. Por enquanto. Um rapaz e uma moça, embora não fosse fácil dizer quem era quem. A voz de ambos era monótona e um tanto condescendente – como a voz de um maître em um novo restaurante da moda. Os piercings em seus corpos – e havia um sem-número deles – estavam repletos de prata e turquesa.

– Oi – cumprimentei.

– Por favor, tire os sapatos – disse aquele que provavelmente era o homem.

– Certo.

Tirei-os.

– E você...? – perguntou a que provavelmente era a mulher.

– Vim falar com Squares. Sou Will Klein.

O nome não significava nada para eles. Deviam ser novos.

– O senhor tem hora marcada com o mestre Squares?

– Mestre Squares? – repeti.

Eles ficaram me olhando.

– Digam uma coisa, será que o mestre Squares é mais esperto do que esses caras quadrados que andam por aí?

Nenhum dos dois riu. Grande surpresa. Ela digitou alguma coisa no computador. Os dois franziram a testa para o monitor. Ele pegou o telefone e discou. O som da cítara continuava a me irritar. Senti uma baita dor de cabeça se aproximando.

– Will?

Wanda, trajando um collant maravilhoso, deslizou sala adentro, cabeça erguida, clavículas salientes, olhos observando tudo. Era a principal professora – e namorada de Squares. Estavam juntos fazia três anos. O collant era lilás e ficava perfeito nela. Wanda era um colírio para os olhos – alta, as pernas longas, esguia, linda de morrer, e negra. Sim, negra. Aqueles de nós que conhecíamos o passado questionável de Squares não podíamos deixar de ver a ironia disso.

Ela me deu um abraço tão caloroso que desejei que durasse para sempre.

– Como vai, Will? – perguntou ela suavemente.

– Melhor.

Ela recuou e me olhou, tentando detectar uma mentira. Wanda havia ido ao enterro de minha mãe. Ela e Squares não tinham segredos. Squares e eu não tínhamos segredos. Como num teorema de álgebra, pode-se deduzir que ela e eu não tínhamos segredos.

– Ele está terminando uma aula. Respiração pranaiama.

Assenti.

Ela inclinou a cabeça como se tivesse acabado de se lembrar de alguma coisa.

– Você tem um segundo antes de ir?

Ela procurou manter um tom de naturalidade na voz, mas não foi inteiramente bem-sucedida.

– Claro – respondi.

Wanda flutuou pelo corredor – ela era graciosa demais para andar. Fui atrás, meus olhos à altura de seu pescoço de cisne. Passamos por uma fonte tão imponente e ornamentada que senti vontade de atirar uma moeda nela. Olhei rapidamente para o interior de um dos estúdios. Silêncio absoluto, a não ser por respirações profundas. Parecia um cenário de cinema. Pessoas glamourosas – não sei onde é que Squares encontrava tanta gente glamourosa – enchiam a sala de um lado ao outro, a postura de guerreiros, os rostos serenos e sem expressão, as pernas abertas, as palmas das mãos para cima, os joelhos dobrados para a frente num ângulo de 90 graus.

O escritório que Wanda dividia com Squares ficava à direita. Ela sentou cuidadosamente na cadeira como se esta fosse feita de isopor e cruzou as pernas na posição de lótus. Sentei-me à sua frente, do modo convencional. Wanda ficou quieta por alguns instantes. Ela fechou os olhos, e eu pude perceber que estava tentando relaxar. Esperei.

– Ainda não contei a você uma coisa – disse ela.

– O quê?

– Estou grávida.

– Ei, isso é maravilhoso.

Fiz menção de me levantar para parabenizá-la.

– Squares não está aceitando isso muito bem.

Parei no meio do caminho.

– Como assim?

– Ele está um bocado perturbado.

– Como?

– Você não sabia de nada, certo?

– Certo.

– Ele conta tudo a você, Will. Ele soube há uma semana.

Compreendi aonde ela queria chegar.

– Ele provavelmente não quis comentar nada por causa da minha mãe e tudo mais.

Ela me olhou com expressão séria e disse:

– Não faça isso.

– Tudo bem, desculpe.

Seus olhos se desviaram dos meus. Naquele momento pude ver sinais de desencanto em sua fachada serena.

– Esperava que ele ficasse feliz.

– E não ficou?

– Acho que ele quer – Wanda parecia não ter palavras – que eu interrompa a gravidez.

Recuei.

– Ele disse isso?

– Ele não disse nada. Mas de repente começou a trabalhar mais noites na van. Está dando mais aulas.

– Acha que ele está evitando você?

– Sim.

A porta do escritório se abriu sem ninguém bater. Squares meteu o rosto não barbeado pela fresta. Dirigiu a Wanda um leve sorriso. Ela se virou para o outro lado. Squares levantou o polegar para mim.

– Vamos nessa?

◆◆◆

Não falamos até entrarmos na van.

Então Squares disse:

– Ela lhe contou.

Era uma declaração, não uma pergunta, de modo que não me preocupei em confirmar ou negar.

Ele enfiou a chave na ignição.

– Não vamos conversar sobre esse assunto – disse ele.

Outra declaração que não exigia resposta.

A van da Covenant House se embrenhou direto nas profundezas. Vários dos nossos jovens chegam espontaneamente à nossa porta. Mas muitos são apanhados pela van. Para alcançá-los precisamos ir até eles, nos antros de prostituição da cidade – ali encontramos crianças que fugiram de casa, pivetes, enfim, aqueles que frequentemente são excluídos da sociedade. Uma criança que vive nas ruas é um tanto semelhante – por favor, me perdoem a analogia – a uma erva daninha. Quanto mais tempo fica lá, mais difícil é arrancá-la pela raiz.

Perdemos muitas dessas crianças. Mais do que salvamos. E esqueça a analogia da erva daninha. É uma analogia estúpida porque sugere que estamos nos livrando de algo ruim e preservando algo bom. Na verdade, é exatamente o contrário. Acho que a rua se assemelha mais a um câncer. Exames frequentes, tratamento preventivo e um diagnóstico no estágio inicial são o segredo de uma sobrevivência prolongada.

Não é uma comparação muito melhor, mas dá para entender a ideia.

– Os agentes federais exageraram – disse Squares.

– Como assim?

– Em relação à ficha de Sheila.

– Continue.

– As prisões. Elas aconteceram há muito tempo. Tem certeza de que quer ouvir isso?

– Tenho.

Começamos nossa jornada pelas profundezas da escuridão. As zonas de prostituição são móveis. Geralmente as encontramos perto do Lincoln Tunnel ou do Javits Center, mas ultimamente a polícia tem dado duro. Estão ampliando a operação de limpeza da cidade. Com isso as prostitutas seguiram para o sul, para a Rua 18, no oeste da cidade, onde ficam os grandes frigoríficos. Nessa noite as meninas estavam em peso nas ruas.

Squares apontou para um grupo delas com a cabeça.

– Sheila podia ser qualquer uma dessas.

– Ela trabalhava nas ruas?

– Uma adolescente fugida da casa dos pais na região Centro-Oeste. Saiu do ônibus e foi direto para as ruas.

Já havia visto isso muitas vezes para me sentir chocado. Mas agora não se tratava de uma estranha ou de uma garota qualquer na pior. Tratava-se da mulher mais maravilhosa que eu já conhecera.

– Isso já faz muito tempo – disse Squares, como se lesse meus pensamentos. – Ela foi presa pela primeira vez quando tinha 16 anos.

– Prostituição?

Ele assentiu.

– E mais três vezes nos 18 meses seguintes, trabalhando, segundo a ficha policial, para um cafetão chamado Louis Castman. Da última vez, a pegaram com 50 gramas de pó e uma faca. Tentaram indiciá-la tanto por tráfico de drogas como por assalto à mão armada, mas não colou.

Olhei pela janela. A noite ficara cinzenta, desbotada. A gente vê tanta maldade nas ruas... Trabalhamos duro para acabar com um pouco disso. Sei que às vezes somos bem-sucedidos. Sei que conseguimos modificar algumas vidas. Mas também sei que o que acontece aqui, nesse esgoto vibrante da noite, nunca desaparece por completo. O dano já está feito. Essas vidas podem ser parcialmente restauradas. Elas podem seguir em frente. Mas o dano das ruas é permanente.

– Do que você tem medo? – perguntei.

– Já disse que não quero conversar sobre esse assunto.

– Você a ama. E ela também ama você.

– E é negra.

Virei-me para ele e esperei. Sei que ele não estava se referindo ao óbvio ao dizer isso. Não estava sendo racista. Mas é como eu disse. O dano é permanente. Eu havia percebido a tensão entre os dois, uma tensão que, apesar de não chegar nem perto da intensidade do amor entre eles, estava sempre lá.

– Você a ama – repeti.

Ele continuou dirigindo.

– Talvez isso fosse parte da atração inicial – continuei. – Mas ela não é mais simplesmente a sua redenção. Você está apaixonado por ela.

– Will?

– O quê?

– Já chega.

Squares dobrou repentinamente à direita. Os faróis revelaram as crianças da noite. Mas elas não se espalharam como ratos ante à nossa invasão. Em vez disso, ficaram olhando, mudas, quase sem piscar. Squares apertou os olhos, localizou sua vítima e parou a van.

Saltamos do carro em silêncio. As crianças nos olhavam com olhos mortos. Lembrei-me de uma frase de Fantine em *Os miseráveis* – a versão musical, não sei se faz parte do livro – "Será que eles não sabem que estão fazendo amor com aquilo que já morreu?".

Havia meninas e meninos, travestis e transexuais. Já vi todo tipo de degradação imaginável por aqui, mas – tenho certeza de que serei acusado de sexismo – acho que nunca vi uma cliente do sexo feminino. Não estou dizendo que as mulheres não paguem por sexo. Estou certo de que o fazem. Mas não parecem procurar por isso nas ruas. Aqui, os clientes são sempre homens. Podem querer uma mulher corpulenta ou magrela, jovem, velha, heterossexual, pervertida, homens, garotos, animais, seja lá o que for. Alguns até trazem uma mulher na garupa, arrastam a namorada ou a esposa para aquela podridão. Mas a clientela que ronda por esses caminhos escuros é sempre masculina.

Apesar dessa conversa a respeito de toda a devassidão inimaginável, esses homens, em sua maioria, vêm aqui obter um certo... ato. Algo que é executado neles e que pode facilmente acontecer em um carro estacionado, o que faz sentido para ambas as partes, se você pensar bem. Por um lado, é conveniente. Não é preciso gastar dinheiro nem tempo para conseguir um quarto. A preocupação com doenças venéreas, apesar de estar sempre presente, diminui. Engravidar está fora de questão. Não é preciso tirar a roupa toda...

Pouparei vocês dos detalhes.

As veteranas das ruas – por veteranas refiro-me a qualquer garota com mais de 18 anos – cumprimentaram Squares calorosamente. Elas o conheciam. Gostavam dele. A minha presença gerou certa desconfiança. Fazia muito tempo desde a última vez em que eu estivera nas trincheiras. Mesmo assim, algumas delas me reconheceram, e, de uma forma bizarra, fiquei feliz em revê-las.

Squares se aproximou de uma prostituta chamada Candi, apesar de esse provavelmente não ser seu verdadeiro nome. Não sou nenhuma criança. Ela apontou com o queixo para duas garotas que tremiam de frio, encolhidas junto ao batente de uma porta. Olhei para elas. Não deviam ter mais de 16 anos, os rostos pintados como o de duas meninas que encontraram a bolsa de maquiagem da mãe, e meu coração ficou apertado. Vestiam os mais curtos shorts possíveis, botas de salto agulha e casacos de pele sintética. Muitas vezes eu me perguntava onde é que elas encontravam essas roupas, ficava imaginando se haveria lojas especializadas em roupas e acessórios para prostitutas ou algo parecido.

– Carne fresca – disse Candi.

Squares franziu a testa e meneou a cabeça. Muitas das nossas melhores indicações eram dadas pelas veteranas. Havia dois motivos para isso: o primeiro – o motivo cínico – era que, tirando as novatas de circulação, eliminavam a concorrência. Garotas que trabalham na rua ficam feias bem depressa. Candi era, para ser franco, medonha. Esse tipo de vida faz o tempo passar mais rápido que qualquer buraco negro. Apesar de serem forçadas a ficar encolhidas nos batentes das portas até adquirirem o direito a seu próprio território, as novatas sempre acabam chamando a atenção dos clientes.

Mas acho que esse ponto de vista não é inteiramente justo. O segundo motivo e o maior deles – por favor não pensem que se trata de ingenuidade minha – é que elas querem ajudar. Elas veem a si mesmas nessas adolescentes. Veem a bifurcação na estrada e, apesar de muitas vezes não quererem admitir que tomaram o caminho errado, sabem que já é tarde demais para elas. Não podem voltar atrás.

Eu costumava discutir com as Candis deste mundo. Costumava insistir que nunca era tarde demais, que ainda havia tempo. Estava errado. Esse é mais um motivo por que precisamos chegar a elas o mais cedo possível. Há um ponto que, uma vez ultrapassado, já não se pode mais salvá-las. A destruição é irreversível. A rua as consome. Elas desaparecem. Passam a fazer parte da noite, amalgamadas numa única entidade obscura. São um caso perdido. Com toda certeza, irão morrer aqui mesmo ou acabarão numa cadeia ou loucas.

– Onde está Raquel? – perguntou Squares.

– Fazendo um servicinho num carro – disse Candi.

– Ela vai voltar?

– Vai.

Squares assentiu e voltou-se para as duas garotas novas.

Uma delas já estava encostada a um Buick Regal. Não dá para imaginar a frustração. Dá vontade de interferir e parar com aquilo. Dá vontade de tirar a garota dali, esticar o braço, agarrar o cara pelo pescoço e arrancar os pulmões dele. O impulso que temos é de pelo menos expulsá-lo dali, tirar uma fotografia ou... ou fazer alguma coisa. Mas não fazemos nada disso. Se fizéssemos, perderíamos a confiança delas. E se perdermos essa confiança, seremos inúteis.

Era duro não fazer nada. Por sorte não sou particularmente corajoso nem dado a confrontos. Talvez isso facilite as coisas.

Vi a porta do passageiro se abrir. O Buick Regal pareceu devorar a criança. Ela desapareceu lentamente, afundando no escuro. Fiquei olhando para aquilo, e creio que nunca me senti tão inútil. Olhei para Squares. Ele também tinha os olhos grudados no carro. O Buick se afastou. A menina sumiu, como se nunca tivesse existido. Se o carro decidisse não voltar, ela desapareceria para sempre.

Squares se aproximou da menina que ficara. Eu o segui, mantendo-me alguns passos atrás. O lábio inferior da menina estava trêmulo, como se tentasse conter as lágrimas, mas os olhos chispavam numa atitude desafiadora. Eu queria colocá-la na van. À força, se fosse preciso. Muito deste trabalho se resume em autocontrole. Por isso Squares é o mestre. Ele parou a pouco mais de um metro dela, tomando cuidado para não invadir seu espaço.

– Oi – disse ele.

Ela o olhou de cima a baixo e murmurou:

– Oi.

– Achei que talvez você pudesse me ajudar.

Squares deu mais um passo e tirou uma fotografia do bolso.

– Estava pensando se por acaso você não viu esta moça.

A garota não olhou o retrato.

– Não vi ninguém.

– Por favor – insistiu Squares com um sorriso quase celestial. – Não sou da polícia.

Ela tentou parecer durona.

– Achei mesmo que não era – disse. – Vi você conversando com a Candi e tudo mais.

Squares se aproximou um pouco mais.

– Nós, quer dizer, meu amigo aqui e eu – dei um tchauzinho e sorri – estamos tentando salvar esta garota.

Curiosa, ela apertou os olhos.

– Salvá-la de quê?

– Tem um pessoal que não presta atrás dela.

– Quem?

– O cafetão dela. Sabe, é que nós trabalhamos para a Covenant House. Já ouviu falar?

Ela deu de ombros.

– É um lugar onde as pessoas podem passar um tempo – disse Squares, procurando não dar muita importância ao fato. – Não tem nada de mais. Você pode chegar lá, fazer uma refeição, dormir numa cama quentinha, usar o telefone, conseguir umas roupas, coisas assim. Enfim, essa garota – ele levantou a foto, um retrato escolar de uma garota branca com aparelho nos dentes –, o nome dela é Angie.

Ele sempre diz o nome da garota. Isso personaliza a foto.

– Ela tem ficado lá com a gente. Fazendo alguns cursos. É uma garota engraçada mesmo. E arranjou um emprego também. Dando um jeito na vida, sabe?

A menina não disse nada.

Squares estendeu a mão.

– Todo mundo me chama de Squares – disse ele.

A menina suspirou e pegou na mão dele.

– Eu me chamo Jeri.

– Muito prazer.

– Sei. Mas não vi essa tal de Angie, não. Aliás, tenho que voltar ao trabalho.

É nessa hora que precisamos tomar cuidado. Se forçamos demais a barra, podemos perdê-las para sempre. Elas se enfurnam em seus casulos e nunca mais saem. Tudo o que estamos tentando fazer agora – tudo o que podemos fazer agora – é semear. É informá-las de que existe um lar para elas, um lugar seguro onde podem arranjar o que comer e onde se abrigar. Damos a elas a oportunidade de ficar fora das ruas por uma noite. Uma vez que cheguem até lá, lhes mostramos um amor incondicional. Mas agora, não. Agora elas ficariam com medo. Agora isso as faria fugir.

Por mais que aquilo nos corroesse por dentro, não havia mais nada que pudéssemos fazer.

Poucas pessoas podiam fazer o trabalho de Squares por muito tempo. E os que continuavam, os que eram particularmente bons nisso, eram um pouco... um pouquinho fora do normal. Tinham que ser.

Squares hesitou. Ele vinha usando o golpe da "garota desaparecida" para quebrar o gelo desde que eu o conhecera. A garota na fotografia, a verdadeira Angie, morrera havia 15 anos, nas ruas, de frio. Squares a encontrara atrás de uma caçamba de lixo. No enterro, a mãe de Angie deu a ele a fotografia. Acho que nunca o vi sem ela.

– Tudo bem, obrigado. – Squares pegou um cartão e o entregou à garota. – Se você a vir, me avise por favor, está bem? Pode me telefonar a qualquer hora. Seja qual for o motivo.

Ela pegou o cartão, passou o dedo sobre ele.

– É, pode ser.

Outra hesitação. Squares disse:

– A gente se vê por aí.

– É.

E fizemos a coisa mais impensável do mundo: nos afastamos.

◆◆◆

O verdadeiro nome de Raquel era Roscoe. Pelo menos foi o que ele ou ela nos disse. Nunca soube exatamente como me dirigir a Raquel, se deveria chamar de ele ou ela. Talvez eu devesse lhe perguntar.

Squares e eu encontramos o carro parado na frente de uma entrada de serviço desativada. Um lugar muito usado para esse tipo de atividade. As janelas do carro estavam embaçadas, mas mesmo assim mantivemos distância. O que quer que estivesse acontecendo lá dentro – e fazíamos uma boa ideia do que seria –, não nos interessava testemunhar.

A porta se abriu logo depois. Raquel saiu. A essa altura, já deve ter ficado claro que Raquel era um travesti, daí a confusão de gêneros. Costumávamos nos referir aos transexuais como "elas". Já com travestis, bem, a coisa era mais complicada. Algumas vezes o "ela" era adequado, enquanto em outras ocasiões isso soava politicamente correto demais.

Talvez fosse esse o caso com Raquel.

Raquel saiu do carro e tirou um spray bucal da bolsa. Três pequenos jatos, uma pausa, um pensamento, mais três pequenos jatos. O carro se afastou. Raquel se virou para nós.

Muitos travestis são bonitos. Raquel, não. Era negro, tinha quase 2m e com certeza pesava pelo menos 130 quilos. Seus bíceps pareciam porcos gigantes encapsulados em tripas como linguiças, e havia uma mancha escura no lugar da barba que lembrava Homer Simpson. Sua voz era tão aguda que, perto dele, Michael Jackson mais parecia um caminhoneiro – era como se Betty Boop tivesse inalado hélio.

Raquel dizia ter 29 anos, mas isso é o que vinha dizendo nos últimos seis. Trabalhava cinco dias por semana, chovesse ou fizesse sol, e tinha uma clientela fiel. Podia deixar as ruas, se quisesse. Podia achar um lugar para trabalhar fora dali, montar um apartamento, esse tipo de coisa. Mas Raquel gostava daquilo. Era uma dessas coisas que as pessoas não entendiam. As ruas podiam ser escuras e perigosas, mas também eram inebriantes. A noite tinha uma energia, uma eletricidade que fazia as pessoas se sentirem vivas. Para alguns de nossos jovens, as opções se limitavam a um emprego medíocre no McDonald's ou a emoção da noite – e isso, quando não se tem futuro, não era uma escolha difícil.

Raquel nos reconheceu e caminhou em nossa direção, equilibrando-se nos sapatos de salto agulha tamanho 46 – nada fáceis de encontrar, tenho certeza. Raquel parou ao lado de um poste de luz. Seu rosto parecia gasto como um rochedo erodido por séculos de tempestades. Eu não sabia nada do seu passado. Ele mentia muito. Uma das histórias que eu ouvira era de que ele havia sido um famoso jogador de futebol americano que um dia arrebentara o joelho e tivera de encerrar a carreira. Outra versão era de que ele havia ganhado uma bolsa de estudos para uma prestigiosa universidade por seus méritos acadêmicos. Havia uma que o classificava como veterano da Guerra do Golfo. Escolha a história que quiser ou invente uma.

Raquel cumprimentou Squares com um abraço e um beijo no rosto. Então voltou sua atenção para mim.

— Está com uma cara ótima, Willy, meu docinho – disse Raquel.

— Muito obrigado, Raquel.

— Tão gostoso que dá vontade de comer.

– Tenho me exercitado – expliquei. – O que me deixa ainda mais gostoso.

Raquel passou o braço sobre meu ombro.

– Poderia me apaixonar por um homem como você!

– Você me deixa lisonjeado, Raquel.

– Um homem como você poderia me tirar dessa vida.

– É, mas pense em todos os corações partidos que você deixaria por aí.

Raquel deu uma risadinha.

– Tem razão.

Mostrei a Raquel uma fotografia de Sheila, a única que eu tinha. Parece estranho quando penso nisso agora. Nenhum de nós dois era muito chegado a fotos, mas ter apenas uma fotografia?

– Reconhece esse rosto? – perguntei.

Raquel estudou a foto.

– É a sua garota – disse ele –, eu a vi no abrigo uma vez.

– Certo. Viu-a em algum outro lugar?

– Não. Por quê?

Não havia motivo para mentir.

– Ela se mandou. Estou procurando por ela.

Raquel estudou a fotografia mais uma vez.

– Posso ficar com ela?

Eu havia feito algumas cópias coloridas no escritório, de modo que entreguei a foto a ele.

– Vou perguntar por aí – disse Raquel.

– Obrigado.

Ele assentiu.

– Raquel? – chamou Squares. O travesti se voltou para ele. – Você se lembra de um cafetão chamado Louis Castman?

Raquel ficou imóvel. Olhou para os lados.

– Raquel?

– Tenho que voltar ao trabalho, Squares. Negócios, você sabe.

Me pus em seu caminho. Ele me olhou de cima a baixo como se eu fosse um mosquito que ele pudesse afugentar simplesmente movendo a mão.

– Ela costumava trabalhar nas ruas – mencionei.

– Sua garota?

– É.

– E ela trabalhava para Castman?

– Sim.

Raquel se benzeu.

– Cara barra-pesada, queridinho. Castman era dos piores.

– Como assim?

Ele apertou os lábios.

– As garotas daqui. São apenas mercadorias, sacou? Mercadorias. Para a maioria do pessoal aqui, isso é apenas um negócio. Se elas ganham dinheiro, ficam. Se não ganham, então, bem, você sabe.

Entendi.

– Mas Castman – Raquel sussurrou o nome dele do mesmo jeito que algumas pessoas sussurram a palavra câncer –, ele era diferente.

– Como assim?

– Ele danificava sua própria mercadoria. Às vezes, só para se divertir.

Squares disse:

– Você está falando dele no passado.

– Bem, isso porque ele não tem andado por aqui já faz uns três anos.

– Está vivo?

Raquel ficou muito quieto. Olhou para os lados. Squares e eu trocamos olhares e esperamos.

– Ainda continua vivo – disse Raquel. – Eu acho.

– O que quer dizer com isso?

Raquel balançou a cabeça.

– Precisamos falar com ele. Sabe onde podemos encontrá-lo?

– Ouvi uns boatos por aí.

– Que tipo de boatos?

Raquel balançou novamente a cabeça.

– Dá uma olhada num lugar na esquina da Wright com a Avenida D, no sul do Bronx. Ouvi dizer que ele pode estar lá.

Raquel se afastou, equilibrando-se com mais firmeza nos saltos agulha. Um carro passou, parou, e, mais uma vez, vi um ser humano desaparecer na noite.

9

NORMALMENTE, HESITARÍAMOS EM ACORDAR alguém à uma da manhã. Mas aqui não era assim. Havia tábuas pregadas nas janelas. A porta era uma folha de compensado. Talvez pudéssemos dizer que a pintura estava descascando, mas a verdade era que as paredes estavam caindo aos pedaços.

Squares bateu à porta de compensado e uma mulher imediatamente gritou:

– Quem é?

Squares respondeu:

– Estamos procurando por Louis Castman.

– Deem o fora.

– Precisamos falar com ele.

– Vocês têm mandado?

– Não somos da polícia.

– Quem são, então?

– Trabalhamos para a Covenant House.

– Não há nenhuma criança fugida aqui – gritou ela, quase histérica. – Vão dando o fora.

– Você pode escolher – disse Squares. – Ou a gente fala com Castman agora ou volta com um bando de policiais xeretas.

– Eu não fiz nada.

– Eu posso inventar alguma coisa – disse Squares. – Abra a porta.

A mulher tomou uma decisão rápida. Ouvimos um ferrolho correr, depois outro, e depois uma corrente. Uma fresta da porta se abriu. Avancei, mas Squares me bloqueou com o braço.

– Espere até a porta se abrir totalmente – disse.

– Rápido – disse a mulher com uma voz de bruxa. – Entrem logo. Não quero ninguém espiando aqui dentro.

Squares deu um tranco na porta, escancarando-a. Assim que entramos, a mulher a fechou. Duas coisas me chamaram a atenção assim que pus os pés lá dentro. Primeiro, a escuridão. A única luz no ambiente vinha de uma lâmpada fraca no canto direito, ao fundo. Havia uma poltrona de leitura surrada, uma mesinha e só. Depois, o cheiro. Tente trazer à memória sua recordação mais vívida de um campo verdejante repleto de ar puro e então pense no extremo oposto.

A sensação sufocante me deixou com medo de respirar. O ar era uma mistura de hospital e alguma outra coisa que eu não podia decifrar. Imaginei quando teria sido a última vez em que se abrira uma janela ali, e o cômodo parecia sussurrar: *Nunca*.

Squares se voltou para a mulher. Ela havia se encolhido num canto. Podíamos distinguir apenas sua silhueta no escuro.

– Todos me chamam de Squares – ele se apresentou.

– Sei quem você é.

– Já nos conhecemos?

– Isso não importa.

– Onde está ele? – perguntou Squares.

– Naquele quarto – disse ela, apontando lentamente com a mão. – Ele deve estar dormindo.

Nossos olhos começavam a se adaptar. Dei um passo em direção a ela. Ela não recuou. Cheguei mais perto. Quando levantou a cabeça, quase perdi a respiração. Resmunguei um pedido de desculpas e recuei.

– Não – disse ela –, quero que veja.

Ela atravessou a sala, parou em frente à lâmpada e nos olhou de frente. Para nosso crédito, nem Squares nem eu vacilamos. Mas não foi fácil. Quem quer que a tivesse desfigurado o fez com extremo cuidado. Ela provavelmente havia sido muito bonita um dia, mas era como se tivesse sido submetida a um processo de cirurgia antiplástica. Um nariz talvez bem desenhado fora esmagado como um besouro sob a sola de uma bota pesada. A pele outrora macia havia sido retalhada. Os cantos da boca tinham sido rasgados a ponto de ser difícil dizer onde os lábios terminavam. Dezenas de cicatrizes roxas em alto-relevo se entrecruzavam em seu rosto, como se alguém tivesse dado um giz de cera a uma criança de 3 anos para que rabiscasse à vontade. O olho esquerdo havia sido entortado para um dos lados e jazia morto na órbita. O outro nos encarava, sem piscar.

– Você trabalhava nas ruas, não é? – disse Squares.

Ela assentiu.

– Qual é o seu nome?

Mexer a boca parecia exigir dela um grande esforço.

– Tanya.

– Quem fez isso a você?

– Quem você acha que foi?

Não nos preocupamos em responder.

– Ele está lá, do outro lado daquela porta – disse ela. – Eu cuido dele. Nunca encostei a mão nele. Entende? Nunca fiz nada para machucá-lo.

Squares e eu concordamos com um gesto. Eu não podia entender o que se passava ali. Acho que Squares também não. Fomos até a porta. Nenhum ruído. Talvez ele estivesse dormindo. Eu não me importava. Ele acordaria. Squares colocou a mão na maçaneta e olhou para mim. Eu sinalizei que estava tudo bem. Ele abriu a porta.

A luz estava acesa. Uma luz forte demais, para ser franco. Tive que fazer sombra com a mão sobre os olhos. Escutei um bipe e vi algum tipo de máquina hospitalar junto à cama. Mas essa não foi a primeira coisa que me chamou a atenção.

As paredes.

Foram elas que notei logo de início. As paredes eram forradas de cortiça – eu podia ver um pouco do bege amarronzado ao fundo –, mas, mais do que isso, estavam completamente cobertas de fotografias. Centenas delas. Algumas ampliadas do tamanho de pôsteres, outras de tamanho padrão, a maioria de dimensões variadas – todas presas com tachinhas transparentes.

Eram todas fotos de Tanya.

Pelo menos, foi o que supus. As fotografias haviam sido tiradas antes da desfiguração. Disso eu estava certo. Tanya realmente era linda. Era impossível escapar das imagens, que pareciam ser parte do book de uma modelo profissional. Olhei para o alto. Como num afresco infernal, o teto também estava totalmente coberto por fotos de Tanya.

– Ajudem-me. Por favor.

A voz fraca vinha da cama. Squares e eu caminhamos em sua direção. Tanya entrou atrás de nós limpando a garganta. Olhamos para ela. Sob a luz ofuscante, suas cicatrizes pareciam quase vivas, contorcendo-se sobre o seu rosto como dezenas de vermes. O nariz não tinha sido apenas achatado, parecia totalmente deformado, como se fosse feito de barro. As velhas fotografias pareciam reluzir, envolvendo a pobre mulher numa cruel aura de "antes e depois".

O homem na cama gemeu.

Esperamos. Tanya olhou primeiro para mim, depois para Squares. Seu olho nos desafiava a conseguir esquecer, nos forçava a gravar na memória aquelas imagens, a recordar o que ela tinha sido e o que ele havia feito com ela.

– Uma navalha – disse ela. – Uma navalha enferrujada. Ele levou mais de uma hora para fazer isso. E não cortou só o meu rosto.

Sem mais uma palavra, Tanya saiu do quarto, fechando a porta atrás de si.

Ficamos em silêncio por um momento. Então Squares perguntou:

– Você é Louis Castman?

– Vocês são da polícia?

– Você é Castman?

– Sou. E fui eu quem fez isso. Jesus, eu confesso o que vocês quiserem. Só me tirem daqui, pelo amor de Deus.

– Não somos da polícia – disse Squares.

Ele estava deitado de costas. Tinha um tubo ligado ao peito. A máquina fazia um ruído peculiar, e um aparato ficava subindo e descendo, como um acordeom. Castman era branco, recém-barbeado, bem penteado. O cabelo estava limpo. A cama tinha grades de proteção e botões de controle. Havia um urinol num canto e uma pia. Fora isso, o quarto estava vazio. Não havia gavetas, nem cômoda, nem TV, nem rádio, nem relógio, nem livros, nem jornais, nem revista alguma. As persianas estavam arriadas.

Senti náuseas.

– O que houve com você? – perguntei.

Os olhos de Castman – e só os olhos – voltaram-se para mim.

– Fiquei paralítico – respondeu. – Uma merda de tetraplégico. Do pescoço para baixo – ele fez uma pausa e fechou os olhos –, nada.

Não sabia ao certo como reagir. Nem Squares.

– Por favor – implorou Castman. – Vocês têm que me tirar daqui. Antes...

– Antes do quê?

Ele fechou os olhos e os abriu novamente.

– Levei um tiro, faz uns três, quatro anos talvez. Nem sei mais. Não sei em que dia ou mês ou mesmo em que ano estamos. A luz está sempre acesa, de modo que nunca sei se é dia ou noite. Nem sei quem é o presidente. – Ele engoliu, com um esforço visível. – Ela é louca, cara. Tento gritar pedindo socorro, mas não adianta. Ela forrou tudo com cortiça. Fico deitado aqui, o dia inteiro, olhando as paredes.

Fiquei mudo. Mas Squares não se abalou.

– Não viemos aqui para ouvir a história da sua vida. Queremos lhe fazer umas perguntas a respeito de uma das suas garotas.

– Vieram ao homem errado. Faz um bocado de tempo que não trabalho nas ruas.

– Tudo bem. Já faz muito tempo que ela também não trabalha nisso.

– Quem é a garota?

– Sheila Rogers.

– Ah! – Castman sorriu ao ouvir o nome. – O que querem saber?

– Tudo.

– E se eu me recusar a contar?

Squares tocou meu ombro.

– Vamos embora – disse.

A voz de Castman era de puro pânico.

– O quê?

Squares baixou os olhos para ele.

– Se não quiser cooperar, Sr. Castman, está tudo bem. Não iremos mais aborrecê-lo.

– Esperem! – gritou. – Olhem, sabem quantas visitas eu tive desde que vim para cá?

– Não temos nada com isso – disse Squares.

– Seis. Um total fantástico de seis visitas. E nenhuma há pelo menos um ano. E todas as seis eram minhas antigas garotas. Vieram até aqui só para rir de mim. Para me ver me cagando na cama. E querem saber o pior disso? Eu ficava ansioso para que elas viessem. Qualquer coisa para quebrar a monotonia, entendem?

Squares estava ficando impaciente.

– Sheila Rogers.

O tubo fez um ruído molhado, de sucção. Castman abriu a boca. Uma bolha de saliva se formou. Ele fechou a boca e tentou falar de novo.

– Encontrei Sheila, meu Deus, estou tentando lembrar, faz uns 10, 15 anos. Eu estava trabalhando na rodoviária. Ela saltou de um ônibus que vinha de Iowa, ou de Idaho, uma porcaria dessas.

Trabalhando na rodoviária. Eu conhecia o golpe muito bem. Os cafetões ficavam no terminal. Procuravam garotas que tivessem acabado de sair dos ônibus – garotas desesperadas, fugidas de casa, carne fresca, garotas que chegavam a Nova York para tentar a vida como modelos ou atrizes, com sonhos de uma vida nova, querendo escapar da monotonia ou de abusos sexuais. Os cafetões as vigiavam como animais predadores. E então se lançavam sobre a presa e roíam a carcaça.

– Eu tinha um bom papo – disse Castman. – Para começar, sou branco. As garotas vêm do Meio-Oeste. São todas brancas. Elas têm medo daqueles negões exibicionistas. Mas eu era diferente. Usava um terno elegante e uma maleta. Era um pouco mais paciente. Enfim, naquele dia eu estava esperando no Portão 127. Era o meu favorito. Tinha uma boa visão de pelo menos seis chegadas diferentes. Sheila saiu do ônibus e, cara, que pedaço de mau caminho! Devia ter uns 16 anos, estava no ponto. E era virgem também, apesar de que, na hora, não havia como saber. Mas fiquei sabendo de tudo mais tarde.

Senti meus músculos se retesarem. Por precaução, Squares se colocou entre mim e a cama.

– Então, entrei com minha lábia. Mostrei o melhor que eu tinha, entendem?

Nós entendíamos.

– Passei aquele papo de fazer dela uma modelo famosa. Tudo na maior calma. Diferente dos outros idiotas. Eu era que nem seda. Mas Sheila era mais esperta que a maioria. Cuidadosa. Percebi que não estava engolindo metade do que eu dizia, mas tudo bem. Não fiz nenhuma pressão. Fui só levando na boa. Elas querem acreditar, sacou? Todas elas já ouviram aquelas histórias de modelos que foram descobertas em lanchonetes ou qualquer merda parecida, e por isso sempre acabam topando.

A máquina parou de bipar. Ouvi um gorgolejo. E depois os bipes recomeçaram.

– Então Sheila cruzou os braços e me disse logo de cara que não era dessas garotas que vivem em festas ou coisa parecida. Respondi que não havia problema, eu também não era disso. Sou um homem de negócios, eu disse. Um fotógrafo profissional e caçador de talentos. Vamos tirar umas fotos suas. Só isso. Fazer um book. Tudo certinho: nada de festas, de drogas, nem de ficar nua, nada que você não se sinta inteiramente à vontade em fazer. Sou um ótimo fotógrafo, por sinal. Levo jeito para a coisa. Estão vendo essas paredes? Esses retratos da Tanya? Fui eu que tirei.

Olhei mais uma vez para as fotos de Tanya no tempo em que era bonita, e um calafrio me gelou o coração. Quando olhei novamente para a cama, Castman estava me encarando.

– Você – disse ele.

– O quê?

– Sheila.

Ele sorriu.

– Ela é importante para você, não é?

Não respondi.

– Você a ama.

Ele prolongou a palavra *ama*. Para debochar de mim. Fiquei imóvel.

– Eu entendo você, cara. Aquele corpinho era de enlouquecer qualquer um. E cara, ela podia chupar um...

Quis avançar para cima dele. Castman riu. Squares se pôs entre nós. Olhou-me no fundo dos olhos e balançou a cabeça. Recuei. Ele tinha razão.

Castman parou de rir, mas manteve os olhos fixos em mim.

– Quer saber como eu ganhei sua garota, cara?

Eu não disse nada.

– Da mesma forma que fiz com Tanya. Sabe, cara, eu só vou atrás de carne de primeira, de mercadoria em que os outros caras não conseguem meter a mão. É uma operação delicada. Então, passei a conversa nela, e ela acabou indo ao meu estúdio para tirar umas fotos. Só isso. Foi tudo o que tive de fazer. Foi só meter o garfo nela uma vez, e ela estava no papo.

– Como? – perguntei.

– Quer mesmo ouvir?

– Quero.

Castman fechou os olhos, o sorriso lascivo, saboreando a lembrança.

– Tirei um monte de fotos dela. Todas lindas e muito artísticas. E quando acabei, coloquei uma faca no pescoço dela. Então, algemei-a a uma cama num quarto que era – deu uma risadinha e deixou os olhos passearem pelo lugar – forrado de cortiça. Droguei-a. Filmei-a enquanto estava dopada, fiz tudo parecer muito consensual. Por falar nisso, foi assim que sua Sheila perdeu a virgindade. Com a câmera rolando. Com este seu humilde criado. Um momento mágico, estou certo?

Senti a fúria crescer e borbulhar novamente, me consumindo. Não sabia mais se conseguiria controlar o impulso de torcer o pescoço dele. Mas isso, pensei, era exatamente o que ele queria.

— Onde é que eu estava mesmo? Ah, lembrei. Algemei-a e fiquei injetando heroína nela durante uma semana, mais ou menos. Era coisa fina, uma mercadoria cara para burro. Mas foi uma despesa necessária. Todo negócio exige um investimento inicial, não é? Por fim, Sheila ficou viciada e, podem acreditar, ninguém consegue colocar aquele gênio de volta na garrafa. Quando tirei as algemas dela, a garota beijava os meus pés em troca de uma picada, sacou?

Ele parou, como se esperasse por aplausos. Senti algo me estraçalhar por dentro.

Squares manteve a calma.

— Então, depois disso, você a colocou nas ruas?

— É. Também ensinei a ela uns truques. Como fazer o cara gozar depressa. Como trabalhar com mais de um cara ao mesmo tempo. Tudo isso fui eu quem ensinou a ela.

Achei que eu fosse vomitar.

— Continue — disse Squares.

— Não — disse ele. — Não até que...

— Então a gente vai nessa.

— Tanya — disse ele.

— O que tem a Tanya?

Castman passou a língua nos lábios.

— Me dê um pouco d'água.

— Não. O que tem a Tanya?

— Aquela vadia me prendeu aqui, cara. Isso não está certo. Está bem, eu a machuquei. Mas tive os meus motivos. Ela queria me largar, casar com aquele cara lá de Garden City. Disse que estavam apaixonados. Ela não podia achar que ia ser como a garota de *Uma linda mulher*, não é? E ia levar junto algumas das minhas melhores garotas. Iriam todas morar em Garden City com ela e com aquele cara, iam mudar de vida, uma merda dessas. Eu não podia admitir um troço desses.

— Então — disse Squares — você deu uma lição nela.

— Pois é. Foi isso.

— Acabou com o rosto dela com uma navalha.

— Não foi só o rosto, não... está entendendo? Mas você pegou o sentido. Isso serviu de lição para as outras garotas também. Mas veja bem, e essa é a parte mais gozada, o namorado dela não sabia o que eu tinha feito. Então, veio da sua bela casa em Garden City todo pronto para resgatar a Tanya, certo? O idiota tinha uma pistola calibre 22. Eu ri na cara dele. E ele atirou em mim. Aquele contador imbecil de Garden City. Ele me deu um tiro no sovaco com uma 22 e a bala foi parar na minha coluna. E eu fiquei desse jeito. Acredita? E depois de dar o tiro, isso é maravilhoso, o Sr. Garden City viu o que eu tinha feito com a Tanya e sabe o que ele fez, o grande amor da vida dela?

Castman esperou. Squares e eu percebemos que se tratava de uma pergunta retórica e ficamos calados.

– O cara deu no pé, sacou? Ele viu a obra-prima que eu fiz na Tanya e fugiu dela correndo. O grande amor da vida dela. Não quis mais nada com ela. Os dois nunca mais se viram.

Castman começou a rir de novo. Tentei ficar calmo e respirar fundo.

– Aí eu fui para o hospital – continuou ele – completamente fodido. A Tanya não tinha nenhuma prova contra mim. Então ela me tirou de lá e me trouxe para cá. E agora ela cuida de mim. Entende o que estou dizendo? Ela está prolongando a minha vida. Eu me recuso a comer, ela mete um tubo pela minha garganta. Olha aqui, digo tudo o que quiserem saber. Mas vocês têm que fazer uma coisa por mim.

– O quê? – perguntou Squares.

– Me matar.

– Nada feito.

– Então me entreguem à polícia. Deixem eles me prenderem. Eu confesso qualquer coisa.

Squares perguntou:

– O que aconteceu com Sheila Rogers?

– Prometa.

Squares me olhou.

– Já descobrimos o bastante. Vamos embora.

– Tudo bem, tudo bem. Eu conto. Mas pelo menos... pensem no assunto, está bem?

Ele olhou para Squares, depois para mim, e então para Squares novamente.

Squares olhava para ele, impassível. Eu não fazia ideia de qual era a expressão em meu rosto.

– Não sei onde Sheila está agora. Diabos, nem eu entendi direito o que aconteceu.

– Por quanto tempo ela trabalhou para você?

– Dois anos. Talvez três.

– E como ela conseguiu sair?

– Como?

– Você não parece o tipo de sujeito que deixa suas funcionárias mudarem de carreira – disse Squares. – Então, estou perguntando o que aconteceu com ela.

– Ela trabalhava nas ruas, certo? Arranjou uma freguesia regular. Era boa no que fazia. E, lá pelas tantas, se envolveu com um dos chefões. Acontece. Não é sempre. Mas acontece.

– O que quer dizer com esse negócio de chefões?

– Traficantes. Dos grandes, eu acho. Parece que começou a fazer avião para eles. E o pior é que conseguiu largar o vício. Como você disse, eu jamais a teria deixado escapar, mas ela tinha uns amigos da pesada.

– Como por exemplo...

– Você conhece Lenny Misler?

Squares se inclinou para trás.

– O advogado?

– Advogado de bandido poderoso – corrigiu Castman. – Ela foi apanhada com drogas. Ele a defendeu.

Squares franziu a testa.

– Lenny Misler pegou o caso de uma prostituta que distribuía drogas?

– Entende o que eu quero dizer? Ela saiu da cadeia, comecei a xeretar, você sabe. Tentei descobrir no que ela estava metida. Mas aí, dois caras muito barras-pesadas me fizeram uma visita. Eles me disseram para deixar Sheila em paz. E eu não sou besta nem nada... Tem muito mais carne de primeira por aí.

– E o que aconteceu depois?

– Nunca mais a vi. A última coisa que ouvi dizer é que ela estava na universidade. Você acredita?

– Sabe qual?

– Não. Nem sei se é verdade. Pode ter sido só um boato.

– Mais alguma coisa?

– Nada.

– Nenhum outro boato?

Os olhos de Castman começaram a se mexer, eu podia ver seu desespero. Ele queria que ficássemos lá. Mas não tinha mais nada a dizer. Olhei para Squares. Ele concordou com um gesto e se virou para sair. Eu o segui.

– Esperem!

Nós o ignoramos.

– Por favor. Estou implorando. Contei tudo o que queriam saber, não contei? Eu cooperei. Vocês não podem me largar aqui.

Pensei em seus dias e noites intermináveis naquele quarto e não me importei.

– Seus filhos da puta! – gritou ele. – Ei, cara, você aí. Você comeu as sobras do meu prato, está me ouvindo? E não se esqueça de uma coisa: tudo o que ela fazia com você, toda vez que ela fazia você gozar, fui eu quem ensinou. Está me ouvindo? Ouviu o que eu disse?

Senti meu rosto arder de raiva, mas não me virei para ele. Squares abriu a porta.

– Merda.

A voz de Castman estava mais branda agora.

– Esse tipo de coisa nunca se apaga, vocês sabem.

Hesitei.

– Ela agora pode parecer estar levando uma vida muito limpa. Mas não há volta do lugar onde ela esteve. Sabe o que estou dizendo?

Tentei gritar e abafar suas palavras. Mas elas ficaram ecoando dentro de mim, martelando em minha cabeça. Saí e fechei a porta. De volta ao escuro. Tanya nos recebeu.

– Vocês vão contar isso a alguém? – perguntou, as palavras falhando.

Ela nunca o machucou. Foi o que ela disse. Nunca levantou a mão para ele. Acho que era verdade.

Sem dizer mais nenhuma palavra, saímos depressa, praticamente mergulhando no ar noturno. Respiramos fundo, como mergulhadores quando voltam à superfície, sedentos de ar; então entramos novamente na van e partimos.

10

Grand Island, Nebraska

Sheila queria morrer sozinha.

Por mais estranho que parecesse, a dor estava diminuindo agora. Ela se perguntava por quê. Na verdade, não havia nenhuma luz, nenhum momento de claridade absoluta. Não havia nenhum conforto na morte. Nenhum anjo ao seu redor. Nenhum parente – ela pensou na avó, a mulher que a fizera se sentir especial, que costumava chamá-la de "Tesouro" – vindo segurar sua mão.

Estava sozinha, no escuro.

Ela abriu os olhos. Estaria sonhando? Difícil dizer. Tivera alucinações antes. Havia perdido e recobrado a consciência. Lembrava-se de ter visto o rosto de Carly e de ter implorado a ela que fosse embora. Será que tinha sido real? Provavelmente não. Provavelmente fora uma ilusão.

Quando a dor piorou, quando piorou para valer, a linha que separava a vigília do sono, a realidade dos sonhos, ficou embaçada. Ela não lutou mais... Era a única maneira de sobreviver à agonia. Você tenta bloquear a dor. Não adianta. Você tenta dividir a dor em intervalos de tempo controláveis. Também não adianta. Por fim, você encontra a única saída viável: abandonar a sanidade.

Mas se continuamos cientes do que está acontecendo, estamos realmente abandonando a sanidade?

Perguntas profundamente filosóficas. Bastante apropriadas para os vivos. No fim, depois de todas as esperanças e sonhos, depois de toda a destruição e reconstrução, Sheila Rogers acabaria morrendo jovem e cheia de dor, nas mãos de outra pessoa.

Justiça poética, ela imaginou.

Porque agora, quando sentia que algo dentro dela estava sendo partido, rasgado, havia de fato uma clareza. Uma clareza horrível, da qual era impossível escapar. As vendas haviam sido removidas, e pelo menos dessa vez ela podia enxergar a verdade.

Sheila Rogers queria morrer sozinha.

Mas ele estava no quarto com ela. Tinha certeza disso. Podia sentir a mão dele pousada suavemente em sua testa. Isso lhe dava calafrios. À medida que sentia a vida se esvair, fez uma última súplica.

– Por favor – disse ela –, vá embora.

11

SQUARES E EU NÃO COMENTAMOS o que havíamos visto. Tampouco chamamos a polícia. Imaginei Louis Castman preso naquela armadilha, incapaz de se mover, sem nada para fazer, sem televisão nem rádio, nada para ver a não ser aquelas velhas fotografias. Se eu fosse uma pessoa melhor, poderia até ter me importado.

Também pensei no homem de Garden City que atirara em Louis Castman e dera as costas, sua rejeição ferindo Tanya mais do que Castman jamais poderia ter feito. Perguntei-me se o Sr. Garden City ainda pensava em Tanya ou se vivia como se ela jamais tivesse existido. Fiquei tentando imaginar se o rosto dela o perseguia em seus sonhos.

Acho que não.

Pensei nisso tudo por estar curioso e horrorizado. Mas também porque isso me fazia parar de pensar em Sheila, no que ela havia sido e no que Castman tinha feito a ela. Lembrei-me de que ela era a vítima, que fora raptada, estuprada e muito mais, e que nada do que pudesse ter feito tinha sido sua culpa. Era assim que eu deveria enxergá-la. Mas sabia que esse raciocínio lúcido e óbvio não duraria muito tempo.

Eu me odiei por isso.

Eram quase quatro da manhã quando a van parou à porta do meu prédio.

– Que conclusão você tira de tudo isso até agora? – perguntei.

Squares passou a mão sobre a barba por fazer.

– O que Castman disse no final, que aquilo jamais pode ser apagado. Ele está certo, sabe?

– Está falando por experiência própria?

– Para ser franco, estou.

– E daí?

– Acho que alguma coisa do passado dela voltou para pegá-la.

– Então estamos no caminho certo.

– Provavelmente – disse Squares.

Segurei a maçaneta da porta e disse:

– Não importa o que ela tenha feito... o que você tenha feito... talvez nunca possam se libertar. Mas isso também não os condena.

Squares ficou olhando pela janela. Esperei. Ele continuou olhando. Saí da van e ele partiu.

◆◆◆

Um recado na secretária eletrônica me surpreendeu. Verifiquei o horário do telefonema. Fora deixado às 23h47. Bem tarde. Imaginei que devia ser da família. Estava enganado.

Pressionei o botão e ouvi a voz de uma mulher jovem:

– Oi, Will.

Não a reconheci.

– Aqui é Katy. Katy Miller.

Enrijeci o corpo.

– Faz muito tempo, não é? Olhe, bem, eu, desculpe-me por estar ligando tão tarde. Talvez você já esteja dormindo, não sei. Mas, Will, você pode me ligar assim que puder? Não importa a hora. É que eu, bem, eu preciso falar com você a respeito de uma coisa.

Ela deixou o número. Fiquei ali parado, boquiaberto. Katy Miller, a irmã caçula de Julie. A última vez em que a vi... ela devia ter uns 6 anos mais ou menos.

Sorri quando me lembrei de uma vez em que – Katy não podia ter mais de 4 anos – ela se escondera atrás de um baú do pai e saltara para fora num momento dos mais inoportunos. Lembro-me de Julie e eu nos cobrindo rapidamente, sem tempo para colocar as calças, tentando não cair na gargalhada.

A pequena Katy Miller.

Deveria ter uns 17 ou 18 anos agora. Era estranho pensar nisso. Sei como a morte de Julie abalara minha família, e podia muito bem avaliar como teria marcado o Sr. e a Sra. Miller. Mas nunca realmente levara em conta o impacto que aquilo teria tido sobre a pequena Katy. Pensei novamente naquele dia em que Julie e eu puxamos as cobertas às gargalhadas, e agora me lembrava de que estávamos no porão, no mesmo sofá em que Julie fora encontrada morta.

Por que, depois de todos esses anos, Katy estaria me telefonando?

Talvez fosse apenas um telefonema de condolências, pensei, apesar de aquilo ser estranho demais, principalmente pela hora da ligação. Resolvi ouvir o recado novamente, à procura de algum significado oculto. Não encontrei nenhum. Ela pedira que eu telefonasse a qualquer hora. Mas eram quatro da manhã e eu estava exausto. Fosse lá o que fosse, teria que esperar.

Deitei-me na cama e me lembrei da última vez em que tinha visto Katy Miller. Os Miller haviam pedido à minha família que não comparecêssemos ao enterro. Nós obedecemos. Dois dias mais tarde, fui sozinho ao cemitério, próximo à Rodovia 22. Sentei-me junto ao túmulo de Julie. Não disse nada. Não chorei. Não sentia nenhum consolo, nem alívio por tudo finalmente estar acabado, nada. De repente os Miller chegaram em seu Oldsmobile branco, e eu me mandei. Mas pude ver os olhos de Katy. Havia uma resignação estranha em seu rosto, um conhecimento que ia além da sua idade. Vi tristeza e horror, e talvez tenha visto pena também.

Saí do cemitério. Desde então, nunca mais a vi nem falei com ela.

12

Belmont, Nebraska

A CHEFE DE POLÍCIA BERTHA FARROW já vira coisas piores.

Cenas de assassinato eram terríveis, mas nada superava a sanguinolência, o horror, a violência da destruição provocada pelo metal em contato com a carne humana num acidente de carro. Uma batida de frente. Um caminhão que enveredou pela contramão. Uma árvore que penetrou um carro do para-choque ao banco traseiro. Uma queda em alta velocidade de uma ponte ou viaduto.

Isso, sim, provocava um estrago terrível.

Entretanto, a visão dessa mulher morta numa cena de crime praticamente sem sangue era, de certa forma, muito pior. Bertha Farrow podia ver o rosto da mulher – as feições retorcidas de medo denunciavam seu total desespero, sua incompreensão do que estava acontecendo –, podia ver que ela fora submetida a uma dor imensa. Bertha podia ver os dedos esmigalhados, a caixa torácica arrebentada, os ferimentos, e sabia que aquilo era obra de outro ser humano, de carne contra carne. Não era o resultado de uma derrapagem no gelo, nem de alguém que se distraíra mudando a estação de rádio enquanto dirigia a 120 quilômetros por hora, nem de um caminhão que se desgovernara na pressa de realizar uma entrega, nem dos maléficos efeitos do álcool ou da velocidade.

Aquilo tinha sido intencional.

– Quem a encontrou? – perguntou ela ao assistente, George Volker.

– Os garotos da família Randolph.

– Quais deles?

– Jerry e Ron.

Bertha pensou que Jerry devia ter 16 anos, e Ron, 14.

– Estavam levando Gypsy para passear – acrescentou George. Gypsy era o pastor-alemão dos Randolph. – Foi o cachorro que sentiu o cheiro.

– Onde estão os meninos agora?

– David os levou para casa. Estão muito abalados. Peguei o depoimento deles. Não sabem de nada.

Bertha assentiu. Uma caminhonete se aproximou em alta velocidade. Clyde Smart, o médico-legista da cidade, parou o carro com uma freada brusca. A porta se escancarou e Clyde veio correndo até eles. Bertha fez sombra com a mão sobre os olhos.

– Calma, Clyde. Ela não vai a lugar nenhum.

George prendeu o riso.

Clyde Smart estava acostumado a isso. Estava chegando aos 50, aproximadamente a idade de Bertha. Os dois trabalhavam juntos havia quase duas décadas. Clyde não deu atenção à piada e passou apressado por eles. Quando viu o corpo, sua expressão escureceu.

– Minha Nossa Senhora! – exclamou o legista.

Clyde se agachou junto ao corpo e afastou delicadamente os cabelos do rosto do cadáver.

– Meu Deus! Quer dizer... – Ele parou e balançou a cabeça.

Bertha já estava acostumada. A reação de Clyde não a surpreendeu. A maioria dos legistas que conhecia mantinham uma atitude profissional e distante. Clyde, não. Para ele as pessoas não eram apenas tecido e um amontoado de elementos químicos. Ela já o havia visto chorar sobre cadáveres muitas vezes. Ele cuidava de cada morto com um respeito incrível, quase ridículo. Realizava autópsias como se aquilo pudesse fazer a pessoa se recuperar. Dava as más notícias às famílias e compartilhava sinceramente do seu sofrimento.

– Pode me dizer aproximadamente a hora da morte? – perguntou ela.

– Não faz muito tempo – disse Clyde, baixinho. – O corpo ainda não está inteiramente enrijecido. Eu diria que não mais de seis horas. Vou verificar a temperatura do fígado e... – Foi então que percebeu os dedos quebrados da mulher projetando-se em todas as direções. – Meu Deus! – disse ele novamente.

Bertha olhou novamente para George.

– Nenhuma identificação?

– Nenhuma.

– Acha que pode ter sido um assalto?

– Violento demais – afirmou Clyde, e olhou para cima. – Alguém queria fazê-la sofrer.

Houve um momento de silêncio. Bertha podia ver as lágrimas se formando nos olhos de Clyde.

– O que mais? – perguntou.

Clyde voltou os olhos para baixo.

– Não era nenhuma mendiga – disse. – Bem-vestida e bem-alimentada.

Depois de examinar a boca, acrescentou:

– Os dentes estão bem tratados.

– Algum sinal de estupro?

– Ela está vestida – disse Clyde. – Mas, meu Deus, o que não fizeram a ela? Há muito pouco sangue aqui, o que indica que esta não deve ter sido a cena do crime. Acho que alguém trouxe o corpo de carro e o jogou aqui. Saberei mais quando colocá-la na mesa.

– Muito bem – disse Bertha. – Vamos verificar o departamento de pessoas desaparecidas e conferir as digitais.

Clyde concordou, enquanto a chefe de polícia Bertha Farrow se afastava.

13

Não precisei ligar de volta para Katy.

O telefonema me acordou como uma alfinetada. Estava mergulhado em um sono tão profundo, tão absoluto e sem sonhos, que não tive como nadar lentamente para a superfície. Num momento eu estava me afogando no escuro. No momento seguinte, estava sentado na cama, a coluna reta, o coração a toda. Conferi o relógio: 6h58.

Resmunguei e me inclinei. Número não identificado. O identificador de chamadas era uma geringonça inútil. Qualquer pessoa podia simplesmente pagar para que seu telefone não fosse reconhecido.

Minha voz soou alerta demais para os meus próprios ouvidos quando atendi com um animado "Alô".

— Will Klein?

— Sim.

— Aqui é Katy Miller. — E acrescentou, como se fosse necessário: — A irmã de Julie.

— Como vai, Katy?

— Deixei um recado na sua secretária ontem à noite.

— Cheguei em casa às quatro da manhã.

— Desculpe! Acho que acordei você.

— Não se preocupe com isso.

A voz dela parecia triste, jovem e forçada. Lembrei-me do ano em que ela nascera. Fiz os cálculos.

— Você já deve estar na faculdade.

— Começo no outono.

— Onde?

— Bowdoin. É uma universidade pequena.

— No Maine — completei. — Sei qual é. É excelente. Parabéns.

— Obrigada.

Fiquei calado por algum tempo, pensando em uma maneira de quebrar o silêncio. Então decidi optar pelo clichê:

— Faz um bocado de tempo.

— Will?

— Sim?

— Gostaria de me encontrar com você.

— Claro, isso seria ótimo.

— Pode ser hoje?

– Onde você está? – perguntei.

– Em Livingston – disse ela. E acrescentou: – Outro dia vi você aqui na frente de casa.

– Desculpe.

– Posso dar um pulo até a cidade, se você preferir.

– Não precisa. Vou visitar meu pai hoje. Que tal nos encontrarmos antes?

– Tudo bem – concordou. – Mas aqui não. Você se lembra daquela quadra de basquete perto do ginásio?

– Claro que lembro. Encontro você lá às dez.

– O.k.

– Katy – disse, passando o telefone para o outro ouvido –, tenho que confessar que estranhei bastante o seu telefonema.

– Eu sei.

– Quer conversar a respeito de quê?

– O que você acha? – replicou ela.

Não respondi imediatamente, mas não importava. Ela já havia desligado.

14

WILL SAIU DO APARTAMENTO. O Fantasma o observava.

O Fantasma não o seguiu. Sabia aonde Will estava indo. Mas enquanto o olhava, estendeu e contraiu os dedos várias vezes. Então cerrou os punhos. Seu corpo estremeceu.

O Fantasma se lembrava de Julie Miller. Lembrava-se do seu corpo nu no porão. Lembrava-se do toque de sua pele, quente de início, só por algum tempo, e, então, enrijecendo-se lentamente até ficar semelhante ao mármore molhado. Lembrava-se do amarelo-arroxeado em seu rosto, dos pequenos pontos vermelhos em seus olhos arregalados, de suas feições contorcidas de horror e surpresa, de seus vasos capilares arrebentados, da saliva congelada num lado do rosto como o corte de uma faca. Lembrava-se do pescoço, de como se curvara de forma estranha após a morte, do jeito como o arame entrara em sua pele, cortando o esôfago, quase decapitando-a.

Todo aquele sangue.

Estrangulamento era sua forma favorita de execução. Havia visitado a Índia para estudar o método dos *thugs*, como eram chamados os membros de um culto de assassinos silenciosos que haviam aperfeiçoado a arte secreta do estrangulamento. Ao longo dos anos, o Fantasma dominara o uso de armas de fogo, facas e coisas parecidas, mas sempre que possível ainda preferia a eficiência fria, o silêncio final, o poder ousado e o toque pessoal do estrangulamento.

Um suspiro cuidadoso.

Will desapareceu de vista.

O irmão.

O Fantasma pensou em todos aqueles filmes de kung fu em que um dos irmãos é morto e o outro jura vingar sua morte. Pensou no que aconteceria se matasse Will Klein.

Não, não era disso que se tratava. Aquilo ia além de vingança.

Mesmo assim, continuou pensando em Will. Afinal de contas, ele era a chave. Será que o passar dos anos o havia mudado? O Fantasma esperava que sim. Mas logo iria descobrir.

Sim, estava quase na hora de encontrar Will e colocar o passado em dia.

Ele atravessou a rua e se dirigiu ao prédio de Will.

Cinco minutos depois, estava no apartamento.

◆◆◆

Peguei o ônibus até o cruzamento da Livingston Avenue com a Northfield. O centro do grande subúrbio de Livingston. Uma velha escola primária havia sido transformada numa modesta área comercial, com pequenas lojas especializadas onde praticamente nunca se via entrar vivalma. Saltei do ônibus junto com alguns trabalhadores que vinham da cidade. Havia uma curiosa simetria naquele deslocamento em direções opostas: os que moravam em locais como Livingston iam trabalhar na cidade de manhã, e as pessoas que limpavam suas casas e tomavam conta de seus filhos faziam o caminho inverso.

Desci a Livingston Avenue em direção à Escola Livingston High, que era parte de um conglomerado de prédios que incluía a Biblioteca Pública, o Fórum Municipal e a Delegacia de Polícia de Livingston. A arquitetura dos quatro prédios é praticamente idêntica: são todos feitos de tijolinhos e parecem ter sido construídos ao mesmo tempo, pelo mesmo arquiteto, usando o mesmo fornecedor de tijolos – como se um prédio tivesse gerado o outro.

Foi aqui que eu cresci. Costumava pegar emprestados os clássicos de C. S. Lewis e de Madeleine L'Engle na biblioteca. Com 18 anos, fui julgado por excesso de velocidade naquele fórum. Juntamente com 600 outros jovens, passei meus anos de ensino médio no maior dos prédios do grupo.

Caminhei até a metade do quarteirão e virei à direita. Encontrei a quadra de basquete e me postei embaixo de uma trave enferrujada. As quadras de tênis ficavam à minha esquerda. Eu jogava tênis quando estava na Livingston High. Jogava bem, apesar de nunca ter me interessado muito por esportes. Não era suficientemente competitivo para ser um grande jogador. Eu não queria perder, mas também nunca me esforçava o suficiente para ganhar.

– Will?

Virei-me e, quando a vi, senti meu sangue congelar. As roupas eram diferentes – o jeans bem apertado, tamancos no estilo dos anos 1970 e uma blusa apertada e curta demais que deixava à mostra sua barriga reta com um piercing –, mas o rosto e os cabelos... Senti meus joelhos tremerem. Olhei na direção oposta por um momento, na direção do campo de futebol americano, e podia jurar que havia visto Julie.

– Eu sei – disse Katy. – É como estar vendo um fantasma, não é?

Voltei-me para ela.

– Meu pai – continuou, enterrando as mãos pequenas nos bolsos apertados do jeans – até hoje não consegue olhar para mim por muito tempo sem chorar.

Eu não sabia o que dizer. Ela se aproximou de mim. Ficamos encarando o prédio da escola.

– Você estudou aqui? – perguntei.

– Me formei no mês passado.

– Gostou?

Ela deu de ombros.

– Fiquei feliz quando acabou.

O sol brilhava, transformando o prédio em uma silhueta fria e, por um momento, o edifício me lembrou uma prisão. O ensino médio é assim. Eu era bastante popular naquela época. Era vice-presidente do conselho estudantil. E um dos melhores jogadores da equipe de tênis. Tinha amigos. Mas quando tentei desencavar uma lembrança agradável, não surgiu nenhuma. Eram todas marcadas pela insegurança que caracterizou aqueles anos. Em retrospectiva, o ensino médio – ou a adolescência, se preferirem – se parece um pouco com um combate prolongado. O melhor que se pode fazer é sobreviver, passar por aquilo e tentar sair vivo do outro lado. Não era feliz no ensino médio. Na verdade acho que nenhum de nós era.

– Sinto muito sobre sua mãe – disse Katy.

– Obrigado.

Ela tirou um maço de cigarros do bolso e me ofereceu um. Respondi que não. Observei-a enquanto acendia um deles e tive de me controlar para não lhe passar um sermão. Os olhos de Katy observavam tudo, menos a mim.

– Eu fui um acidente, sabe? Nasci tarde. Julie já estava no ensino médio. Meus pais achavam que não podiam ter mais filhos. E aí... – Ela deu de ombros. – Eles não estavam me esperando.

– O que não quer dizer que o restante de nós tenha sido planejado – concluí.

Ela riu, e o som ecoou fundo dentro de mim. Era a risada de Julie, até na maneira como ia sumindo.

– Não fique chateado com meu pai – disse Katy. – Ele ficou muito nervoso quando viu você.

– Eu não devia ter ido até lá.

Ela deu uma tragada funda e inclinou a cabeça.

– E por que resolveu ir?

Pensei na resposta.

– Não sei – disse.

– Eu vi você. Desde o momento em que virou a esquina. Foi estranho, sabe? Lembro que, quando eu era pequena, via você chegando lá em casa. Da janela do meu quarto. Quer dizer, eu ainda continuo dormindo no mesmo quarto, e por isso é como se eu estivesse olhando para o passado ou algo parecido. Eu me senti estranha.

Olhei para a direita. O estacionamento estava vazio agora, mas, durante o ano letivo, era ali que os pais ficavam em seus carros esperando pelos filhos. Talvez as minhas lembranças escolares não sejam nada boas, mas lembro que minha mãe ia me buscar em seu velho fusca vermelho. Ela ficava lendo uma revista; então o sinal tocava e eu caminhava até o carro dela. Quando ela me via, quando levantava a cabeça e pressentia que eu estava me aproximando, ela sorria, aquele sorriso típico de Sunny, um sorriso que vinha do fundo de seu coração. Então percebi, com uma pancada no peito, que ninguém jamais voltaria a sorrir para mim daquele jeito outra vez.

Era demais, pensei. Estar ali. O retrato exato de Julie no rosto de Katy. As lembranças. Tudo aquilo era demais para mim.

– Está com fome? – perguntei.

– Acho que sim.

Ela estava de carro, um velho Honda Civic. Havia um monte de quinquilharias penduradas no retrovisor. O carro tinha cheiro de chiclete e xampu de frutas. Não reconheci a música que berrava pelos alto-falantes, mas também não liguei.

Sem conversar, fomos até um daqueles restaurantes típicos de Nova Jersey à beira da Rodovia 10. Havia fotografias autografadas de âncoras de TV atrás do balcão. Havia um jukebox. O cardápio parecia mais longo que um livro de Tom Clancy.

Um homem com uma barba comprida e um perfume fortíssimo perguntou-nos quantos éramos. Dissemos que éramos só nós dois. Katy foi logo falando que queríamos uma mesa na área reservada para fumantes. Eu não sabia que ainda existiam áreas reservadas para fumantes, mas aparentemente os restaurantes antigos mantêm essa prática. Assim que nos sentamos, ela puxou o cinzeiro para perto de si, como se quisesse protegê-lo.

– Depois que você apareceu lá em casa – disse ela –, fui até o cemitério.

O garçom trouxe água. Ela deu uma tragada no cigarro e inclinou a cabeça para trás, jogando a fumaça para o alto.

– Fazia anos que eu não ia ao cemitério. Mas depois de ver você, senti vontade de voltar lá.

Katy ainda não me olhava. Isso acontecia muito com as crianças no abrigo. Elas evitavam olhar para nós. Não me importava. Isso não quer dizer nada. Procuro sempre olhar para elas, mas aprendi que se dá um valor exagerado ao contato visual.

– Não consigo mais me lembrar direito da Julie. Quando vejo as fotografias dela, não sei ao certo se minhas lembranças são verdadeiras ou se seriam simplesmente algo que eu mesma inventei. Às vezes me lembro de nós duas num determinado brinquedo no parque de diversões, mas, de repente, quando vejo a foto, não sei se me lembro realmente ou se me lembro só da fotografia. Entende o que eu quero dizer?

– Acho que sim.

– Depois que você apareceu, sabe, eu tive que sair de casa. Dar uma volta, sei lá. Meu pai estava gritando. Minha mãe começou a chorar. Eu tinha que sair.

– Eu não tive a intenção de aborrecer ninguém.

Ela minimizou minha preocupação com um abano da mão.

– Tudo bem. Pode parecer estranho, mas acho que isso é bom para eles. Na maior parte do tempo pisamos em ovos, você sabe. É muito esquisito. Às vezes, tenho vontade... às vezes tenho vontade de gritar: "Ela morreu!"

Katy se inclinou para a frente.

– Quer ouvir uma coisa estranhíssima?

Fiz um gesto para que continuasse.

– Não mudamos nada no porão. O sofá velho e a televisão. O tapete puído. O velho baú atrás do qual eu costumava me esconder. Ainda está tudo lá. Não usamos mais nada disso. Mas continua tudo lá. A nossa lavanderia ainda é lá embaixo. Temos que cruzar o cômodo para chegar até a máquina de lavar. Entende o que eu estou dizendo? É assim que vivemos. Subimos a escada na ponta dos pés, sabe, é como se estivéssemos andando num lago congelado, com medo de o chão quebrar e todos nós cairmos e afundarmos naquele porão.

Ela parou e deu uma tragada no cigarro como se estivesse sugando um tubo de ar. Recostei-me. Como disse antes, nunca havia pensado realmente em Katy Miller, em como o assassinato da irmã a teria afetado. Pensava nos pais, é claro. Pensava na devastação. Muitas vezes me perguntava por que eles haviam ficado naquela casa, mas também nunca entendi por que meus pais tampouco haviam se mudado. Como mencionei antes, existe um elo entre o consolo e a dor autoinfligida, o desejo de se agarrar à dor porque o sofrimento é preferível ao esquecimento. Para os Miller, continuar naquela casa era um exemplo perfeito disso.

Mas nunca havia pensado em Katy Miller, em como deve ter sido crescer em meio àquelas ruínas, a sombra de sua irmã continuamente ao seu lado. Olhei-a como se fosse a primeira vez. Seus olhos continuavam a disparar em todas as direções como pássaros cheios de medo. Podia vê-los se encherem de lágrimas. Estendi a mão e segurei a dela, tão semelhante à da irmã. O passado veio de encontro a mim com tanta força que quase caí para trás.

— Tudo isso é tão esquisito... – disse ela.

Não podia haver palavras mais verdadeiras, pensei.

— Para mim também.

— Isso precisa acabar, Will. Toda minha vida... seja lá o que for que tenha acontecido naquela noite, tem que acabar. Às vezes vejo na televisão, quando pegam um assassino, alguém dizer: "Isso não vai trazer a vítima de volta", e então penso: "É, não vai." Mas não é isso o que interessa. Pelo menos há uma conclusão. Pegam o cara e isso dá fim ao caso. As pessoas precisam disso.

Eu não fazia ideia de aonde ela queria chegar com aquela história. Procurei fingir que ela era uma das jovens do abrigo, que tinha vindo em busca do meu auxílio e compreensão. Fiquei sentado olhando para ela, tentando demonstrar que eu estava ali para ouvi-la.

— Você não faz ideia de quanto eu odiava o seu irmão. Não só pelo que ele fez com Julie, mas pelo que ele fez a todos nós ao fugir. Rezei para que o encontrassem. Chegava a sonhar que ele estava cercado e resistia, e então a polícia atirava nele. Sei que não quer ouvir nada disso. Mas preciso que você me entenda.

— Você quer pôr um ponto final nisso tudo.

— É... – disse ela. – Mas é que...

— Mas é que o quê?

Ela olhou para cima e pela primeira vez nos encaramos. Senti um calafrio novamente. Queria afastar minha mão, mas não podia me mexer.

— Eu o vi – disse ela.

Pensei que a havia entendido mal.

— O seu irmão. Eu o vi. Pelo menos acho que era ele.

Depois de alguns segundos de silêncio, consegui perguntar:

– Quando?

– Ontem. No cemitério.

Foi quando a garçonete chegou. Tirou o lápis de trás da orelha e perguntou o que nós queríamos. Por um momento ninguém respondeu. A garçonete limpou a garganta. Katy pediu uma salada. A garçonete olhou para mim. Pedi um omelete de queijo. Ela perguntou que tipo de queijo eu queria – americano, suíço ou cheddar. Eu disse que podia ser cheddar. Queria batatas fritas comuns ou à francesa? Comuns. Torrada de pão branco, centeio ou integral? Centeio. Nada para beber, obrigado.

A garçonete finalmente se afastou.

– Conte-me, por favor – pedi.

Katy apagou o cigarro.

– É como eu disse. Fui ao cemitério. Só para sair um pouco de casa. Bem, você sabe onde Julie está enterrada, não sabe?

Assenti.

– É claro. Vi você lá. Alguns dias depois do enterro.

– É.

Ela inclinou o corpo para a frente.

– Você amava Julie?

– Não sei.

– Mas ela magoou você.

– Talvez – respondi. – Faz muito tempo.

Katy olhou para as próprias mãos.

– Gostaria que me contasse o que aconteceu – pedi.

– Ele parecia bem diferente. Quero dizer, o seu irmão. Não me lembro muito dele. Só vagamente. Eu vi alguns retratos.

Ela parou.

– Está querendo dizer que ele estava em pé junto ao túmulo de Julie?

– Perto do salgueiro.

– O quê?

– Tem uma árvore lá. A uns 20 metros mais ou menos. Não entrei pelo portão. Pulei uma cerca. Ele não estava esperando que eu aparecesse. Veja bem, vim chegando por trás e vi um sujeito parado embaixo da árvore, olhando na direção do túmulo de Julie. Ele não me ouviu. Parecia estar longe, entende? Bati no ombro dele. Ele deu um pulo e, quando se virou e me viu... bem, você sabe como eu me pareço com ela. Ele quase gritou. Achou que eu devia ser um fantasma ou algo assim.

– Tem certeza de que era Ken?

– Certeza, certeza, não. Como posso explicar?

Katy pegou outro cigarro e disse:

– É. É, sim, eu sei que era ele.

– Mas como pode afirmar isso?

– Ele me disse que não tinha sido ele.

Minha cabeça girou. Minhas mãos caíram ao lado do meu corpo e agarrei o estofamento do assento. Quando finalmente consegui falar, minhas palavras brotaram devagar.

– O que exatamente ele disse?

– No começo, só isso. "Eu não matei a sua irmã!"

– E o que você fez?

– Disse que ele era um mentiroso. Disse que eu ia gritar.

– E gritou?

– Não.

– Por que não?

Katy ainda não tinha acendido o novo cigarro. Tirou-o dos lábios e pousou-o na mesa.

– Porque acreditei nele. Havia alguma coisa na voz dele, não sei. Eu o tinha odiado por tanto tempo... Você não faz ideia de quanto tempo. Mas agora...

– Então, o que você fez?

– Recuei. E ia mesmo gritar. Mas ele se aproximou de mim. Segurou o meu rosto, olhou nos meus olhos e disse: "Vou encontrar o assassino, eu prometo." Foi isso. Ele ficou olhando para mim por mais um instante. Então me soltou e saiu correndo.

– Você contou...

Ela balançou a cabeça.

– Não, a ninguém. Às vezes, nem tenho certeza de que isso aconteceu mesmo. É como se eu tivesse imaginado tudo. Sonhado ou inventado. Como minhas lembranças de Julie. – Ela levantou os olhos para mim. – Você acha que ele matou Julie?

– Não – respondi.

– Eu vi você no noticiário da televisão. Você sempre pensou que ele estivesse morto. Porque eles acharam um pouco do sangue dele no local do crime.

Assenti.

– Ainda acredita nisso?

– Não. Não acredito mais nisso.

– O que fez você mudar de ideia?

Eu não sabia como responder.

– Acho que também estou procurando por ele.

– Quero ajudar.

Ela disse que queria ajudar. Mas eu sabia que o que Katy realmente quis dizer era que precisava fazê-lo.

– Por favor, Will. Deixe-me ajudar.

Eu concordei.

15

Belmont, Nebraska

A CHEFE DE POLÍCIA BERTHA FARROW franziu a testa por sobre o ombro de seu assistente, George Volker.

– Odeio essas coisas – disse ela.

– Não devia – respondeu Volker, os dedos saltitando sobre as teclas. – O computador facilita o nosso trabalho.

Ela franziu mais ainda a testa.

– E então, o que ele está fazendo para facilitar nosso trabalho agora?

– Está digitalizando as impressões da nossa ilustre desconhecida.

– Digitalizando?

– Como poderei explicar isso a uma pessoa que tem tanta aversão a novas tecnologias?

Volker ergueu os olhos e esfregou o queixo.

– É como se fosse uma copiadora e um fax juntos. O computador faz uma cópia das impressões digitais dela e manda por e-mail para o Centro de Informação da Justiça Criminal, o CIJC, na Virgínia Ocidental.

Agora que toda a força policial do país estava on-line, as impressões digitais podiam ser enviadas pela internet mesmo aos lugarejos mais distantes para serem identificadas. Se as digitais estivessem arquivadas no gigantesco banco de dados do Centro Nacional de Informação Criminal (CNIC), elas eram encontradas e identificadas rapidamente.

– Pensei que o CIJC ficasse em Washington – disse Bertha.

– Não fica mais. O senador Byrd tirou-o de lá.

– Isso é que é senador.

– Sem dúvida.

Bertha ajustou o coldre e desceu pelo corredor. O necrotério onde Clyde trabalhava ocupava o mesmo prédio da delegacia, o que era conveniente, embora o cheiro às vezes fosse nauseante. O necrotério tinha uma ventilação péssima e, de vez em quando, uma nuvem pesada de formol e carne em decomposição pairava sobre o local.

Depois de hesitar apenas por um momento, Bertha Farrow abriu a porta do necrotério. Não havia gavetas brilhosas nem instrumentos polidos nem qualquer daqueles aparatos modernos que se costuma ver na televisão. O necrotério de Clyde era bastante improvisado. O trabalho era de meio expediente, já que, convenhamos, não havia muita coisa a fazer. Vítimas de acidentes de carro eram quase tudo o que se via ali. No ano anterior, Don Taylor se embebedara e acabara atirando acidentalmente na própria cabeça. Sua esposa, que havia anos sofria por causa do vício do marido, brincara dizendo que Don fizera isso porque se olhara no espelho e confundira a si mesmo com um alce. O necrotério – o termo era uma descrição generosa para aquela sala de manutenção adaptada – tinha capacidade para apenas dois cadáveres por vez. Quando Clyde precisava de mais espaço, usava as instalações da casa funerária de Wally.

O corpo da desconhecida estava sobre a mesa. Clyde estava debruçado sobre ele. Usava um jaleco azul e luvas cirúrgicas. Ele chorava. O estéreo tocava uma ária de ópera a todo volume, um lamento apropriadamente trágico.

– Já abriu o corpo? – perguntou Bertha, embora a resposta fosse óbvia.

Clyde limpou os olhos com dois dedos.

– Não.

– Está esperando que ela lhe dê permissão?

Ele fulminou Bertha com os olhos vermelhos.

– Ainda estou fazendo o exame externo.

– E qual foi a causa da morte, Clyde?

– Não saberemos com certeza até eu terminar a autópsia.

Bertha se aproximou dele. Pôs a mão no seu ombro, fingindo consolá-lo.

– Pode dar um palpite preliminar, Clyde?

– Ela apanhou para valer. Está vendo aqui?

Apontou para onde normalmente se veria a caixa torácica. Havia pouca definição dos contornos. Os ossos haviam afundado, esmigalhados como isopor pisoteado por uma bota pesada.

– Há muitos hematomas – observou Bertha.

– Sim, bastante descoloração e, está vendo aqui?

Ele colocou o dedo em algo que se projetava e espetava a pele, próximo ao estômago.

– Costelas quebradas?

– Costelas esfaceladas – corrigiu ele.

– Como?

Clyde deu de ombros.

– Provavelmente com um martelo ou alguma ferramenta parecida. Suponho, e é só uma suposição, que uma das costelas tenha se quebrado e perfurado algum órgão vital. Pode ter perfurado o pulmão ou atravessado o abdome. Ou talvez ela tenha tido sorte e o golpe tenha ido direto ao coração.

Bertha sacudiu a cabeça.

– Ela não me parece ter sido uma pessoa de sorte.

Clyde virou para o outro lado. Abaixou a cabeça e começou a chorar de novo. Seu corpo arquejava com os soluços.

– Essas marcas nos seios – disse Bertha.

Sem olhar, ele respondeu:

– Queimaduras de cigarro.

Era o que ela havia imaginado. Dedos mutilados, queimaduras de cigarro. Não era preciso ser nenhum Sherlock Holmes para deduzir que a mulher tinha sido torturada.

– Faça o serviço completo, Clyde. Exame de sangue, radiografia do tórax, tudo.

Ele fungou e se virou novamente para ela.

– Claro, Bertha, com certeza, pode deixar.

A porta atrás deles se abriu. Ambos se viraram. Era Volker.

– Sucesso – disse.

– Já?

George fez que sim com a cabeça.

– Encabeçando a lista do Centro Nacional de Informação Criminal.

– O que você quer dizer com encabeçando a lista?

Volker fez um gesto na direção do corpo na mesa.

– Nossa ilustre desconhecida. Ela estava sendo procurada por ninguém menos do que o FBI.

16

KATY ME DEIXOU EM HICKORY PLACE, a uns três quarteirões da casa de meus pais. Não queríamos que ninguém nos visse juntos. Talvez fosse um pouco de paranoia de ambas as partes, mas tudo bem.

– E agora? – indagou Katy.

Estava pensando a mesma coisa.

– Não sei direito. Mas se Ken não matou Julie...

– Deve ter sido outra pessoa.

– Cara, somos bons nisso.

Ela sorriu.

– Então acho que devemos procurar pelos suspeitos.

Parecia ridículo. Quem éramos nós, uma força-tarefa? Mesmo assim assenti.

– Vou começar a checar – disse ela.

– Checar o quê?

Ela deu de ombros.

– Não sei. O passado de Julie, talvez. Tentar descobrir quem poderia querer matá-la...

– A polícia já fez isso.

– Eles concentraram toda a investigação no seu irmão, Will.

Ela estava certa.

– Tudo bem – concordei, sentindo-me ridículo novamente.

– Vamos nos encontrar mais tarde.

Assenti e saí do carro. Katy partiu sem se despedir. Fiquei parado ali, mergulhado na solidão. Não tinha a menor vontade de me mexer.

Não havia ninguém nas ruas, mas diversos carros estavam estacionados rente às calçadas. As caminhonetes com painéis de madeira da minha juventude tinham sido substituídas por veículos grandes com aparência de off-road – minivans, carros de família (seja lá o que isso quer dizer) e utilitários. A maioria das casas era de dois andares, num estilo clássico dos anos 1960. Algumas delas haviam sido ampliadas. Outras tinham passado por grandes reformas no final da década de 1970, e suas fachadas haviam sido revestidas de pedras totalmente brancas e lisas típicas da época, um visual tão fora de moda quanto o smoking azul-claro que usei em meu baile de formatura.

Quando cheguei à casa dos meus pais, não havia nenhum carro à porta, nem visitas na sala. Não me surpreendi. Chamei meu pai. Não tive resposta. Encontrei-o sozinho no porão com uma navalha na mão. Estava bem no meio do cômodo, cercado de velhas caixas de papelão. As fitas adesivas que fechavam as caixas haviam sido cortadas. Papai estava totalmente imóvel. Nem sequer se virou quando ouviu meus passos.

– Tanta coisa foi empacotada – disse ele baixinho.

As caixas pertenciam à minha mãe. Meu pai enfiou a mão numa delas e tirou uma faixa de tecido prateada e estreita. Então se virou para mim e a ergueu.

– Lembra-se disso?

Sorrimos. Todo mundo atravessava fases de moda, mas ninguém era como minha mãe. Ela fazia a moda, a definia, seu estilo se tornava parte dela. Aquele acessório, por exemplo, pertencia à Fase das Tiaras. Mamãe cortara o cabelo e passara a usar uma coleção aparentemente infinita de tiaras e faixas, como se fosse uma princesa indígena. Durante um bom tempo – eu diria que a Fase das Tiaras talvez tenha durado uns seis meses –, ela jamais era vista sem elas no cabelo. Quando finalmente enjoou delas, começou o Período das Franjas. Então veio a Renascença Púrpura – não foi a minha predileta, posso garantir; era como viver com uma berinjela gigante ou uma tiete do Jimi Hendrix – e, depois disso, a Era das Botas de Caubói – isso para uma mulher cuja experiência com cavalos se resumia a assistir a Elizabeth Taylor em *A mocidade é assim mesmo*.

As fases da moda, como tantas outras coisas, acabaram quando Julie Miller foi morta. Minha mãe – Sunny – empacotou todas as roupas e guardou-as no canto mais escuro e sujo do porão.

Papai jogou a tiara de volta na caixa.

– Nós íamos nos mudar, sabia?

Eu não sabia.

– Há três anos. Íamos comprar um apartamento em um condomínio em West Orange e talvez também uma casa de veraneio em Scottsdale, perto da prima Esther e do Harold. Mas quando descobrimos que sua mãe estava doente, decidimos esperar um pouco.

Ele olhou para mim

– Está com sede?

– Não.

– Não quer uma Coca-Cola? Acho que vou tomar uma.

Papai passou rapidamente por mim e subiu as escadas. Olhei para aquelas caixas velhas, a caligrafia de minha mãe dos lados, identificando cada uma delas com uma caneta bem grossa. Na prateleira do fundo eu ainda podia ver duas velhas raquetes de tênis de Ken. Ele ganhara uma delas quando tinha apenas 3 anos. Mamãe a havia guardado para ele. Virei-me e segui meu pai. Quando chegamos à cozinha, ele abriu a porta da geladeira.

– Quer me dizer o que aconteceu ontem? – começou ele.

– Não estou entendendo o que o senhor quer dizer.

– Você e sua irmã.

Papai pegou uma garrafa de 2 litros de Coca-Cola.

– Sobre o que estavam discutindo?

– Nada.

Ele meneou a cabeça enquanto abria o armário da cozinha. Tirou dois copos, foi até o freezer e encheu-os de gelo.

– Sua mãe costumava ficar atrás das portas ouvindo suas conversas com Melissa – disse ele. – Eu sei.

Ele sorriu.

– Ela não era lá muito discreta. Eu sempre dizia a ela que parasse com aquilo, mas ela me mandava ficar quieto; aquilo fazia parte de seu trabalho de mãe.

– Ela ouvia conversas entre Melissa e eu.

– É.

– Por que não as de Ken?

– Vai ver ela preferia não saber em que ele andava metido.

Papai serviu as bebidas.

– Você anda muito curioso a respeito de seu irmão ultimamente.

– Só fiz uma pergunta natural.

– É claro. Muito natural. Depois do enterro você me perguntou se eu achava que ele ainda estava vivo. E aí, no dia seguinte, você e Melissa tiveram aquela discussão. Então vou perguntar mais uma vez: o que está acontecendo?

A fotografia ainda estava no meu bolso. Não me pergunte por quê. Havia feito algumas cópias coloridas com o scanner naquela manhã. Mas não pude largar o original.

Quando a campainha tocou, ambos pulamos, surpresos. Trocamos um olhar. Papai deu de ombros. Eu disse que ia atender. Tomei um gole de Coca e pousei o copo na bancada. Fui até a porta da frente. Quando a abri e vi quem era, quase caí.

Era a Sra. Miller, a mãe de Julie.

Trazia um prato coberto com papel-alumínio. Ela olhava para baixo, como se estivesse fazendo uma oferenda num altar. Congelei por um momento, sem saber o que dizer. Ela ergueu os olhos. Nossos olhares se encontraram exatamente como acontecera dois dias antes, na esquina de sua casa. A dor que pude ver nela parecia viva, elétrica. Perguntei-me se ela estaria vendo a mesma coisa em mim.

– Eu pensei... – disse. – Quer dizer, eu só...

– Por favor. Entre.

Ela tentou sorrir.

– Obrigada.

Meu pai veio da cozinha e perguntou:

– Quem está aí?

Olhei para trás. A Sra. Miller deu um passo à frente, ainda segurando o prato como se quisesse protegê-lo. Os olhos de meu pai se arregalaram e vi algo por trás deles explodir.

Sua voz foi um sussurro carregado de raiva.

– Que diabos você está fazendo aqui?

– Papai!

Ele me ignorou.

– Eu fiz uma pergunta, Lucille. Que diabos quer aqui?

A Sra. Miller abaixou a cabeça.

– Papai! – insisti.

Mas não adiantou. Seus olhos haviam-se tornado pequenos e negros.

– Não quero você aqui – disse ele.

– Papai, ela veio oferecer...

– Saia!

– Papai!

A Sra. Miller se encolheu e recuou. Ela empurrou o prato para mim.

– É melhor eu ir, Will.

– Não – respondi. – Não vá.

– Eu não devia ter vindo.

Papai gritou:

– Que diabos! É claro que não deveria ter vindo!

Lancei-lhe um olhar de reprovação, mas seus olhos estavam grudados nela.

Ainda com os olhos baixos, a Sra. Miller disse:

– Sinto muito por sua perda.

Mas meu pai não tinha terminado.

– Ela está morta, Lucille. Agora não adianta mais.

Então a Sra. Miller saiu correndo. Fiquei segurando o prato. Olhei para meu pai sem acreditar. Ele me olhou de volta e disse:

– Jogue essa porcaria fora.

A essa altura eu não tinha certeza do que fazer. Queria ir atrás dela, pedir desculpas, mas ela já estava na metade do quarteirão, caminhando depressa. Meu pai havia voltado para a cozinha. Fui atrás dele e atirei o prato com força na bancada.

– Por que diabos fez isso? – perguntei.

Ele pegou a bebida.

– Não quero ela aqui.

– Ela veio nos dar os pêsames.

– Ela veio para ficar com a consciência tranquila.

– Do que o senhor está falando?

– Sua mãe está morta. Agora não há mais nada que ela possa fazer.

– Mas isso não faz sentido.

– Sua mãe foi ver Lucille. Você sabia? Não muito tempo depois do assassinato.

Ela queria oferecer suas condolências. Lucille mandou que ela fosse para o inferno. Disse que sua mãe era culpada por ter criado um assassino. Foi isso o que disse. Que tinha sido culpa dela. Que nós tínhamos criado um assassino.

— Isso foi há 11 anos, papai.

— Você faz alguma ideia de como aquilo afetou sua mãe?

— A filha dela tinha acabado de ser assassinada. Ela estava sofrendo muito.

— Então por que tinha que esperar até agora para consertar as coisas? Quando já não adianta mais?

Papai balançou a cabeça com firmeza.

— Não quero mais ouvir falar nisso. E sua mãe, bem, ela já não pode ouvir...

A porta da frente se abriu, e tia Selma e tio Murray entraram, os semblantes devidamente tristes. Tia Selma assumiu a cozinha. Tio Murray foi consertar um prato decorativo que estava prestes a se soltar da parede.

Meu pai e eu encerramos a conversa.

17

A AGENTE ESPECIAL CLAUDIA FISHER aprumou a coluna e bateu à porta.

— Entre.

Ela girou a maçaneta e entrou no escritório do diretor-assistente Joseph Pistillo. O diretor-assistente era responsável pelo departamento em Nova York. Depois do diretor em Washington, Pistillo era o agente mais poderoso e de mais alto escalão do FBI.

Pistillo levantou os olhos. Não gostou do que viu.

— O que foi?

— Encontraram Sheila Rogers morta — respondeu Fisher.

Pistillo soltou um palavrão.

— Como?

— Ela foi encontrada à beira de uma estrada em Nebraska. Nenhuma identificação. Mandaram as digitais para o CNIC e ela foi identificada.

— Diabos!

Pistillo roeu as unhas. Claudia Fisher esperou.

— Quero confirmação visual — ordenou ele.

— Já fizemos isso.

— O quê?

— Tomei a liberdade de mandar as fotos de Sheila Rogers por e-mail a Farrow, a chefe de polícia local. Ela e o médico-legista confirmaram que se trata da mesma mulher. A altura e o peso também conferem.

Pistillo se recostou na cadeira. Pegou uma caneta, levantou-a à altura dos olhos e estudou-a. Fisher ficou atenta. Ele fez sinal para que ela se sentasse. Ela obedeceu.

– Os pais de Sheila Rogers moram em Utah, certo?

– Em Idaho.

– Tanto faz. Temos que entrar em contato com eles.

– Já coloquei a polícia local de sobreaviso. O xerife conhece pessoalmente a família.

Pistillo assentiu.

– Ótimo, muito bem.

Depois de estudar a caneta por mais alguns segundos, ele perguntou:

– Como ela foi morta?

– Provavelmente teve hemorragia interna em consequência de uma pancada violenta. A autópsia está a caminho.

– Deus do céu!

– Ela foi torturada. Seus dedos foram quebrados e retorcidos, provavelmente com um alicate. Tinha queimaduras de cigarro no peito.

– Quanto tempo faz que está morta?

– Deve ter morrido ontem à noite ou hoje de madrugada.

Pistillo olhou para Fisher. Lembrou-se de como Will Stein, o namorado, havia se sentado naquela mesma cadeira, na véspera.

– Muito rápido – disse ele.

– Como assim?

– Se ela realmente fugiu, como supúnhamos, foi descoberta bem depressa.

– A não ser – disse Fisher – que ela tenha ido ao encontro deles quando fugiu.

Pistillo se recostou novamente.

– Ou talvez nunca tenha fugido.

– Não estou entendendo.

Ele estudou a caneta mais um pouco.

– Sempre imaginamos que Sheila Rogers havia fugido porque estava envolvida de alguma forma com os assassinatos em Albuquerque, certo?

Fisher balançou a cabeça.

– Sim e não. Quer dizer, por que voltaria a Nova York só para fugir de novo?

– Pode ser que tenha decidido ir ao enterro da mãe do namorado, não sei – disse ele. – De qualquer maneira, acho que não se tratava disso. Talvez não soubesse que nós estávamos atrás dela. Talvez... Pense comigo, Claudia. Vai ver alguém a raptou.

– E como isso teria acontecido? – perguntou Fisher.

Pistillo pousou a caneta na mesa.

– De acordo com Will Klein, ela deixou o apartamento às... quando foi mesmo, às seis da manhã?

– Cinco.

– Às cinco da manhã, muito bem. Então vamos recapitular os fatos utilizando esse cenário. Sheila Rogers sai às cinco horas. Alguém a encontra, a tortura e joga o corpo em Nebraska. Que acha disso?

Fisher assentiu lentamente.

– Como o senhor disse, parece que tudo aconteceu muito rápido.

– Rápido demais.

– Talvez.

– Se levarmos o tempo em consideração – disse Pistillo –, é bem provável que alguém a tenha apanhado logo. Assim que saiu do apartamento.

– E a tenha levado de avião a Nebraska?

– Ou dirigido como um louco.

– Ou... – sugeriu Fisher.

– Ou?

Ela olhou para o chefe.

– Acho que chegamos à mesma conclusão. É muito pouco tempo. É mais provável que ela tenha desaparecido na noite anterior – concluiu ela.

– O que significa....?

– Que Will Klein mentiu para nós.

Pistillo contraiu o rosto.

– Exatamente.

As palavras de Fisher começaram a brotar depressa.

– Tudo bem, mas aqui está uma teoria mais plausível: Will Klein e Sheila Rogers vão ao enterro da Sra. Klein. Logo depois, retornam à casa dos pais dele. De acordo com Klein, eles voltaram de carro para o apartamento naquela noite. Mas não temos nenhuma testemunha disso. Assim, talvez – ela tentou falar mais devagar, mas não conseguiu – não tenham ido direto para o apartamento. Talvez ele a tenha entregado a um cúmplice, que a torturou, matou e livrou-se do corpo. Nesse meio-tempo Will seguiu para o apartamento. Foi trabalhar na manhã seguinte. E quando Wilcox e eu o apertamos no escritório, ele inventou essa história de que ela tinha saído de manhã.

Pistillo concordou.

– Uma teoria interessante.

Ela continuou atenta.

– Você tem ideia do motivo? – perguntou Pistillo.

– Ele precisava silenciá-la.

– Por quê?

– Por causa do que aconteceu em Albuquerque.

Os dois ficaram pensando em silêncio por alguns instantes.

– Não estou convencido.

– Nem eu.

– Mas concordamos que Will Klein sabe mais do que está dizendo.

– Com toda certeza.

Pistillo deu um suspiro profundo.

– De um jeito ou de outro, temos que informá-lo da morte da Srta. Rogers.

– Sim.

– Telefone para o chefe de polícia em Utah.

– Idaho.

– Tanto faz. Peça-lhe que informe a família. Depois, coloque-os num avião para fazerem a identificação oficial.

– E Will Klein?

Pistillo pensou no assunto.

– Vou falar com Squares. Talvez ele possa nos ajudar a dar a má notícia.

18

A PORTA DO MEU APARTAMENTO estava aberta.

Depois que tia Selma e tio Murray chegaram, meu pai e eu evitamos olhar um para o outro. Eu amo meu pai. Acho que deixei isso bem claro. Mas uma parte de mim irracionalmente o culpa pela morte de minha mãe. Não sei por que me sinto dessa maneira, e é muito difícil admitir isso até para mim mesmo, mas, desde que mamãe adoeceu, passei a ver meu pai de forma diferente. Era como se ele não tivesse feito o bastante. Ou talvez eu o culpasse por não ter conseguido salvá-la depois do assassinato de Julie Miller. Ele não fora suficientemente forte. Não fora um marido bom o bastante. Será que um amor verdadeiro não teria ajudado minha mãe a se recuperar, não teria resgatado seu espírito?

Como disse, é um sentimento irracional.

Havia apenas uma fresta aberta, mas isso me fez parar. Nunca deixo de trancar a porta. Moro num prédio sem porteiro em Manhattan. Por outro lado, não ando com a cabeça muito boa ultimamente. Talvez, na pressa de encontrar Katy

Miller, eu tivesse esquecido de trancá-la. Nada mais natural. E às vezes o ferrolho emperrava. Talvez, na pressa, eu não tivesse fechado a porta direito.

Franzi a testa. Era pouco provável.

Empurrei a porta bem devagar para evitar que rangesse. Não rangeu. Ouvi alguma coisa. Um som tênue, de início. Enfiei a cabeça pela abertura da porta e imediatamente senti meu corpo congelar.

Não vi nada fora do lugar. As luzes estavam apagadas. As venezianas estavam fechadas, de modo que não havia muita claridade. Não, não havia nada fora do comum, pelo menos nada que eu pudesse enxergar. Mantendo os pés no corredor, inclinei um pouco o corpo para dentro da sala.

Agora podia ouvir música.

Aquilo, por si só, não teria me alarmado. Não tenho o hábito de deixar música tocando, como fazem alguns nova-iorquinos mais preocupados com segurança, no entanto confesso que às vezes posso ser extremamente distraído. Eu poderia ter esquecido um CD tocando. Mas isso não bastaria para me deixar nervoso daquele jeito.

O que me apavorou realmente foi a seleção musical.

Foi isso o que me chamou a atenção. A música que estava tocando – tentei me lembrar de quando a ouvira pela última vez – era "Don't Fear the Reaper". Tremi.

Era a música favorita de Ken.

Uma gravação dos Blue Oyster Cult, uma banda de heavy metal, embora essa música, a mais famosa do grupo, fosse um pouco mais suave, quase etérea. Ken costumava pegar a raquete de tênis e fingir que estava tocando o solo de guitarra. Eu sabia que não tinha nenhum CD com aquela música em casa. Nem pensar. Lembranças dolorosas.

Que diabos estava acontecendo?

Entrei. Como já disse, as luzes estavam apagadas. Estava escuro. Parei e me senti incrivelmente estúpido. Por que não iluminar o local, seu idiota? Não seria uma boa ideia?

Enquanto eu estendia a mão para tocar o interruptor, escutei outra voz interior que dizia: Por que não sair correndo? Não era isso que a gente sempre gritava para os personagens dos filmes? O assassino está escondido na casa. A adolescente imbecil, depois de encontrar o corpo decapitado de sua melhor amiga, resolve que aquele é o momento ideal para andar pela casa escura, em vez de, digamos, sair correndo e gritando como um animal enlouquecido.

Só faltava eu tirar toda a roupa e ficar só de calcinha e sutiã para interpretar o papel.

O volume do solo de guitarra foi diminuindo gradativamente até a canção terminar. Depois de um breve silêncio, a música começou de novo. A mesma música.

Perguntei-me novamente que diabos estaria acontecendo.

Fugir gritando. Era isso que eu tinha que fazer. Era justamente isso que eu ia fazer. A não ser por um detalhe: eu não tinha tropeçado em nenhum cadáver decapitado. E agora? O que eu deveria fazer, exatamente? Chamar a polícia? Eu podia visualizar a cena: "Qual é o problema, meu senhor?" "Bem, a música favorita do meu irmão está tocando em meu apartamento, então resolvi sair correndo aos gritos. Vocês poderiam vir até aqui empunhando seus revólveres?" "Claro, claro, já estamos indo".

Isso seria uma idiotice.

E mesmo que eu achasse que alguém tinha invadido meu apartamento, que havia realmente um ladrão lá dentro, alguém que tinha trazido seu próprio CD...

... bem, quem poderia ser?

Meu coração desandou a bater mais forte à medida que meus olhos se habituavam à escuridão. Resolvi deixar as luzes apagadas. Se houvesse mesmo um intruso, seria burrice indicar que eu estava ali, de pé, um alvo fácil. Ou será que acender as luzes o deixaria com medo e o faria sair do esconderijo?

Meu Deus, eu não sou nada bom nessas coisas.

Decidi deixar as luzes apagadas.

Tudo bem, vamos fazer assim. As luzes ficam apagadas. E agora?

A música. Siga a música. O som vinha do meu quarto. Voltei-me para aquela direção. A porta estava fechada. Caminhei até lá. Com cuidado. Eu não ia bancar um idiota completo. Deixei a porta da frente escancarada, para o caso de eu ter que gritar e sair correndo.

Avancei arrastando o corpo de um jeito meio desengonçado, puxando o pé esquerdo para a frente mas deixando o direito firmemente apontado para a saída. Aquilo me fez lembrar uma das posturas de ioga que Squares ensinava aos alunos. Eles tinham que abrir as pernas e flexionar o corpo para um dos lados, enquanto concentravam tanto o peso quanto a "percepção" na direção contrária. O corpo se movia para um lado, o espírito, para o outro. Era o que alguns iogues, não Squares, graças a Deus, chamavam de "expandir a consciência".

Com cautela, avancei aproximadamente um metro. E depois outro. Buck Dharma, dos Blue Oyster Cult – o fato não só de eu me lembrar desse pseudônimo, como também do verdadeiro nome do cantor, Donald Roeser, revelava muito sobre a minha infância –, cantava que todos nós podíamos ser como Romeu e Julieta.

Ou seja, mortos.

Cheguei até a porta do quarto. Engoli em seco e empurrei. Nada. Teria de girar a maçaneta. Minha mão agarrou o metal. Olhei para trás. A porta da frente continuava escancarada. Meu pé direito continuava apontado naquela direção, apesar de eu não estar mais tão seguro quanto ao meu plano de fuga. Girei a maçaneta o mais silenciosamente possível, mas aos meus ouvidos o barulho soou tão alto como um tiro.

Empurrei a porta, só o suficiente para abri-la um pouco. Soltei a maçaneta. A música estava mais forte agora. Alta e nítida. Com toda a certeza vinha do som que Squares tinha me dado de presente de aniversário dois anos antes.

Enfiei a cabeça pela porta só para dar uma olhada rápida. Foi quando alguém me agarrou pelos cabelos.

Mal tive tempo de respirar. Minha cabeça foi puxada com tanta fúria que meus pés saíram do chão. Voei pelo quarto, as mãos estendidas para a frente como o Super-Homem, e aterrissei de barriga no chão.

Senti o ar fugir dos meus pulmões. Tentei girar o corpo, mas ele – presumi que fosse um homem – já estava em cima de mim. Ele montou nas minhas costas e enlaçou meu pescoço com o braço. Tentei me soltar. Ele tinha uma força incrível. Puxou ainda mais meu pescoço, e senti que ia sufocar.

Não podia me mover, e fiquei inteiramente à sua mercê. Ele abaixou a cabeça até a minha. Podia senti-lo respirando junto à minha orelha. Ele fez alguma coisa com o outro braço, ajustou o ângulo ou equilibrou melhor o peso do corpo e apertou ainda mais. Minha traqueia estava sendo esmagada.

Achei que meus olhos saltariam das órbitas. Procurei me desvencilhar dele. Inútil. Tentei enterrar as unhas no braço dele, mas era como se tentasse perfurar um tronco de mogno. A pressão na minha cabeça aumentara a ponto de se tornar insuportável. Eu agitava os braços. Meu agressor não se movia. Parecia que meu crânio ia explodir. Então ouvi sua voz.

– Olá, pequeno Willie.

Aquela voz.

Identifiquei-a no mesmo instante. Eu não ouvia aquela voz – meu Deus, tentei me lembrar – havia 10, 15 anos talvez. Pelo menos desde que Julie morrera. Mas existem certos sons, principalmente vozes, que ficam guardados em um local especial no córtex, numa prateleira escondida, por assim dizer, e assim que os ouvimos, retesamos todas as fibras do nosso corpo, pressentindo perigo.

De repente ele soltou meu pescoço. Desmoronei no chão, debatendo-me, tossindo, tentando arrancar algum objeto imaginário da garganta. Ele me largou e riu.

– Não está me reconhecendo, pequeno Willie?

Virei o corpo e recuei depressa, engatinhando para trás. Meus olhos confirmaram o que meus ouvidos já haviam me dito. Eu não podia acreditar. Ele estava diferente, mas não havia nenhuma dúvida.

– John? – perguntei. – John Asselta?

Ele sorriu, um sorriso distante. Senti-me retroceder no tempo. O medo – um medo que eu não sentia desde a adolescência – veio novamente à tona. O Fantasma – era assim que todos o chamavam, embora ninguém tivesse coragem de dizer isso na frente dele – sempre produzira aquele efeito em mim. Acho que eu não era o único. Ele aterrorizava praticamente todo mundo, apesar de eu sempre ter sido protegido. Eu era o irmão caçula de Ken Klein. Para o Fantasma, isso bastava.

Sempre fui um fracote. A vida inteira procurei evitar confrontos físicos. Alguns diziam que era por eu ser prudente e maduro. Mas não é verdade. A verdade é que sou um covarde. Tenho um medo mortal de violência. Talvez seja normal – um instinto de sobrevivência e tudo mais –, porém isso ainda me enche de vergonha. Meu irmão, que, por mais estranho que pareça, era o amigo mais chegado do Fantasma, possuía aquela agressividade invejável que separava os que almejavam ser fortes dos que eram fortes para valer. Quando jogava tênis, por exemplo, lembrava um pouco o jovem John McEnroe, com aquele espírito competitivo de querer vencer o mundo inteiro, feroz como um pit bull, que não admite perder, sempre prestes a ir longe demais. Mesmo quando era pequeno, ele brigava com outras crianças até jogá-las no chão – e ainda pisava nelas depois que caíam. Eu nunca fui assim.

Levantei-me, trôpego. Asselta se levantou como um espírito saído do túmulo. Ele abriu os braços e perguntou:

– Não vai dar um abraço em seu velho amigo, pequeno Willie?

Ele se aproximou e, antes que eu pudesse reagir, me abraçou.

Era bem baixo e tinha um tipo físico estranho, o tronco muito longo, os braços curtos demais. Ele pressionou a bochecha contra o meu peito.

– Faz um bocado de tempo – disse ele.

Eu não sabia ao certo o que dizer, por onde começar.

– Como foi que você entrou aqui?

– O quê?

Ele me soltou.

– Ora, a porta estava aberta. Desculpe eu ter entrado sorrateiramente e surpreendido você desse jeito, mas...

Ele sorriu e deu de ombros.

– Você não mudou nada, pequeno Willie. Está ótimo.

– Você não devia ter...

Ele inclinou a cabeça para o lado, e eu me lembrei do jeito como ele atacava os outros de repente. John Asselta fora colega de turma de Ken na Livingston High. Eles eram dois anos mais adiantados que eu. Ele era o melhor da equipe de luta livre e foi campeão do condado de Essex por dois anos seguidos. Provavelmente teria vencido o campeonato estadual, mas foi desclassificado por deslocar de propósito o ombro de um adversário. Sua terceira infração. Ainda recordo como o outro garoto gritou de dor. Lembro que alguns espectadores chegaram a passar mal ao ver aquele ombro pendurado. Lembro-me do sorriso estampado no rosto de Asselta enquanto carregavam seu adversário do ringue.

Meu pai dizia que Asselta tinha complexo de Napoleão, mas essa explicação me parecia extremamente simplista. Na verdade, não sei se o Fantasma precisava provar alguma coisa, se ele tinha um cromossomo Y a mais, ou se era apenas o pior filho da puta da face da terra.

Qualquer que fosse o caso, ele era definitivamente psicótico.

Não havia como negar. Ele gostava de machucar as pessoas. Uma aura de destruição cercava cada um de seus passos. Até mesmo os valentões da escola ficavam longe dele. Nenhum de nós jamais o olhava de frente nem ficava no seu caminho, porque ninguém nunca sabia o que poderia provocá-lo. O Fantasma atacava sem hesitar. Ele podia quebrar um nariz. Dar uma joelhada no saco. Furar um olho com os dedos. Atacava qualquer um que estivesse de costas para ele.

Ele provocou uma concussão em Milt Saperstein quando eu estava no segundo ano do ensino médio. Saperstein, um calouro CDF, tinha cometido o erro de se apoiar no armário do Fantasma. O Fantasma sorriu e o deixou ir, dando-lhe apenas um tapinha nas costas. Mais tarde, naquele mesmo dia, Saperstein caminhava pelo corredor quando, de repente, o Fantasma se aproximou dele por trás e golpeou sua cabeça com o cotovelo. Saperstein não o vira se aproximar. Quando caiu no chão, o Fantasma começou a rir e então pisou na cabeça dele. Milt teve que ser levado às pressas para o pronto-socorro.

Ninguém viu nada.

Quando ele tinha 14 anos – segundo diz a lenda –, matou o cachorro do vizinho enfiando-lhe bombinhas no reto. Mas o pior de tudo, pior do que qualquer outra coisa que se possa imaginar, eram os boatos de que ele, com a tenra idade de 10 anos, apunhalara um garoto chamado Daniel Skinner com uma faca de cozinha. Skinner, que era uns dois anos mais velho que o Fantasma, supostamente teria implicado com ele, que revidara com uma facada direto no coração. Dizem que ele passou algum tempo em instituições juvenis e em terapia, mas nada disso adiantou. Ken alegava não saber de nada. Perguntei sobre o assunto uma vez ao meu pai, mas ele não confirmou nem negou os rumores.

Tentei deixar o passado de lado.

– O que você quer, John?

Eu nunca entendi a amizade de meu irmão com ele. Meus pais também não gostavam nem um pouco disso, embora o Fantasma pudesse ser encantador com os adultos. Sua pele praticamente albina – daí o apelido – lhe concedia feições enganosamente suaves. Ele era quase bonito, com cílios longos e covinha no queixo. Ouvi dizer que, depois de se formar, ele se alistara no serviço militar. Diziam que havia entrado para uma das forças especiais, como os Boinas Verdes ou algo parecido, mas ninguém sabia ao certo.

O Fantasma inclinou novamente a cabeça para o lado.

– Onde está Ken? – perguntou com aquela voz sedosa que costumava usar antes de desferir o primeiro golpe.

Não respondi.

– Passei muito tempo fora, pequeno Willie. No exterior.

– Fazendo o quê? – perguntei.

Ele mostrou novamente os dentes brilhantes.

– Agora que voltei, pensei em procurar meu melhor amigo.

Eu não sabia o que responder. De repente, lembrei-me da noite anterior na varanda do meu apartamento. Aquele homem que ficara me olhando do outro lado da rua. Era o Fantasma.

– E então, pequeno Willie, onde posso encontrá-lo?

– Não sei.

Ele levou a mão em concha à orelha.

– Como?

– Não sei onde ele está.

– Como é possível? Ele é seu irmão. Ken sempre gostou tanto de você...

– O que você quer aqui, John?

– Me diga uma coisa – ele mostrou os dentes de novo –, o que aconteceu com a sua namoradinha de escola, Julie Miller? Você se amarrava nela, não é?

Eu o encarei. Ele sustentou o sorriso. Estava brincando comigo. Eu sabia disso. Por mais estranho que pudesse parecer, ele e Julie haviam sido bastante chegados. Coisa que eu nunca entendi. Ela dizia que podia ver algo mais ali, alguma coisa boa embaixo de toda aquela psicose. Uma vez eu brinquei, dizendo que ela devia ter arrancado algum espinho da pata dele. Agora eu pensava no que deveria fazer. Pensei em sair correndo, mas sabia que não ia conseguir fugir. Também sabia que não podia enfrentá-lo.

Eu estava ficando apavorado.

– Você ficou fora por muito tempo? – perguntei.

– Muitos anos, pequeno Willie.

– Então, quando foi a última vez que viu Ken?

Ele fingiu se concentrar em difíceis cálculos mentais.

– Bem, deve ter sido, vejamos, há uns 12 anos? Estive no exterior todo esse tempo. Não tivemos contato.

– Sei.

Ele apertou os olhos.

– Você parece estar duvidando de mim, pequeno Willie.

O Fantasma se aproximou. Tentei não vacilar.

– Está com medo?

– Não.

– Seu irmão não está mais aqui para protegê-lo, pequeno Willie.

– E nós não estamos mais na Livingston High, John.

Ele me olhou nos olhos.

– Acha que o mundo é muito diferente agora?

Tentei ficar firme.

– Você parece estar com medo, pequeno Willie.

– Saia daqui – ordenei.

Sua resposta foi brusca. Ele se abaixou e me deu uma rasteira. Desabei de costas no chão. Antes que eu pudesse me mexer, ele me deu uma chave de cotovelo. Senti uma enorme pressão nas juntas, e então de repente ele empurrou ainda mais o meu tríceps. Meu cotovelo começou a dobrar para o lado contrário. Uma dor profunda apunhalou meu braço.

Tentei ceder ao movimento. Fazer qualquer coisa para aliviar a pressão.

O Fantasma então falou com a voz mais mansa que já ouvi:

– Mande Ken parar de se esconder, pequeno Willie. Diga a ele que outras pessoas podem se machucar. Como você. Ou seu pai. Ou sua irmã. Ou mesmo aquela gatinha Miller que você encontrou hoje. Diga isso a ele.

A rapidez de sua mão era sobrenatural. Com um só movimento ele soltou o meu braço e socou imediatamente meu rosto com força. Meu nariz explodiu. Rolei de costas no chão, a cabeça rodando, semiconsciente. Ou talvez tenha desmaiado. Não sei mais.

Quando abri os olhos de novo, ele havia desaparecido.

19

SQUARES ME DEU UM SACO PLÁSTICO cheio de gelo.

– Já sei, eu devia ter visto como ficou o outro cara, certo?

– Isso mesmo – falei, colocando o gelo no meu nariz bastante dolorido. – Ele parece um galã de novela.

Squares se sentou no sofá e colocou as botas em cima da mesinha de centro.

– Explique.

Expliquei.

– Esse cara parece um príncipe – debochou Squares.

– Já falei que ele torturava animais?

– Sim.

– E que ele tinha uma coleção de crânios no quarto?

– Puxa, isso devia impressionar as garotas.

– Não consigo entender.

Removi o saco de gelo. Meu nariz parecia estar entupido de moedas trituradas.

– Por que o Fantasma está querendo encontrar meu irmão?

– Boa pergunta.

– Acha que devo chamar a polícia?

Squares deu de ombros.

– Qual é o nome verdadeiro dele?

– John Asselta.

– Imagino que não saiba onde ele mora.

– Acertou.

– Ele cresceu em Livingston?

– Sim. Na Woodland Terrace. Número 57.

– Você se lembra do endereço?

Agora era a minha vez de dar de ombros. Livingston era assim. A gente se lembrava desse tipo de coisas.

– Não sei qual foi a história com a mãe dele. Acho que ela se mandou quando ele era bem pequeno. O pai bebia para valer. Tinha dois irmãos mais velhos. Um deles, acho que se chamava Sean, era veterano da Guerra do Vietnã. Ele tinha um cabelão comprido e a barba toda emaranhada e ficava o dia todo andando pela cidade, falando sozinho. Todo mundo achava que ele era maluco. O jardim deles parecia um depósito de lixo, cheio de mato. Os vizinhos não gostavam nem um pouco. Eles chegaram a ser multados por isso.

Squares anotou as informações.

– Vou ver o que consigo descobrir.

Minha cabeça doía. Tentei me concentrar.

– Tinha alguém assim na sua escola? – perguntei. – Algum psicótico que gostava de machucar os outros por prazer?

– Tinha – disse Squares. – Eu.

Não podia acreditar. Eu sabia, de uma forma um tanto vaga, que Squares tinha sido um marginal de primeira, mas a ideia de que ele tivesse sido como o Fantasma, que eu teria tremido ao passar por ele nos corredores, ou que ele pudesse quebrar um crânio e ficar rindo do ruído... eu simplesmente não podia acreditar nisso.

Levei o saco de gelo novamente ao nariz, fazendo uma careta quando encostou na pele.

Squares balançou a cabeça.

– Cara...

– Pena que você nunca tenha pensado em estudar medicina.

– Seu nariz deve ter quebrado – disse ele.

– Imaginei isso.

– Quer ir até o hospital?

– Não, sou um cara durão.

Squares deu uma risada abafada.

– Provavelmente não iam fazer nada mesmo.

Então parou, mordeu a bochecha por dentro e disse:

– Tenho uma novidade.

Não gostei do seu tom de voz.

– Recebi um telefonema do seu agente federal favorito, Joe Pistillo.

Removi o saco de gelo novamente.

– Encontraram Sheila?

– Não sei.

– O que ele queria?

– Não disse. Só me pediu que fosse com você ao escritório dele.

– Quando?

– Agora. Ele disse que havia telefonado por consideração.

– Como assim?

– Como é que vou saber?

◆ ◆ ◆

– Meu nome é Clyde Smart – disse o homem com a voz mais suave que Edna Rogers já ouvira. – Sou o médico-legista do condado.

Edna Rogers viu o marido, Neil, cumprimentar o homem. Ela se limitou a gesticular com a cabeça em sua direção. A chefe de polícia estava presente, como também um de seus assistentes. Todos eles, Edna Rogers pensou, tinham expressões solenes no rosto. Clyde tentou dizer algumas palavras de consolo. Edna Rogers o impediu.

Clyde Smart finalmente se encaminhou até a mesa. Neil e Edna Rogers, casados havia 42 anos, ficaram de pé lado a lado e esperaram. Não se tocaram. Não procuraram se consolar. Havia muitos anos que os dois tinham deixado de buscar apoio um no outro.

Por fim, o médico-legista parou de falar e puxou o lençol.

Quando Neil Rogers viu o rosto de Sheila, recuou como um animal ferido. Olhou para o alto e soltou um grito que fez Edna pensar no uivo de um coiote quando sente uma tempestade se aproximar. Pela angústia do marido, ela sabia, mesmo antes de olhar, que não havia mais jeito, não haveria nenhum milagre de última hora. Juntou toda a coragem que tinha e olhou para a filha. Começou a estender a mão – o desejo maternal de confortar, mesmo na morte, nunca desaparece –, mas obrigou-se a parar.

Edna continuou olhando até sua vista ficar embaçada, até ela quase conseguir ver o rosto de Sheila se transformando, os anos recuando depressa, até sua primeira filha se tornar um bebê de novo, com toda uma vida pela frente, dando à mãe uma segunda chance.

E então Edna Rogers começou a chorar.

20

— O QUE ACONTECEU COM O SEU NARIZ? – perguntou Pistillo.

Estávamos de volta ao escritório dele. Squares ficou na sala de espera. Sentei-me numa cadeira em frente à mesa de Pistillo. A cadeira dele, como pude notar desta vez, era um pouco mais alta do que a minha, provavelmente para causar intimidação. Claudia Fisher, a agente que havia nos procurado na Covenant House, ficou atrás de mim com os braços cruzados.

– Você devia ter visto como ficou o outro cara – eu disse.

– Andou brigando?

– Caí.

Pistillo não acreditou, mas não importava. Colocou as mãos sobre a mesa:

– Gostaria que nos contasse tudo de novo – ordenou.

– Contar o quê?

– Como Sheila Rogers desapareceu.

– Vocês a encontraram?

– Vamos por partes.

Ele tossiu sobre a mão fechada.

– A que horas Sheila saiu do seu apartamento?

– Por quê?

– Por favor, Sr. Klein, se o senhor pudesse nos ajudar nisso...

– Acho que foi por volta das cinco da manhã.

– Tem certeza?

– Eu acho. Eu usei a palavra *acho*.

– Por que não tem certeza?

– Eu estava dormindo. Pensei tê-la ouvido sair.

– Às cinco?

– Sim.

– Olhou o relógio?

– Está falando sério? Não me lembro.

– Como, então, pode saber que eram cinco horas?

– Tenho um ótimo relógio interno. Não sei. Podemos prosseguir?

Pistillo assentiu e se mexeu na cadeira.

– A Srta. Rogers deixou um bilhete para o senhor, certo?

– Deixou.

– Onde o deixou?

– O senhor quer saber em que lugar do apartamento?

– Exatamente.

– Que diferença faz isso?

Ele me ofereceu um sorriso condescendente.

– Por favor.

– Na bancada da cozinha. É de fórmica, se isso ajuda em alguma coisa.

– O que dizia o bilhete?

– É pessoal.

– Por favor, Sr. Klein.

Suspirei. Não havia motivo para fazer jogo duro.

– Ela disse que me amaria para sempre.

– O que mais?

– Só isso.

– Apenas que o amaria para sempre?

– Isso.

– O senhor ainda tem o bilhete?

– Tenho.

– Posso vê-lo?

– Pode me dizer por que estou aqui?

Pistillo se recostou.

– Depois que saíram da casa de seu pai, o senhor e Srta. Rogers foram diretamente para o seu apartamento?

A mudança de assunto me intrigou.

– Do que é que o senhor está falando?

– O senhor foi ao enterro de sua mãe, certo?

– Fui.

– Depois, o senhor e Sheila Rogers voltaram para o seu apartamento. Foi isso o que o senhor nos disse, não foi?

– Sim, foi isso o que eu disse.

– E é verdade?

– É.

– O senhor parou em algum lugar no caminho para casa?

– Não.

– Alguém pode confirmar isso?

– Confirmar que eu não parei?

– Confirmar que foram para o seu apartamento e ficaram lá o restante da noite.

– Por que alguém teria que confirmar isso?

– Por favor, Sr. Klein.

– Não sei se alguém pode ou não confirmar.

– O senhor falou com alguém?

– Não.

– Algum vizinho viu vocês?

– Não sei.

Olhei por sobre o ombro para Claudia Fisher.

– Por que não investigam a vizinhança? Não é isso o que vocês fazem?

– O que Sheila Rogers foi fazer no Novo México?

Virei-me novamente para ele.

– Não sei se ela esteve lá.

– Ela não o informou que estava indo para lá?

– Não sei de nada disso.

– E o senhor, Sr. Klein?

– O que tem eu?

– Conhece alguém no Novo México?

– Eu nem sei o caminho para Santa Fé.

– San Jose – corrigiu Pistillo, sorrindo da minha piada sem graça. – Temos uma lista de todos os telefonemas que o senhor recebeu recentemente.

– Que bom saber!

Pistillo deu de ombros.

– Tecnologia de última geração.

– E podem fazer isso legalmente?

– Nós temos um mandado.

– Aposto que têm. Então, o que o senhor quer saber?

Claudia Fisher se mexeu pela primeira vez. Entregou-me uma folha de papel que me pareceu ser uma cópia da minha conta telefônica. Um número que não me era familiar estava destacado em amarelo.

– O senhor recebeu um telefonema de Paradise Hill, no Novo México, na véspera do enterro de sua mãe.

Pistillo se inclinou para a frente.

– De quem era esse telefonema?

Estudei o número, mas continuei completamente confuso. A ligação tinha sido feita às seis e quinze da noite. Um telefonema de 18 minutos. Eu não sabia o que aquilo significava, mas não estava gostando nem um pouco do rumo que a conversa estava tomando. Levantei os olhos.

– Devo arranjar um advogado?

A pergunta fez Pistillo parar por um instante. Ele e Claudia Fisher trocaram um olhar.

– Sempre se pode arranjar um advogado – disse ele, um tanto cuidadoso demais.

– Eu quero Squares aqui.

– Ele não é advogado.

– Não importa. Não sei que diabo está acontecendo, mas não estou gostando dessas perguntas. Vim aqui porque pensei que o senhor tivesse alguma informação a me dar. Em vez disso, estou sendo interrogado.

– Interrogado? – Pistillo colocou as mãos espalmadas na mesa. – Estamos apenas conversando.

Escutei um telefone tocar atrás de mim. Claudia Fisher sacou seu celular rapidamente, como os mocinhos sacam a arma nos filmes de bangue-bangue. Levou o telefone ao ouvido e disse: "Fisher." Depois de ouvir por um minuto, desligou sem se despedir. Então fez um sinal para Pistillo confirmando algo.

Levantei-me.

– Para mim chega.

– Sente-se, Sr. Klein.

– Estou cansado dessas suas babaquices, Pistillo, estou cansado de...

– O telefonema – interrompeu Pistillo.

– O que tem ele?

– Sente-se, Will.

Ele usou meu primeiro nome. Não gostei do seu tom de voz. Fiquei onde estava e esperei.

– Só estávamos esperando pela confirmação visual.

– Do quê?

Ele não respondeu.

– Trouxemos os pais de Sheila Rogers de Idaho. Eles fizeram a identificação oficial, embora as impressões digitais já tivessem nos revelado tudo o que precisávamos saber.

Seu rosto se abrandou. Meus joelhos tremeram, mas consegui me manter de pé. Pistillo me olhou com olhos pesados. Comecei a balançar a cabeça, sabendo que não conseguiria me livrar da pancada.

– Sinto muito, Will – disse Pistillo. – Sheila Rogers está morta.

21

A NEGAÇÃO É UMA COISA ESPANTOSA.

Mesmo enquanto sentia meu estômago se retorcer, mesmo enquanto sentia o calafrio expandir-se por todo o meu corpo, mesmo enquanto sentia as lágrimas prestes a jorrar dos meus olhos, de certa forma, consegui me manter distante.

Assentia enquanto me concentrava nos poucos detalhes que Pistillo estava disposto a me dar. O corpo dela havia sido jogado à beira de uma estrada em Nebraska, ele me disse. Assenti. Ela havia sido morta – para usar as palavras de Pistillo – "de uma maneira bastante brutal". Assenti novamente. Ela fora encontrada sem nenhum documento, mas suas impressões digitais tinham sido identificadas e seus pais tinham vindo de avião para reconhecer oficialmente o corpo. Assenti mais uma vez.

Não me sentei. Não chorei. Fiquei perfeitamente imóvel. Senti algo dentro de mim se endurecer e crescer. Algo que fazia pressão contra a minha caixa torácica, tornando a respiração quase impossível. Ouvi suas palavras como se viessem de longe, através de um filtro, ou como se eu estivesse dentro d'água. Lembrei-me de um simples momento: Sheila lendo no sofá, o corpo ereto. Pude ver a concentração em seu rosto, o modo como ela apertava os olhos ao ler certos trechos, seu jeito de levantar o rosto e sorrir ao perceber que eu a estava observando.

Sheila estava morta.

Fiquei ali, com Sheila, de volta ao nosso apartamento, agarrando-me à fumaça, tentando me apegar ao que já não existia mais, até que as palavras de Pistillo penetraram a névoa em minha mente.

– Você devia ter cooperado, Will.

Fui despertado como de um sono.

– O quê?

– Se houvesse nos dito a verdade, talvez tivéssemos conseguido salvá-la.

◆ ◆ ◆

Depois disso, me lembro apenas de já estar na van.

Squares alternava socos no volante e promessas de vingança. Eu nunca o vira tão agitado. Minha reação fora exatamente oposta. Era como se alguém tivesse me desligado da tomada. Fiquei olhando pela janela. Continuava a não aceitar, mas começava a sentir a realidade se lançando de encontro às muralhas. Perguntei-me por quanto tempo as muralhas resistiriam.

– Vamos pegá-lo – disse Squares mais uma vez.

Naquele momento, era indiferente.

Paramos em fila dupla diante do meu prédio. Squares saltou da van.

– Vou ficar bem – falei.

– Mesmo assim, vou subir com você. Quero lhe mostrar uma coisa.

Concordei mecanicamente.

Quando entramos, Squares tirou um revólver do bolso. Vasculhou o apartamento, o revólver na mão. Não havia ninguém. Ele me entregou a arma.

– Tranque a porta. Se aquele filho da mãe aparecer, atire nele.

– Eu não preciso disso.

– Atire nele – repetiu.

Fiquei olhando o revólver.

– Quer que eu fique aqui? – perguntou.

– Acho melhor eu ficar sozinho.

– Certo, tudo bem, mas se precisar de mim, ligue para o meu celular. A qualquer hora do dia ou da noite.

– Certo. Obrigado.

Ele saiu sem dizer mais nenhuma palavra. Deixei o revólver em cima da mesa. Depois, vasculhei todo o apartamento. Não havia nada de Sheila em lugar nenhum. O cheiro dela evaporara. O ar parecia mais rarefeito, menos substancial. Eu queria fechar todas as janelas e portas, lacrá-las com tábuas, tentar preservar alguma coisa dela.

A mulher que eu amava tinha sido assassinada.

Pela segunda vez?

Não. O assassinato de Julie não fora como esse. Nem de longe. A negação continuava ali, mas podia ouvir uma voz murmurar por entre as frestas: nada jamais seria o mesmo. Eu sabia disso. Sabia que não me recuperaria dessa vez. Há golpes dos quais conseguimos nos erguer – como o que aconteceu com Ken e Julie. Mas agora era diferente. Muitos sentimentos ricocheteavam dentro de mim. Mas o desespero predominava.

Eu nunca mais veria Sheila. A mulher que eu amava tinha sido assassinada.

Concentrei-me na última palavra. Assassinada. Pensei no passado de Sheila, no inferno que ela devia ter vivido. Pensei na coragem com que havia lutado, e pensei em como alguém – provavelmente do seu passado – havia sorrateiramente tirado tudo dela.

A raiva começou a aflorar também.

Fui até a escrivaninha, abaixei-me, procurei no fundo da gaveta de baixo. Peguei uma caixa forrada de veludo, respirei fundo e abri.

O diamante era de 1,3 quilates, cor G, pureza VS1, corte redondo. O anel era de platina. Eu o havia comprado numa loja na Rua 47 duas semanas antes. Havia mostrado o anel apenas à minha mãe, e planejava pedir Sheila em casamento na frente dela. Mas minha mãe só fez piorar depois daquilo. Esperei. Mesmo assim, sentia-me consolado ao pensar que mamãe sabia que eu havia encontrado alguém, alguém que ela mais do que aprovava. Eu estava só esperando a hora certa – com a morte de minha mãe e tudo mais – para entregá-lo a Sheila.

Sheila e eu nos amávamos. Eu teria feito o pedido de casamento de uma forma antiquada, não muito original, teria ficado sem jeito, e os olhos dela teriam ficado marejados, e ela teria dito sim e me abraçado. Teríamos nos casado e vivido juntos para sempre. Teria sido ótimo.

Mas alguém tinha tirado tudo isso de mim.

As muralhas da negação começaram a rachar. A dor se espalhou em mim, arrancando o ar dos meus pulmões. Caí como uma pedra numa cadeira e encolhi os joelhos de encontro ao peito. Balancei-me para frente e para trás e comecei a chorar, a chorar de verdade, com gemidos de dor de rasgar a alma.

Não sei por quanto tempo chorei. Depois de algum tempo, me forcei a parar. Foi quando decidi que tinha de enfrentar a dor. A dor imobiliza. A raiva, não. E a raiva estava ali também, à espreita, à espera de uma abertura.

Deixei-a entrar.

22

QUANDO KATY MILLER OUVIU O PAI levantar a voz, parou à porta.

— Por que você foi lá? — gritou ele.

Sua mãe e seu pai estavam na sala de estar. Assim como o restante da casa, o cômodo lembrava um quarto de hotel. A mobília era funcional, brilhosa, resistente e nada aconchegante. Os quadros nas paredes eram pinturas inexpressivas de veleiros e naturezas-mortas. Não havia bibelôs, souvenirs de viagens, nenhuma coleção nem fotos de família.

— Fui até lá para dar os pêsames — explicou a mãe.

— Por que diabos você foi fazer isso?

— Porque achei que era a coisa certa a fazer.

— A coisa certa? O filho dela matou a nossa filha!

— O filho — Lucille Miller repetiu. — Não ela.

— Não me venha com essa besteira. Foi ela quem o criou.

— Isso não a torna culpada.

— Você não pensava assim antigamente.

Sua mãe se manteve firme.

— Já penso assim há muito tempo. Só não disse nada.

Warren Miller começou a andar de um lado para outro.

— E aquele grosso expulsou você?

— Ele está sofrendo. Ele apenas explodiu.

— Não quero que volte lá — ordenou o pai, agitando impotentemente o dedo indicador. — Está me ouvindo? Pelo que sabemos, ela ajudou aquele desgraçado a se esconder.

— E daí?

Katy conteve a respiração. Warren se virou bruscamente para a mulher.

— O quê?

— Ela era a mãe dele. Será que nós teríamos agido de outra forma?

— Não diga besteiras.

— E se tivesse acontecido o inverso? E se Julie tivesse matado Ken e precisasse se esconder? O que você faria?

— O que você está dizendo é um absurdo!

— Não, Warren, não é um absurdo. Eu quero saber. Quero saber o que teríamos feito se os papéis fossem invertidos. Teríamos entregado Julie à polícia? Ou teríamos tentado salvá-la?

Quando o Sr. Miller se virou, deu com Katy parada à porta. Seus olhos se encontraram e, pela enésima vez, ele não pôde sustentar o olhar da filha. Sem dizer mais nada, Warren subiu as escadas, furioso. Entrou na nova "sala do computador" e fechou a porta. A "sala do computador" era o antigo quarto de Julie. Durante nove anos o quarto ficara exatamente como estava no dia em que ela morreu. Então um dia, sem avisar a ninguém, seu pai entrou no quarto, empacotou tudo e guardou. Pintou as paredes de branco e comprou um computador, uma mesa e uma cadeira. Agora aquela era a sala do computador. Muitos acharam que isso era um sinal de que aquela etapa havia sido encerrada, ou que, pelo menos, ele agora seguiria em frente. Mas a verdade era exatamente o oposto. Aquela fora uma atitude forçada, como um moribundo que tenta mostrar que pode levantar da cama, quando na realidade isso só o faz piorar. Katy nunca entrava lá. Agora que o cômodo não tinha mais nenhum sinal tangível de Julie, seu espírito parecia, de certa forma, mais presente ainda. Passara a se mostrar mais à mente do que aos olhos. Agora era possível imaginar aquilo que não se podia ver.

Lucille Miller foi até a cozinha. Katy a seguiu em silêncio. Sua mãe começou a lavar a louça. Katy ficou olhando, desejando – também pela enésima vez – que pudesse dizer algo que não magoasse sua mãe ainda mais profundamente. Seus pais nunca falavam com ela a respeito de Julie. Nunca. Ao longo de todos aqueles anos, ela os pegara falando sobre o crime talvez uma meia dúzia de vezes. E a conversa sempre acabava. Em silêncio e lágrimas.

– Mamãe?

– Está tudo bem, querida.

Katy chegou mais perto. Sua mãe esfregou a louça com mais força. Katy notou que os cabelos da mãe tinham mais fios brancos. Suas costas estavam um pouco mais encurvadas, a pele mais enrugada.

– A senhora teria feito isso? – perguntou Katy.

Sua mãe não disse nada.

– Teria ajudado Julie a fugir?

Lucille Miller continuava esfregando. Encheu a máquina de lavar louça, colocou o detergente e ligou. Katy esperou mais alguns instantes. Mas a mãe não disse nada.

Katy subiu, pé ante pé. Ouviu os soluços angustiados do pai vindo da sala do computador. A porta abafava um pouco o barulho, mas não o suficiente. Katy parou e encostou a mão espalmada na porta. Pensou que talvez pudesse sentir as vibrações. Os soluços de seu pai eram sempre muito intensos, tomando conta de todo o seu corpo. Sua voz embargada repetidamente implorava "Por favor, chega", como se pedisse a um torturador invisível que lhe metesse uma bala na cabeça. Katy ficou parada escutando, mas a intensidade dos soluços não diminuiu.

Depois de algum tempo, ela se afastou. Foi para o seu quarto. Colocou algumas roupas numa mochila e se preparou para acabar com aquilo de uma vez por todas.

◆◆◆

Eu ainda estava sentado no escuro com meus joelhos de encontro ao peito.

Era quase meia-noite. Verifiquei quem tinha telefonado. Normalmente, teria desligado o telefone, mas ainda me recusava a aceitar a morte de Sheila o suficiente para desejar que Pistillo me telefonasse e dissesse que tudo não passava de um grande engano. A cabeça da gente faz essas coisas. Tenta descobrir uma saída. Faz acordos com Deus. Faz promessas. Tenta se convencer de que talvez ainda haja uma chance, que talvez seja tudo um sonho, o mais mórbido de todos os pesadelos e que, de alguma forma, conseguiremos encontrar o caminho de volta.

O telefone tocara só uma vez, e era Squares, dizendo que os jovens da Covenant House queriam realizar uma cerimônia religiosa em memória de Sheila no dia seguinte. Ele perguntou se eu concordava. Respondi que Sheila teria gostado muito disso.

Olhei pela janela e vi a van dando a volta ao quarteirão novamente. Era Squares, preocupado em me proteger. Ele passaria a noite toda vigiando. Eu sabia que ele não se distanciaria muito dali. Ele provavelmente estava torcendo para que houvesse algum problema, para que pudesse descarregar a raiva em cima de alguém. Lembrei-me de Squares comentando que não tinha sido muito diferente do Fantasma. Pensei no poder do passado, no que Squares e Sheila haviam suportado e me admirei que os dois tivessem conseguido encontrar forças para nadar contra a maré.

O telefone tocou de novo.

Olhei para o meu copo de cerveja. Eu não era do tipo que usa a bebida para tentar esquecer os problemas. Quase desejei que fosse. Gostaria de estar totalmente entorpecido agora, mas o que acontecia era exatamente o oposto. Era como se minha pele tivesse sido arrancada e eu pudesse sentir tudo. Meus braços e minhas pernas ficaram impossivelmente pesados. Tive a sensação de estar afundando, me afogando, de que eu estaria para sempre a alguns centímetros da superfície, minhas pernas presas por mãos invisíveis, incapazes de se libertar.

Esperei a secretária eletrônica atender. Depois do terceiro toque ouvi um clique e minha voz pedindo que deixassem um recado após o sinal. Quando o bipe soou, ouvi uma voz quase familiar.

– Sr. Klein?

Sentei-me. A voz feminina tentou sufocar um soluço.

– Quem está falando aqui é Edna Rogers, mãe de Sheila.

Minha mão voou para atender o telefone.

– Sou eu – anunciei.

A mulher desatou a chorar. Eu comecei a chorar também.

– Não pensei que fosse doer tanto – disse ela, depois de algum tempo.

Sozinho no que havia sido o nosso apartamento, fiquei escutando e balançando o corpo, como se tentasse ninar a mim mesmo.

– Eu a apaguei da minha vida há tanto tempo – continuou a Sra. Rogers. – Ela não era mais minha filha. Eu tinha outros filhos. Ela tinha ido embora. Para sempre. Não era isso que eu queria. Mas foi o que aconteceu. Quando o chefe de polícia veio à minha casa, quando disse que ela estava morta, não tive a menor reação. Apenas assenti e fiquei firme, o senhor entende?

Eu não entendia. Não disse nada. Só ouvi.

– E então eles nos trouxeram para cá. Para Nebraska. Disseram que já tinham as impressões digitais, mas precisavam que alguém da família a identificasse. Então Neil e eu pegamos um carro, seguimos para o aeroporto em Boise e voamos para cá. Trouxeram-nos até uma delegacia pequena. Nos filmes, eles sempre fazem isso atrás de um vidro. O senhor sabe como é. Eles ficam do lado de fora, trazem o corpo numa maca e então tudo acontece por trás de um vidro. Mas aqui não. Eles me levaram até uma salinha e lá estava... aquele corpo coberto com um lençol. Não estava nem ao menos numa maca. Estava numa mesa. Então o homem puxou o lençol e pude ver o rosto dela. Foi a primeira vez em 14 anos que vi o rosto da Sheila.

Ela se descontrolou. Começou a chorar e, por muito tempo, não conseguiu parar. Mantive o aparelho no ouvido e esperei.

– Sr. Klein – recomeçou ela.

– Pode me chamar de Will, por favor.

– Você a amava, Will, não é mesmo?

– Muito.

– E a fez feliz?

Pensei no anel de brilhante.

– Espero que sim.

– Vou passar a noite em Lincoln. Mas pretendo pegar o avião para Nova York amanhã de manhã.

– Que bom.

Contei a ela sobre a cerimônia em memória de Sheila.

– Teremos tempo para conversar depois? – perguntou.

– Claro.

– Há algumas coisas que eu gostaria de saber – disse ela. – E outras, algumas delas bem duras, que preciso lhe contar.

– Não sei se estou entendendo bem.

– Vejo você amanhã, Will. Então conversaremos.

◆◆◆

Uma pessoa foi me visitar naquela noite.

À uma da manhã a campainha tocou. Pensei que fosse Squares. Dei um jeito de sair da cama, me arrastei pelo quarto. Aí me lembrei do Fantasma. Olhei para trás. O revólver estava em cima da mesa. Parei.

A campainha tocou de novo.

Balancei a cabeça. Não. Eu não havia chegado àquele ponto. Pelo menos, ainda não. Fui até a porta, espiei pelo olho mágico. Mas não era Squares nem o Fantasma.

Era o meu pai.

Abri a porta. Ficamos parados e nos olhamos como se estivéssemos a uma grande distância um do outro. Papai estava sem fôlego. Ele tinha os olhos inchados, vermelhos. Fiquei parado ali, sem me mover, sentindo tudo dentro de mim desmoronar. Ele balançou a cabeça e estendeu os braços, convidando-me a me aproximar. Cedi ao seu abraço. Pressionei meu rosto contra o seu casaco, que cheirava a roupa guardada e úmida. Comecei a soluçar. Ele me acalentou, acariciou meu cabelo e puxou-me para mais perto. Senti minhas pernas bambearem. Mas não caí. Meu pai me sustentou de pé. E ficou me segurando assim durante muito tempo.

23

Las Vegas

Morty Meyer dividiu a mão – ele tinha dois 10 – e fez sinal para que a carteadora lhe desse duas cartas, uma para cada mão. A primeira era um nove, a segunda, um ás. Dezenove na primeira mão. E 21 na segunda.

Estava ganhando uma bolada. Havia ganhado oito mãos seguidas nas últimas 13 rodadas – um total de 11 mil dólares. Morty estava com sorte. Aquela indescritível euforia de vencedor formigava-lhe os braços e as pernas. Uma sensação deliciosa. Não existia nada igual. O jogo. Morty aprendera que o jogo era a tentação suprema. Era como uma mulher fatal: a gente corre atrás dela, ela nos rechaça, rejeita, desgraça nossa vida, e então, quando estamos prestes a desistir, ela coloca sua mão sedosa em nosso rosto, nos acaricia suavemente, e é uma sensação tão maravilhosa, tão irresistível...

A mão da carteadora estourara os 21 pontos. Ah, sim, ele vencera de novo. A carteadora, uma alemã loura de cabelos muito bem tratados, recolheu as cartas e entregou-lhe as fichas. Morty estava ganhando. Ao contrário do que todos aqueles idiotas dos Jogadores Anônimos diziam, era possível ganhar num cassino, sim. Alguém tinha que ganhar, não tinha? Era só calcular as probabilidades, pelo amor de Deus! O cassino não pode vencer sempre. Ora, e com dados é possível até apostar a favor do cassino. É claro que algumas pessoas ganhavam. Algumas iam para casa com dinheiro no bolso. Tinha de ser. Era impossível ser diferente. Dizer que ninguém ganhava era parte do discurso exagerado dos Jogadores Anônimos, o que fazia a organização perder toda a credibilidade. Se eles já começam mentindo para nós, como é que vamos confiar na ajuda deles?

Morty jogava em Las Vegas, a verdadeira Las Vegas, não naqueles cassinos cheios de turistas usando roupas de camurça falsa e tênis, que davam pulos e gritinhos de alegria quando ganhavam qualquer miséria, longe das falsas Estátuas da Liberdade e Torres Eiffel, longe do Cirque du Soleil, das montanhas-russas, dos filmes em três dimensões e dos shows de gladiadores, das fontes de águas dançantes, dos vulcões de mentira e dos caça-níqueis. Morty jogava no centro de Las Vegas. Era ali que homens sujos e desdentados, com a poeira da estrada entranhada nas botas, iam perder seus parcos salários. Ali os jogadores eram homens exaustos de olhos turvos, rosto marcado de rugas, a vida dura estampada no corpo pelo sol. Eles iam jogar depois de um dia inteiro de um trabalho pesado que odiavam, porque não queriam voltar para o trailer onde moravam, para a TV quebrada, as crianças aos berros, as mulheres desleixadas que antes lhes faziam carícias no banco traseiro da caminhonete, mas que agora olhavam para eles com repulsa. Eles levavam consigo o que possuíam de mais valioso, a débil esperança de que hoje fariam a jogada que mudaria suas vidas. Mas a esperança nunca durava muito. Morty nem tinha certeza de que essa jogada realmente existisse. No fundo, os jogadores sabiam que ela não chegaria nunca. Eles sabiam que a sorte nunca estaria ao seu lado. Estavam destinados a uma vida de desapontamentos, a ficar eternamente do lado de fora olhando pela janela, enquanto lá dentro o restante do mundo vivia feliz.

A mesa mudou de carteador. Morty se recostou. Olhou para suas fichas, e a velha tristeza o encontrou novamente: sentia falta de Leah. Às vezes ainda se virava para o lado dela na cama ao acordar e, quando se lembrava, a tristeza o consumia, não conseguia se levantar. Olhou para os homens naquele cassino. Quando era mais jovem, Morty os chamava de perdedores. No entanto, eles tinham uma desculpa para estarem ali. Aqueles homens podiam ter nascido com "fracasso" escrito na testa. Mas os pais de Morty, imigrantes vindos da Polônia, haviam se sacrificado por ele. Haviam conseguido imigrar a duras penas, enfrentado dificuldades terríveis a um oceano de distância de tudo o que lhes era familiar, lutado para que o filho tivesse uma vida melhor. Desgastaram-se e morreram cedo, vivendo apenas o suficiente para ver Morty se formar em medicina, ver que sua luta havia valido alguma coisa, transformando para sempre o futuro da família. Eles morreram em paz.

Desta vez Morty recebera um seis e um sete. Pediu mais uma carta e recebeu um 10. Estourou. Perdeu a mão seguinte também. Diabos. Ele precisava daquele dinheiro. Locani, um agenciador de apostas famoso por quebrar as pernas dos maus pagadores, estava com pressa. Morty – que, pensando bem, era o maior perdedor dos perdedores – o havia aplacado oferecendo informações. Tinha contado a Locani sobre o homem mascarado e a mulher ferida. De início, Locani pareceu não ligar, mas o boato correu, e de repente alguém quis saber os detalhes.

Morty contara quase tudo.

Só não contara, e não contaria, a respeito do passageiro no banco de trás. Não fazia ideia do que estava acontecendo, mas havia coisas que nem ele estava disposto a fazer. Não importava quanto tivesse afundado, Morty não diria isso a eles.

Em seguida recebeu dois ases. Dividiu a mão. Um homem sentou-se ao seu lado. Morty não se virou, mas sentiu sua presença. Sentiu-o em seus velhos ossos, como se o homem fosse uma frente fria que se aproximava. Não girou a cabeça, com medo até mesmo de olhar, por mais irracional que isso pudesse parecer.

O carteador deu as cartas. Um rei e um valete. Morty fizera dois blackjacks.

O homem chegou mais perto e sussurrou:

– Pare enquanto está ganhando, Morty.

Morty se virou lentamente e viu um homem de olhos acinzentados e pele branca demais, quase translúcida, o que dava a impressão de que era possível ver cada uma de suas veias. O homem sorriu.

– Deve estar na hora – o sussurro sibilante continuou – de trocar suas fichas.

Morty tentou não tremer.

– Quem é você? O que quer?

– Temos que conversar – disse o homem.

– Sobre o quê?

– Uma paciente que visitou recentemente sua tão afamada clínica.

Morty engoliu em seco. Por que tinha dito aquilo a Locani? Devia ter usado outra coisa para ganhar tempo, qualquer coisa.

– Eu já disse tudo o que sabia.

O homem pálido ergueu a cabeça.

– Disse mesmo, Morty?

– Disse.

Os olhos desbotados caíram duros sobre ele. Nenhum dos dois falou nem se moveu. Morty sentiu o rosto enrubescer. Tentou se aprumar, mas sentiu-se fraco diante daquele olhar.

– Acho que não, Morty. Acho que está escondendo alguma coisa.

Morty não disse nada.

– Quem estava no carro naquela noite?

Morty olhou para as suas fichas e tentou não tremer.

– Do que você está falando?

– Havia outra pessoa no carro, não é mesmo, Morty?

– Quer me deixar em paz, por favor? Estou com sorte hoje.

Levantando-se da cadeira, o Fantasma balançou a cabeça.

– Não, Morty – disse ele, tocando gentilmente o braço do outro. – Eu diria que sua sorte está prestes a acabar.

24

A CERIMÔNIA RELIGIOSA FOI REALIZADA no auditório da Covenant House.

Squares e Wanda se sentaram à minha direita, meu pai à minha esquerda. Ele manteve o braço atrás de mim, e de vez em quando esfregava minhas costas. Era uma sensação agradável. O salão estava lotado, em sua maioria pelos jovens do abrigo. Eles me abraçaram, choraram e me disseram como sentiriam falta de Sheila. A cerimônia durou quase duas horas. Terrell, um garoto de 14 anos que costumava vender o corpo por 10 dólares, tocou no trompete uma canção que compusera em memória de Sheila. Foi o som mais triste e mais doce que já ouvi. Lisa, uma garota de 17 anos que sofria de transtorno bipolar, falou sobre como Sheila tinha sido a única pessoa com quem ela pôde conversar quando descobriu que estava grávida. Sammy contou uma história engraçada de como Sheila havia tentado ensiná-lo a dançar aquela "droga de música de branquelas". Jim, de 16 anos, disse que chegara a desistir da vida e estava a ponto de se suicidar, mas que um dia Sheila sorriu para ele, e aquilo o fez perceber que ainda havia algo de bom neste mundo. Sheila o convencera a viver mais um dia. E depois mais outro.

Deixei a dor de lado e ouvi com atenção, afinal aqueles jovens mereciam isso. O abrigo significava muito para mim. Para nós. E quando tínhamos dúvidas quanto ao nosso sucesso, a respeito de quanto estávamos ajudando, sempre lembrávamos que fazíamos tudo por causa daqueles jovens. Eles não eram carinhosos. Não eram atraentes, eram pessoas difíceis de se amar. A maioria deles levaria uma vida terrível e acabaria nas ruas, na cadeia ou morta. Mas isso não era motivo para desistirmos. Pelo contrário; na verdade, significava que deveríamos amá-los ainda mais. Incondicionalmente. Sem hesitar. Sheila sabia disso. Aquele trabalho era importante para ela.

A mãe de Sheila – pelo menos, achei que fosse a Sra. Rogers – chegou uns 20 minutos depois que a cerimônia começou. Era uma mulher alta. Seu rosto tinha o aspecto seco e quebradiço de algo que fora deixado muito tempo ao sol. Nossos olhos se encontraram. Ela me olhou inquisitivamente e eu fiz sinal que sim. Ao longo da cerimônia, eu me virei e olhei para ela algumas vezes. Ela estava completamente imóvel, ouvindo o que diziam a respeito da filha com uma expressão quase de espanto.

Em determinado momento, quando todos os presentes se levantaram, vi algo que me surpreendeu. Eu olhava para aquele mar de rostos, quando dei com uma figura que me pareceu familiar, o rosto coberto com um lenço.

Era Tanya.

A mulher desfigurada que "cuidava" daquele lixo do Louis Castman. Tinha quase certeza de que era Tanya. O mesmo cabelo, a mesma altura, e, apesar de o rosto estar quase inteiramente encoberto, pude ver algo de familiar em seus olhos. Aquilo não havia me ocorrido antes, mas é claro que era possível que ela e Sheila tivessem se conhecido quando ambas trabalhavam nas ruas.

Sentamos novamente.

Squares falou por último. Foi eloquente e engraçado e pintou um retrato de Sheila de um jeito que eu jamais teria conseguido fazer. Ele disse à garotada que Sheila tinha sido "uma de vocês", uma jovem fugida de casa que, apesar de todas as dificuldades, havia combatido e superado os próprios demônios. Lembrava-se do primeiro dia dela no abrigo. Lembrava-se de como Sheila tinha florescido. E principalmente, disse ele, lembrava-se de como ela se apaixonara por mim.

Senti-me vazio. Foi como se meu interior tivesse sido escavado e, de novo, fui atingido pela certeza de que essa dor era permanente, de que eu podia tentar driblá-la, tentar extrair daquilo tudo alguma profunda verdade, mas que no final nada disso adiantaria. Minha tristeza estaria sempre ao meu lado, ela agora seria minha companheira no lugar de Sheila.

Quando a cerimônia terminou, ninguém sabia exatamente o que fazer. Por um momento um tanto constrangedor, ficamos todos sentados, ninguém se moveu, até que Terrell começou a tocar o trompete de novo. As pessoas se levantaram. Choraram e me abraçaram outra vez. Não sei por quanto tempo fiquei ali, absorvendo tudo aquilo. Estava grato por todas as demonstrações sinceras de sentimentos, mas aquilo me fazia sentir ainda mais falta de Sheila. Refugiei-me novamente em meu torpor, porque a dor era intensa demais. Sem o entorpecimento, eu não conseguiria suportá-la.

Procurei por Tanya, mas ela já havia ido embora.

Alguém anunciou que havia comida na cafeteria. Os presentes se dirigiram lentamente para lá. Localizei a mãe de Sheila de pé, num canto, as duas mãos agarrando uma pequena bolsa. Ela parecia esgotada, como se toda sua vitalidade tivesse escoado por uma ferida aberta. Caminhei em sua direção.

– Você é Will? – perguntou ela.

– Sim.

– Sou Edna Rogers.

Não nos abraçamos nem nos beijamos, nem sequer nos cumprimentamos com um aperto de mãos.

– Onde podemos conversar? – perguntou ela.

◆◆◆

Levei-a pelo corredor na direção das escadas. Squares percebeu que queríamos ficar sozinhos e manteve a todos longe de nós. Passamos pela enfermaria, pela clínica psiquiátrica, pelo centro de recuperação de drogas. Muitos de nossos hóspedes são jovens que deram à luz recentemente ou estão grávidas. Tentamos ajudá-las. Outros têm sérios problemas mentais. Tentamos tratar desses também. E, é claro, uma boa quantidade deles tem problemas com drogas. Fazemos o que podemos nesse setor também.

Encontramos um dormitório vazio e entramos. Fechei a porta. A Sra. Rogers me deu as costas.

– Foi uma cerimônia muito bonita – disse ela.

Concordei.

– Sheila mudou.

Ela parou, meneou a cabeça.

– Eu não fazia ideia. Gostaria de ter visto isso de perto. Gostaria que ela tivesse me procurado e contado como sua vida havia mudado.

Eu não sabia o que dizer.

– Sheila nunca me deu um minuto de orgulho enquanto estava viva.

Edna Rogers lutou para arrancar um lenço da bolsa, como se alguma coisa lá dentro o estivesse segurando. Assoou com força o nariz e guardou o lenço.

– Sei que posso parecer insensível. Ela era uma criança linda. E se saiu tão bem no ensino fundamental... Mas em algum momento, ao longo do caminho – ela olhou para o outro lado, deu de ombros –, Sheila mudou. Ela se endureceu. Vivia se queixando. Estava sempre infeliz. Roubava dinheiro da minha bolsa. Fugiu de casa não sei quantas vezes. Não tinha amigos. Os garotos a aborreciam. Ela odiava a escola. Odiava viver em Mason. Então, um dia, ela saiu da escola e fugiu. Só que dessa vez não voltou mais.

Ela me olhou como se esperasse uma resposta.

– A senhora nunca mais a viu? – perguntei.

– Não.

– Eu não entendo. O que aconteceu?

– Está perguntando o que a fez fugir de vez?

– Sim.

– Talvez o senhor pense que deve ter acontecido algo muito sério, não é?

Ela havia erguido a voz agora, num tom desafiador.

– Deve imaginar que o pai talvez tenha abusado dela. Ou quem sabe que eu a tenha espancado. Uma coisa dessas explicaria tudo. É assim que isso normalmente funciona. Tudo muito lógico e bem definido. Uma simples questão de causa e efeito. Mas não foi nada disso. O pai dela e eu não éramos perfeitos. Longe disso. Mas também não foi culpa nossa.

– Não quis sugerir...

– Sei o que estava sugerindo.

Seus olhos se abrasaram. Ela apertou os lábios e me lançou um olhar provocador. Tentei mudar de assunto.

– Sheila costumava telefonar para a senhora?

– Às vezes.

– Com que frequência?

– A última vez foi há três anos.

Ela parou, esperando que eu continuasse.

– Onde ela estava? – perguntei.

– Ela não quis me dizer.

– O que ela disse?

Ela demorou para responder. Edna Rogers começou a andar pelo quarto, olhando para a mobília. Afofou um travesseiro e ajeitou a colcha no canto da cama.

– Antes Sheila costumava telefonar para casa a cada seis meses. Em geral ela estava drogada ou bêbada. Ficava muito agitada. Sheila chorava, eu também chorava e ela me dizia coisas horríveis.

– Como por exemplo...

Ela balançou a cabeça.

– Lá embaixo. O que aquele homem com a tatuagem na testa disse... a respeito de vocês dois terem se conhecido aqui e se apaixonado. É verdade?

– É.

Ela se empertigou e me olhou. Seus lábios se curvaram no que parecia um sorriso sarcástico.

– Então – disse ela, e percebi uma insinuação em sua voz – Sheila estava dormindo com o chefe.

Edna Rogers abriu mais um pouco o sorriso, e era como se eu estivesse olhando para outra pessoa.

– Ela era voluntária – afirmei.

– Sei, sei. E para que exatamente ela se voluntariava, Will?

Senti um tremor correr por minhas costas.

– Ainda está querendo me julgar? – perguntou.

– Acho que a senhora deve ir embora.

– Você não suporta a verdade, não é? Você acha que sou algum tipo de monstro. Que desisti da minha filha sem nenhum motivo aparente.

– Não cabe a mim dizer.

– Sheila era uma garota terrível. Ela mentia. Ela roubava...

– Acho que estou começando a entender – falei.

– A entender o quê?

– Por que ela fugiu.

Ela me lançou um olhar feroz.

– Você não a conhecia. E ainda não a conhece.

– A senhora não ouviu nada do que foi dito lá embaixo?

– Ouvi.

Sua voz ficou mais macia.

– Mas nunca conheci essa Sheila. Ela nunca me deixou. A Sheila que eu conheci...

– Com todo respeito, não estou disposto a ouvir a senhora difamar a memória da Sheila desse jeito.

Edna Rogers parou. Ela fechou os olhos e se sentou na beirada da cama. O quarto ficou em total silêncio.

– Não foi para isso que vim aqui.

– Por que veio, então?

– Para começar, queria ouvir algo bom.

– E ouviu – enfatizei.

Ela concordou.

– Ouvi, sim.

– O que mais a senhora quer?

Edna Rogers ficou de pé. Caminhou em minha direção e lutei contra a vontade de me afastar. Ela me olhou direto nos olhos.

– Vim por causa de Carly.

Esperei. Como ela não continuou, eu disse:

– A senhora mencionou esse nome ao telefone.

– Sim.

– Eu não o reconheci naquela hora e continuo não o reconhecendo.

Ela abriu novamente aquele sorriso cruel.

– Você não está mentindo para mim, está, Will?

Senti meu corpo estremecer novamente.

– Não.

– Sheila nunca tocou no nome de Carly?

– Não.

– Tem certeza?

– Tenho. Quem é ela?

– Carly é a filha de Sheila.

Fiquei estarrecido. Edna Rogers percebeu minha reação e me olhou com satisfação.

– A sua linda voluntária nunca disse que tinha uma filha, disse?

Fiquei calado.

– Carly tem 12 anos. Não, eu não sei quem é o pai. Acho que Sheila também não sabia.

– Não estou entendendo.

Ela abriu a bolsa, tirou uma fotografia e me mostrou. Era o retrato de uma criança recém-nascida tirado no hospital. Um bebê enrolado numa manta, os olhos fechados. Olhei no verso. O nome "Carly" havia sido escrito à mão, com a data do nascimento embaixo.

Minha cabeça começou a girar.

– A última vez que Sheila me telefonou foi quando Carly fez 9 anos. Ela falou comigo. Carly, quero dizer.

– Onde ela está agora?

– Não sei – respondeu Edna Rogers. – É por isso que estou aqui, Will. Quero encontrar minha neta.

25

QUANDO VOLTEI PARA CASA, caminhando meio estonteado, Katy Miller estava sentada à porta do meu apartamento com uma mochila entre as pernas.

Ela se levantou com dificuldade.

– Eu telefonei, mas...

Assenti.

– Meus pais – disse Katy. – Não aguento ficar naquela casa nem mais um dia. Pensei que talvez eu pudesse me instalar no seu sofá.

– Não é uma hora muito boa.

– Sei.

Enfiei a chave na fechadura.

– É que estou tentando juntar as coisas, sabe? Como nós conversamos. Fiquei pensando em quem podia ter matado a Julie. Quanto você sabia sobre a vida dela depois que vocês terminaram?

Entramos no apartamento.

– Não sei se é uma hora muito boa – repeti.

Ela finalmente viu o meu rosto.

– Por quê? O que aconteceu?

– Uma pessoa muito próxima morreu.

– Está se referindo à sua mãe?

Meneei a cabeça.

– Outra pessoa muito querida. Ela foi assassinada.

Katy prendeu a respiração e deixou cair a mochila.

– Muito querida?

– Muito.

– Sua namorada?

– Sim.

– Alguém que você amava?

– Muito.

Ela me olhou.

– O que foi? – perguntei.

– Não sei, Will. Mas parece que alguém sempre mata as mulheres que você ama.

Eu havia afastado esse mesmo pensamento antes. Dito em voz alta, aquilo soava ainda mais ridículo.

– Julie e eu rompemos o namoro mais de um ano antes de ela ser assassinada.

– Você não tinha mais nada com ela?

Eu não queria enveredar por aquele caminho novamente. Perguntei:

– Que importância tem a vida da Julie depois que nós terminamos?

Katy se jogou no sofá do jeito que os adolescentes costumam fazer, como se não tivesse ossos. A perna direita por cima do braço do sofá, a cabeça para trás, o queixo levantado. Ela usava uma calça jeans rasgada e uma camiseta tão apertada que o sutiã parecia estar do lado de fora. O cabelo estava puxado para trás num rabo de cavalo. Algumas mechas soltas caíam sobre o rosto.

– Fiquei pensando – disse ela –, bem, se o Ken não a matou, então foi outra pessoa.

– Certo.

– Então, comecei a pesquisar sobre a vida dela naquela época. Entrei em contato com alguns dos velhos amigos de Julie, tentando descobrir o que estava acontecendo com ela, esse tipo de coisa.

– E o que você descobriu?

– Que ela estava numa enrascada.

Tentei me concentrar no que ela estava dizendo.

– Como assim?

Ela pousou as duas pernas no chão e se sentou.

– Do que você se lembra?

– Ela estava terminando a faculdade em Haverton.

– Errado.

– Como assim, errado?

– Ela tinha abandonado a faculdade.

Aquilo me pegou de surpresa.

– Tem certeza?

– No último ano – disse.

Depois, perguntou:

– Quando a viu pela última vez, Will?

Pensei um pouco. Fazia um bocado de tempo. Disse isso a ela.

– Então, quando foi que vocês terminaram?

Balancei a cabeça.

– Ela terminou o namoro pelo telefone.

– Sério?

– Sério.

– Que coisa mais fria... – observou Katy. – E você aceitou?

– Tentei me encontrar com ela. Mas ela não quis.

Katy me olhou como se aquela fosse a desculpa mais esfarrapada do mundo.

Pensando bem, acho que talvez ela tivesse razão. Por que não fui até Haverton? Por que não exigi que Julie e eu nos encontrássemos cara a cara?

– Eu acho – disse Katy – que Julie aprontou alguma coisa errada.

– O que quer dizer com isso?

– Não sei. Pode ser que eu esteja indo longe demais. Não me lembro de muita coisa, mas ela parecia bem feliz antes de morrer. Eu não a via feliz daquele jeito havia muito tempo. Acho que, vai ver, a vida dela estava melhorando. Não sei.

A campainha tocou. Senti os ombros pesados. Não estava com disposição de ver mais ninguém. Katy, parecendo ler meus pensamentos, pulou do sofá e disse:

– Pode deixar que eu atendo.

Era um entregador com uma cesta de frutas. Katy pegou a cesta, a trouxe para dentro e colocou-a na mesa.

– Parece que há um cartão – disse ela.

– Pode abrir.

Ela puxou algo do pequeno envelope.

– É do pessoal da Covenant House.

Ela tirou mais alguma coisa do envelope.

– Com um convite para uma missa também.

Katy ficou olhando o cartão.

– Que foi?

Katy me olhou.

– Sheila Rogers? O nome da sua namorada era Sheila Rogers?

– Era. Por quê?

Katy balançou a cabeça e deixou o cartão na mesa.

– O que foi?

– Nada – disse ela.

– Não me venha com essa. Você a conhecia?

– Não.

– Então o que foi?

– Nada.

A voz de Katy agora era firme.

– Deixe isso para lá, está bem?

O telefone tocou. Esperei a secretária eletrônica atender. Ouvi a voz de Squares:

– Atenda.

Atendi.

Sem preâmbulos, Squares disse:

– Você acreditou no que a mãe dela disse? Sobre Sheila ter uma filha?

– Acreditei.

– O que vamos fazer a esse respeito?

Eu vinha pensando nisso desde que recebera a notícia.

– Tenho uma teoria – falei.

– Estou ouvindo.

– Vai ver o fato de Sheila ter se mandado tinha alguma coisa a ver com a filha dela.

– Como assim?

– Talvez ela estivesse tentando encontrar Carly, ou trazê-la de volta. Talvez tivesse descoberto que Carly estava em apuros. Não sei. Alguma coisa deve ter acontecido com a filha dela.

– Faz sentido.

– Se pudermos refazer os passos de Sheila, talvez possamos encontrar Carly.

– E talvez acabemos como ela.

– Sem dúvida, é arriscado – concordei.

Houve um momento de hesitação. Olhei para Katy. Tinha o olhar vago, mordendo o lábio inferior.

– Então você quer levar isso adiante – concluiu Squares.

– Quero, mas não quero colocá-lo em perigo.

– Então esta é a hora em que você diz que eu posso cair fora a qualquer momento?

– Certo, e também é a hora em que você diz que irá comigo até o fim.

– Hora do solo de violinos – disse Squares. – Agora que já encerramos o assunto, o Roscoe, vulgo Raquel, acabou de telefonar. Talvez tenha uma boa dica sobre como Sheila se mandou. Quer dar uma volta hoje à noite?

– Pode passar aqui para me pegar – respondi.

26

PHILIP MCGUANE VIU SEU VELHO INIMIGO pela câmera de segurança. O recepcionista interfonou.

– Sr. McGuane?

– Pode mandá-lo entrar.

– Sim, Sr. McGuane. Ele está com...

– Ela também.

McGuane ficou de pé. Tinha um escritório num prédio com vista para o rio Hudson, perto da extremidade sudoeste da ilha de Manhattan. Nos meses mais quentes do ano, enormes navios de cruzeiros deslizavam ali com suas decorações em néon, alguns tão altos quanto as suas janelas. Hoje não havia nenhum movimento. McGuane passou algum tempo pressionando os botões do controle remoto dos monitores de segurança, observando o agente federal Joe Pistillo e sua parceira enquanto subiam.

McGuane gastava uma fortuna em segurança – uma despesa que valia a pena. Seu sistema contava com 83 câmeras. Cada pessoa que entrava em seu elevador particular era filmada digitalmente de vários ângulos, mas o que realmente tornava o sistema especial era que as câmeras haviam sido programadas para filmar de tal modo que qualquer pessoa que estivesse entrando no prédio pudesse parecer também que estava saindo. Tanto o corredor quanto o elevador eram pintados de verde. Podia não parecer muito importante – e, na verdade, era horroroso –, mas, para quem entende de efeitos especiais e manipulação digital, era um detalhe primordial. Uma imagem sobre um fundo verde podia ser recortada e colada sobre outro fundo.

Seus inimigos sentiam-se seguros indo até lá. Ali, afinal, era o seu escritório. Ninguém, eles imaginavam, seria atrevido o suficiente para matar alguém em seu próprio território. E era aí que eles se enganavam. A natureza ousada de McGuane e o próprio fato de que as autoridades pensariam a mesma coisa – isso sem falar que ele podia oferecer provas de que a vítima havia deixado o local intacta – faziam dali o local ideal para atacar.

McGuane pegou uma velha fotografia na primeira gaveta. Ele havia aprendido bem cedo que nunca se deve subestimar uma pessoa ou situação. E também aprendera que o fato de seus oponentes o subestimarem o colocava numa posição de vantagem. Ele olhou para a fotografia dos três garotos de 17 anos – Ken Klein, John "Fantasma" Asselta e McGuane. Os três haviam crescido nos subúrbios de Livingston, em Nova Jersey, embora McGuane morasse no lado oposto da cidade. Eles se tornaram amigos no ensino médio, atraídos uns pelos outros e percebendo – ou talvez isso fosse dar-lhes muito crédito – alguma afinidade mútua nos olhos.

Ken Klein era um jogador de tênis brilhante, John Asselta, um lutador implacável, e McGuane, um garoto charmoso e representante de turma. McGuane examinou os rostos na fotografia. Quem visse aquela foto jamais teria imaginado o destino daqueles jovens. Tudo que se via eram três rapazes muito populares na escola. Nada além disso.

Quando dois garotos saíram atirando em Columbine alguns anos antes,

McGuane ficara fascinado pela reação da mídia. O mundo procurava justificativas confortáveis. Os garotos não conseguiam se enturmar. Eles haviam sido constantemente provocados e intimidados. Tinham pais ausentes e jogavam videogames. Mas McGuane sabia que não era nada disso. É verdade que se tratava de uma época diferente, mas aqueles garotos poderiam ter sido eles – Ken, John e McGuane –, porque a verdade é que não importa se um jovem leva uma vida financeiramente confortável ou se é amado pelos pais ou se vive isolado ou se luta para fazer parte do grupo.

Algumas pessoas simplesmente possuem essa fúria dentro de si.

A porta do escritório se abriu. Joe Pistillo e sua jovem protegida entraram. McGuane sorriu e escondeu a fotografia.

– Ah, Javert, ainda me perseguindo, quando tudo o que fiz foi roubar um pouco de pão? – perguntou McGuane, numa alusão a *Os miseráveis*.

– Pois é – disse Pistillo. – Esse é você, McGuane. O inocente perseguido.

McGuane voltou sua atenção para a agente.

– Me diga uma coisa, Joe, por que você está sempre acompanhado de colegas tão bonitas?

– Esta é a agente especial Claudia Fisher.

– Encantado – disse McGuane. – Sentem-se, por favor.

– Preferimos ficar de pé.

McGuane deu de ombros e se jogou na cadeira.

– Então, o que posso fazer para ajudá-los?

– Você está atravessando uma fase difícil, McGuane.

– Estou?

– Sem dúvida.

– E você está aqui para me ajudar. Que gentileza!

Pistillo resmungou.

– Faz tempo que ando atrás de você.

– Eu sei. Mas sou um cara volúvel. Da próxima vez mande um buquê de rosas. Abra a porta para eu passar. Use luz de velas. Os homens gostam de ser galanteados.

Pistillo colocou os punhos fechados sobre a mesa.

– Uma parte de mim quer ficar de braços cruzados vendo você ser devorado vivo.

Ele engoliu, tentando manter-se sob controle.

– Mas outra parte ainda maior quer vê-lo apodrecer na cadeia pelo que fez.

McGuane se voltou para Claudia Fisher.

– Ele fica tão sensual quando banca o durão, não acha?

– Adivinhe quem encontramos, McGuane.

– O Assassino do Zodíaco? Já não era sem tempo.

– Fred Tanner.

– Quem?

Pistillo franziu o rosto.

– Não brinque comigo. Aquele seu capanga.

– Acho que ele faz parte da minha equipe de segurança.

– Nós o encontramos.

– Eu não sabia que ele havia sumido.

– Engraçado.

– Pensei que estivesse de férias.

– Férias permanentes. Nós o encontramos no rio Passaic.

McGuane franziu a testa.

– Que insalubre...

– Principalmente por estar com duas balas na cabeça. Também achamos um cara chamado Peter Appel. Estrangulado. Ele era um ex-atirador de elite do exército.

– Braço forte, mão amiga.

Apenas um estrangulado, pensou McGuane. O Fantasma deve ter ficado desapontado por ter sido obrigado a atirar no outro.

– Muito bem, vamos ver – continuou Pistillo. – Temos esses dois homens mortos. Além disso, temos mais dois no Novo México. São quatro ao todo.

– E você nem usou os dedos. Não estão lhe pagando o bastante, Pistillo.

– Não quer me falar a respeito?

– É claro que quero – disse McGuane. – Eu admito. Matei todos eles. Está feliz agora?

Pistillo se debruçou sobre a mesa, de modo que seus rostos ficaram bem próximos um do outro.

– Você vai se dar mal, McGuane.

– E você tomou sopa de cebola no almoço.

– Você sabia – continuou Pistillo, sem recuar – que Sheila Rogers também está morta?

– Quem?

Pistillo recuou.

– Certo. Você também não sabe quem ela é. Ela não trabalha para você.

– Muita gente trabalha para mim. Sou um homem de negócios.

Pistillo olhou para Fisher.

– Vamos embora.

– Já vão indo, tão cedo?

– Esperei muito tempo por isso – disse Pistillo. – Como é que se diz? A vingança é um prato que se come frio.

– Como *vichyssoise*.

Pistillo franziu a testa novamente.

– Tenha um bom dia, McGuane.

Saíram. McGuane ficou sentado sem se mexer por alguns minutos. Qual teria sido o propósito da visita? Perturbá-lo. Continuavam a subestimá-lo. Ele ligou da linha três, o telefone de segurança que ele mandava verificar diariamente à procura de escutas. Hesitou. Discou. Isso demonstraria pânico?

Pesou os prós e os contras e decidiu arriscar.

O Fantasma atendeu no primeiro toque com um prolongado "Alô".

– Onde você está?

– Saindo do avião. Acabo de chegar de Las Vegas.

– Descobriu alguma coisa?

– Claro.

– Estou ouvindo.

– Havia uma terceira pessoa no carro com eles – disse o Fantasma.

McGuane se mexeu na cadeira.

– Quem?

– Uma garotinha – afirmou o Fantasma. – De uns 11 ou 12 anos.

27

Katy E EU ESTÁVAMOS NA CALÇADA quando Squares estacionou a van. Ela se aproximou e me beijou no rosto. Squares olhou para mim e ergueu uma das sobrancelhas. Respondi com uma careta.

– Pensei que você fosse acampar no meu sofá – falei para ela.

Katy parecera distante depois da chegada da cesta de frutas.

– Amanhã eu volto.

– Não quer me dizer o que está acontecendo?

Ela enterrou as mãos nos bolsos e deu de ombros.

– Preciso fazer uma pesquisa.

– Sobre?

Ela balançou a cabeça. Não insisti. Ela deu um sorrisinho antes de se afastar. Entrei na van.

Squares perguntou:

– Quem é ela?

Expliquei enquanto seguíamos para o norte.

Havia dezenas de sanduíches e cobertores numa bolsa. Eram para as crianças de rua. Assim como a história sobre Angie, eram uma excelente estratégia para quebrar o gelo, mas, mesmo que não funcionassem, as crianças pelo menos teriam algo para comer e se manteriam aquecidas. Já vi Squares fazer milagres com esses itens. Na primeira noite, era bem possível que uma criança recusasse qualquer auxílio. Ela poderia até xingar e ser hostil. Squares não ficava ofendido. Continuava insistindo. Acreditava que o segredo era a persistência. Mostre às crianças que você estará sempre presente. Mostre a elas que você não vai embora. Mostre que o amor é incondicional.

Após algumas noites, aquele mesmo jovem acabava aceitando o sanduíche. Um dia, pegaria o cobertor. Depois de algum tempo, passaria a esperar por você e pela van.

Estendi o braço para o banco traseiro e peguei um sanduíche.

– Vai trabalhar de novo esta noite?

Ele abaixou a cabeça e me olhou por sobre os óculos escuros.

– Não – disse Squares secamente. – Só estou com muita fome.

Ele dirigiu mais um pouco.

– Por quanto tempo vai continuar evitando Wanda?

Squares ligou o rádio. Carly Simon estava cantando "You're So Vain". Squares cantou junto. Então perguntou:

– Lembra dessa música?

Assenti.

– Dizem que a letra foi escrita para Warren Beatty. Será que é verdade?

– Não sei – respondi.

Seguimos em silêncio por algum tempo.

– Posso lhe perguntar uma coisa, Will?

Squares manteve os olhos na estrada. Esperei.

– Ficou muito surpreso quando soube que Sheila tinha uma filha?

– Fiquei.

– E ficaria muito surpreso se eu dissesse que também tive um filho?

Olhei para ele.

– Você não consegue entender a situação, Will.

– Gostaria de entender.

– Vamos nos concentrar em uma coisa de cada vez.

O trânsito estava miraculosamente bom naquela noite. Carly Simon desapareceu e "Give Me Just a Little More Time", com a banda Chairman of the Board, começou a tocar. Eu adoro essa música.

Atravessamos a cidade e pegamos a Harlem River Drive rumo ao norte. Quando passamos por um grupo de garotos encolhidos embaixo de um viaduto, Squares estacionou a van.

– Um trabalhinho rápido – disse ele.

– Quer ajuda?

Squares balançou a cabeça.

– Não vou demorar muito.

– Vai oferecer os sanduíches?

Squares examinou as crianças e ponderou.

– Não, tenho algo melhor.

– O quê?

– Cartões telefônicos.

Ele me mostrou um.

– A companhia telefônica doou mil cartões. A garotada costuma ficar louca por eles.

Dessa vez não foi diferente. Assim que viram os cartões, vieram correndo. Squares sempre encontrava um jeito de se aproximar deles.

Olhei para os seus rostos e tentei separar aquela massa indistinta em indivíduos com desejos, sonhos e esperança. As crianças não sobrevivem muito tempo aqui. Não me refiro apenas aos incríveis perigos físicos de uma vida assim. Elas muitas vezes conseguem driblar tudo isso. O que os destrói realmente é a corrosão da alma, da autoestima. E uma vez que essa corrosão atinge determinado nível, bem, não há mais nada que se possa fazer.

Sheila fora salva antes de atingir esse nível.

Então alguém a matou.

Tentei me livrar daquele pensamento. Não havia tempo para isso agora. Tinha que me concentrar no trabalho a fazer. Ir em frente. A atividade mantinha o sofrimento à distância. Tinha que usar a dor como combustível, e não me deixar ser paralisado por ela.

Tinha de fazer isso – por mais piegas que possa parecer –, precisava fazer isso por ela.

Squares voltou alguns minutos depois.

– Vamos nessa.

– Você não me disse aonde estamos indo.

– Para a esquina da Rua 128 com a Segunda Avenida. Raquel vai nos encontrar lá.

– E o que tem lá?

Ele sorriu.

– Uma provável pista.

Saímos da via expressa e adentramos uma área de habitações populares. Dois quarteirões adiante, avistei Raquel. O que não era difícil. Raquel era do tamanho de um armário e sua roupa parecia uma explosão num carro alegórico. Squares parou a van ao lado dele e franziu a sobrancelha.

– O que foi? – perguntou Raquel.

– Sapatos cor-de-rosa e vestido verde?

– É coral e turquesa – corrigiu Raquel. – E a bolsa carmim dá o toque final.

Squares deu de ombros e parou em frente a uma loja com um letreiro meio apagado onde se lia FARMÁCIA GOLDBERG. Quando saltei, Raquel me abraçou, e tive a sensação de ter sido envolto em neoprene molhado. Ele fedia a Aqua Velva.

– Sinto muito – murmurou ele.

– Obrigado.

Ele me soltou e eu pude respirar de novo. Vi que estava chorando. As lágrimas manchavam seu rímel e escorriam rosto abaixo. As cores se misturavam e tomavam novos rumos na pele áspera da barba malfeita, o que o fazia parecer o Coringa.

– Abe e Sadie estão lá dentro – disse Raquel. – Estão esperando vocês.

Squares assentiu e entrou na farmácia. Fui atrás. Uma campainha soou quando entramos. O cheiro me lembrava um daqueles sachês aromatizantes que se penduram no retrovisor do carro. As prateleiras eram altas e estavam totalmente lotadas. Vi ataduras e desodorantes, xampus e xaropes para tosse, tudo disposto de forma um tanto desordenada.

Um velho usando óculos de leitura em formato de meia-lua apareceu. Ele vestia um colete de lã sobre uma camisa branca. A cabeleira era farta, alta e branca, e mais parecia uma peruca. As sobrancelhas eram grossas demais, fazendo lembrar uma coruja.

– Ora, vejam só! É o Sr. Squares!

Os dois homens se abraçaram e o velho deu uns bons tapas nas costas de Squares.

– Você está ótimo! – disse o velho.

– Você também, Abe.

– Sadie! – chamou ele. – Sadie, o Sr. Squares está aqui.

– Quem?

– O professor de ioga. Aquele da tatuagem.

– Da tatuagem na testa?

– É, ele mesmo.

Balancei a cabeça e olhei para Squares.

– Será que existe alguém que você não conheça?

Ele deu de ombros.

– Acho que sou popular.

Sadie, uma mulher idosa que nunca chegaria a 1,50m, ainda que usasse sapatos de salto mais altos que os de Raquel, apareceu por trás do balcão da farmácia. Ela franziu a testa para Squares e disse:

– Você está magro demais.

– Deixe-o em paz – disse Abe.

– Cale a boca. Você tem se alimentado bem?

– Claro – afirmou Squares.

– É só pele e osso.

– Sadie, quer deixar o homem em paz?

– Cale a boca.

Ela sorriu com ar conspiratório.

– Sobrou um pouco de bolo de batata. Quer?

– Talvez mais tarde. Obrigado.

– Vou colocar um pedaço num potinho.

– Está bem, obrigado.

Squares se voltou para mim.

– Este é meu amigo, Will Klein.

Os olhos dos dois velhos ficaram tristes.

– Ele era o namorado dela?

– Era.

Eles me examinaram. E então se entreolharam.

– Não sei – disse Abe.

– Pode confiar nele – garantiu Squares.

– Pode ser que sim, pode ser que não. Nós somos como padres aqui. Não falamos, você sabe disso. E ela foi taxativa. Não devíamos dizer nada a ninguém, independentemente do que acontecesse.

– Eu entendo.

– Se falarmos, perderemos a credibilidade.

– Compreendo.

– Além disso poderemos ser mortos.

– Ninguém vai ficar sabendo. Têm a minha palavra.

Os velhos se entreolharam novamente.

– Raquel – disse Abe –, ele é um bom rapaz. Ou garota. Eu não sei, às vezes fico confuso.

Squares se aproximou dele.

– Precisamos de sua ajuda.

Sadie pegou a mão do marido num gesto tão íntimo que quase me virei para o outro lado.

– Ela era uma garota tão linda, Abe.

– E tão amável – acrescentou ele.

Abe suspirou e olhou para mim. A porta se abriu e a campainha soou novamente. Um homem negro todo desgrenhado entrou e disse:

– O Tyrone me mandou vir aqui.

Sadie se dirigiu a ele.

– Posso atender você ali – disse ela.

Abe continuou me encarando. Olhei para Squares. Não estava entendendo nada.

Squares tirou os óculos escuros.

– Por favor, Abe – disse ele. – É importante.

Abe levantou a mão.

– Está bem, está bem, mas pare de fazer essa cara, por favor.

E fez um sinal para o seguirmos.

– Venham por aqui.

Caminhamos até o fundo da loja. Ele levantou a passagem no balcão e seguimos em frente. Passamos pelos comprimidos, pelos vidrinhos vazios, pelas sacolas de entrega e pelos almofarizes. Abe abriu uma porta. Descemos até o porão. Ele acendeu a luz.

– É aqui que tudo acontece – declarou ele.

Não havia muita coisa ali. Um computador, uma impressora, uma câmera digital. Era tudo. Olhei para Abe e depois para Squares.

– Será que alguém pode me explicar o que está acontecendo?

– Nosso negócio é muito simples – disse Abe. – Não guardamos nenhum registro. Se a polícia quiser levar o computador, muito bem, pode levar. Não vão descobrir nada. Todos os registros estão guardados aqui.

Ele bateu com o dedo indicador na testa.

– E muitos desses registros se perdem diariamente, estou certo, Squares?

Squares sorriu para ele.

Abe percebeu que eu estava confuso.

– Ainda não entendeu?

– Não.

– Identidades falsas – disse Abe.

– Sei.

– Não estou falando dessas que os menores usam para comprar bebida.

– Entendo.

Ele abaixou a voz.

– Sabe alguma coisa sobre isso?

– Não muito.

– Estou falando dos documentos necessários para alguém desaparecer. Para fugir. Para começar uma nova vida. A pessoa está com um problema? Puf! Eu a faço sumir. Como num passe de mágica, certo? Se você quiser se mandar, se mandar de verdade, não deve procurar um agente de viagens. Deve vir aqui.

– Entendo. E há muita procura pelos seus – eu não sabia exatamente qual seria a palavra – serviços?

– Você se surpreenderia. Não é muito glamouroso. Em geral, os caras estão em liberdade condicional e querem sair do estado. Ou estão soltos sob fiança. Ou podem estar sendo procurados pela polícia. Prestamos serviços a muitos imigrantes ilegais, também. Eles querem ficar no país, então nós os transformamos em cidadãos.

Abe deu um sorriso.

– E, de vez quando, aparece uma pessoa mais fina.

– Como Sheila – disparei.

– Exatamente. Quer saber como a coisa funciona?

Antes que eu pudesse responder, Abe já tinha começado de novo.

– Não é como na TV, não. Lá eles fazem tudo parecer tão complicado, não acha? Pegam alguém que morreu e aí mandam procurar sua certidão de nascimento ou coisa parecida. Fazem todas essas falsificações complicadas.

– Não é assim que se faz?

– Não.

Ele se sentou diante do computador e começou a digitar.

– Para começar, isso demoraria demais. Depois, com a internet e toda essa coisa moderna, as pessoas mortas evaporam mais rápido. Seus registros são eliminados. Você morre e o seu registro morre junto. Caso contrário eu poderia usar o registro de qualquer velho que tivesse morrido, não é? Ou de alguém que morresse na meia-idade. Está entendendo?

– Acho que sim. Mas então, como o senhor faz uma identidade falsa?

– Eu não faço nada – disse Abe com um sorriso largo. – Eu uso registros verdadeiros.

– Não estou entendendo.

Abe franziu a testa para Squares.

– Pensei que tinha dito que ele trabalhava nas ruas.

– Já faz muito tempo – disse Squares.

– Certo, muito bem, vamos ver.

Abe Goldberg se voltou novamente para mim.

– Você viu aquele homem lá em cima? O que chegou logo depois de você?

– Vi.

– Ele parece um mendigo, não parece? Provavelmente, nem casa tem.

– Não sei.

– Não banque o politicamente correto comigo. Ele parecia um indigente, não parecia?

– Acho que sim.

– Mas ele é uma pessoa, entende? Ele tem um nome. Tem mãe. Nasceu neste país. E... – Abe sorriu e agitou as mãos num gesto teatral – tem um número de registro. Pode ser até que tenha uma carteira de motorista expirada. Não importa. Enquanto ele tiver um número, ele existe. Tem uma identidade. Está entendendo?

– Estou.

– Então, vamos supor que ele precise de um dinheirinho. Para que, eu não quero saber. Mas ele precisa de dinheiro. O que ele não precisa é de documentos. Ele está vivendo nas ruas, então de que lhe adianta ter isso? Não é como se ele tivesse uma linha de crédito ou fosse proprietário de terras. Então, colocamos o nome dele aqui no nosso pequeno computador.

Abe deu um tapinha no topo do monitor.

– Vemos se não existe nenhum mandado de prisão contra ele. Se não houver, e na maioria dos casos não há, então compramos o registro dele. Digamos que o nome dele seja John Smith. E digamos, Will, que você precise se registrar em hotéis ou o que for, usando um nome que não seja o seu.

Estava começando a entender aonde ele queria chegar.

– Você me vende o número do registro dele e eu passo a ser John Smith.

– Bingo! – Abe estalou os dedos.

– Mas suponha que não sejamos parecidos.

– Não existe nenhuma descrição física associada ao seu registro. Uma vez que você esteja de posse do número, pode ir a qualquer departamento do governo e conseguir qualquer documento de que precisar. Se estiver com muita pressa, posso até fornecer uma carteira de motorista de Ohio. Mas ela não passaria despercebida numa investigação minuciosa. Mas a coisa é esta: o número passa.

– Suponhamos que o nosso John Smith se meta numa enrascada e precise de uma identidade.

– Ele também pode arranjar uma. Cinco pessoas podem usar o mesmo registro ao mesmo tempo. Quem vai ficar sabendo? É simples, não acha?

– Parece simples – concordei. – Então Sheila veio procurar você?

– Veio.

– Quando?

– Bem, tem uns dois, três dias. Como eu disse antes, ela não se enquadrava no perfil de nossa freguesia habitual. Uma moça tão fina... E bonita também.

– Ela disse para onde estava indo?

Abe sorriu e tocou meu braço.

– Acha que isso aqui parece um daqueles negócios onde a gente faz um montão de perguntas? Eles não querem dizer, e eu não quero saber, entende, nunca conversamos. Nem uma palavra. Sadie e eu temos a nossa reputação e, como eu disse lá em cima, se falarmos muito podemos acabar mortos. Entende?

– Entendo.

– A verdade é que, quando Raquel começou a xeretar, a princípio não nos manifestamos. Discrição. Essa é a alma do negócio. Adoramos Raquel. Mas mesmo assim não dissemos nada. Ficamos calados, nem uma palavra.

– Então, o que os fez mudar de ideia?

Abe pareceu ficar magoado. Virou-se para Squares, e depois para mim.

– Está pensando que somos animais? Que não temos sentimentos?

– Eu não quis dizer...

– O assassinato – interrompeu ele. – Ouvimos falar do que aconteceu àquela moça tão linda, pobre garota. Aquilo não foi justo.

Ele levantou as mãos.

– Mas o que posso fazer? Não posso ir à polícia, certo? Confio em Raquel e no Sr. Squares. São pessoas boas. Vivem no escuro, mas irradiam luz. Como a minha Sadie e eu, entende?

A porta acima de nós se abriu e Sadie desceu.

– Já fechei a loja – disse ela.

– Ótimo.

– Em que parte você estava? – perguntou ela.

– Estava dizendo a ele por que talvez estejamos dispostos a falar.

– Tudo bem.

Sadie Goldberg desceu as escadas vagarosamente. Abe voltou seus olhos de coruja para mim e disse:

– O Sr. Squares nos contou que há uma criança envolvida nisso.

– É a filha dela – confirmei. – Deve ter uns 12 anos de idade.

Sadie fez um ruído de incredulidade com a boca.

– Não sabe onde ela está?

– Não, não sei.

Abe balançou a cabeça. Sadie se aproximou dele, seus corpos se tocando, se encaixando de alguma maneira. Fiquei me perguntando há quanto tempo estariam casados, se tinham filhos, de onde teriam vindo, como vieram parar naquelas terras, como acabaram fazendo o que faziam.

– Quer saber de uma coisa? – perguntou Sadie.

Respondi que sim com a cabeça.

– A sua Sheila. Ela tinha – ela ergueu os dois punhos no ar – algo especial. Havia uma espiritualidade nela. Era linda, é claro, mas não era só isso. O fato de ela ter morrido desse jeito... de um certo modo nos sentimos responsáveis. Ela entrou aqui e parecia estar com tanto medo... Pode ser que a identidade que demos a ela não tenha servido. Talvez esteja morta por isso.

– É por isso – disse Abe – que queremos ajudar.

Ele escreveu alguma coisa num pedaço de papel e me entregou.

– O nome que demos a ela foi Donna White. E este é o número do registro. Não sei se isso vai ajudar ou não.

– E a verdadeira Donna White?

– É uma viciada em crack que mora nas ruas.

Olhei para o pedaço de papel.

Sadie veio andando em minha direção e colocou a mão no meu rosto.

– Você parece ser um homem bom.

Eu a olhei.

– Encontre a menininha – disse ela.

Assenti e prometi a ela que a encontraria.

28

Katy Miller ainda estava tremendo quando chegou em casa.

Não pode ser, pensou. Deve ser engano. Devo ter me enganado. Devo ter entendido mal o nome.

– Katy? – sua mãe chamou.

– Sim.

– Estou na cozinha.

– Já vou num minuto, mamãe.

Ela foi até a porta do porão. Quando sua mão tocou a maçaneta, ela parou.

O porão. Ela detestava ir até lá.

Seria de se esperar que, depois de tantos anos, ela não mais se deixasse afetar pelo sofá surrado, o tapete manchado de umidade e a televisão tão velha que nem possuía entrada para transmissão a cabo. Mas não era assim. Para ela, o corpo de sua irmã ainda estava lá embaixo, inchado e apodrecido, o fedor da morte tão intenso que era difícil respirar.

Seus pais compreendiam isso. Eles nunca pediam a Katy que colocasse a roupa para lavar. Seu pai nunca lhe pedia para buscar a caixa de ferramentas ou pegar uma lâmpada no armário do porão. Se alguma tarefa exigisse uma viagem àquelas entranhas, seus pais sempre procuravam poupá-la.

Mas dessa vez, não. Dessa vez ela estava sozinha.

Ela acendeu a luz no topo da escada. Uma lâmpada nua – o lustre havia quebrado durante o assassinato – se acendeu. Ela desceu. Manteve o olhar longe do sofá, do tapete e da TV.

Por que ainda moravam ali?

Para ela, não fazia muito sentido. Quando JonBenét foi assassinada, os Ramsey se mudaram para o outro lado do país. Mas só que nesse caso todos pensavam que eles a haviam matado. Os Ramsey estavam, provavelmente, fugindo dos olhares dos vizinhos tanto quanto da lembrança da morte da filha. Naturalmente, esse não era o caso ali.

Mesmo assim, havia alguma coisa nessa cidade. Seus pais tinham ficado. E os Klein também. Nenhum deles estava disposto a se render.

O que isso significaria?

Ela encontrou o baú com os pertences de Julie num canto. Seu pai o havia colocado sobre um caixote de madeira, para protegê-lo da umidade. Katy voltou no tempo e viu a irmã fazendo as malas para se mudar para o campus da universidade. Lembrava-se de ter se escondido numa das malas enquanto Julie empacotava as coisas, fingindo, de início, que se refugiara num castelo e, depois, que poderia ir naquela mala com Julie para a universidade.

Havia caixas empilhadas sobre o baú. Katy as tirou e colocou num canto. Examinou o cadeado. Não tinha chave, mas tudo que ela precisava era de uma faca. Achou uma num faqueiro guardado. Enfiou-a no cadeado e girou. O cadeado se abriu. Ela o puxou e lentamente, como Van Helsing abrindo o caixão do Drácula, ergueu a tampa do baú.

– O que você está fazendo aqui?

A voz de sua mãe a espantou. Ela deu um salto para trás.

Lucille Miller se aproximou da filha.

– Este não é o baú de Julie?

– Credo, mãe, a senhora me assustou!

Sua mãe chegou mais perto.

– O que você está fazendo com o baú de Julie?

– Eu só... eu só estava olhando.

– Olhando o quê?

Katy se empertigou.

– Ela era minha irmã.

– Eu sei que era, querida.

– Não tenho o direito de sentir falta dela também?

Sua mãe olhou para ela longamente.

– É por isso que você está aqui?

Katy fez que sim.

– De resto está tudo bem? – perguntou sua mãe.

– Está.

– Você nunca foi de querer recordar nada, Katy.

– A senhora nunca me deixou – disse ela.

Sua mãe ponderou.

– Acho que tem razão.

– Mamãe?

– Sim?

– Por que vocês ficaram aqui?

Por um momento Katy pensou que sua mãe fosse reagir como sempre fazia, recusando-se a tocar no assunto. Mas, depois da visita inesperada de Will e de ela ter finalmente criado coragem para ir até a casa dos Klein dar os pêsames à família, aquela era uma semana fora do comum. Sua mãe se sentou em uma das caixas e alisou a saia.

– Quando uma tragédia se abate sobre nós – começou ela –, quer dizer, quando nos atinge em cheio, é o fim do mundo. É como se fôssemos atirados no oceano durante uma tempestade. A água nos joga de um lado para o outro, e não há nada que possamos fazer a não ser tentar não afundar. Parte de nós, talvez a maior parte, não quer nem ao menos manter a cabeça fora d'água. Quer parar de lutar e se deixar levar pelo mar. Mas não conseguimos fazer isso. O instinto de sobrevivência não o permite, *ou*, talvez, no meu caso, tenha sido o fato de que eu tinha outra filha para criar. Não sei. Mas de qualquer maneira, querendo ou não, lutamos para ficar na superfície.

Sua mãe limpou o canto do olho com um dedo. Ficou calada por algum tempo e forçou um sorriso.

– Minha analogia não foi muito boa – disse ela.

Katy segurou a mão da mãe.

– Pareceu muito boa para mim.

– Pode ser – concordou a Sra. Miller. – Mas depois de algum tempo você vê que uma parte da tempestade passou. E é então que tudo fica pior ainda. Acho que poderíamos dizer que somos levados para a praia. Mas toda aquela luta, todo aquele debater contra as ondas, tudo isso causa um dano irreparável. Sentimos uma dor terrível. E isso ainda não é o pior. Porque agora somos deixados com uma alternativa medonha.

Katy esperou, ainda segurando a mão da mãe.

– Podemos tentar caminhar e superar a dor. Podemos tentar esquecer e seguir adiante com nossa vida. Mas para o seu pai e para mim – Lucille Miller fechou os olhos e balançou a cabeça com firmeza –, esquecer seria indigno demais. Não podíamos trair sua irmã dessa maneira. A dor pode ser enorme, mas como poderíamos seguir adiante e esquecermos Julie? Ela existiu. Eu sei que isso não faz sentido.

Mas, Katy pensou, talvez fizesse.

As duas ficaram sentadas em silêncio. Por fim, Lucille Miller largou a mão de Katy. Deu um tapinha nas pernas e ficou de pé.

– Agora vou deixar você sozinha.

Katy ficou escutando os passos da mãe. Então, voltou-se para o baú. Examinou cuidadosamente o conteúdo. Depois de quase uma hora, encontrou o que procurava.

E isso mudou tudo.

29

QUANDO ENTRAMOS NA VAN, perguntei a Squares o que deveríamos fazer em seguida.

– Eu tenho uma ideia – disse ele. – Podemos checar o nome de Donna White nos bancos de dados das companhias aéreas para descobrir quando ela viajou e onde ficou.

Depois disso caímos num longo silêncio.

– Alguém tem que dizer alguma coisa – murmurou Squares.

Olhei para ele.

– Vá em frente, então.

– O que estamos tentando fazer aqui, Will?

– Encontrar Carly – respondi imediatamente.

– E depois? Você pretende criá-la como se fosse sua filha?

– Não sei.

– Você está ciente, é claro, de que está usando isso como pretexto para evitar a realidade.

– Você também.

Olhei pela janela do carro. A vizinhança era deprimente. Passamos por conjuntos residenciais que praticamente abrigavam só miséria. Procurei alguma coisa boa. Não encontrei nada.

– Eu ia pedir Sheila em casamento – falei finalmente.

Squares continuou dirigindo, mas notei que algo em sua postura mudou.

– Comprei um anel de noivado. Mostrei-o à minha mãe. Só estava esperando passar algum tempo. Você sabe, com a morte de minha mãe e tudo mais.

Paramos no sinal vermelho. Squares não se virou para me olhar.

– Tenho que continuar procurando, porque não tenho certeza do que pode acontecer comigo se não fizer isso. Não é que eu esteja nutrindo nenhum pensamento suicida nem nada do gênero, mas se eu parar de correr – calei-me, tentando encontrar as palavras –, a dor acabará me alcançando.

– Mais cedo ou mais tarde ela vai alcançar você, não importa o que aconteça – disse Squares.

– Eu sei, mas a essa altura, quem sabe eu tenha conseguido fazer algo de bom. Talvez eu consiga salvar a filha dela. Talvez eu ainda consiga ajudar Sheila, mesmo ela estando morta.

– Ou – reagiu Squares – você pode acabar descobrindo que ela não era a mulher que você pensava que fosse. Que enganou a todos nós, ou pior.

– Seja o que Deus quiser – falei. – Você ainda está comigo?

– Até o fim, cara-pálida.

– Ótimo, porque acho que tive uma ideia.

O rosto sério de Squares se abriu num sorriso.

– Vamos nessa, cara. Manda ver.

– Você se esqueceu de uma coisa.

– O quê?

– Do Novo México. As impressões digitais de Sheila foram encontradas na cena de um crime no Novo México.

Squares assentiu.

– Você acha que aquele assassinato tem alguma coisa a ver com Carly?

– Pode ser.

Ele concordou.

– Mas nem sabemos quem foram as vítimas do crime no Novo México. Ora, nós nem sabemos exatamente onde isso ocorreu.

– É aí que o meu plano entra em ação. Preciso ir para casa. Tenho que dar uma olhada na internet.

◆◆◆

Sim, eu tinha um plano.

Logicamente não fora o FBI que encontrara os corpos. Com certeza devia ter sido o departamento de polícia local. Ou talvez um vizinho. Ou um parente. E como o assassinato provavelmente ocorrera numa cidade onde esse tipo de violência ainda chocava as pessoas, o crime sem dúvida havia sido noticiado num jornal local.

Fiz uma busca no diretório dos jornais locais. Havia 33 no Novo México. Procurei os da região de Albuquerque. Recostei-me e deixei a página carregar. Encontrei um. Ótimo, tudo bem. Cliquei em "Arquivo" e comecei a pesquisar. Digitei a palavra "assassinato". Havia várias páginas de resultados. Tentei "duplo homicídio". Também não funcionou. Tentei outro jornal. E mais outro.

Depois de quase uma hora, finalmente encontrei o que procurava.

DOIS HOMENS ENCONTRADOS MORTOS

Comunidade está chocada
Por Yvonne Sterno

No fim da noite de ontem, o condomínio fechado de Stonepointe, em Albuquerque, ficou chocado com a notícia de que dois homens haviam sido baleados na cabeça, em plena luz do dia, e encontrados em uma das casas da comunidade. "Eu não ouvi nada", disse Fred Davison, um vizinho. "Não posso acreditar que uma coisa dessas tenha acontecido em nossa comunidade." Os dois homens ainda não foram identificados. A polícia não fez nenhum comentário além de comunicar que havia começado a investigar o crime. "A investigação está em andamento. Estamos seguindo várias pistas." A casa está registrada no nome de Owen Enfield. Uma autópsia será realizada esta manhã.

Isso era tudo. Procurei no dia seguinte. Nada. Procurei no outro dia. Nada. Procurei em todas as histórias escritas por Yvonne Sterno. Havia notas sobre casamentos na cidade e eventos beneficentes. Nada, nem mais uma palavra sobre os crimes.

Recostei-me.

Por que não havia mais nada?

Perguntei-me se haveria um jeito de descobrir. Peguei o telefone e disquei o número do *New Mexico Star-Beacon*. Talvez eu tivesse sorte e conseguisse localizar Yvonne Sterno. Talvez ela soubesse de alguma coisa.

A mesa telefônica era uma daquelas que pedem para soletrarmos o sobrenome da pessoa que estamos procurando. Eu tinha discado s-t-e-r quando a gravação me interrompeu e me mandou apertar uma tecla se eu estivesse tentando localizar Yvonne Sterno. Segui as instruções. Dois toques depois, a secretária eletrônica anunciou:

– Aqui é Yvonne Sterno do *Star-Beacon*. Estou na outra linha ou fora da sala. Por favor deixe seu recado.

Desliguei. Eu ainda tinha a internet. Entrei no auxílio à lista on-line e tentei a área de Albuquerque. Deu certo. "Y. M. Sterno" estava listada como residente do número 25 da Canterbury Drive, em Albuquerque. Disquei o número. Uma mulher atendeu.

– Alô?

Então ela gritou:

– Fiquem quietos, mamãe está no telefone.

A gritaria das crianças não parou.

– Yvonne Sterno?

– Você está vendendo alguma coisa?

– Não.

– Então sou eu mesma.

– Meu nome é Will Klein...

– Acho que está mesmo querendo vender alguma coisa.

– Não estou, não – respondi. – Você é Yvonne Sterno, a repórter que escreve para o *Star-Beacon*?

– Como disse que era seu nome?

Antes que eu pudesse responder, ela gritou:

– Olhem aqui, eu mandei vocês pararem com isso! Tommy, devolva o brinquedo ao seu irmão. Não, agora!

Ela se dirigiu novamente a mim.

– Alô?

– Meu nome é Will Klein. Eu gostaria de falar a respeito daquele duplo homicídio sobre o qual a senhora escreveu há pouco tempo.

– Sei, sei. E qual é o seu interesse no caso?

– Eu só queria fazer algumas perguntas.

– O senhor está me achando com cara de bibliotecária, Sr. Klein?

– Por favor, me chame de Will. E tenha paciência, só um minutinho. Com que frequência acontecem assassinatos como esse em Stonepointe?

– Raramente.

– E duplos homicídios em que as vítimas são encontradas assim?

– Que eu saiba, foi a primeira vez.

– Então, por que não continuou cobrindo o caso?

As crianças começaram a gritar novamente. Yvonne Sterno também.

– Agora chega, Tommy, suba já para o seu quarto. Está bem, está bem, guarde as reclamações para depois, mocinho, vamos! E me dê esse brinquedo. Me dê isso antes que eu pegue e jogue no lixo.

Ouvi-a pegar o fone outra vez.

– Vou perguntar mais uma vez: qual é o seu interesse no assunto?

Eu conhecia o bastante sobre repórteres para saber que a melhor maneira de ganhá-los era oferecendo um furo jornalístico.

– Talvez eu tenha informações pertinentes sobre o caso.

– Pertinentes – repetiu ela. – É uma boa palavra, Will.

– Acredito que você vai achar extremamente interessante o que eu tenho a dizer.

– De onde você está falando?

– De Nova York – respondi.

Houve uma pausa.

– É um bocado longe da cena do crime.

– É.

– Estou escutando. Mas, por favor, me diga, o que eu vou achar pertinente e interessante?

– Primeiro, preciso de algumas informações básicas.

– Não é assim que eu trabalho, Will.

– Procurei suas outras reportagens, Sra. Sterno.

– Já que estamos tão íntimos, pode me chamar de Yvonne.

– Ótimo. Você escreve notas, na maior parte das vezes. Sobre casamentos. Jantares da alta sociedade. Coisas assim.

– Aqui há festanças daquelas, Will, e eu fico muito bem de vestido preto. Aonde você quer chegar?

– Uma história como essa não cai no seu colo todo dia.

– Está bem, estou fervendo de curiosidade. Aonde quer chegar?

– Yvonne, não perca essa oportunidade. Apenas responda a algumas perguntas simples. Que mal pode haver? E quem sabe eu realmente tenha um grande furo para você...

Como ela não respondeu, fui em frente.

– Você depara com uma história de assassinato como essa. Mas a sua reportagem não diz quem são as vítimas, não fala dos suspeitos, não dá nenhum detalhe de verdade.

– Eu não sabia – disse ela. – O relatório apareceu tarde da noite. Nós mal tivemos tempo para inserir a notícia na edição matinal.

– Por que não deu prosseguimento ao caso? Isso deve ter sido uma coisa grande. Por que só saiu aquela notícia?

Silêncio.

– Alô?

– Espere um minuto. As crianças estão aprontando de novo.

Só que agora eu não estava ouvindo barulho nenhum.

– Fui obrigada a me calar – respondeu.

– O que isso quer dizer?

– Significa que tivemos a sorte de ao menos publicar aquela nota. Na manhã seguinte, havia agentes federais por toda parte. O AEE local...

– O que é um AEE?

– Agente Especial Encarregado. O chefe dos agentes federais da área. Ele fez o meu chefe encerrar a minha reportagem. Tentei descobrir mais alguma coisa sozinha, mas tudo o que consegui foi um monte de "nada a declarar".

– Não achou isso esquisito?

– Não sei, Will. Eu nunca tinha feito a cobertura de um assassinato antes. Mas você tem razão, parece bastante esquisito, sim.

– Por que acha isso?

– Pelo jeito como meu chefe está reagindo.

Yvonne suspirou.

– É coisa grande. Muito grande. Muito maior do que um duplo homicídio. Agora é sua vez, Will.

Perguntei-me quanto deveria revelar.

– Você ouviu falar a respeito de umas impressões digitais encontradas no local?

– Não.

– Havia digitais de uma mulher.

– O que mais?

– A mesma mulher foi encontrada morta ontem.

– Assassinada?

– Sim.

– Onde?

– Numa cidadezinha em Nebraska.

– Qual era o nome dela?

Recostei-me.

– Fale-me do dono da casa, Owen Enfield.

– Ah, estou entendendo. Toma lá, dá cá.

– Mais ou menos. O Enfield era uma das vítimas?

– Não sei.

– O que você sabe a respeito dele?

– Que morava lá havia três meses.

– Sozinho?

– Segundo os vizinhos, vivia sozinho quando se mudou. Mas uma mulher e uma criança foram vistas na casa nas últimas semanas.

Uma criança.

Meu coração começou a disparar. Sentei-me.

– Que idade tinha a criança?

– Não sei. Idade escolar.

– Uns 12 anos, talvez?

– É, talvez.

– Menino ou menina?

– Menina.

Gelei.

– Ei, ainda está aí?

– Sabe o nome da menina?

– Não. Ninguém sabe nada a respeito delas.

– E onde estão elas agora?

– Não sei.

– Como assim?

– É um dos grandes mistérios da vida. Não consegui descobrir onde elas se meteram. Mas, como eu já disse, não tenho mais nada a ver com o caso, então não fiquei me esforçando muito.

– Você poderia descobrir onde elas estão?

– Posso tentar.

– Sabe mais alguma coisa? Você ouviu o nome de algum suspeito ou de uma das vítimas, qualquer coisa?

– Como já disse, ficou tudo muito quieto. Eu trabalho apenas meio expediente no jornal. Como você já deve ter percebido, sou mãe em tempo integral. Só peguei a história porque eu era a única que estava no jornal quando ela foi enviada. Mas tenho algumas fontes.

– Temos que encontrar Enfield. Ou pelo menos a mulher e a menina.

– Parece um bom lugar para começarmos – concordou ela. – Quer me dizer qual é seu interesse nisso tudo?

Pensei antes de responder.

– Está disposta a descobrir a verdade?

– Sim, Will. Estou.

– Você é boa nisso?

– Quer uma demonstração?

– Quero.

– Você pode estar me telefonando de Nova York, mas na verdade é de Nova Jersey. E embora possa haver mais do que um Will Klein naquela área, aposto que você é o irmão de um assassino infame.

– Um suposto assassino infame – corrigi. – Como você sabe?

– Tenho acesso a uma base de dados no meu computador. Fiz uma busca com o seu nome e apareceu tudo isso. Aqui diz que atualmente você mora em Manhattan.

– Meu irmão não teve nada a ver com isso.

– Claro, e ele é inocente do assassinato da sua vizinha também, certo?

– Não foi isso que eu quis dizer. O duplo homicídio em Albuquerque não teve nada a ver com ele.

– Então qual é a ligação?

Deixei escapar um suspiro.

– Outra pessoa a quem eu era muito ligado.

– Quem?

– Minha namorada. As impressões digitais dela foram encontradas na cena do crime.

Ouvi o barulho das crianças novamente. Eles pareciam estar correndo pela sala imitando a sirene de um caminhão de bombeiros. Yvonne Sterno não gritou dessa vez.

– Então foi a sua namorada que encontraram morta em Nebraska?

– Foi.

– E esse é o seu interesse nisso tudo?

– Em parte, sim.

– E a outra parte?

Eu não estava preparado para falar sobre Carly.

– Descubra onde está Enfield – pedi.

– Qual era o nome dela? Da sua namorada.

– Apenas o encontre.

– Olhe aqui, você quer que trabalhemos juntos? Não esconda nada de mim. Eu posso descobrir isso em cinco segundos, é só procurar. Diga.

– Rogers – respondi. – O nome dela era Sheila Rogers.

Ouvi-a digitar algo.

– Vou fazer o possível, Will. Fique firme. Eu ligo para você logo, logo.

30

TIVE UM ESTRANHO QUASE-SONHO.

Digo "quase" porque não estava inteiramente adormecido. Estava flutuando naquela região entre o sono e a vigília, naquele estado no qual às vezes tropeçamos e precisamos agarrar as beiradas da cama para não cair. Fiquei deitado no escuro com as mãos sob a cabeça e os olhos fechados.

Mencionei anteriormente que Sheila gostava de dançar. Ela chegou até a me fazer entrar para um clube de dança no Centro Comunitário Judaico em West Orange, em Nova Jersey. O CCJ era perto do hospital onde minha mãe estava internada e da casa dos meus pais em Livingston. Íamos visitar minha mãe todas as quartas-feiras e então, às 18h30, tínhamos um encontro marcado com nossos companheiros de dança.

Éramos os mais jovens do clube – a maioria dos participantes tinha em torno de 75 anos, mas, nossa, como sabiam se mexer! Eu procurava ficar à altura deles, mas não havia jeito. Sentia-me constrangido naquele ambiente. Sheila, não. Às vezes, no meio de uma dança, ela soltava minha mão e saía flutuando sozinha. De olhos fechados. Havia uma luminosidade em seu rosto, e ela parecia se dissolver totalmente no êxtase.

Havia um casal mais velho, os Segal. Eles dançavam juntos em bailes de gala desde a década de 1940. Formavam um casal belo e elegante. O Sr. Segal tinha sempre um lenço branco no pescoço. A Sra. Segal costumava usar um vestido azul e uma gargantilha de pérolas. No salão, os dois eram pura magia. Dançavam como dois apaixonados. Moviam-se como uma única pessoa. Nos intervalos, eram gentis e simpáticos com todos. Mas quando a música começava, só tinham olhos um para o outro.

Numa noite de fevereiro em que nevava muito – achávamos que o clube provavelmente estaria fechado, mas não estava –, o Sr. Segal apareceu sozinho. Ainda usava o lenço branco. Seu terno estava impecável. Mas bastou ver a expressão de tristeza em seu rosto para percebermos. Sheila agarrou minha mão. Pude ver uma lágrima correr pelo canto do seu olho. Quando a música começou, o Sr. Segal se levantou, caminhou sem hesitação até a pista de dança e dançou sozinho. Ele abriu os braços e se moveu como se sua mulher ainda estivesse ali. Ele a guiou pelo salão, conduzindo seu espírito tão carinhosamente que não ousamos perturbá-lo.

Na semana seguinte, o Sr. Segal não apareceu. Soubemos pelos outros que a Sra. Segal havia perdido uma longa batalha contra o câncer. Mas ela dançara até o fim. Então a música começou. Todos pegamos nossos pares e fomos para a pista. E enquanto eu segurava Sheila bem junto a mim, percebi que, por mais triste que fosse a história dos Segal, não conhecia nenhum casal que tivesse outra melhor.

Meu quase-sonho, que desde o início reconheci como tal, foi assim: eu estava no clube de dança do CCJ. O Sr. Segal estava lá, assim como outras pessoas que eu jamais vira antes, todas sem par. Quando a música começou, todos dançaram sozinhos. Olhei ao redor. Meu pai estava lá, dançando um foxtrote meio desajeitado. Ele olhou para mim e fez que sim com a cabeça.

Olhei para os outros homens que dançavam. Todos sentiam, claramente, a presença de suas bem-amadas ausentes. Olhavam nos olhos do espectro de suas companheiras. Tentei fazer o mesmo, mas algo estava errado. Eu não podia ver nada. Estava dançando sozinho. Sheila não viera ao meu encontro.

Ouvi o telefone tocar ao longe. Uma voz grave na secretária eletrônica penetrou o meu sonho.

— Aqui é o tenente Daniels, da Delegacia de Polícia de Livingston. Estou tentando me comunicar com Will Klein.

Ao fundo, por trás do tenente Daniels, ouvi a risada abafada de uma mulher. Meus olhos se abriram imediatamente e o clube de dança do CCJ desapareceu. Quando peguei o telefone, ouvi a jovem soltar outra risada.

Parecia a voz de Katy Miller.

— Talvez eu deva ligar para os seus pais — dizia o tenente Daniels à jovem.

— Não!

Era Katy.

— Eu tenho 18 anos. Você não pode me obrigar...

Peguei o telefone.

— Aqui é Will Klein.

O tenente Daniels disse:

— Olá, Will. Quem está falando aqui é Tim Daniels. Fomos colegas de escola, você se lembra?

Tim Daniels. Ele costumava trabalhar no posto de gasolina Hess. Usava seu uniforme sujo de óleo na escola, com o nome bordado no bolso. Pensei que ele ainda devia gostar de uniformes.

– Claro – respondi, inteiramente confuso. – Como vão as coisas?

– Tudo bem, obrigado.

– Você trabalha na polícia agora?

Minha capacidade de dedução é imbatível.

– Trabalho. E ainda moro aqui em Livingston. Casei-me com Betty Jo Stetson. Temos duas filhas.

Tentei me lembrar de Betty Jo, mas não consegui.

– Puxa, parabéns.

– Obrigado.

Sua voz ficou grave.

– Eu li a respeito de sua mãe no *Tribune*. Meus pêsames.

– É muita gentileza sua, obrigado.

Katy Miller começou a rir de novo.

– Escute, estou telefonando porque, bem, acho que você conhece Katy Miller.

– Conheço.

Houve um momento de silêncio. Ele provavelmente lembrou que eu havia namorado a irmã mais velha de Katy, e o destino que ela acabara tendo.

– Ela me pediu que eu telefonasse para você.

– Algum problema?

– Encontrei Katy no playground de Mount Pleasant com meia garrafa de vodca. Ela está totalmente bêbaca. Eu ia telefonar para os pais dela...

– Esquece! – gritou Katy de novo. – Tenho 18 anos!

– Está bem, já sei. Enfim, ela pediu que eu ligasse para você em vez de para os pais. Eu me lembro de quando éramos garotos. Nós também não éramos perfeitos, não é?

– Sei.

Foi aí que Katy berrou alguma coisa, e o meu corpo enrijeceu. Talvez eu tivesse ouvido mal. Mas as palavras dela, o jeito quase irônico de ela gritar, produziram a sensação de uma mão gelada comprimindo a minha nuca.

– Idaho! – gritou ela. – Estou certa, Will? Idaho!

Apertei o telefone contra o ouvido, certo de ter ouvido mal.

– O que ela está dizendo?

– Não sei. Ela fica berrando alguma coisa a respeito de Idaho, mas ainda está de porre.

Katy gritou novamente:

– Idaho! A terra das batatas! Idaho! Estou certa, não estou?

Minha respiração ficou ofegante.

– Escute, Will, eu sei que já é muito tarde, mas você não poderia dar um pulo até aqui para pegá-la?

Encontrei voz suficiente para dizer:

– Estou indo.

31

SQUARES SUBIU PELA ESCADA para não acordar Wanda com o barulho do elevador.

O prédio todo era propriedade da Yoga Squared Corporation. O apartamento de Squares e Wanda ocupava os dois andares acima do estúdio de ioga. Eram três horas da manhã. Squares abriu a porta e entrou. A sala estava escura, exceto por alguns feixes de luz que entravam pela janela.

Wanda estava sentada no sofá. Suas pernas e braços estavam cruzados.

– Oi – sussurrou ele, como se tivesse receio de acordar alguém, embora não houvesse ninguém mais no prédio.

– Você quer que eu interrompa a gravidez? – perguntou ela.

Squares se arrependeu de ter tirado os óculos escuros.

– Estou morto de cansaço, Wanda. Deixe-me dormir algumas horas.

– Não.

– O que você quer que eu diga?

– Ainda estou no primeiro trimestre. Eu teria apenas que tomar um comprimido. Eu só queria saber se você quer mesmo que eu faça isso.

– Então agora, de repente, a decisão é minha?

– Estou esperando.

– Pensei que você fosse uma grande feminista, Wanda. E o direito que as mulheres têm de escolher?

– Não me venha com besteiras.

Squares enterrou as mãos nos bolsos.

– O que você quer fazer?

Wanda virou a cabeça para o lado. Ele podia ver o seu perfil, o pescoço longo, o porte orgulhoso. Ele a amava. Nunca havia amado ninguém antes, tampouco tinha sido amado. Quando ele era bem pequeno, sua mãe gostava de queimá-lo com o *baby liss*. Ela parou, por fim, no dia em que ele fez 2 anos – que, por coincidência, foi o mesmo dia em que seu pai bateu nela até matá-la e depois se enforcou no banheiro.

– Você traz seu passado estampado na testa – disse Wanda. – Nem todos podem se dar a esse luxo.

– Não sei do que você está falando.

Nenhum dos dois tinha acendido a luz. Os olhos deles estavam se ajustando à escuridão, mas ainda assim tudo parecia uma névoa turva, e talvez isso facilitasse as coisas.

Wanda disse:

– Eu fui a oradora da turma no ensino médio.

– Eu sei.

Wanda fechou os olhos.

– Deixe-me terminar, está bem?

Squares fez um gesto indicando que ela prosseguisse.

– Cresci num bairro rico. Havia poucas famílias negras. Eu era a única negra numa escola de 300 alunos. E era a primeira da classe. Eu podia escolher a universidade que quisesse. E escolhi ir para Princeton.

Ele já conhecia a história, mas não disse nada.

– Quando cheguei lá, comecei a me sentir inferior. Não vou fazer uma análise detalhada a respeito da minha baixa autoestima e tudo mais. Mas parei de comer. Perdi peso. Fiquei anoréxica. Não comia nenhuma caloria que não pudesse queimar. Passava o dia todo fazendo abdominais. Pesava uns 40 quilos, mas mesmo assim me olhava no espelho e odiava a mulher gorda que me encarava de volta.

Squares se aproximou dela. Quis segurar sua mão. Mas, idiota que era, não fez isso.

– Parei de comer a ponto de ser hospitalizada. Meus órgãos foram danificados. Meu fígado, meu coração, os médicos ainda não têm certeza da extensão das lesões. Nunca cheguei a ter uma parada cardíaca, mas houve um período em que estive bem perto disso. Finalmente me recuperei, não vou entrar em detalhes, mas os médicos me disseram que tinham quase certeza de que eu jamais poderia engravidar. E se engravidasse, certamente não conseguiria levar a gravidez até o fim.

Squares ficou em pé ao lado dela.

– E o que seu médico disse agora?

– Ele não me prometeu nada.

Wanda olhou para ele.

– Nunca senti tanto medo em minha vida.

Ele sentiu o coração desmoronar no peito. Queria se sentar junto a ela, abraçá-la. Mas novamente alguma coisa o deteve, e ele se odiou por isso.

– Se levar a gravidez adiante e isso colocar sua vida em risco... – disse ele.

– O risco será todo meu – interrompeu ela.

Ele procurou sorrir.

– A grande feminista está de volta.

– Quando eu disse que estava com medo, não estava me referindo somente à minha saúde.

Ele sabia.

– Squares?

– Sim?

Sua voz era quase um pedido.

– Prometa que não vai se afastar de mim.

Ele não sabia o que dizer.

– É um passo e tanto.

– Eu sei.

– Não acho – disse ele lentamente – que eu esteja preparado para isso.

– Eu te amo.

– Eu também te amo.

– Você é o homem mais forte que já conheci.

Squares balançou a cabeça. Algum bêbado na rua começou a cantar aos berros uma canção de amor. Wanda descruzou os braços e esperou.

– Talvez – murmurou Square – não devêssemos levar isso adiante. Por causa da sua saúde.

Wanda o viu recuar e se afastar. Antes que ela pudesse responder, ele já havia saído.

◆◆◆

Aluguei um carro numa locadora que ficava aberta 24 horas, na Rua 37, e fui até a Delegacia de Polícia de Livingston. Eu não havia estado naquele ambiente sacrossanto desde a visita da Escola Burnett Hill, quando eu estava no ensino fundamental. Naquela manhã ensolarada não nos permitiram ver as celas, onde agora eu encontraria Katy, porque, assim como nesta noite, podia haver alguém lá. A ideia de que talvez um criminoso da pesada estivesse trancado a poucos metros de onde estávamos era a coisa mais sensacional que um garoto naquela idade podia imaginar.

O tenente Tim Daniels me recebeu com um firme aperto de mão. Notei que ele levantava seu cinturão a toda hora. Algo chacoalhava – suas chaves, suas algemas ou o que fosse – quando ele caminhava. Estava mais gordo do que quando era jovem, mas seu rosto continuava suave e sem rugas.

Preenchi alguns papéis, e Katy foi solta sob minha custódia. Ela ficara sóbria durante o tempo que levei para chegar lá. Não havia risadas agora. Tinha a cabeça baixa, a postura sombria clássica dos adolescentes.

Agradeci a Tim novamente. Katy não sorriu, nem sequer se despediu com um aceno de mão. Enquanto andávamos em direção ao carro, ela agarrou meu braço.

– Vamos dar uma volta – disse ela.

– São quatro horas da manhã. Estou cansado.

– Vou vomitar se andar de carro.

Parei.

– Por que estava gritando Idaho no telefone?

Mas Katy já estava atravessando a Livingston Avenue. Fui atrás.

Ela começou a andar mais depressa quando chegou à praça. Apertei o passo para alcançá-la.

– Seus pais vão ficar preocupados – alertei.

– Eu disse a eles que ia dormir na casa de uma amiga. Está tudo bem.

– Quer me dizer por que estava bebendo sozinha?

Katy continuou andando. Sua respiração ficou mais intensa.

– Estava com sede.

– Sei. E por que estava berrando sobre Idaho?

Ela me olhou, mas continuou a andar rápido.

– Acho que você sabe.

Agarrei o braço dela.

– Que tipo de jogo está tentando fazer?

– Não estou fazendo jogo nenhum, Will.

– Do que está falando?

– De Idaho, Will. Sheila Rogers era de Idaho, não era?

Suas palavras me agrediram novamente como um soco.

– Como você sabia?

– Eu li.

– No jornal?

Ela deu uma risadinha.

– Você não sabia mesmo?

Segurei-a pelos ombros.

– Do que você está falando?

– Onde Sheila estudou? – perguntou ela.

– Não sei.

– Pensei que vocês dois estivessem loucamente apaixonados.

– É complicado.

– Aposto que é.

– Continuo sem entender, Katy.

– Sheila Rogers estudou em Haverton, Will. Com Julie. Elas moravam na mesma república.

Fiquei petrificado.

– Não é possível.

– Não acredito que você não sabia. Sheila nunca contou isso a você?

Balancei a cabeça. Depois perguntei:

– Você tem certeza?

– Sheila Rogers, da cidade de Mason, em Idaho. Formada em comunicação. Está tudo no anuário da universidade que encontrei num baú velho, no porão.

– Eu não entendo. Você se lembrou do nome dela depois de todos esses anos?

– Sim.

– Como? Quer dizer, você se lembra do nome de todas as colegas de república de Julie?

– Não.

– Então como foi se lembrar de Sheila Rogers?

– Porque – disse Katy – Sheila e Julie eram colegas de quarto.

32

SQUARES CHEGOU AO MEU APARTAMENTO trazendo bagels e patês diversos, comprados numa loja chamada La Bagel, na esquina da Rua 15 com a Primeira Avenida. Eram dez da manhã e Katy dormia no sofá. Squares acendeu um cigarro. Reparei que ele ainda usava as mesmas roupas da véspera. Não era fácil perceber – não era como se Squares fosse uma figura importante no mundo da alta costura –, mas naquela manhã ele parecia ainda mais desmazelado que de costume. Nós nos sentamos nas banquetas da cozinha.

– Olhe aqui – comentei –, eu sei que você quer se parecer com esse pessoal da rua, mas...

Ele tirou um prato do armário.

– Vai ficar fazendo piadinha ou vai me contar o que aconteceu?

– Por que não posso fazer as duas coisas?

Ele abaixou a cabeça e me olhou novamente por cima dos óculos escuros.

– É tão ruim assim?

– Pior – respondi.

Katy se mexeu no sofá com um "Ai!". Eu tinha uma caixa de Tylenol extraforte na cozinha. Dei dois comprimidos a ela com um copo d'água. Ela engoliu tudo e foi andando trôpega para o chuveiro. Voltei a me sentar na banqueta.

– Como está o seu nariz? – perguntou Squares.

– Como se o meu coração tivesse se mudado para lá e estivesse batendo, tentando sair.

Ele fez que sim com a cabeça e pegou um bagel com patê de salmão defumado. Mastigou lentamente. Seus ombros caíram. Eu sabia que ele não tinha passado a noite em casa. Sabia que algo acontecera entre ele e Wanda. E o que era mais importante, sabia que ele não queria que eu lhe perguntasse nada.

– Você estava falando que era pior...

– Sheila mentiu para mim.

– Já sabíamos disso.

– Não desse jeito.

Ele continuou mastigando.

– Ela conhecia Julie Miller. Moravam na mesma república na universidade. Elas dividiram o mesmo quarto.

Ele parou de mastigar.

– Como é que é?

Contei a ele o que ficara sabendo. A água do chuveiro continuava correndo o tempo todo. Imaginei que Katy fosse ficar de ressaca por um bom tempo. Mas a verdade é que os jovens se recuperam mais rápido do que nós.

Quando acabei de contar tudo a Squares, ele inclinou o corpo para trás, cruzou os braços e sorriu.

– Parece coisa de filme.

– É, foi exatamente o que pensei.

– Não estou entendendo, cara.

Squares começou a passar patê em outro bagel.

– Sua antiga namorada, assassinada há 11 anos, era companheira de quarto da sua última namorada, que também foi assassinada.

– Certo.

– E seu irmão levou a culpa pelo primeiro crime.

– Acertou de novo.

– Tudo bem – disse Squares. – Mas ainda não estou entendendo.

– Deve ter sido armação – sugeri.

– O que deve ter sido armação?

– Sheila e eu.

Tentei dar de ombros.

– Deve ter sido tudo armado. Tudo mentira.

Ele fez que sim, mas logo depois balançou a cabeça. Seu cabelo comprido estava caído sobre o rosto. Ele o jogou para trás.

– Com que finalidade?

– Não sei.

– Pense.

– Já pensei. A noite inteira.

– Certo. Suponhamos que você esteja certo. Digamos que Sheila tenha mentido ou, sei lá, que ela tenha armado para você de alguma maneira. Está acompanhando o raciocínio?

– Estou.

Ele levantou as palmas das mãos.

– Por que teria feito isso?

– Mais uma vez, não sei.

– Então vamos estudar as possibilidades – disse Squares.

Ele levantou o indicador e disse:

– Para começar, tudo isso pode ter sido uma grande coincidência.

Fiquei olhando para ele.

– Afinal, você namorou Julie Miller, quando, há mais de 12 anos?

– Sim.

– Então, talvez Sheila nem se lembrasse disso. Quer dizer, quem se lembra do nome de todos os antigos relacionamentos de seus amigos? Vai ver Sheila esqueceu o seu nome. E então, anos depois, vocês se encontraram...

Continuei olhando para ele.

– Está bem, está bem, estou forçando a barra – concordou ele. – Vamos abandonar essa teoria. Possibilidade número dois...

Squares levantou o indicador novamente, fez uma pausa, olhou para o alto.

– Droga, agora eu me perdi.

– Certo.

Comemos. Ficamos remoendo mais um pouco.

– Tudo bem, suponhamos que Sheila soubesse exatamente quem você era, desde o começo.

– Certo.

– Continuo sem entender nada, cara. O que você acha?

– Que parece coisa de filme – respondi.

O chuveiro parou. Peguei mais um bagel com patê de salmão.

– Fiquei pensando nisso a noite toda – repeti.

– E?

– E acabo sempre voltando ao Novo México.

– Como assim?

– O FBI queria interrogar Sheila a respeito de um duplo homicídio em Albuquerque.

– E daí?

– Alguns anos antes, Julie Miller também foi assassinada.

– E o caso ficou sem solução – disse Squares –, apesar de eles terem suspeitado do seu irmão.

– Certo.

– Você vê alguma ligação entre as duas coisas? – perguntou Squares.

– Tem que haver.

Squares concordou.

– Tudo bem, estou entendendo seu ponto de vista. Mas não consigo relacionar um crime ao outro.

– Nem eu.

Ficamos calados. Katy meteu a cabeça pela porta. Seu rosto tinha aquela palidez de ressaca. Ela grunhiu e disse:

– Vomitei de novo.

– Obrigado pela informação.

– Onde estão as minhas roupas?

– No armário do quarto – respondi.

Ela agradeceu com uma expressão de dor e fechou a porta. Olhei para o lado direito do sofá, o lugar onde Sheila gostava de ficar sentada, lendo. Como isso podia estar acontecendo? Lembrei-me da frase: "É melhor ter amado e perdido do que nunca ter amado." Fiquei pensando nisso. Mais ainda, perguntei-me o que seria pior: perder a mulher da minha vida ou descobrir que ela jamais me amou?

Uma escolha e tanto.

O telefone tocou. Dessa vez não esperei pela secretária eletrônica. Atendi.

–Will?

– Sim.

– Aqui é Yvonne Sterno, a repórter mais destemida de Albuquerque.

– O que você descobriu?

– Passei a noite inteira trabalhando nisso.

– E então?

– A história está ficando cada vez mais esquisita.

– Estou ouvindo.

– Tudo bem. Eu consegui que o meu contato fizesse uma busca no registro de imóveis e na receita federal. Agora, entenda que o meu contato é uma funcionária do governo e tive que conseguir que ela fizesse isso fora do horário de serviço. É mais fácil transformar água em vinho ou fazer com que o meu tio pare de beber do que fazer um funcionário do governo se dispor a trabalhar...

– Yvonne? – interrompi.

– Sim?

– Digamos que você já conseguiu me impressionar com seu talento. O que você descobriu?

– Tudo bem, vamos lá.

Ouvi o ruído de papéis sendo manuseados.

– A casa onde ocorreu o crime foi alugada por uma companhia chamada Cripco.

– E eles são?

– Não deu para descobrir. Parece uma fachada. Acho que não existem.

Pensei sobre o que ela falou.

– Owen Enfield tinha um carro. Um Honda Accord cinza. Também alugado pelos caras da Cripco.

– Talvez ele trabalhasse para eles.

– Pode ser. Estou tentando verificar isso agora.

– Onde está o carro?

– Isso também é interessante – disse Yvonne. – A polícia o encontrou abandonado no estacionamento de um shopping em Lacida. Fica uns 300 quilômetros a leste daqui.

– Mas então, onde está Owen Enfield?

– Quer saber a minha opinião? Acho que ele está morto. Para todos os efeitos, digamos que ele fosse uma das vítimas.

– E a mulher e a garota? Onde estão elas?

– Não faço ideia. Diabos, eu nem sei quem elas são.

– Você falou com os vizinhos?

– Falei. É como eu já disse: ninguém sabia muita coisa a respeito deles.

– E a descrição física?

– Hum...

– O quê?

– Era sobre isso que eu queria falar com você.

Squares continuava comendo, mas eu sabia que estava ouvindo tudo. Katy devia estar no meu quarto se vestindo ou vomitando no banheiro de novo.

– As descrições foram bastante vagas – continuou Yvonne. – A mulher tinha uns 30 e poucos anos, era atraente, cabelos pretos. Isso foi tudo o que os vizinhos puderam me dizer. Ninguém sabia o nome da menina. Devia ter uns 11 ou 12 anos e tinha cabelos castanho-claros. Um dos vizinhos disse que ela era uma gracinha, mas que garota nessa idade não é? Eles descreveram o Sr. Enfield como tendo 1,90m, de cabelos grisalhos à escovinha e cavanhaque. Tinha em torno de 40 anos, mais ou menos.

– Então ele não era umas das vítimas.

– Como é que você sabe?

– Eu vi algumas fotos da cena do crime.

– Quando?

– Quando fui interrogado pelo FBI a respeito do paradeiro da minha namorada.

– Dava para distinguir as vítimas?

– Não claramente, mas o suficiente para ver que nenhum dos dois tinha cabelo cortado à escovinha.

– Sei. Então a família toda se mandou e sumiu.

– Pois é.

– Outra coisa, Will.

– O quê?

– Stonepointe é uma área nova. Os condomínios são bastante autossuficientes por lá.

– O que você quer dizer com isso?

– Você conhece a QuickGo, aquela rede de lojas de conveniência?

– Claro – respondi. – Temos lojas da QuickGo aqui também.

Squares tirou os óculos escuros e me olhou, interessado. Dei de ombros e ele se aproximou de mim.

– Bem, tem uma QuickGo enorme bem na entrada do condomínio – explicou Yvonne. – Quase todos os moradores fazem compras lá.

– Então?

– Um dos moradores jura que viu Owen Enfield na loja às três da tarde no dia dos assassinatos.

– Não estou entendendo, Yvonne.

– Bem – continuou ela –, a questão é a seguinte: todas as QuickGo têm câmeras de segurança. – Ela fez uma pausa. – Está entendendo agora?

– Estou, acho que estou.

– Eu já verifiquei – continuou ela. – Eles guardam as fitas por um mês antes de regravá-las.

– Então, se conseguirmos aquela gravação, poderemos ver o rosto do Sr. Enfield – concluí.

– Vai ser difícil. O gerente da loja foi taxativo. Disse que não havia a menor possibilidade de ele me deixar ver as gravações.

– Mas deve haver uma maneira.

– Estou aberta a sugestões, Will.

Squares colocou a mão no meu ombro.

– O quê?

Cobri o bocal com a mão e perguntei:

– Você conhece alguém ligado à QuickGo?

– Por incrível que pareça, a resposta é não.

Droga. Ficamos remoendo o assunto mais um pouco. Yvonne começou a cantarolar o jingle da QuickGo, uma daquelas musiquinhas torturantes que entram em nossos ouvidos e começam a ricochetear pelo nosso crânio à procura de uma saída de emergência que nunca existe. Lembrei-me da nova campanha publicitária, em que eles haviam modernizado o antigo jingle, acrescentando uma guitarra elétrica, um sintetizador e um baixo e colocando à frente da banda uma cantora pop de sucesso conhecida simplesmente como Sonay.

– Espere aí... Sonay!

Squares me olhou com uma expressão confusa:

– O quê?

– Acho que você vai poder ajudar, afinal – respondi.

33

SHEILA E JULIE HAVIAM PERTENCIDO à república estudantil Chi Gamma. Eu ainda não tinha devolvido o carro que alugara na noite anterior, então Katy e eu decidimos fazer uma viagem de duas horas até a Universidade de Haverton, em Connecticut, para ver o que conseguíamos descobrir.

Naquela manhã, eu havia telefonado para a secretaria da universidade para pedir algumas informações. Fiquei sabendo que uma mulher chamada Rose Baker era a encarregada da república na época de Julie. A Sra. Baker tinha se aposentado havia três anos e se mudado para uma casa do outro lado da rua. Ela seria o alvo principal da nossa pseudoinvestigação.

Paramos em frente à república Chi Gamma. Lembrava-me da casa por causa das poucas visitas que fizera a Julie quando eu estudava na Universidade de Arnherst. Podia-se dizer de cara que se tratava de uma república. Era um prédio antigo que imitava o estilo arquitetônico do fim do século XVIII, todo branco, com colunas gregas e um acabamento em curvas que dava um toque feminino ao lugar. Alguma coisa nele me lembrava um bolo de noiva.

A casa de Rose Baker era, para usar um eufemismo, mais modesta. Parecia ter sido uma bela casa colonial que ao longo do tempo havia se deteriorado. A cor vermelha se transformara num tom de barro desbotado. A renda das cortinas parecia ter sido estraçalhada por gatos. Placas se soltavam da pintura como se a casa sofresse de seborreia.

Em circunstâncias normais, eu teria agendado uma visita. Na televisão nunca é assim. O detetive aparece, e a pessoa está sempre em casa. Eu sempre achei aquilo pouco realista e inconveniente, contudo, eu agora podia compreender isso melhor. Para começar, a mulher muito falante da secretaria me informara que Rose Baker raramente saía de casa e, quando o fazia, dificilmente ia longe. Em segundo lugar – e acho que esse era o fator mais importante –, se eu tivesse ligado e Rose Baker me perguntasse por que eu queria vê-la, o que eu iria dizer? "Oi, gostaria de conversar com a senhora sobre alguns assassinatos." Não, o melhor era aparecer com Katy e ver aonde isso nos levaria. Se ela não estivesse em casa, poderíamos vasculhar os arquivos na biblioteca ou visitar a república. Eu não fazia ideia do que poderíamos encontrar, mas, afinal, estávamos fazendo um voo cego.

Enquanto caminhávamos até a casa de Rose Baker, não pude deixar de sentir uma ponta de inveja dos estudantes que vi andando com suas mochilas para todos os lados. Eu havia adorado meus tempos de faculdade. Gostava de tudo o que aquela atmosfera representava. Gostava de perambular com meus amigos desleixados e preguiçosos, de morar sozinho, de lavar minha própria roupa e comer pizza de *pepperoni* à meia-noite. Gostava de conversar com os professores meio hippies e sempre acessíveis, de debater assuntos complexos e as cruas realidades que nunca, jamais penetravam o gramado do nosso campus.

À porta da casa havia um capacho exageradamente colorido e, ao chegarmos, ouvi uma música familiar vindo do interior. Franzi a testa e escutei com atenção. O som estava abafado, mas parecia uma música de Elton John – mais especificamente "Candle in the Wind", do clássico álbum duplo *Goodbye Yellow Brick Road*. Bati à porta.

Uma voz feminina disse:

– Só um minuto.

Poucos segundos depois, a porta se abriu. Rose Baker tinha em torno de 70 anos e, para nossa surpresa, estava vestida em trajes de luto. Ela estava toda de preto, desde o grande chapéu de aba larga com véu combinando até os sapatos. A maquiagem parecia ter sido generosamente aplicada com uma lata de spray.

Sua boca formava um "O" quase perfeito e seus olhos pareciam grandes pires vermelhos, como se seu rosto tivesse se congelado imediatamente após ela ter levado um susto.

– Sra. Baker? – perguntei.

Ela levantou o véu:

– Sim?

– Meu nome é Will Klein. Esta é Katy Miller.

Os olhos de pires voltaram-se para Katy e a encararam.

– Viemos numa hora inconveniente?

Ela pareceu surpresa com a minha pergunta.

– Não, de forma alguma.

Eu disse:

– Gostaríamos de ter uma palavrinha com a senhora, se não se importar.

– Katy Miller – repetiu, os olhos ainda sobre ela.

– Sim, senhora – confirmei.

– A irmã de Julie.

Não era uma pergunta, mas Katy assentiu assim mesmo. Rose Baker abriu a porta de tela.

– Entrem, por favor.

Nós a seguimos e entramos na sala de visitas. Katy e eu paramos, chocados com o que vimos.

Era a princesa Diana.

Ela estava em toda parte. A sala inteira estava coberta, forrada, entupida com todo tipo de parafernália da princesa Diana. Havia fotografias, é claro, mas também aparelhos de chá, pratos comemorativos, almofadas bordadas, abajures, estatuetas, livros, dedais, copinhos de aperitivo (tão respeitosos), uma escova de dentes (que nojo!), uma luminária, óculos escuros, galheteiros, tudo que se possa imaginar. Percebi que a canção que estava ouvindo não era a gravação original de Elton John e Bernie Taupin, mas uma versão mais recente criada como tributo à princesa Diana, a nova letra oferecendo um adeus à nossa "rosa inglesa". Eu havia lido em algum lugar que a versão do tributo a Diana fora o *single* mais vendido na história. Isso devia significar alguma coisa, embora eu não fizesse questão de saber o quê.

Rose Baker perguntou:

– Vocês se lembram de quando a princesa Diana morreu?

Olhei para Katy. Ela olhou para mim. Ambos assentimos.

– Lembram-se de como o mundo a pranteou?

Ela continuou olhando para nós. Novamente, ambos concordamos.

– Para a maior parte das pessoas, a dor, o luto, foi apenas uma coisa passageira. O mundo todo lamentou sua morte durante alguns dias, talvez uma semana ou duas. Depois... – ela estalou os dedos como um mágico, os olhos de pires maiores do que nunca – tudo se acabou. Foi como se ela nunca tivesse existido.

Ela nos olhou e esperou ouvir expressões de concordância. Tentei não cair na gargalhada.

– Mas para alguns de nós, Diana, a princesa de Gales, bem, ela era realmente um anjo. Com certeza era boa demais para este mundo. Nunca a esqueceremos. Iremos manter viva a sua memória.

Ela limpou uma lágrima com um lencinho. Um comentário sarcástico aflorou em meus lábios, mas mordi a língua.

– Por favor – disse ela. – Sentem-se. Gostariam de tomar um chá?

Katy e eu recusamos educadamente.

– Um biscoitinho, talvez?

Ela nos estendeu um prato cheio de biscoitos com o formato, pasmem, do perfil da princesa Diana. A coroa era decorada com granulado colorido. Não aceitamos, nenhum de nós estava disposto a mordiscar a falecida Lady Di. Decidi ir direto ao assunto.

– Sra. Baker, a senhora se lembra da irmã de Katy, Julie?

– Lembro, é claro.

Ela pousou o prato de biscoitos na mesa.

– Lembro de todas as minhas garotas. Meu marido, Frank, foi professor de inglês na universidade. Ele morreu em 1969. Não tivemos filhos. Todos os meus parentes já haviam falecido. Por 26 anos a república e as meninas foram a minha vida.

– Entendo.

– E Julie, bem, tarde da noite, quando já estou na cama, o rosto dela é o que vejo com maior frequência. Não porque ela fosse uma garota especial, bem, ela era, mas por causa do que lhe aconteceu, é claro.

– A senhora está se referindo ao assassinato?

Era uma pergunta tola, mas eu era novato nisso. Só queria que ela continuasse falando.

– Sim.

Rose Baker estendeu o braço e segurou a mão de Katy.

– Que tragédia...

E virando-se para Katy:

– Lamento muito a sua perda.

Katy agradeceu.

Por mais insensível que isso possa parecer, minha cabeça não podia evitar o seguinte pensamento: uma tragédia, sim, mas, a propósito, onde estava a memória de Julie ou do marido ou da família de Rose Baker naquele santuário consagrado à princesa Diana?

– Sra. Baker, gostaria de saber se a senhora se lembra de outra garota, Sheila Rogers – perguntei.

Seu rosto se contraiu e sua voz ficou incisiva.

– Sim. – Ela se moveu na cadeira parecendo desconfortável. – Sim, eu me lembro dela.

Sua reação dava a entender que ela ainda não havia ouvido sobre o assassinato. Decidi não lhe contar nada por enquanto. Estava claro que havia algum problema com Sheila, e eu queria saber qual. Precisávamos que ela fosse honesta. Se eu dissesse que Sheila estava morta, ela poderia açucarar as respostas. Antes que eu pudesse prosseguir, a Sra. Baker levantou a mão.

– Posso lhe fazer uma pergunta?

– Claro.

– Por que está fazendo todas essas perguntas? – Ela olhou para Katy. – Isso aconteceu há tanto tempo...

Katy respondeu:

– Estou tentando descobrir a verdade.

– A verdade sobre o quê?

– Minha irmã mudou de repente enquanto esteve aqui.

Rose Baker fechou os olhos.

– Você não precisa ouvir nada disso, minha filha.

– Por favor. Nós precisamos saber – respondeu Katy com um desespero palpável na voz.

Rose Baker fechou os olhos por mais um instante. Então, pareceu concordar consigo mesma e os abriu. Ela cruzou as mãos sobre o colo.

– Quantos anos você tem?

– Dezoito.

– Mais ou menos a idade de Julie quando chegou aqui. – Rose Baker sorriu. – Você se parece com ela.

– É o que todos me dizem.

– É um elogio. Onde quer que estivesse, Julie iluminava o ambiente. De certa forma ela me lembra a própria Diana. As duas eram lindas. E muito especiais, quase divinas. – Ela sorriu e sacudiu o indicador. – E ambas tinham um gênio indomável. Eram extremamente teimosas. Julie era uma boa menina. Amável, inteligente como ninguém. Era uma aluna excelente.

– Entretanto – interrompi –, ela desistiu da faculdade.

– Sim.

– Por quê?

Ela direcionou os olhos para mim.

– A princesa Diana tentou ser firme. Mas ninguém pode controlar os ventos do destino. Eles sopram para onde bem entendem.

Katy disse:

– Não estou entendendo aonde a senhora quer chegar.

Um relógio da princesa Diana bateu as horas, o som uma imitação do Big Ben. Rose Baker esperou até que ele ficasse em silêncio novamente.

– A faculdade muda as pessoas. É a primeira vez que estamos longe de casa, a primeira vez que estamos sozinhos.

Ela parecia estar com o pensamento distante, e por um momento pensei que teria de chamar sua atenção para que continuasse.

– Eu não estou explicando isso corretamente. Julie estava indo muito bem no início, mas de repente ela, bem, ela começou a se afastar. De todos nós. Começou a faltar às aulas. Brigou com o antigo namorado. Não que isso fosse incomum. Quase todas as garotas fazem a mesma coisa no primeiro ano. Mas no caso dela, isso aconteceu mais tarde. Foi no penúltimo ano, eu acho. Eu pensava que ela realmente o amasse.

Engoli em seco, mas me mantive firme.

– Mas antes o senhor me perguntou sobre Sheila Rogers – disse Rose Baker.

Katy respondeu:

– Isso.

– Ela foi uma péssima influência.

– Como assim?

– Quando Sheila veio morar conosco, naquele mesmo ano – Rose apoiou um dedo no queixo e inclinou a cabeça como se uma nova ideia tivesse acabado de entrar em sua mente –, bem, talvez fossem os ventos do destino. Como os paparazzi que perseguiram a limusine de Diana. Ou aquele horrível motorista, Henri Paul. Vocês sabiam que o teor alcoólico no sangue dele era três vezes maior do que o permitido por lei?

– Sheila e Julie ficaram amigas? – perguntei.

– Sim.

– As duas dividiam o mesmo quarto, certo?

– Por um período, sim.

Agora seus olhos estavam marejados.

– Não quero parecer melodramática, mas Sheila Rogers trouxe algo ruim para a Chi Gamma. Eu deveria tê-la mandado embora. Hoje eu sei que deveria ter feito isso. Mas não tinha nenhuma prova contra ela.

– O que ela fez?

Ela balançou a cabeça de novo.

Pensei por um momento. No penúltimo ano, Julie havia me visitado em Amherst. Ela havia me convencido a não ir até Haverton, o que era um pouco estranho. Lembrei-me da última vez em que Julie e eu estivemos juntos. Ela havia sugerido que passássemos a noite em uma pousada tranquila em Mystic, em vez de ficarmos no campus. Na época, eu tinha achado tudo muito romântico. Agora sabia que não era nada disso.

Três semanas depois, Julie telefonou e terminou o namoro. Pensando nisso agora, me lembro de ela ter agido de maneira estranha durante minha visita. Parecia meio desanimada. Passamos apenas uma noite em Mystic e, quando fizemos amor, senti que ela estava distante. Julie culpou os estudos, disse que estava muito sobrecarregada. Acreditei nela porque, pensando bem, acho que eu queria acreditar.

Agora, juntando todos os fatos, a explicação se tornava bastante óbvia. Sheila chegara a Harveton imediatamente depois de ter sido enganada por Louis Castman, de ter abusado de drogas e se prostituído nas ruas. Não era assim tão fácil libertar-se daquela vida. Acredito que Sheila tenha arrastado toda aquela decadência com ela. Não é preciso muito para envenenar o poço. Sheila chegou no início do penúltimo ano de faculdade de Julie. Foi exatamente quando Julie começou a agir de forma estranha.

Fazia sentido.

Tentei outra tática.

– Sheila chegou a se formar?

– Não, ela também desistiu.

– Na mesma época que Julie?

– Eu nem tenho certeza se as duas chegaram a trancar a matrícula. Julie simplesmente parou de ir às aulas no final do ano. Ficava muito tempo no quarto. Dormia até depois do meio-dia. Quando a confrontei... – sua voz tremeu – ela se mudou.

– Para onde?

– Para um apartamento fora do campus. Sheila se mudou para lá também.

– Quando exatamente Sheila Rogers largou a faculdade?

Rose Baker fingiu estar pensando nisso. Digo fingiu porque eu podia ver que ela sabia muito bem a resposta e que a representação era para o nosso bem.

– Acho que foi logo depois da morte de Julie.

– Quanto tempo depois?

Ela ficou com os olhos baixos.

– Não me lembro de tê-la visto depois do crime.

Olhei para Katy. Estava de cabeça baixa. Rose Baker levou a mão trêmula à boca.

– A senhora sabe para onde Sheila foi? – perguntei.

– Não. Ela havia ido embora. Isso era tudo o que interessava.

Ela não olhava mais para nós. Achei essa atitude perturbadora.

– Sra. Baker?

Ela ainda não me encarava.

– Sra. Baker, o que mais aconteceu?

– Por que o senhor está aqui? – perguntou ela.

– Nós já lhe dissemos. Queríamos saber...

– Sim, mas por que agora?

Katy e eu nos entreolhamos. Ela fez que sim. Voltei-me para Rose Baker e disse:

– Ontem, Sheila Rogers foi encontrada morta. Ela foi assassinada.

Pensei que talvez ela não tivesse me ouvido. Rose Baker manteve os olhos grudados numa pintura de Diana de vestido de veludo preto, uma reprodução grotesca e aterrorizante. Os dentes eram azulados e a pele tinha um bronzeado artificial. Rose encarava a imagem, e comecei a pensar novamente que ali não havia nenhuma foto de seu marido, de sua família nem das moças da república – só dessa mulher estrangeira e distante. Pensei em como eu estava lidando com todas aquelas mortes, como ficava caçando sombras para evitar a dor, e imaginei que talvez algo semelhante estivesse acontecendo ali também.

– Sra. Baker?

– Ela foi estrangulada como as outras?

– Não – respondi.

E então parei. Virei-me para Katy. Ela também ouvira.

– A senhora disse "as outras"?

– Sim.

– Que outras?

– Julie foi estrangulada – afirmou.

– Certo.

Seus ombros caíram. Agora as rugas em seu rosto pareciam mais pronunciadas, os sulcos mais fundos na carne. Nossa visita libertara os demônios que ela havia trancafiado em caixas ou enterrado sob toda aquela tralha de Lady Di.

– Vocês não sabem sobre Laura Emerson, sabem?

Katy e eu trocamos outro olhar.

– Não.

Os olhos de Rose Baker começaram a disparar pela sala novamente.

– Têm certeza de que não querem uma xícara de chá?

– Por favor, Sra. Baker. Quem é Laura Emerson?

Ela ficou de pé e caminhou insegura até a lareira. Seus dedos tocaram carinhosamente um busto de cerâmica da princesa Diana.

– Ela também fazia parte da república – disse ela. – Estava um ano atrás de Julie.

– E o que aconteceu com ela? – perguntei.

A Sra. Baker descobriu uma sujeirinha grudada no busto de cerâmica. Usou a unha para limpar.

– Foi encontrada morta perto de casa, em Dakota do Norte, oito meses antes de Julie. Também foi estrangulada.

Senti como se mãos geladas tivessem agarrado minhas pernas e estivessem me puxando para baixo. O rosto de Katy estava branco. Ela deu de ombros para mim, indicando que aquilo também era novidade para ela.

– O assassino foi encontrado? – perguntei.

– Não – respondeu Rose Baker. – Nunca.

Tentei analisar tudo, processar aquela nova informação, descobrir o que tudo aquilo queria dizer.

– Sra. Baker, a polícia interrogou a senhora depois da morte de Julie?

– A polícia, não.

– Mas alguém a interrogou?

Ela assentiu.

– Dois homens do FBI.

– A senhora se lembra dos nomes deles?

– Não.

– Eles perguntaram alguma coisa a respeito de Laura Emerson?

– Não. Mas contei a eles mesmo assim.

– O que a senhora disse?

– Lembrei a eles que outra moça tinha sido estrangulada.

– E como eles reagiram?

– Disseram-me que eu não devia comentar nada com ninguém. Que eu poderia comprometer a investigação se dissesse alguma coisa.

Depressa demais, pensei. Aquelas informações estavam vindo depressa demais. Não podia processar tudo aquilo. Três garotas estavam mortas. Três garotas da mesma universidade, da mesma república. Existia um padrão nisso tudo, não havia sombra de dúvida. Isso significava que a morte de Julie não tinha sido por acaso, um ato de violência isolado, como o FBI nos havia levado a acreditar – não só a nós, mas ao mundo todo.

O pior de tudo é que o FBI sabia. Eles mentiram para nós durante todos esses anos.

A pergunta agora era, por quê?

34

AGORA MINHA CABEÇA ESTAVA A MIL. Queria ir até o escritório de Pistillo e explodir. Queria entrar lá, agarrá-lo pelo pescoço e exigir respostas. Mas na vida real as coisas não funcionam desse jeito. A Rodovia 95 estava em obras, o que nos atrasou bastante. O trânsito estava péssimo na via expressa que atravessava o Bronx. Na Harlem River Drive, o tráfego se arrastava como um soldado ferido. Eu me debrucei na buzina e troquei de pista várias vezes, mas em Nova York isso não adianta nada.

Katy usou o celular para ligar para uma amiga, Ronnie, e lhe pediu que fizesse uma busca a respeito de Laura Emerson na internet. O que ela encontrou confirmava exatamente o que já sabíamos. Laura havia sido estrangulada oito meses antes de Julie. Seu corpo fora encontrado num motel chamado Court Manor Motor Lodge, em Fessender, Dakota do Norte. O crime teve cobertura local ampla, embora vaga, durante duas semanas. Depois disso deixou a primeira página dos jornais e caiu no esquecimento. Não havia nenhuma menção de violência sexual.

Dei uma guinada para a pista da direita, peguei a saída, avancei um sinal vermelho e encontrei um estacionamento perto da Federal Plaza, onde deixei o carro. Corremos para o prédio. Mantive a cabeça erguida e os pés em movimento, mas, infelizmente, havia um posto de segurança. Tivemos que passar por um detector de metais. Minhas chaves acionaram o alarme. Esvaziei os bolsos. Dessa vez foi o meu cinto. Um guarda passou um detector portátil pelo meu corpo. Tudo bem, estávamos limpos.

Quando chegamos ao escritório de Pistillo, exigi vê-lo, usando voz firme. A secretária dele não pareceu se intimidar. Sorriu com a naturalidade de uma esposa de político e pediu cordialmente que eu me sentasse. Katy olhou para mim e deu de ombros. Não me sentei. Fiquei andando de um lado para outro como um leão na jaula, mas podia sentir minha fúria esmaecendo.

Quinze minutos depois, a secretária disse que o diretor-assistente encarregado

Joseph Pistillo – foi exatamente isso que ela disse, usando o título completo – iria me receber. Ela abriu a porta. Invadi o escritório.

Pistillo já estava de pé. Fez um gesto de cabeça apontando para Katy.

– Quem é essa?

– Katy Miller – respondi.

Ele pareceu surpreso e perguntou a ela:

– Por que você está andando com ele?

Mas eu não ia deixá-lo enveredar por outro assunto.

– Por que nunca nos falou a respeito de Laura Emerson?

Ele se virou para mim.

– Quem?

– Não me insulte, Pistillo.

Pistillo ficou em silêncio por alguns instantes. Então disse:

– Por que todos nós não nos sentamos?

– Responda a minha pergunta.

Ele se sentou, sem desviar os olhos de mim. Sua mesa estava brilhosa e grudenta. Um cheiro de lustra-móveis com perfume de limão enchia o ar.

– Você não está em posição de fazer perguntas – disse ele.

– Laura Emerson foi estrangulada oito meses antes de Julie.

– E daí?

– As duas pertenciam à mesma república.

Pistillo ergueu as mãos, juntando as pontas dos dedos. Decidiu fazer jogo duro e ficou me encarando em silêncio.

Finalmente eu falei:

– Você vai me dizer que não sabia de nada?

– Sabia, sim.

– E não viu nenhuma ligação entre os dois assassinatos?

– Correto.

Ele manteve o olhar firme, afinal tinha muita prática nisso.

– Você não pode estar falando sério – respondi.

Ele deixou os olhos correrem pelas paredes. Não havia muita coisa para ver. Somente uma fotografia do presidente Bush, uma bandeira americana e alguns diplomas. Era tudo.

– Na época, nós investigamos qualquer ligação possível entre os dois casos, é claro. Acho que a mídia local fez a mesma coisa. Se não me engano eles até chegaram a publicar algo a respeito... Nem me lembro mais. Porém, no fim ninguém encontrou qualquer ligação real.

– Você deve estar brincando.

– Laura Emerson foi estrangulada em outro estado, em outro momento. Não havia sinais de estupro ou violência sexual. Ela foi encontrada num motel. Julie – ele se virou para Katy –, sua irmã, foi encontrada em casa.

– E o fato de as duas pertencerem à mesma república?

– Mera coincidência.

– Você está mentindo – desafiei.

Ele não gostou do que ouviu e seu rosto ficou vermelho.

– Tome cuidado – disse ele, apontando um dedo gordo na minha direção. – Você não tem nenhuma credibilidade aqui.

– Está querendo dizer que não viu a menor ligação entre os dois assassinatos?

– Exatamente.

– E agora, Pistillo?

– Que é que tem agora?

Senti a fúria crescer novamente dentro de mim.

– Sheila Rogers também fazia parte da mesma república. Outra coincidência?

Aquilo o pegou desprevenido. Ele se reclinou para trás, tentando ganhar tempo. Perguntei-me se ele não sabia de nada ou se simplesmente achava que eu não fosse descobrir.

– Não posso fazer nenhum comentário sobre uma investigação em andamento.

– Você sabia – concluí lentamente – que meu irmão não era culpado.

Ele balançou a cabeça, mas não consegui perceber o que havia por trás do gesto.

– Eu não sabia... Ou melhor, eu não sei nada sobre o assunto.

Mas eu não acreditava nele. Ele havia mentido desde o início. Agora eu tinha certeza. Pistillo enrijeceu o corpo, como se estivesse se preparando para uma nova explosão minha. Mas para minha surpresa, minha voz se suavizou de repente.

– Você se dá conta do que fez? – perguntei num murmúrio quase inaudível. – Do mal que fez à minha família? Ao meu pai, à minha mãe?

– Isso não é assunto seu, Will.

– Uma ova que não!

– Por favor – concluiu ele. – Vocês dois. Não se metam nisso.

Encarei-o.

– Não.

– Para o seu próprio bem. Podem não acreditar no que vou dizer, mas estou tentando proteger vocês.

– De quem?

Ele não respondeu.

– De quem? – insisti.

Ele bateu com a palma das mãos nos braços da cadeira e ficou de pé.

– Esta conversa está encerrada.

– O que você realmente quer com meu irmão, Pistillo?

– Não vou fazer mais nenhum comentário sobre uma investigação em andamento.

Pistillo se dirigiu para a porta. Tentei bloquear sua passagem. Ele me deu seu olhar mais duro e passou por mim.

– Não se envolva na minha investigação ou mando prendê-lo por obstrução da lei.

– Por que está tentando incriminar meu irmão?

Pistillo parou e se virou. Vi algo mudar em sua postura. Um enrijecimento da coluna, talvez. Uma faísca no olhar.

– Você quer saber a verdade, Will?

Não gostei da mudança de tom. De repente, não estava seguro da resposta.

– Sim.

– Então – disse ele lentamente – vamos começar por você.

– O que é que tem eu?

– Você sempre pareceu ter certeza de que seu irmão era inocente – continuou, sua postura mais agressiva agora. – Por quê?

– Porque eu o conheço.

– Conhece? E você e Ken continuaram próximos até o fim?

– Sempre fomos muito próximos.

– Você o via com frequência?

Mexi os pés.

– Não precisamos ver alguém com frequência para sermos próximos.

– É mesmo? Então me diga, Will: quem você acha que matou Julie Miller?

– Não sei.

– Muito bem, então vamos examinar o que você acha que aconteceu, está bem?

Pistillo caminhou em minha direção. De algum modo, eu havia perdido a vantagem que tinha sobre ele. Havia fogo dentro dele agora e eu não sabia por quê. Ele se aproximou de forma ameaçadora.

– Seu querido irmão, aquele a quem você era tão chegado, teve relações sexuais com a sua ex-namorada na noite do crime. Essa é a sua teoria, não é, Will?

Não pude esconder o constrangimento.

– Sim.

– Sua ex-namorada e seu irmão fazendo poucas e boas.

Ele balançou a cabeça com uma expressão de nojo.

– Isso deve tê-lo deixado furioso.

– Do que você está falando?

– A verdade, Will. Nós queremos descobrir a verdade, certo? Então vamos lá, vamos todos colocar nossas cartas na mesa.

Ele olhou para mim com frieza.

– Seu irmão volta para casa pela primeira vez depois de quanto tempo? Dois anos? E o que ele faz? Desce o quarteirão e vai ter relações sexuais com a garota que você amava.

– Nós já havíamos terminado o namoro – esclareci, embora eu pudesse ouvir a fraqueza chorosa em minha própria voz.

Ele deu uma risadinha irônica.

– Claro, isso sempre põe um ponto final na coisa, não é? Ela agora estava livre para ser a presa de outro caçador qualquer, principalmente do seu irmão querido. – Pistillo não tirava os olhos do meu rosto. – Você alega ter visto um homem naquela noite. Alguém que espreitava misteriosamente a casa dos Miller.

– É verdade.

– E você o viu nitidamente?

– O que quer dizer? – perguntei. Mas eu sabia.

– Você disse que viu alguém perto da casa dos Miller, correto?

– Sim.

Pistillo sorriu e abriu as mãos.

– Mas tem uma coisa, Will, nunca nos disse o que *você* estava fazendo lá naquela noite – falou ele com indiferença, com uma entonação monótona na voz. – Você, Will. Do lado de fora da casa dos Miller. Sozinho. Tarde da noite. O seu irmão e sua ex transando lá dentro...

Katy olhou para mim.

– Eu estava dando uma volta – respondi depressa.

Pistillo caminhou de um lado para outro na sala, saboreando sua posição de vantagem.

– Sim, sim, tudo bem, então vamos ver se está tudo claro. Seu irmão estava na casa tendo relações sexuais com a garota que você ainda amava. E por acaso você estava dando uma volta perto dali naquela noite. Julie acaba morta. Nós encontramos o sangue do seu irmão no local. E você, Will, *sabe* que seu irmão não é o culpado.

Ele parou e deu mais um sorriso sarcástico.

– Então, se você fosse o investigador, de quem suspeitaria?

Uma pedra pesada parecia esmagar o meu peito. Eu não podia falar.

– Se você está sugerindo...

– Estou sugerindo que vocês dois vão para casa – disse Pistillo. – Só isso. Vão para casa e não se metam mais em nada.

35

PISTILLO SE OFERECEU PARA ARRUMAR uma carona para Katy. Ela recusou e disse que iria embora comigo. Ele não gostou da resposta, mas o que podia fazer?

Voltamos para o apartamento em silêncio. Quando chegamos, mostrei a ela a minha notável coleção de cardápios de restaurantes que entregavam em casa. Ela pediu comida chinesa. Minutos depois eu desci e peguei a comida. Espalhamos as caixinhas brancas em cima da mesa. Fiquei no meu lugar de sempre. Katy ocupou o de Sheila. Lembrei-me de quando comíamos comida chinesa – Sheila acabando de sair do chuveiro, o cabelo preso, exalando um perfume adocicado, vestida num robe felpudo, o peito sardento...

É estranho como nunca nos esquecemos de certas coisas.

A dor rugiu novamente como as ondas imensas e aterrorizantes de um mar bravio. Toda vez que eu parava de me mover, ela me golpeava, dura e profundamente. A dor mina as nossas forças. Se não nos protegemos dela, ela nos deixa esgotados a ponto de não nos importarmos com mais nada.

Coloquei um pouco de arroz colorido no meu prato e acrescentei algumas colheres de molho de lagosta.

– Está certa de que quer ficar aqui hoje?

Katy assentiu.

– Então você vai dormir no quarto – anunciei.

– Prefiro dormir no sofá.

– Tem certeza?

– Absoluta.

Fingimos estar concentrados na comida.

– Eu não matei Julie – afirmei.

– Eu sei.

Fingimos comer mais um pouco.

– Por que você estava lá naquela noite? – perguntou ela por fim.

Tentei sorrir.

– Por quê? Não acredita que eu estava dando uma volta?

– Não.

Pousei cuidadosamente os pauzinhos na mesa, como se eles pudessem se quebrar. Perguntei-me como eu poderia explicar tudo aquilo, ali no meu apartamento, conversando com a irmã da mulher que um dia eu amara, que estava sentada na cadeira da mulher com quem eu pretendia me casar. Ambas assassinadas. Ambas ligadas a mim. Olhei para o alto e disse:

– Acho que ainda não tinha esquecido Julie.

– Você foi até lá porque queria vê-la?

– Isso.

– E então?

– Toquei a campainha. Ninguém atendeu.

Katy pensou por um instante. Depois abaixou os olhos e disse:

– Acho estranho que você tenha aparecido exatamente quando...

Peguei novamente os pauzinhos.

– Will?

Fiquei com a cabeça baixa.

– Você sabia que seu irmão estava lá?

Brinquei com a comida no prato. Ela levantou a cabeça e me observou. Ouvi meu vizinho abrir e fechar a porta. Uma buzina soou. Alguém na rua estava gritando numa língua que parecia ser russo.

– Você sabia – afirmou Katy. – Você sabia que Ken estava em nossa casa. Com Julie.

– Eu não matei sua irmã.

– O que aconteceu, Will?

Cruzei os braços. Reclinei-me, fechei os olhos, forcei a cabeça para trás o máximo que pude. Não queria voltar àquele dia, mas não tinha outra escolha. Katy queria saber. Ela merecia saber.

– Foi um fim de semana muito estranho – comecei. – Fazia mais de um ano que eu e Julie tínhamos terminado. Nós não nos vimos mais durante todo esse tempo. Tentei vê-la nas férias, mas nunca conseguia encontrá-la.

– Ficou sem vir para casa por um bom tempo – disse Katy.

Concordei.

– Ken também. E foi isso que fez tudo parecer tão estranho. De repente, nós três estávamos em Livingston ao mesmo tempo. Não me lembro da última vez em que isso havia acontecido. Ken estava se comportando de um jeito muito esquisito também. Ficava olhando pela janela o tempo todo. Não saía de casa. Achei que ele devia estar metido em alguma encrenca. Mas não sabia o quê. De qualquer maneira, ele me perguntou se eu ainda amava Julie. Eu disse que não, que eram águas passadas.

– Você mentiu para ele.

– Foi como... – Tentei arranjar um modo de explicar. – Meu irmão era como um deus para mim. Ele era forte e corajoso e...

Balancei a cabeça. Eu não estava conseguindo me expressar muito bem. Comecei de novo.

– Quando eu tinha 16 anos, meus pais nos levaram de férias à Espanha. Fomos para a Costa del Sol. O lugar inteiro parecia uma grande festa, como se fosse a versão europeia do verão na Flórida. Ken e eu fomos a uma discoteca que ficava perto do hotel em que estávamos. Em nossa quarta noite lá, um cara me empurrou na pista de dança. Eu olhei para ele. Ele riu na minha cara. Voltei a dançar. Aí outro cara me deu outro empurrão. Tentei ignorar esse também. Então, o primeiro cara correu na minha direção e me jogou no chão.

Parei e pisquei para tentar me livrar da lembrança, como se fosse areia em meus olhos. Olhei novamente para Katy.

– Sabe o que eu fiz?

Ela balançou a cabeça.

– Gritei chamando Ken. Não fiquei de pé. Nem empurrei o cara. Eu gritei pelo meu irmão mais velho e me mandei.

– Você estava com medo.

– Como sempre – falei.

– É natural.

Eu não achava que fosse.

– E ele foi socorrer você? – perguntou ela.

– Claro.

– E depois?

– Começou uma briga. Ken contra um grupo grande de rapazes, todos de algum país escandinavo. Ken apanhou muito.

– E você?

– Não cheguei a dar nem um soco. Tirei o corpo fora. A única coisa que fiz foi tentar convencê-los a parar.

A vergonha enrubesceu meu rosto de novo. Meu irmão, que já havia se metido em mais brigas do que podia contar, estava certo. Uma surra dói por algum tempo. A vergonha da covardia não passa nunca.

– Na confusão, Ken quebrou o braço. O braço direito. Ele era um jogador de tênis incrível. Estava entre os melhores do país. A Universidade de Stanford havia lhe oferecido uma bolsa. Seu saque nunca mais foi igual depois disso. Ken acabou não indo para a universidade.

– Não foi culpa sua.

Katy estava enganada.

– A questão é a seguinte: Ken sempre me defendeu. É claro que brigávamos, como todos os irmãos. Ele implicava comigo sem piedade. Mas, para me proteger, teria ficado na frente de um trem de carga se fosse preciso, e eu nunca tive coragem para retribuir isso.

Katy colocou a mão no queixo.

– O que foi? – perguntei.

– Tudo isso é muito estranho.

– O quê?

– Que seu irmão fosse tão insensível a ponto de dormir com Julie.

– Não foi culpa dele. Ele tinha me perguntado se estava tudo acabado. E eu disse que estava.

– Você deu carta branca para ele – disse ela.

– Exatamente.

– Mas mesmo assim decidiu segui-lo.

– Não dá para entender, não é?

– Dá, sim – disse Katy. – Todos nós fazemos esse tipo de coisa.

36

CAÍ NUM SONO TÃO PROFUNDO que não ouvi quando ele se aproximou de mim.

Eu havia providenciado roupa de cama para Katy, assegurado-me de que ela estava confortável no sofá, depois tinha tomado uma ducha e tentado ler, mas as palavras flutuavam na névoa. Eu voltava atrás, relia o parágrafo e tornava a esquecê-lo. Desisti da leitura e entrei na internet. Fiz algumas posições de ioga que Squares havia me ensinado. Não queria me deitar. Não queria parar, não queria deixar que a dor me pegasse.

Eu era um adversário difícil, mas, por fim, o sono acabou me derrubando. Desmaiei, caindo num buraco inteiramente desprovido de sonhos. Foi quando senti um tranco e ouvi um clique. Ainda adormecido, tentei puxar a mão para o lado do meu corpo, mas ela não se mexeu.

Alguma coisa metálica prendia o meu pulso.

Minhas pálpebras estavam se abrindo, trêmulas, quando ele pulou em cima de mim. Seu peso fez o ar fugir dos meus pulmões. Tentei respirar enquanto ele montava em meu peito. Seus joelhos prenderam meus ombros. Antes que eu pudesse fazer qualquer coisa para me defender, meu agressor puxou minha outra mão para o lado e levantou-a acima da minha cabeça. Não ouvi o clique dessa vez, mas senti o frio do metal tocar minha pele.

Minhas mãos estavam algemadas na cama.

Gelei. Por um momento minha mente tentou fugir dali, o que sempre me acontecia durante confrontos físicos. Abri a boca para gritar ou, pelo menos, dizer alguma coisa. Meu agressor agarrou minha nuca e me puxou para a frente. Sem hesitar, cortou um pedaço de fita adesiva e tapou minha boca. Então, como se isso não bastasse, começou a enrolar a fita por trás da minha nuca e ao redor da minha boca umas 10 ou 15 vezes, tão apertado como se estivesse embrulhando minha cabeça.

Eu não podia mais falar nem gritar. Respirar se tornara um suplício. Meu nariz estava quebrado. A dor era infernal. Meus ombros doíam por causa das algemas e do peso do corpo dele. Lutei, mas não adiantou nada. Tentei me livrar dele. Nada. Desejei perguntar o que queria, o que planejava fazer agora que eu estava indefeso.

Foi então que me lembrei de Katy sozinha na sala.

O quarto estava escuro. Meu agressor não era mais do que uma sombra para mim. Ele usava algum tipo de máscara, uma coisa escura que eu não podia distinguir muito bem. Respirar agora se tornara quase impossível. Eu gemia de dor.

Ele terminou de me amordaçar. Hesitou apenas um segundo antes de sair de cima de mim. Então, enquanto eu olhava horrorizado e impotente, ele se dirigiu até a porta do quarto, abriu-a e se foi para onde Katy estava dormindo, fechando a porta em seguida.

Meus olhos se arregalaram. Tentei gritar, mas a fita adesiva abafava qualquer som. Dei pinotes como um cavalo selvagem. Chutei e me agitei. Não obtive nenhum resultado.

Então parei e escutei. Por um momento não ouvi nada. Puro silêncio.

Então Katy gritou.

Ó, Deus! Chutei mais um pouco. O grito dela foi curto, parecendo ter sido cortado pela metade, como se alguém tivesse desligado um interruptor. Fui totalmente tomado pelo pânico. Pânico absoluto, alerta vermelho. Tentei puxar as duas mãos das algemas com força. Virei a cabeça para trás e para a frente. Nada.

Katy gritou de novo.

O som era mais fraco agora, como o gemido de um animal ferido. Sabia que nenhum vizinho poderia ouvi-la, e mesmo que ouvissem, ninguém reagiria. Não em Nova York. Não àquela hora da noite. E mesmo que o fizessem, mesmo que alguém chamasse a polícia ou corresse em seu socorro, seria tarde demais.

Então fiquei fora de mim.

Foi como se toda a minha sanidade mental ruísse. Perdi o controle. Torci o corpo todo como se estivesse tendo um ataque. Meu nariz doía demais. Engoli algumas fibras da fita que me amordaçava. Lutei um pouco mais.

Não consegui nada.

Meu Deus! Tudo bem, fique frio. Calma. Pense um pouco.

Virei a cabeça para o meu pulso direito. Não parecia muito apertado. Quem sabe, se eu me esforçasse, poderia soltar a mão? Isso. Calma. Tente espremer a mão, tente espremê-la ao máximo.

Então tentei fazer minha mão passar pela algema. Arredondei a palma forçando a base do polegar contra a base do dedo mínimo. Puxei a mão para baixo, devagar de início, depois com mais força. Não deu certo. A pele se amontoou ao redor do anel de metal e começou a doer. Continuei puxando.

Não estava dando certo.

Silêncio na sala ao lado.

Agucei os ouvidos para escutar alguma coisa. Nenhum barulho. Nada. Tentei curvar o corpo, tentei me erguer da cama com tanta força que, não sei, talvez a cama se erguesse também. Só alguns centímetros e aí, quem sabe, ela quebrasse ao bater de volta no chão. Joguei as pernas um pouco mais. A cama de fato se mexeu alguns centímetros. Mas não adiantou nada.

Eu continuava preso.

Ouvi Katy gritar novamente com uma voz aterrorizada, cheia de pânico:

– John...

E se calou de novo.

John, pensei. Ela disse John.

Asselta?

O Fantasma...

Não, por favor, meu Deus, não. Ouvi um ruído abafado.

Vozes. Um gemido, talvez. Como se alguma coisa estivesse sendo abafada com um travesseiro. Meu coração saltou loucamente dentro da minha caixa torácica. Fui tomado pelo medo. Agitei a cabeça de um lado para o outro, procurei alguma coisa, qualquer coisa.

O telefone.

Será que eu conseguiria? Minhas pernas ainda estavam livres. Quem sabe eu poderia balançá-las para o alto, pegar o fone com os pés e fazê-lo cair na minha mão. Então eu poderia, não sei, quem sabe, discar 199. Comecei a erguer os pés. Contraí os músculos do abdome, levantei as pernas, joguei-as para a direita. Mas eu ainda estava em estado de histeria. Meu corpo oscilou para o lado. Perdi o controle das pernas. Puxei-as para trás, tentando retomar o equilíbrio, mas, quando consegui, meu pé bateu no telefone.

O fone caiu no chão com um estardalhaço.

Droga.

E agora? Fiquei alucinado. Pensei em animais capturados naquelas armadilhas que prendem as patas, em como alguns deles chegavam a comer o próprio membro para poder fugir. Agitei-me até ficar exausto. Não sabia mais o que fazer. Já estava pensando em desistir quando me lembrei de uma coisa que Squares tinha me ensinado.

A posição do arado.

Era assim que se chamava. O nome hindu era *halasana*. Geralmente era feita sobre o apoio dos ombros. Você deita de costas, levanta as pernas e, erguendo o quadril, as faz passar sobre a cabeça. Os dedos dos pés devem descer até tocar o chão atrás da cabeça. Eu não sabia se conseguiria chegar até lá, mas não importava. Encolhi a barriga e levantei as pernas o máximo que pude. Depois, as fiz descer para trás. Meus calcanhares encostaram na parede. Meu peito estava grudado em meu queixo, tornando a respiração mais difícil ainda.

Empurrei a parede com as pernas. A adrenalina jorrou. A cama deslizou, afastando-se da parede. Empurrei mais um pouco. Já tinha espaço suficiente. Ótimo. Agora a etapa mais difícil. Se as algemas estivessem apertadas demais, se não permitissem que meus punhos girassem dentro delas, eu não conseguiria ou acabaria deslocando os ombros. Não importava.

Silêncio, silêncio de morte na sala ao lado.

Deixei minhas pernas caírem para o chão. Eu estava, de fato, dando um salto mortal para trás a fim de sair da cama. O peso das minhas pernas me deu o impulso necessário e, num golpe de sorte, meus pulsos giraram nas algemas. Meus pés bateram com força no chão. E eu fui junto, arranhando a frente das coxas e do abdome na cabeceira da cama.

Quando terminei, estava de pé atrás da cama.

Minhas mãos ainda estavam algemadas. Minha boca ainda estava tapada. Mas eu estava de pé. Senti outra onda de adrenalina.

Muito bem, mas o que fazer agora?

Não havia tempo a perder. Dobrei os joelhos. Abaixei e encostei os ombros na cabeceira da cama, forçando-a em direção à porta como se eu fosse o atacante de um time de futebol americano. Minhas pernas se moveram como máquinas. Não hesitei. E não parei.

A cama bateu com força na porta.

A colisão foi ruidosa. Senti a dor me apunhalar o ombro, os braços, a coluna. Algo estalou e uma dor quente invadiu minhas juntas. Ignorando-a, recuei e golpeei com força novamente. E outra vez mais.

Por causa da mordaça, meus grunhidos eram audíveis apenas aos meus próprios ouvidos. Da terceira vez, puxei as algemas com mais força ainda no exato momento em que a cama bateu contra a parede.

A grade da cabeceira cedeu.

Eu estava livre.

Afastei a cama da porta. Tentei arrancar minha mordaça, mas vi que levaria muito tempo. Agarrei a maçaneta e girei. Escancarei a porta e saltei na escuridão.

Katy estava no chão.

Seus olhos estavam fechados. Seu corpo, inerte. O homem estava sentado em cima dela com as pernas abertas. Tinha as mãos na sua garganta.

Ele a estava estrangulando.

Sem hesitar, atirei-me em cima dele como um foguete. Muito tempo pareceu se passar antes que eu conseguisse alcançá-lo, como se estivesse nadando numa calda espessa. Ele me viu chegar e teve chance de sobra para se preparar, mas, mesmo assim, precisou largar a garganta dela. Ele se voltou e me encarou. Eu ainda não podia distinguir nada além de um contorno preto. Ele me agarrou pelos ombros, colocou o pé no meu estômago e, usando meu próprio impulso, simplesmente rolou para trás.

Voei pela sala. Meus braços se debateram no ar. Mas eu tive sorte de novo. Pelo menos foi o que pensei. Caí sobre a cadeira de leitura, que era macia. Ela balançou por um instante e depois cedeu sob o meu peso. Minha cabeça atingiu com força a mesinha ao lado do sofá antes de bater no chão.

Tentei me recuperar da tonteira e ficar de joelhos. Quando estava começando a me erguer para uma segunda ofensiva, vi algo que me aterrorizou mais do que qualquer outra coisa antes.

O agressor misterioso também estava de pé. Ele agora empunhava uma faca. E caminhava em direção a Katy.

A cena se passou em câmera lenta. O que aconteceu em seguida não levou mais do que um ou dois segundos. Mas, na minha mente, foi como se eu estivesse numa realidade paralela. O tempo faz dessas coisas. É realmente relativo. Ele voa. Ou fica congelado.

Eu estava longe demais para alcançá-lo. Mesmo estando tonto, e apesar de ter batido com a cabeça na mesa, eu tinha consciência disso.

A mesinha.

Onde eu havia colocado o revólver de Squares.

Haveria tempo de apanhá-lo e atirar? Meus olhos ainda estavam voltados para Katy e o agressor. Não, não haveria tempo suficiente. Soube disso no mesmo instante.

O homem se abaixou e agarrou Katy pelos cabelos.

Enquanto tentava pegar o revólver, puxei com força a mordaça que me tapava a boca. A fita deslizou apenas o suficiente para eu poder gritar:

– Pare ou eu atiro!

Ele se voltou para mim. Eu já estava rastejando em direção à arma. Arrastava-me de barriga no chão, como um soldado na guerra. Ele viu que eu estava desarmado e me deu as costas para terminar o que tinha começado. Minha mão encontrou o revólver. Não havia tempo de mirar. Puxei o gatilho.

O homem se assustou com o barulho.

Ganhei tempo com isso. Girei o corpo segurando o revólver e puxei logo o gatilho novamente. O homem rolou como um ginasta. Eu ainda mal conseguia distingui-lo, era apenas uma sombra.

Apontei o revólver para aquela massa preta, atirando sem parar. Quantas balas tinha aquele revólver? Quantos tiros eu já tinha dado?

Ele recuou num tranco, mas continuou se movendo. Será que eu conseguira atingi-lo?

O homem deu um salto em direção à porta. Gritei para que parasse. Ele não obedeceu. Pensei em atirar pelas costas, mas alguma coisa, talvez um lampejo de humanidade, me fez parar. Ele já tinha saído. E eu tinha problemas mais urgentes.

Olhei para Katy. Ela não estava se mexendo.

37

OUTRO AGENTE DE POLÍCIA – o quinto pelas minhas contas – veio me interrogar.

– Primeiro quero saber como ela está – falei.

O médico já havia me atendido. Nos filmes, os médicos sempre defendem os pacientes. Dizem aos policiais que não podem interrogar a pessoa no momento, que ela precisa repousar. Mas aquele médico, um residente que, se não me engano, era paquistanês, não pensava assim. Ele havia colocado meu ombro de volta no lugar enquanto os detetives começavam o interrogatório. Passara iodo nos meus punhos feridos. Examinara meu nariz. Tinha pegado uma serra para metais – não sei o que uma serra estava fazendo num hospital – e cortado minhas algemas, tudo isso enquanto eu era interrogado. Eu ainda estava de cueca e com a camisa do pijama. Alguém do hospital havia me dado sapatilhas descartáveis.

– Apenas responda às minhas perguntas – disse o detetive.

Aquilo já levava duas horas. A adrenalina havia se dissipado e a dor voltava a corroer os meus ossos. Eu não aguentava mais.

– Tudo bem, tudo bem, você me pegou – concordei. – Primeiro, eu algemei minhas duas mãos. Depois quebrei alguns móveis, dei vários tiros nas paredes, tentei estrangular uma garota em meu próprio apartamento e então chamei a polícia. Você me pegou.

– Pode ter sido exatamente assim – disse o tira. Era um homem grande com um bigode fino que me fez pensar naqueles quartetos vocais. Ele se apresentou, mas eu já tinha deixado de prestar atenção aos nomes dos policiais havia um bom tempo.

– Como é que é?

– Uma farsa, talvez.

– Quer dizer que desloquei meu ombro, machuquei as mãos e quebrei minha cama só para evitar suspeitas?

Ele deu de ombros, num gesto típico de policiais.

– Quer saber, uma vez eu peguei um cara que cortou o pênis fora só para nos fazer acreditar que ele não tinha matado a namorada. Disse que uma gangue o tinha atacado. O negócio é que ele só queria cortar um pouquinho, mas acabou cortando tudo.

– Uma história e tanto – falei.

– Pode ser que tenha acontecido a mesma coisa neste caso.

– Meu pênis vai muito bem, obrigado.

– Você disse que um sujeito invadiu seu apartamento. Os vizinhos ouviram tiros.

– Certo.

Ele me olhou desconfiado.

– Então, como é que nenhum dos vizinhos viu o intruso fugir?

– Não teria sido porque, e só estou dando um palpite, eram duas horas da madrugada?

Eu ainda estava sentado numa das mesas de exame do pronto-socorro. Minhas pernas estavam penduradas e começavam a ficar dormentes. Decidi pular da mesa.

– Aonde pensa que vai? – perguntou o detetive.

– Quero ver Katy.

– Acho que não. – O investigador mexeu o bigode. – Os pais estão com ela agora.

Ele estudou o meu rosto para ver a minha reação. Procurei não demonstrar nenhuma.

– O pai dela tem opiniões bastante fortes a seu respeito – disse ele.

– Aposto que sim.

– Acha que isso foi armação sua.

– Com que propósito?

– Quer dizer por que motivo?

– Não, quero dizer propósito, intenção. Acha que eu estava tentando matá-la? Ele cruzou os braços e deu de ombros.

– Parece uma teoria razoável para mim.

– Então, por que chamei vocês enquanto ela ainda estava viva? – perguntei. – Inventei toda essa história, certo? Então por que não acabei logo com ela?

– Estrangular uma pessoa não é assim tão fácil – disse ele. – Vai ver você pensou que ela já estivesse morta.

– Você percebe a besteira que está dizendo?

O médico abriu a porta e Pistillo entrou. Ele me lançou um olhar pesado. Fechei os olhos e massageei o nariz com o polegar e o indicador. Pistillo estava com um dos detetives que haviam me interrogado anteriormente. O detetive fez um sinal para o colega de bigode, que pareceu chatear-se com a interrupção, mas acabou seguindo o outro e saindo da sala. Agora eu estava sozinho com Pistillo.

A princípio ele não disse nada. Caminhou em círculos pelo quarto, observando um pote cheio de bolas de algodão, um recipiente com aqueles palitos usados para abaixar a língua, a lata de lixo. Quartos de hospital geralmente cheiram a antisséptico, mas esse fedia a água-de-colônia. Eu não sabia se o perfume era do médico ou do policial, mas pude ver Pistillo torcer o nariz de nojo. Eu já havia me acostumado ao cheiro.

– Conte-me o que aconteceu – pediu ele.

– Seus amigos do Departamento de Polícia de Nova York não lhe passaram todos os detalhes?

– Disse a eles que eu mesmo queria ouvir o seu depoimento – explicou Pistillo. – Antes que joguem você na cadeia.

– Quero saber como está Katy.

Ele avaliou o meu pedido por alguns segundos.

– O pescoço e as cordas vocais vão doer um pouco, mas, de resto, ela está bem. Fechei os olhos e deixei o alívio lavar minha alma.

– Comece a falar – ordenou Pistillo.

Contei-lhe o que tinha acontecido. Ele ficou calado até que eu disse ter ouvido Katy gritar o nome "John".

– Você tem alguma ideia de quem esse John possa ser? – perguntou ele.

– Talvez.

– Sou todo ouvidos.

– Um cara que conheci quando era adolescente. O nome dele é John Asselta. Seu semblante ficou transtornado.

– Você o conhece? – perguntei.

Ele ignorou minha pergunta.

– O que o faz pensar que ela estava falando de John Asselta?

– Foi ele quem quebrou o meu nariz.

Contei a ele sobre como o Fantasma havia invadido meu apartamento e me atacado antes. Pistillo não pareceu satisfeito.

– Asselta estava procurando o seu irmão?

– Foi o que ele disse.

Seu rosto ficou vermelho.

– Por que diabos não nos contou isso antes?

– Eu sei, é estranho – falei. – Você sempre foi aquele cara com quem eu podia contar, o amigo em quem eu sempre pude confiar.

Ele continuou irritado.

– Você sabe alguma coisa a respeito de John Asselta?

– Nós crescemos na mesma cidade. Todos o chamavam de Fantasma.

– Ele é um dos malucos mais perigosos que andam soltos por aí – concluiu Pistillo. Ele fez uma pausa e balançou a cabeça. – Não pode ter sido ele.

– Por que diz isso?

– Porque vocês dois estão vivos. Ele é um assassino.

– Então, por que não está na cadeia? – perguntei.

– Não seja ingênuo. Ele é bom no que faz.

– Em matar?

– Isso. Ele vive no exterior, ninguém sabe exatamente onde. Trabalhou para o esquadrão da morte de algum governo na América Central. Ajudou ditadores na África. – Pistillo balançou a cabeça novamente. – Não, se Asselta quisesse matá-la, eu agora estaria amarrando uma etiqueta de identificação no dedão do pé dela.

– Talvez ela estivesse se referindo a outro John – concluí. – Ou quem sabe eu ouvi mal.

– Pode ser. – Pistillo fez uma pausa. – Há outra coisa que eu não entendo. Se o Fantasma ou qualquer outra pessoa quisesse matar Katy Miller, por que não fez isso logo de uma vez? Por que se deu o trabalho de algemar e amordaçar você?

Aquilo também tinha me deixado intrigado, mas eu havia formulado uma teoria.

– Quem sabe não foi tudo planejado?

Ele franziu a testa.

– O que você está querendo dizer?

– O assassino me algema na cama. Mata Katy. Então... – eu podia sentir meus pelos se arrepiarem – ele prepara tudo para me incriminar.

Olhei para ele.

Pistillo manteve a cara amarrada.

– Você não vai dizer "como fizeram com meu irmão", vai?

– Acho que sim.

– Isso é besteira.

– Pare para pensar, Pistillo. Uma coisa que vocês nunca conseguiram explicar é por que o sangue do meu irmão foi encontrado na cena do crime.

– Porque Julie Miller lutou com ele.

– Você sabe que não foi isso. Havia sangue por toda parte. – Aproximei-me dele. – Ken foi falsamente incriminado há 11 anos, e, quem sabe, esta noite alguém tenha tentado fazer a história se repetir.

Ele escarneceu.

– Não seja melodramático. E deixe-me dizer uma coisa. Os detetives não estão engolindo essa história de você ter se livrado das algemas, que mais parece coisa do Houdini. Acham que você tentou matá-la.

– E você, o que acha? – perguntei.

– O pai de Katy está aqui. Ele está louco de raiva.

– O que não é nem um pouco surpreendente.

– Mas isso faz a gente pensar...

– Sabe que não sou culpado, Pistillo. E, apesar de tudo o que você disse ontem, sabe que eu não matei Julie.

– Eu avisei a você que não se metesse.

– E eu decidi não lhe dar ouvidos.

Pistillo deixou escapar um suspiro longo e assentiu.

– Exato, então, já que você resolveu bancar o durão, é assim que nós vamos fazer agora.

Ele chegou mais perto e me encarou. Não pisquei.

– Você vai para a cadeia.

Suspirei.

– Acho que já extrapolei minha cota diária de ameaças.

– Ameaça coisa nenhuma. Vou mandar você para a cadeia esta noite mesmo.

– Muito bem, então quero um advogado.

Ele olhou o relógio.

– Já está tarde. Você vai passar a noite atrás das grades. Amanhã você será fichado por agressão e tentativa de homicídio. O promotor público vai alegar que você representa um alto risco de fuga por causa do seu irmão e vai pedir ao juiz que negue a liberdade sob fiança. Acredito que o juiz irá concordar.

Abri a boca para falar, mas ele levantou a mão.

– Poupe seu fôlego porque, você não vai gostar nada disso, pouco me importa se você é culpado ou não. Vou descobrir provas suficientes para condená-lo. E se não descobrir nada, invento. Vá em frente, conte ao seu advogado sobre esta nossa conversinha. Você é um suspeito de assassinato que ajudou a esconder seu irmão durante 11 anos. Eu sou um dos agentes da lei mais respeitados deste país. Em quem você acha que eles vão acreditar?

Olhei para ele.

— Por que está fazendo isso?

— Eu mandei você não se meter.

— O que teria feito se estivesse no meu lugar? Se fosse o seu irmão?

— Não se trata disso. Você não me ouviu. E agora a sua namorada está morta e Katy Miller escapou por um triz.

— Nunca fiz mal a nenhuma das duas.

— Fez, sim. Você provocou tudo isso. Se tivesse me ouvido, acha que elas estariam onde estão agora?

Suas palavras atingiram o alvo, mas não me deixei intimidar.

— E você, Pistillo, que escondeu a ligação entre o assassinato de Laura Emerson e...

— Não estou aqui para jogar pingue-pongue com você. Você vai para a cadeia esta noite. E esteja certo disto: será condenado.

Ele se encaminhou para a porta.

— Pistillo?

Quando ele se virou, perguntei:

— O que está realmente querendo com tudo isso?

Ele parou e inclinou o corpo de modo que seus lábios ficaram a poucos centímetros do meu ouvido. Então sussurrou:

— Pergunte ao seu irmão.

E desapareceu.

38

PASSEI A NOITE NUMA PRISÃO em Midtown South na Rua 35 Oeste. A cela fedia a urina, vômito e aquele cheiro de vodca azeda que exala do suor dos bêbados. Ainda assim o odor era mais suportável que o fedor de água-de-colônia do quarto do hospital. Eu tinha dois companheiros de cela. Um deles era um travesti que chorava muito e parecia confuso, sem saber se devia sentar ou ficar em pé para usar o vaso sanitário de metal. O outro era um negro que dormia o tempo todo. Não sofri maus-tratos, não fui roubado nem estuprado. A noite foi inteiramente desprovida de emoções.

Quem quer que estivesse trabalhando naquela noite colocou para tocar *Born to Run*, um CD de Bruce Springsteen. Foi reconfortante. Como todo bom garoto de Nova Jersey, eu sabia as letras de cor. Isso pode parecer estranho, mas eu sempre pensava em Ken quando ouvia essas baladas de rock. Não éramos operários e nenhum de nós dois andava em carros velozes nem passava as noites de verão na praia, como é o caso da maioria dos fãs de Bruce, mas havia alguma coisa naquelas histórias de luta, no espírito de um homem acorrentado tentando se libertar, querendo algo mais da vida e encontrando coragem para fugir, que não só ressoava em mim, mas também me fazia pensar em Ken mesmo antes do assassinato.

Naquela noite, porém, quando Bruce cantou que ela era tão linda que ele se perdera nas estrelas, pensei em Sheila. E toda a dor voltou.

Meu único telefonema foi para Squares. Acordei-o. Quando contei o que havia acontecido, ele disse:

– Droga!

Depois prometeu encontrar um bom advogado e ver o que podia descobrir sobre o estado de Katy.

– Cara, lembra daqueles vídeos de segurança da QuickGo? – perguntou Squares.

– O que tem eles?

– Sua ideia deu certo. Poderemos vê-los amanhã.

– Se me deixarem sair daqui.

– Pois é – concordou Squares. E acrescentou: – Se não soltarem você sob fiança, cara, vai ser muita safadeza.

Na manhã seguinte, os policiais me levaram para a central de registros no número 100 da Centre Street. Fui parar numa cela que ficava no porão. Se você não acredita mais que a América seja um caldeirão cultural, deveria passar algum tempo com o pot-pourri humano que habita essa miniatura das Nações Unidas. Ouvi pelo menos 10 idiomas diferentes. Tamanha diversidade de tons de pele seria uma verdadeira inspiração para os fabricantes de giz de cera. Havia bonés de beisebol, turbantes, perucas e até mesmo um *tarbush*, um chapéu muçulmano. Todos falavam ao mesmo tempo. E pelo que vi, mesmo quando eu não podia entender o que estavam dizendo, todos afirmavam ser inocentes.

Quando me apresentei ao juiz, Squares estava lá com minha nova advogada, uma mulher chamada Hester Crimstein. Reconheci o nome dela de algum caso famoso, mas não me lembrava exatamente de qual. Ela se apresentou e depois disso não voltou a olhar para mim. Ela se voltou e encarou o jovem promotor como se ele fosse um javali ferido e ela, uma leoa faminta.

– Solicitamos que o Sr. Klein seja detido sem direito a fiança – disse o jovem promotor. – Acreditamos que ele representa um alto risco de fuga.

– Por quê? – perguntou o juiz, que parecia transpirar tédio por todos os poros.

– O irmão dele, suspeito de um assassinato, está foragido há 11 anos. Não apenas isso, Meritíssimo, mas a vítima do irmão era irmã da vítima em questão.

Aquilo chamou a atenção do juiz.

– Como?

– O réu, o Sr. Klein, é acusado de tentar matar Katherine Miller. O irmão do Sr. Klein, Kenneth, é o principal suspeito no assassinato de Julie Miller, irmã mais velha da vítima, ocorrido há 11 anos.

O juiz, que esfregava o rosto, parou bruscamente.

– Espere, eu me lembro desse caso.

O jovem promotor sorriu como se tivesse sido condecorado.

O juiz se voltou para Hester Crimstein.

– Srta. Crimstein?

– Meritíssimo, solicitamos que todas as acusações feitas contra o Sr. Klein sejam retiradas imediatamente.

O juiz voltou a esfregar o rosto.

– A senhora deve estar brincando, Srta. Crimstein.

– Meritíssimo, nós acreditamos que o Sr. Klein deva ao menos ser solto sob fiança. O Sr. Klein não tem nenhuma ficha criminal. Trabalha numa instituição respeitável que abriga crianças de rua. Tem raízes na comunidade. Quanto àquela comparação ridícula com o irmão, trata-se de um caso inescrupuloso de acusação por associação.

– Não acredita que a promotoria tenha razões válidas para negar a fiança, Srta. Crimstein?

– De forma alguma, Meritíssimo. Fiquei sabendo que, recentemente, a irmã do Sr. Klein fez permanente no cabelo. O senhor acredita que isso torne mais provável que ele faça o mesmo?

Ouviram-se risadas.

O jovem promotor parecia acuado.

– Meritíssimo, com o devido respeito à analogia tola da minha colega...

– O que tem de tola? – perguntou Crimstein.

– Estamos tentando ressaltar o fato de que o Sr. Klein possui recursos para fugir.

– Isso é ridículo. Ele não possui mais recursos do que qualquer outra pessoa.

A razão pela qual a promotoria faz tal solicitação é que acreditam que o irmão dele fugiu – e isso sequer é um fato comprovado. Ele pode estar morto. Mas, de qualquer forma, Meritíssimo, o promotor está ignorando um elemento importantíssimo neste caso.

Hester Crimstein se voltou para o jovem promotor e sorriu.

– Sr. Thomson? – chamou o juiz.

O jovem promotor manteve a cabeça baixa.

Hester Crimstein esperou alguns segundos e atacou.

– A vítima deste crime, Katherine Miller, declarou esta manhã que o Sr. Klein é inocente.

O juiz não gostou daquilo.

– Sr. Thomson?

– Isso não é exatamente verdade, Meritíssimo.

– Não é exatamente verdade?

– A Srta. Miller alega que não pôde ver quem a atacou. Estava escuro. O homem estava mascarado.

– No entanto – interrompeu Hester Crimstein –, ela afirmou que não era o meu cliente.

– Ela disse que não *acreditava* que fosse o Sr. Klein – contra-atacou Thomson. – Porém, Meritíssimo, ela está ferida e confusa. Não viu o agressor e não pode realmente excluir o Sr. Klein...

– Ainda não estamos julgando o caso, Sr. Thompson – interrompeu o juiz. – Mas seu pedido para que o Sr. Klein não seja solto sob fiança foi negado. A fiança será estipulada em 30 mil dólares.

O juiz bateu o martelo. E eu estava livre.

39

EU QUERIA IR DIRETO AO HOSPITAL para ver Katy. Squares balançou a cabeça e disse que era uma péssima ideia. O pai dela estava lá. Ele se recusava a sair do seu lado. Tinha contratado um segurança armado para ficar na porta do quarto. Eu o entendia. O Sr. Miller havia falhado em proteger uma das filhas. Ele jamais deixaria a história se repetir.

Tentei ligar para o quarto de Katy do celular de Squares, mas a recepcionista do hospital informou que as chamadas haviam sido proibidas. Liguei para a floricultura e fiz uma encomenda. Parecia meio tolo – ela quase havia sido estrangulada no meu apartamento e tudo o que eu fazia era lhe mandar uma cesta com flores, um ursinho de pelúcia e um balãozinho prateado –, mas eu queria que Katy soubesse que eu estava preocupado com ela e essa foi a única ideia que me veio à cabeça.

Squares dirigia o seu próprio carro, um Coupe de Ville azul 1968, tão pouco chamativo quanto Raquel/Roscoe numa novena. Atravessamos o Lincoln Tunnel. Como sempre, o tráfego no túnel não estava nada fácil. As pessoas diziam que o trânsito em Nova York estava ficando cada vez pior. Não tenho tanta certeza disso.

Quando eu era garoto, costumávamos atravessar aquele túnel a cada duas semanas, aos domingos – naquele tempo, tínhamos um carro daqueles grandes com painel imitando madeira. Lembro-me de como a travessia era lenta e escura, com todas aquelas luzes amarelas penduradas como morcegos no teto. Lembro-me dos trabalhadores lá dentro, da fuligem que deixava os azulejos do túnel com uma tonalidade amarelada como urina, de todos nós avistando a luz do dia irrompendo lá longe e, finalmente, de sermos saudados por aquelas divisórias de borracha entre as pistas que mais pareciam ser de metal. Então adentrávamos o mundo dos arranha-céus, a realidade alternativa que nos fazia sentir como se tivéssemos sido transportados para outra dimensão.

Às vezes íamos ao circo Ringling Brothers and Barnum & Bailey, outras vezes íamos ao Radio City Music Hall para ver algum espetáculo que nos maravilhava nos primeiros 10 minutos e depois nos matava de tédio, ou então enfrentávamos filas quilométricas em bilheterias especiais que vendiam entradas para os shows da Broadway pela metade do preço, ou ficávamos namorando os livros na Barnes & Noble (acho que só havia uma naquela época), ou íamos ao Museu de História Natural, ou a alguma feira ao ar livre – a favorita da minha mãe era "Nova York é a Terra dos Livros", que acontecia em setembro na Quinta Avenida.

Meu pai resmungava por causa do trânsito, do estacionamento e de toda aquela "sujeira", mas minha mãe adorava Nova York. Ela sentia falta dos teatros, da arte, do movimento e da agitação da cidade. Sunny havia ajustado seu mundo para que coubesse numa vida de dona de casa com atividades pacatas, mas seus sonhos, seus anseios havia muito sufocados, estavam ali, vivos dentro dela. Ela nos amava, eu sei disso, mas às vezes, quando me sentava ao seu lado no carro e a via olhando pela janela, me perguntava se ela não teria sido mais feliz se nós não existíssemos.

— Foi uma ideia genial – disse Squares.

— O quê?

— Lembrar-se de que Sonay era uma adepta fervorosa do Yoga Squared.

– E no que deu isso?

– Telefonei para Sonay e contei a ela sobre os nossos problemas. Ela me disse que a QuickGo pertencia a dois irmãos, Ian e Noah Muller. Ela telefonou para eles, disse o que queria e... – Squares deu de ombros.

Balancei a cabeça.

– Você é espantoso.

– É verdade.

A sede administrativa da QuickGo ficava num armazém perto da Rodovia 3, na região pantanosa do noroeste do estado. Nova Jersey é ridicularizada principalmente porque suas principais estradas cortam alguns de seus trechos mais feios. Sou um daqueles caras que defendem fielmente seu estado natal. A maior parte de Nova Jersey é surpreendentemente encantadora, mas nossos críticos marcam pontos por dois motivos. Um deles é que nossas cidades estão em petição de miséria. Trenton, Newark, Atlantic City, é só escolher. Elas merecidamente recebem muito pouco respeito. Pense em Newark, por exemplo. Tenho amigos que cresceram em Quincy, em Massachusetts. Eles sempre dizem que são de Boston. Tenho amigos que cresceram em Bryn Mawr. Esses costumam dizer que são da Filadélfia. Eu nasci a menos de 15 quilômetros do centro de Newark. Mas nunca disse nem nunca ouvi ninguém dizer que era de Newark.

Em segundo lugar – e não me importa o que os outros digam –, existe realmente um mau cheiro nas terras pantanosas do norte de Nova Jersey. Muitas vezes o odor é brando, mas, mesmo assim, dá para perceber. Não é nem um pouco agradável. Tampouco é um cheiro de natureza. É uma mistura de fumaça, produtos químicos e fossa entupida. Foi esse o aroma que nos recebeu quando saltamos do carro no armazém da QuickGo.

Squares perguntou:

– Você peidou?

Encarei-o.

– Só para quebrar o gelo.

Entramos no armazém. Os irmãos Muller eram donos de uma fortuna de cerca de 100 milhões de dólares cada um, mas mesmo assim dividiam um escritório pequeno que ficava no centro de uma sala que mais parecia um hangar. Suas mesas, que podiam ter saído de alguma escola primária, haviam sido posicionadas de frente uma para a outra. As cadeiras eram de fórmica, dos tempos pré-ergonomia. Não havia computadores, máquinas de fax ou copiadoras, apenas as mesas, os arquivos altos de metal e dois telefones. Todas as quatro paredes eram envidraçadas. Os irmãos gostavam de ver as caixas de mercadorias e as empilhadeiras. Não se importavam muito com a falta de privacidade.

Eram parecidos e se vestiam exatamente da mesma forma. Usavam calça cor de grafite e camisa branca de manga com camiseta por baixo. A camisa ficava semiaberta, deixando à mostra os pelos grisalhos do peito. Os irmãos se levantaram e abriram um largo sorriso para Squares.

— O senhor deve ser o guru da Srta. Sonay – disse um deles. – O mestre Squares. Squares respondeu com o sereno aceno de cabeça de um sábio.

Os dois correram para ele e sacudiram-lhe a mão. Eu quase esperei que ficassem de joelhos.

— Mandamos que remetessem as gravações por encomenda expressa – disse o mais alto, claramente esperando um elogio. Squares dirigiu outro aceno de cabeça em sua direção. Eles nos conduziram por uma área cimentada. Ouvi o bipe de veículos dando marcha à ré. Os portões do armazém estavam abertos e havia diversos caminhões sendo carregados. Os irmãos cumprimentavam cada trabalhador, e os trabalhadores os cumprimentavam.

Entramos em uma sala sem janelas com uma cafeteira sobre um balcão. Havia uma TV e um videocassete em um daqueles carrinhos de metal com rodinhas que eu não via desde os tempos do primário.

O irmão mais alto ligou a TV. Havia somente estática. Ele enfiou uma fita no videocassete.

— Esta fita cobre 12 horas – anunciou. – Você mencionou que o cara esteve na loja por volta das três da tarde, certo?

— Foi o que nos disseram – concordou Squares.

— Adiantei a fita para as 14h45. A imagem roda muito depressa, já que a câmera grava uma tomada a cada três segundos. O botão de avançar não está funcionando, e não temos controle remoto, então é só apertarem o Play quando estiverem prontos. Achamos que vocês queriam privacidade, então vamos deixá-los sozinhos. Levem o tempo que quiserem.

— Talvez precisemos ficar com a fita – disse Squares.

— Não tem problema. Podemos fazer uma cópia.

— Obrigado.

Um dos irmãos apertou a mão de Squares novamente. O outro – não estou inventando – se curvou. Deixaram-nos a sós. Eu me aproximei do videocassete e apertei o Play. A estática sumiu. O som também. Mexi no volume da TV, mas não havia som algum.

As imagens eram em preto e branco. Havia um relógio na parte inferior da tela. A câmera filmava do alto a caixa registradora. Uma moça com cabelos louros e longos estava atendendo. Seus movimentos bruscamente interrompidos pelas tomadas a cada três segundos me deixaram tonto.

– Como vamos descobrir quem é Owen Enfield? – indagou Squares.

– Estamos procurando um cara de aproximadamente 40 anos, com cabelos cortados à escovinha.

Logo percebi que a tarefa talvez fosse mais fácil do que eu havia imaginado. Os fregueses eram todos idosos e usavam trajes de golfe. Concluí que Stonepointe talvez fosse um condomínio para aposentados. Fiz uma anotação mental para confirmar isso com Yvonne Sterno.

Às 15 horas, 8 minutos e 15 segundos, localizamos Enfield. De costas, pelo menos. Ele usava um short e uma camisa polo. Não podíamos ver o seu rosto, mas ele tinha cabelo à escovinha. Ele passou pela caixa registradora e caminhou até o último corredor. Esperamos. Às 15 horas, 9 minutos e 28 segundos, o suposto Owen Enfield surgiu no corredor e dirigiu-se à caixa. Ele carregava o que parecia ser um litro de leite e um pacote de pão. Aproximei o dedo do botão de pausa para que eu pudesse parar o filme e ver melhor.

Mas não foi preciso.

A barba à la Dick Van Dyke podia enganar. Como também o cabelo grisalho cortado bem curto. Se eu tivesse deparado com aquela imagem por acaso, ou tivesse passado por ele numa rua movimentada, talvez não tivesse reconhecido. Mas a situação não era nada casual agora. Eu estava concentrado. E eu sabia. De qualquer forma, apertei o botão de pausa. Às 15 horas, 9 minutos e 51 segundos.

Todas as dúvidas se dissiparam. Fiquei parado ali, sem me mover. Não sabia se devia comemorar ou chorar. Voltei-me para Squares. Seus olhos estavam em mim e não na tela. Fiz que sim para ele, confirmando o que ele já suspeitava.

Owen Enfield era meu irmão, Ken.

40

O INTERFONE TOCOU.

– Sr. McGuane? – perguntou o recepcionista que fazia parte da sua equipe de segurança.

– Sim.

– Joshua Ford e Raymond Cromwell estão aqui.

Joshua Ford era um dos diretores da Stanford, Cummings & Ford, uma firma que empregava mais de 300 advogados. Raymond Cromwell era um funcionário que o acompanhava para tomar notas. Philip viu os dois pelo monitor. Ford era um sujeito grande, com 1,90m e mais de 100 quilos. Sua reputação era de ser um cara durão, agressivo e cruel e, para fazer jus a esse perfil, ele sempre fazia uma cara de quem estava mastigando um charuto. Cromwell, por outro lado, era um sujeito jovem, de feições suaves, mãos bem tratadas e pele impecável.

McGuane olhou para o Fantasma. O Fantasma sorriu e McGuane sentiu outro calafrio. Novamente pensou se teria feito bem em chamar Asselta. No fim, decidira que sim. Ele também tinha interesse naquilo.

Além do mais, o Fantasma era bom nesse tipo de coisa.

Ainda mantendo os olhos naquele sorriso apavorante, McGuane respondeu:

– Por favor, mande o Dr. Ford entrar sozinho. Faça com que o Sr. Cromwell se sinta confortável na sala de espera.

– Sim, Sr. McGuane.

McGuane havia refletido sobre como deveria agir. Ele não era adepto da violência gratuita, mas tampouco relutava em usá-la quando necessário. Era um meio para atingir um fim. O Fantasma tinha razão quanto àquela história do ateu na trincheira. A verdade é que nós não passamos de animais, ou até mesmo de meros organismos, apenas ligeiramente mais complexos do que um protozoário. A gente morre e tudo acaba. Era pura megalomania pensar que nós, humanos, estamos de alguma forma acima da morte, que nós, ao contrário de qualquer outra criatura, temos a habilidade de transcendê-la. Em vida, é claro, somos a espécie dominante porque somos os mais fortes e os mais impiedosos. Nós mandamos. Mas na morte, acreditar que somos de alguma forma especiais, que podemos alcançar o favor de Deus se o bajularmos, bem, não quero parecer comunista, mas esse é o tipo de raciocínio que os ricos vêm usando para subjugar os pobres desde os primórdios da história.

O Fantasma se dirigiu para a porta.

No jogo da vida cada um obtém vantagem como pode. McGuane frequentemente trilhava caminhos que os outros consideravam tabus. Nunca se devia matar, por exemplo, um agente federal, um procurador ou um policial. McGuane havia matado. Nunca se devia atacar, para dar outro exemplo, gente poderosa que podia causar problemas ou chamar a atenção.

McGuane tampouco acreditava nisso.

Quando Joshua Ford abriu a porta, o Fantasma já tinha o bastão de metal preparado. Era quase do tamanho de um taco de beisebol, e tinha uma mola que ajudava a fazer um verdadeiro estrago nos ossos da vítima. Se fosse usado para bater na cabeça de uma pessoa, o crânio seria esmigalhado como uma casca de ovo.

Joshua Ford entrou no escritório com a altivez dos ricos. Dirigiu um sorriso para McGuane.

– Sr. McGuane.

McGuane sorriu de volta.

– Dr. Ford.

Percebendo que havia alguém à sua direita, Ford se voltou para o Fantasma, a mão estendida para o habitual cumprimento. O Fantasma estava olhando para o outro lado. Ele direcionou o bastão de metal para a canela de Ford e golpeou com força. O advogado gritou e caiu no chão como uma marionete cujos fios foram cortados. O Fantasma o atacou novamente, dessa vez no ombro direito. Ford sentiu o braço estalar. Outra pancada violenta nas costelas. Ouviu-se o ruído de ossos se partindo. Ford se encolheu.

Do outro lado da sala, McGuane perguntou:

– Onde está ele?

Joshua Ford engoliu em seco e grasnou:

– Ele quem?

Grande erro. O Fantasma golpeou com força o calcanhar do homem. Ford urrou. McGuane olhou para o monitor de segurança. Cromwell estava confortavelmente instalado na sala de espera. Não ouvira nada. Ninguém ouviria nada que acontecesse ali.

O Fantasma atacou outra vez o advogado, golpeando o mesmo ponto no calcanhar. Ouviu-se um barulho de algo se esmigalhando, como quando o pneu de um caminhão passa em cima de uma garrafa de cerveja. Ford levantou a mão, implorando misericórdia.

Ao longo dos anos, McGuane havia aprendido que era melhor atacar antes de interrogar. A maioria das pessoas, diante da ameaça da dor, tenta falar e se sair bem. Isso se torna ainda mais evidente quando se trata de homens habituados a argumentar. Eles procuram outros pontos de vista, meias-verdades, mentiras em que se possa acreditar. São racionais e imaginam que seus oponentes também sejam. As palavras podem ser usadas para aplacar a ira.

É preciso tirar deles essa ilusão.

A dor e o medo que acompanham um ataque físico repentino são devastadores para a psique. O raciocínio cognitivo – a inteligência, se preferirem, ou o lado evoluído do homem – desaparece, afunda. A única coisa que sobra é o Neandertal, o eu mais primitivo, que sabe apenas fugir da dor.

O Fantasma olhou para McGuane, que fez um sinal. O Fantasma recuou e deixou que ele se aproximasse.

– Ele parou em Las Vegas – disse McGuane. – Esse foi o grande erro dele. Lá, procurou um médico. Verificamos as chamadas feitas dos telefones públicos uma hora antes e uma hora depois de ele aparecer lá. Só havia um telefonema interessante. Para o senhor, Dr. Ford. Ele telefonou para o senhor. E, só para me certificar, mandei vigiar o seu escritório. Os agentes federais foram visitá-lo ontem. Assim, o senhor está vendo que tudo se encaixa. Ken precisava de um advogado. Ele certamente escolheria um sujeito durão, independente, que não tivesse qualquer ligação comigo. Esse homem seria o senhor.

Joshua Ford começou a falar:

– Mas...

McGuane levantou a mão para que ele se calasse. Ford obedeceu e fechou a boca. McGuane recuou, olhou para o Fantasma e ordenou:

– John.

O Fantasma avançou e, sem hesitar, atingiu Ford no braço, logo acima do cotovelo. O osso se dobrou para trás e o rosto de Ford perdeu o último resquício de cor que lhe restava.

– Se o senhor negar ou fingir que não sabe do que estou falando – ameaçou McGuane –, o meu amigo aqui vai parar com esses tapinhas carinhosos e começar a machucá-lo para valer. Está entendendo?

Ford levou alguns segundos. Quando finalmente levantou os olhos, McGuane se surpreendeu com a firmeza no olhar do homem. Ford olhou para o Fantasma e depois para McGuane.

– Vão para o inferno.

E cuspiu.

O Fantasma olhou para McGuane. Arqueou uma sobrancelha, sorriu e disse:

– Corajoso.

– John...

Mas o Fantasma o ignorou. O metal se chocou contra o rosto de Ford. Ouviu-se o som de algo se rasgando quando sua cabeça girou para o lado. O sangue espirrou pelo escritório. Ford caiu para trás e não se mexeu. O Fantasma se preparou para dar outro golpe.

McGuane perguntou:

– Ele ainda está consciente?

Isso fez o Fantasma parar. Ele se debruçou sobre o advogado.

– Está consciente – comunicou o Fantasma –, mas mal pode respirar.

O Fantasma se levantou.

– Mais um golpe e o Dr. Ford já era.

McGuane pensou a respeito.

– Dr. Ford?

Ford olhou para cima.

– Onde está ele? – perguntou de novo.

Dessa vez Ford negou com a cabeça.

McGuane se encaminhou para o monitor. Ligou-o para que Joshua Ford pudesse ver a tela. Cromwell estava sentado, de pernas cruzadas, tomando café.

O Fantasma apontou para o monitor.

– Ele usa belos sapatos. São Allen-Edmonds?

Ford tentou se levantar. Ele colocou as mãos embaixo do corpo, se esforçou para dar impulso, mas caiu novamente para trás.

– Que idade ele tem? – quis saber McGuane.

Ford não respondeu.

John levantou o porrete de ferro.

– Ele perguntou...

– Vinte e nove.

– É casado?

Ford fez que sim.

– Filhos?

– Dois meninos.

McGuane estudou o monitor mais um pouco.

– Você tem razão, John. Os sapatos são muito bons.

Ele se voltou para Ford.

– Diga-me onde Ken está ou ele morre.

O Fantasma lentamente pousou o bastão. Ele enfiou a mão no bolso e tirou um laço usado pelos *thugs* para estrangular. A arma consistia em um cabo de mogno com 20 centímetros de comprimento e 5 de diâmetro conectado a uma corda trançada, feita de crina de cavalo. A superfície do cabo era octogonal e entalhada com sulcos profundos, o que tornava mais fácil segurá-lo.

– Ele não tem nada a ver com isso – clamou Ford.

– Escute bem – disse McGuane –, eu só vou dizer isso uma vez.

Ford esperou.

– Nós nunca brincamos – afirmou McGuane.

O Fantasma sorriu. McGuane esperou um momento, sem tirar os olhos de Ford. Então, pressionou o botão do interfone. O recepcionista atendeu.

– Sim, Sr. McGuane.

– Traga o Sr. Cromwell até aqui.

– Sim, senhor.

Os dois viram pelo monitor quando um homem muito forte chegou à porta e fez um sinal para Cromwell. Ele descruzou as pernas, pousou a xícara de café, levantou-se e ajeitou o paletó. Depois seguiu o recepcionista e passou pela porta. Ford se voltou para McGuane. Seus olhos se encontraram e os dois se encararam.

– Você é um imbecil – disse McGuane.

O Fantasma segurou o cabo de madeira com firmeza e esperou.

O recepcionista abriu a porta. Raymond Cromwell entrou com um sorriso estampado no rosto. Quando viu todo aquele sangue e o chefe prostrado no chão, sua expressão se alterou como se alguém tivesse dado um curto-circuito em seus músculos.

– O que...?

John Asselta se colocou atrás de Cromwell e atingiu suas pernas. Cromwell deu um grito e caiu de joelhos. Os movimentos do Fantasma eram precisos, graciosos e sem esforço, como passos de um balé grotesco.

A corda enlaçou o pescoço do homem mais jovem. Então, o Fantasma puxou violentamente o laço para trás, enfiando ao mesmo tempo o joelho na coluna de Cromwell. A corda espremeu a pele macia. Asselta torceu o cabo, cortando toda a circulação de sangue para o cérebro. Os olhos de Cromwell se arregalaram. Suas mãos tentaram agarrar a corda. O Fantasma não a afrouxou.

– Pare! – gritou Ford. – Eu conto tudo.

Não houve resposta.

John ficou olhando para a sua vítima. O rosto de Cromwell estava ficando roxo.

– Eu disse...

Ford se voltou rapidamente para McGuane. McGuane permaneceu de pé, os braços cruzados. Os dois homens se encararam. Sons quase inaudíveis – os gorgolejos de horror que vinham de Cromwell – ecoaram no silêncio.

– Por favor... – murmurou Ford.

Mas McGuane balançou a cabeça e repetiu o que já dissera antes.

– Nós nunca brincamos.

O Fantasma torceu o cabo mais uma vez e segurou firme.

41

EU TINHA QUE CONTAR AO MEU PAI a respeito da fita de segurança. Squares havia me deixado em um ponto de ônibus perto de Meadowlands. Eu não tinha a menor ideia do que fazer com o que acabara de ver. Em algum ponto da rodovia, enquanto eu contemplava os pátios industriais em ruínas, meu cérebro ligou o piloto automático. Era a única forma de seguir adiante.

Ken estava realmente vivo.

Eu tinha a prova. Ele estava morando no Novo México e usando o nome Owen Enfield. Parte de mim estava em êxtase. Havia uma chance de redenção, uma chance de estar com meu irmão novamente, uma chance – será que eu ousaria pensar nisso? – de consertar tudo.

Mas, então, pensei em Sheila.

Suas impressões digitais tinham sido encontradas na casa do meu irmão, junto aos corpos de dois homens. Como Sheila se encaixava nisso tudo? Eu não fazia ideia, ou talvez apenas me recusasse a enfrentar o óbvio. Ela havia me traído. Quando minha cabeça funcionava, as únicas teorias que eu conseguia formular eram relacionadas de um modo ou de outro à traição e, se eu pensasse nisso por muito tempo, se realmente me permitisse mergulhar nas mais simples lembranças – o jeito como ela se sentava em cima dos pés quando ficávamos conversando no sofá, como jogava o cabelo para trás como se estivesse embaixo de uma cachoeira, o perfume que exalava quando saía do chuveiro vestida naquele robe felpudo, o jeito como, nas noites de outono, usava os meus blusões de moletom, grandes demais para ela, o jeito como cantarolava ao meu ouvido enquanto dançávamos, como me tirava o fôlego quando me olhava –, se parasse para pensar em como tudo aquilo não havia sido mais que uma mentira elaborada...

Piloto automático.

Então, segui em frente com um único pensamento: chegar ao fundo da história. Meu irmão e a mulher que eu amava haviam me deixado sem nenhum aviso, sumido sem dizer adeus. Sei que nunca poderia sossegar até saber a verdade. Squares havia me prevenido desde o começo, ele dissera que talvez eu não fosse gostar do que descobrisse, mas talvez aquilo fosse realmente necessário. Quem sabe agora, afinal, tivesse chegado a minha vez de ser corajoso? Quem sabe agora eu pudesse salvar Ken, em vez de ele me salvar?

Então era nisso que eu me concentrava: Ken estava vivo. E era inocente – se antes eu houvesse subconscientemente alimentado quaisquer dúvidas, Pistillo as tinha apagado. Eu poderia ver Ken e estar com ele novamente. Poderia, não sei, vingar o passado, deixar minha mãe descansar em paz, ou sei lá mais o quê.

No último dia do luto oficial judaico, meu pai não estava em casa. Tia Selma estava na cozinha. Disse que ele havia saído para dar uma volta. Tia Selma usava um avental. Fiquei imaginando onde o teria arranjado, pois tinha certeza de que não tínhamos nenhum. Teria trazido com ela? Ela parecia estar sempre de avental, mesmo quando não usava um, se é que entendem o que quero dizer. Fiquei observando-a lavar a louça. Selma, a irmã serena de Sunny, trabalhava com agilidade. Nunca havia prestado muita atenção nela. Acho que essa era a atitude da maioria das pessoas. Selma simplesmente estava... ali. Ela era uma daquelas pessoas que viviam abaixo do radar, como se tivesse receio de chamar atenção. Ela e tio Murray não tinham filhos. Eu não sabia por que, embora uma vez tivesse ouvido meus pais dizerem algo sobre um bebê que nascera morto. Fiquei parado, olhando para ela como se fosse a primeira vez, vendo apenas outro ser humano que lutava diariamente para fazer a coisa certa.

– Obrigado – disse a ela.

Tia Selma assentiu calada.

Queria dizer que a amava e a admirava, que desejava que nós fôssemos mais próximos, principalmente agora que mamãe se fora, queria dizer que eu sabia que mamãe gostaria que fosse assim. Mas não consegui. Em vez disso, a abracei. Tia Selma enrijeceu o corpo de início, surpresa por minha repentina demonstração de afeto, mas depois relaxou.

– Vai ficar tudo bem – ela me assegurou.

Eu conhecia o caminho que meu pai costumava fazer quando saía para dar uma volta. Atravessei a Coddington Terrace tomando o cuidado de evitar a casa dos Miller. Eu sabia que meu pai fazia o mesmo. Ele mudara seu trajeto havia anos. Atravessei o quintal dos Jarat e dos Arnay e enveredei pelo caminho que levava aos campos de beisebol. Os campos estavam vazios, a temporada havia terminado, e meu pai estava sentado sozinho no alto das arquibancadas de metal. Lembrei-me de como ele gostava de ser o técnico da liga de juniores, a camisa de algodão branca com manga verde, a palavra "Senators" estampada no peito, o boné verde com o S bordado bem no alto da cabeça. Ele adorava ficar de pé ao lado do banco dos reservas, os braços apoiados nas traves de madeira empoeiradas, o suor manchando a camisa. Ele punha um dos pés no degrau de concreto, o outro no chão e, em um movimento suave e ininterrupto, tirava o boné, enxugava a testa com o antebraço e colocava cuidadosamente o boné de volta na cabeça. Seu rosto ficava radiante naquelas noites de fim de primavera, principalmente quando Ken jogava. Ele era o técnico, auxiliado pelo Sr. Bertillo e pelo Sr. Horowitz, seus companheiros de cerveja e dois melhores amigos. Ambos haviam morrido de enfarte antes de completarem 60 anos. Ao sentar-me perto dele agora, eu sabia que ele ainda podia ouvir a torcida e o burburinho constante e sentir aquele cheiro adocicado de terra dos jogos da liga de juniores.

Ele me olhou e sorriu.

– Lembra do ano em que sua mãe foi juíza?

– Acho que sim, vagamente. Eu tinha o que, 4 anos?

– É, por aí.

Ele balançou a cabeça, ainda sorrindo, perdido nas lembranças.

– Foi no auge da fase feminista de sua mãe. Ela usava aquelas camisetas com dizeres como LUGAR DE MULHER É EM CASA – NA CASA BRANCA. Isso foi alguns anos antes de permitirem que meninas jogassem nos times juniores. E então, não se sabe como, sua mãe descobriu que não havia juízas. Ela consultou a regra e viu que não havia nenhuma proibição quanto a isso.

– Então ela se inscreveu.

– Isso.

– E depois?

– Bem, algumas pessoas tiveram um ataque, mas regra é regra. Então foram obrigadas a aceitá-la como juíza. Mas houve uns probleminhas.

– Como o quê?

– Ela era a pior juíza do mundo.

Papai sorriu de novo, um sorriso que eu raramente via em seu rosto, um sorriso tão firmemente alicerçado no passado que chegou a doer.

– Ela mal conhecia as regras. E a visão dela, como você sabe, era péssima. Eu lembro que, no primeiro jogo, ela gritou "Safe!" e, em vez de abrir os braços, levantou o polegar. Durante o jogo todo, sempre que precisava indicar a marcação com um gesto, ela fazia aqueles movimentos loucos, parecia a coreografia de um musical.

Nós dois rimos, e eu quase pude vê-lo olhando para ela, gesticulando para que ela se comportasse, meio embaraçado, meio orgulhoso.

– Os técnicos não ficavam enlouquecidos?

– Claro. Mas sabe o que o pessoal da liga fez?

Balancei a cabeça.

– Colocaram-na para arbitrar com Harvey Newhouse. Você se lembra dele?

– O filho dele era meu colega de classe. Ele virou jogador profissional de futebol americano, não foi?

– Isso mesmo. Jogava nos Rams. No ataque. Harvey era um brutamontes. Então ele ficava atrás do receptor e, sempre que algum técnico ameaçava sair do sério, Harvey dava uma olhada para ele e o técnico sentava logo.

Rimos novamente e logo caímos em silêncio, nos perguntando como um espírito como aquele poderia ser sufocado muito antes do câncer se abater sobre ela. Por fim, meu pai se voltou e olhou para mim. Seus olhos se arregalaram quando percebeu que eu estava machucado.

– O que aconteceu com você?

– Está tudo bem – respondi.

– Andou brigando?

– Estou bem, estou mesmo. Queria falar com o senhor a respeito de uma coisa.

Ele ficou quieto. Eu não sabia por onde começar, mas papai cuidou disso.

– Gostaria de vê-la – disse ele.

Olhei para ele espantado.

– Sua irmã me telefonou hoje de manhã. Ela me falou da fotografia.

A foto ainda estava comigo. Mostrei-a. Ele a colocou sobre a palma da mão, como se tivesse receio de amassá-la. Abaixou os olhos e disse:

– Meu Deus... – Seus olhos começaram a brilhar.

– O senhor não sabia? – perguntei.

– Não. – Ele olhou a fotografia de novo. – Sua mãe nunca disse nada.

Percebi alguma coisa no rosto dele. Sua mulher, a companheira de toda uma vida, tinha escondido aquele fato dele, e aquilo o magoava.

– Há mais uma coisa – acrescentei.

Ele se virou para mim.

– Ken está morando no Novo México.

Dei a ele um relato resumido do que ficara sabendo. Ele ouviu tudo calado e firme.

Quando terminei, papai disse:

– Há quanto tempo está morando lá?

– Há alguns meses. Por quê?

– Sua mãe acreditava que ele iria voltar. Que voltaria quando pudesse provar sua inocência.

Ficamos sentados em silêncio. Deixei meu pensamento voar. Imaginei que a história tivesse sido mais ou menos assim: há 11 anos Ken fora incriminado. Ele fugiu e se escondeu no exterior, exatamente como os noticiários diziam. Os anos passaram. Ele voltou.

Por quê?

Teria sido, como minha mãe dissera, para provar sua inocência? Fazia sentido, acho, mas por que agora? Eu não sabia por que, mas qualquer que fosse o motivo, Ken tinha mesmo voltado, e o tiro saíra pela culatra. Alguém descobrira.

Quem?

A resposta parecia óbvia: quem quer que tivesse assassinado Julie. Essa pessoa, fosse ela homem ou mulher, teria que calar Ken. E depois? Eu não fazia ideia. Ainda havia muitas peças faltando no quebra-cabeça.

– Pai?

– O quê?

– O senhor nunca suspeitou que Ken estivesse vivo?

Ele demorou a responder.

– Era mais fácil acreditar que ele estava morto.

– Isso não é resposta.

Ele deixou seu olhar pairar longe de novo.

– Ken gostava muito de você, Will.

Deixei as palavras pairarem no ar.

– Mas ele não era de todo bom.

– Eu sei disso.

Ele ficou calado por um instante.

– Quando Julie foi assassinada, Ken estava metido em alguma encrenca.

– Como assim?

– Ele tinha voltado para casa para se esconder.

– De quê?

– Não sei.

Pensei naquilo. E de novo me lembrei que fazia pelo menos dois anos que ele não dava as caras em casa e que parecia nervoso, mesmo quando me perguntou a respeito de Julie. Eu só não sabia o que tudo aquilo queria dizer.

Papai perguntou:

– Você se lembra de Phil McGuane?

Fiz que sim. O velho amigo de escola de Ken, o ex-representante de turma que agora tinha a reputação de fazer parte do alto escalão do crime.

– Ouvi dizer que ele havia se mudado para a antiga casa dos Bonanno.

– Sim.

Quando eu era menino, os Bonanno, famosos mafiosos da antiga, moravam na maior propriedade de Livingston, uma mansão com um grande portão de ferro e dois leões de pedra guardando a entrada de carros. Naquele tempo diziam – como todos sabem, o subúrbio é sempre cheio de rumores – que havia gente enterrada na propriedade, que as grades podiam eletrocutar e que, se uma criança tentasse entrar pelo bosque dos fundos, levaria um tiro na cabeça. Eu duvidava que alguma dessas histórias fosse verídica, mas a polícia finalmente prendeu o velho Bonanno quando ele tinha 91 anos.

– O que tem ele? – perguntei.

– Ken estava envolvido com McGuane.

– Como?

– Isso é tudo o que sei.

Pensei no Fantasma.

– John Asselta também estava envolvido?

Meu pai ficou paralisado. Pude ver o medo em seus olhos.

– Por que está me perguntando isso?

– Os três eram muito amigos no ensino médio – disse eu.

Decidi que contaria tudo a ele.

– Eu o vi há pouco tempo.

– Asselta?

– Sim.

Sua voz era suave.

– Ele voltou?

Assenti.

Papai fechou os olhos.

– O que foi?

– Ele é perigoso – alertou ele.

– Eu sei.

Ele apontou para o meu rosto.

– Foi ele quem fez isso?

Boa pergunta, pensei.

– Pelo menos, em parte.

– Em parte?

– É uma longa história, papai.

Ele fechou os olhos de novo. Quando os abriu, apoiou as mãos nas coxas e se levantou.

– Vamos para casa – ordenou.

Eu queria fazer mais perguntas, mas sabia que agora não era a hora. Segui-o. Papai teve dificuldade em descer os degraus instáveis da arquibancada. Ofereci minha mão. Ele recusou. Quando saímos do campo, viramos em direção ao caminho de volta. E ali, sorrindo pacientemente com as mãos nos bolsos, estava o Fantasma.

Por um momento pensei que fosse minha imaginação, como se o fato de termos pensado nele tivesse provocado aquela miragem hedionda. Mas ouvi meu pai respirar fundo. E depois, aquela voz.

– Não é comovente? – ironizou o Fantasma.

Meu pai se colocou à minha frente para me proteger.

– O que você quer? – gritou.

Mas o Fantasma riu.

– Puxa, quando fui eliminado do jogo – disse ele, caçoando –, tive que chupar um pacote inteiro de drops para me sentir melhor.

Ficamos congelados no mesmo lugar. Ele olhou para o céu, fechou os olhos, respirou fundo.

– Ah, a liga de juniores.

Ele abaixou o olhar para o meu pai.

– O senhor se lembra de quando meu pai apareceu no jogo, Sr. Klein?

Meu pai ergueu o queixo com firmeza.

– Foi um grande momento, Will. Um clássico. O meu querido pai estava tão bêbado que mijou bem ali, perto da cantina. Já imaginou? Pensei que a Sra. Tansmore fosse ter um ataque.

Ele deu uma gargalhada estrondosa, o som nos agredindo enquanto ecoava. Quando acabou, acrescentou:

– Bons tempos aqueles, não?

– O que você quer? – meu pai perguntou de novo.

Mas o Fantasma havia embarcado em sua própria viagem agora, e nada poderia desviá-lo dela.

– Diga-me uma coisa, Sr. Klein, o senhor se lembra de ter treinado o time vencedor dos jogos estaduais?

Meu pai respondeu:

– Lembro.

– Ken e eu estávamos na quarta série, não estávamos?

Dessa vez meu pai não reagiu.

O Fantasma continuou:

– Espere aí.

O sorriso sumiu do seu rosto.

– Eu estava quase me esquecendo. Eu não participei naquele ano. Nem no ano seguinte, não foi? Eu estava na cadeia, o senhor sabe.

– Você nunca foi preso – disse meu pai.

– É verdade, é verdade, o senhor está absolutamente certo, Sr. Klein. Eu estava – ele fez sinais de aspas com seus dedos magros – hospitalizado. Sabe o que isso significa, pequeno Willie? Trancam uma criança com os malucos mais depravados do planeta, para que ela melhore. Meu primeiro colega de quarto foi um piromaníaco, Timmy. Com 13 anos, tinha matado os pais ateando fogo neles. Uma noite, ele roubou uns fósforos de um funcionário bêbado e botou fogo na minha cama. Passei três semanas na enfermaria. Quase botei fogo em mim mesmo só para não ter que voltar.

Um carro desceu a Meadowbrook Road. Eu podia ver um menino no banco traseiro, sentado numa daquelas cadeirinhas altas de segurança. Não havia vento. As árvores estavam imóveis.

– Isso foi há muito tempo – disse meu pai suavemente.

Os olhos de John se contraíram como se ele estivesse prestando muita atenção às palavras de meu pai. Finalmente, ele assentiu e disse:

– Sim, foi sim. O senhor tem razão, Sr. Klein. Para começo de conversa, a minha vida familiar não era lá muito boa. Quer dizer, que perspectivas eu tinha, afinal de contas? O senhor pode até achar que o que aconteceu comigo foi uma bênção: poder fazer terapia em vez de viver com um pai que me espancava.

Foi quando percebi que ele estava falando de Daniel Skinner, o valentão que havia sido morto com uma faca de cozinha. Mas o que me impressionou foi que, quando parei para pensar, vi que a história dele se parecia com as dos garotos da Covenant House: violência doméstica, crimes cometidos na infância, alguma forma de psicose. Tentei ver o Fantasma sob esse prisma, como se fosse apenas um dos meus garotos. Mas a imagem não batia. Ele não era mais um garoto. Eu não sabia quando cruzavam a linha, com que idade deixavam de ser meninos que precisavam de ajuda e se tornavam degenerados que mereciam apenas a cadeia, ou sequer se isso era justo.

– Ei, pequeno Willie?

O Fantasma tentou me olhar nos olhos, mas meu pai se pôs entre nós. Coloquei a mão em seu ombro, para sinalizar que eu podia cuidar daquilo.

– O que foi? – perguntei.

– Você sabia que eu fui – outra vez desenhando aspas com os dedos – hospitalizado de novo depois, não sabia?

– Sabia.

– Eu já estava me formando, você ainda era calouro.

– Eu me lembro.

– Eu só tive uma visita durante aquele tempo todo. Sabe quem foi?

Fiz que sim. A resposta era Julie.

– Irônico, você não acha?

– Você a matou? – perguntei.

– Só um de nós dois tem culpa.

Meu pai se pôs entre nós novamente.

– Agora chega – ordenou.

Dei um passo para o lado.

– O que quer dizer com isso?

– Você, pequeno Willie, estou me referindo a você.

Fiquei confuso.

– O quê?

– Chega – meu pai disse mais uma vez.

– Você devia ter lutado por ela – continuou o Fantasma –, devia tê-la protegido.

Aquelas palavras, mesmo saindo daquele lunático, perfuraram meu peito como um furador de gelo.

– Por que você está aqui? – perguntou meu pai.

– A verdade, Sr. Klein? Não estou inteiramente certo.

– Deixe minha família em paz. Se quer acabar com um de nós, acabe comigo.

– Não, senhor. Não quero acabar com o senhor, não.

Ele estudou meu pai e eu senti um calafrio.

– Acho que prefiro o senhor desse jeito.

O Fantasma deu um adeuzinho com a mão e se encaminhou para o bosque. Nós o vimos penetrar entre as árvores, e ele foi sumindo, até que, como seu apelido sugere, ele desapareceu. Ficamos parados ali por mais um ou dois minutos. Eu podia ouvir a respiração do meu pai, abafada e curta, como se estivesse brotando de uma caverna profunda.

– Papai?

Mas ele já havia retomado o caminho.

– Vamos para casa, Will.

42

Meu pai não queria conversar.

Quando voltamos para casa, ele foi direto para o quarto, o mesmo que havia dividido com minha mãe por quase 40 anos, e fechou a porta. Havia muita coisa na minha cabeça agora. Tentei analisar uma por uma, mas era demais. Meu cérebro ameaçava travar. E eu ainda não sabia o bastante. Não por enquanto. Precisava saber mais.

Sheila.

Havia mais uma pessoa capaz de esclarecer o enigma que tinha sido o amor da minha vida. Dei uma desculpa, me despedi de meu pai e voltei para a cidade. Tomei o metrô e fui para o Bronx. O céu tinha começado a escurecer, e a vizinhança era péssima, mas pelo menos uma vez na vida eu não estava com medo.

Mesmo antes que eu batesse, uma fresta da porta se abriu. A corrente de segurança continuava presa. Tanya disse:

– Ele está dormindo.

– Quero falar com você.

– Não tenho nada a dizer.

– Vi você na cerimônia religiosa.

– Vá embora.

– Por favor. É importante.

Tanya suspirou e soltou a corrente. Entrei. Havia uma luz fraca no canto, ao fundo, banhando o ambiente com o mais tênue dos brilhos. Deixei meus olhos correrem por aquele lugar deprimente. Perguntei-me se Tanya também não seria prisioneira ali, tanto quanto Louis Castman. Encarei-a. Ela se encolheu como se meu olhar pudesse queimá-la.

– Por quanto tempo planeja mantê-lo aqui?

– Não faço planos.

Tanya não me convidou para sentar. Ficamos os dois ali de pé, um encarando o outro. Ela cruzou os braços e esperou.

– Por que foi à cerimônia?

– Queria expressar minhas condolências.

– Você conhecia Sheila?

– Conhecia.

– Eram amigas?

Pode ser que Tanya tenha sorrido. Seus rosto estava tão lacerado, as linhas das cicatrizes confundindo-se com a boca, que eu não podia ter certeza.

– Longe disso.

– Então, por que você foi?

Ela virou a cabeça para o lado, nitidamente aborrecida.

– Quer ouvir uma coisa estranha?

Eu não estava certo do que responder, de forma que me limitei a concordar calado.

– Aquela foi a primeira vez que saí deste apartamento em 16 meses.

Eu também não sabia como responder a isso, então disse:

– Fiquei feliz por você ter ido.

Tanya me lançou um olhar cínico. A sala estava silenciosa, a não ser por sua respiração. Não sei o que havia de fisicamente errado com ela, se era alguma coisa ligada ao desfiguramento brutal ou não, mas cada respiração soava como se sua garganta fosse um canudinho estreito com algumas gotas de líquido presas lá dentro.

– Por favor, me diga por que foi até lá – insisti.

– É como eu disse. Queria expressar minhas condolências. – Ela fez uma pausa. – Pensei que poderia ajudar.

– Ajudar?

Ela olhou para a porta do quarto de Louis Castman. Segui seu olhar.

– Ele me disse por que você tinha vindo aqui. Pensei que talvez pudesse dar mais alguma informação.

– O que ele disse?

– Que você estava apaixonado por Sheila.

Tanya se aproximou da luz. Era difícil não desviar o olhar. Ela finalmente puxou uma cadeira e fez um gesto me convidando a fazer o mesmo.

– É verdade?

– É.

– Você a matou?

A pergunta me surpreendeu.

– Não.

Ela não pareceu convencida.

– Não entendo – falei. – Você foi ajudar?

– Sim.

– Então por que fugiu?

– Você ainda não entendeu?

Balancei negativamente a cabeça.

Ela se sentou, praticamente desabando na cadeira. Suas mãos caíram em seu colo e ela começou a balançar o corpo para a frente e para trás.

– Tanya?

– Eu ouvi o seu nome – disse ela.

– O quê?

– Você me perguntou por que eu fugi. – Ela parou de se balançar. – Foi porque ouvi o seu nome.

– Não estou entendendo.

Ela olhou para a porta de novo.

– Louis não sabia quem você era. Nem eu, até ouvir o seu nome na cerimônia, quando Squares estava falando de Sheila. Você é Will Klein.

– Sou.

– E – ela falava tão baixo que tive de me inclinar para ouvi-la – você é o irmão de Ken.

Silêncio.

– Você conheceu meu irmão?

– Nós nos conhecemos. Faz muito tempo.

– Como?

– Por meio de Sheila.

Ela endireitou o tronco e me olhou. Era estranho. Dizem que os olhos são as janelas da alma. Tolice. Os olhos de Tanya eram normais. Eu não via nenhuma cicatriz neles, nenhuma sugestão de imperfeição, nenhuma sombra do seu passado nem dos seus sofrimentos.

– Louis contou sobre um cara barra-pesada que tinha se envolvido com Sheila?

– Contou.

– Era o seu irmão.

Balancei a cabeça. Estava prestes a protestar, mas me contive quando percebi que ela tinha mais a dizer.

– Sheila nunca deu para esse tipo de vida. Ela era muito ambiciosa. Ela e Ken se conheceram. Ele a ajudou a entrar para uma faculdade bacana em Connecticut, mas era mais para vender drogas do que qualquer outra coisa. Tem caras se matando para conseguir um ponto de venda numa esquina. Mas numa universidade cheia de jovens ricos, se você consegue circular e controlar o negócio, pode ganhar uma grana fácil.

– E você está me dizendo que foi meu irmão quem planejou tudo isso?

Ela começou a se balançar de novo.

– E você não sabia de nada disso?

– Não.

– Eu pensei... – ela parou.

– O quê?

Ela balançou a cabeça.

– Não sei o que pensei.

– Por favor.

– É muito estranho. Primeiro Sheila trabalha com o seu irmão. Depois ela aparece de novo, mas dessa vez está com você. E você se comporta como se não soubesse de nada.

Mais uma vez eu não sabia o que responder.

– Então, o que aconteceu com Sheila?

– Você sabe melhor que eu.

– Não, estou falando de antes. Quando ela estava na universidade.

– Nunca mais a vi depois que saiu das ruas. Ela me telefonou uma ou duas vezes, só isso. Depois parou de ligar. Mas Ken era um cara ruim. Você e Squares parecem ser gente boa. Acho que Sheila deve ter sentido que encontrou algo melhor. Mas quando ouvi seu nome...

Ela afastou o pensamento.

– O nome Carly significa alguma coisa para você?

– Não. Por quê? Deveria?

– Você sabia que Sheila tinha uma filha?

Isso fez Tanya começar a se balançar de novo. A voz dela parecia dolorida.

– Meu Deus!

– Você não sabia?

Ela balançou a cabeça.

– Não.

Resolvi continuar com as perguntas.

– Você conhece um cara chamado Philip McGuane?

Ela balançou novamente a cabeça.

– Não.

– E John Asselta? Ou Julie Miller?

– Não – respondeu depressa. – Não conheço nenhum deles.

Ela ficou de pé e se afastou de mim.

– Eu tinha tanta esperança de que ela tivesse escapado – concluiu.

– Ela conseguiu. Por um tempo.

Vi seus ombros caírem. Sua respiração parecia ainda mais difícil.

– Ela deveria ter tido um fim melhor.

Tanya se encaminhou para a porta. Não a segui. Olhei de volta para o quarto de Louis Castman. Novamente pensei que ali havia dois prisioneiros. Tanya parou. Podia sentir seus olhos sobre mim. Voltei-me para ela.

– Há cirurgiões – falei. – Squares conhece muita gente. Podemos ajudar.

– Não, obrigada.

– Você não pode viver de vingança para sempre.

Ela tentou sorrir.

– Acha que tudo isso é vingança? – Tanya mostrou seu rosto mutilado. – Acha que o mantenho aqui por causa disso?

Fiquei confuso.

Tanya negou com a cabeça.

– Ele lhe contou como pegou Sheila?

Fiz que sim.

– Ele se dá todo o crédito. Vangloria-se dos seus ternos elegantes e de sua fala macia. Mas a maioria das garotas, mesmo as que saíam fresquinhas do ônibus, tinha medo de se mandar sozinha com um cara. Então, olha só, o que fazia a diferença era que Louis tinha outra pessoa com ele. Uma mulher. Para ajudar a fechar o negócio. Para atrair as garotas, fazê-las se sentirem seguras.

Ela esperou. Seus olhos estavam secos. Senti um tremor brotar dentro de mim e se espalhar por todo o meu corpo. Tanya se aproximou da porta e abriu-a para mim. Saí e nunca mais voltei.

43

Havia dois recados na secretária eletrônica. O primeiro era da mãe de Sheila, Edna Rogers. Seu tom era duro e impessoal. O enterro seria dentro de dois dias, numa capela em Mason, em Idaho. A Sra. Rogers informou a hora, o endereço e as indicações de como chegar de Boise até lá. Salvei a mensagem.

O segundo recado era de Yvonne Sterno. Disse que era urgente e pediu que eu ligasse de volta imediatamente. Havia uma excitação em sua voz que ela mal podia controlar, o que me deixou inseguro. Pensei que ela poderia ter descoberto a verdadeira identidade de Owen Enfield. Se isso fosse verdade, seria bom ou ruim?

Yvonne atendeu ao primeiro toque.

– O que aconteceu? – perguntei.

– Algo grande, Will.

– Estou ouvindo.

– Devíamos ter percebido antes.

– O quê?

– Junte as peças do quebra-cabeça. Um cara com um nome falso. O interesse do FBI. Todo esse segredo. Uma pequena comunidade numa região pacata. Está me entendendo?

– Não muito, não.

– A chave de tudo é a Cripco -- continuou. – Como eu disse, é uma empresa-fantasma. Então, verifiquei com algumas fontes. A verdade é que eles não se esforçam tanto assim para esconder a identidade das pessoas. O disfarce não é tão perfeito. Eles acham que, se alguém dá de cara com elas, ou reconhece logo ou nunca vai saber. Ninguém fica pesquisando a vida dos outros.

– Yvonne? – chamei.

– O quê?

– Não faço a menor ideia do que você está falando.

– A Cripco, a companhia que alugou a casa e o carro de Owen Enfield, está ligada ao departamento de justiça dos Estados Unidos.

Senti minha cabeça girar. De repente uma esperança luminosa rompeu a superfície da névoa escura que era a minha mente.

– Espere um pouco. Está querendo me dizer que Owen Enfield é um agente secreto?

– Não, não acho que seja isso. Quer dizer, o que ele estaria investigando em Stonepointe? Que tinha alguém roubando no jogo de buraco?

– Então o quê?

– O departamento de justiça, e não o FBI, é responsável pelo programa de proteção de testemunhas.

Mais confusão ainda.

– Então você está me dizendo que Owen Enfield...

– Que o governo estava escondendo ele aqui. Deram a ele uma nova identidade. A chave, como eu disse antes, é que eles não se esforçam para preparar um disfarce perfeito. Muita gente não sabe disso. Às vezes, eles até bancam os idiotas. Minha fonte no jornal me contou a respeito de um traficante negro de Baltimore que eles inseriram em um subúrbio de brancos nos arredores de Chicago. Foi uma confusão geral. Não foi esse o caso aqui, mas se, digamos, um chefão da máfia estivesse procurando por um traidor, ele o reconheceria ou não. Não seria pesquisando a vida do cara que ele iria descobrir. Está entendendo agora?

– Acho que sim.

– Então, o que acho que aconteceu é que Owen Enfield não era flor que se cheire. Como é o caso da maioria desses caras que entram para o programa de proteção de testemunhas. Então ele está no programa e, por algum motivo, liquida aqueles dois caras e se manda. O FBI não quer que a notícia se espalhe. Isso ia pegar mal. O governo faz um acordo com um cara e aí ele sai matando um monte de gente. É uma publicidade péssima, entende?

Eu não disse nada.

– Will?

– Sim?

Houve uma pausa.

– Você não está escondendo nada de mim, está?

Pensei no que devia fazer.

– Cara... – disse ela. – Toma lá, dá cá, lembra? Eu bato a bola, você rebate.

Eu não sabia o que dizer – se deveria dizer que meu irmão e Owen Enfield eram a mesma pessoa ou se deveria simplesmente comentar que publicar tudo teria sido melhor do que manter a coisa em segredo – mas não precisei tomar essa decisão. Ouvi um clique, e o telefone ficou mudo.

Houve uma batida forte na porta.

– FBI. Abra.

Reconheci a voz. Era Claudia Fisher. Segurei a maçaneta, girei, e quase me jogaram no chão. Fisher avançou com o revólver em punho. Ordenou que eu levantasse as mãos. Seu parceiro, Darryl Wilcox, estava com ela. Os dois pareciam pálidos, cansados e talvez até um pouco assustados.

– Que diabos está acontecendo? – perguntei.

– Mãos na cabeça!

Fiz o que ela mandou. Ela pegou as algemas e então, como se tivesse pensado melhor, parou. Sua voz ficou repentinamente suave.

– Você vem com a gente sem criar problemas? – perguntou.

Concordei.

– Então anda, vamos.

44

NÃO DISCUTI. NÃO EXIGI QUE PROVASSEM que estavam agindo corretamente nem que me deixassem dar um telefonema. Nada disso. Nem ao menos perguntei para onde estávamos indo. Eu sabia que tais reclamações em um momento tão delicado seriam inúteis ou até prejudiciais.

Pistillo havia me avisado para não me meter. Ele tinha chegado ao ponto de me prender por um crime que eu não havia cometido. Prometera que me incriminaria se fosse preciso. E eu não recuara. Perguntei-me de onde viera aquela coragem e compreendi que ela brotara do simples fato de que eu não tinha mais nada a perder. Vai ver a coragem é isso, é quando você chega ao ponto em que não dá mais a mínima. Sheila e minha mãe estavam mortas. Meu irmão havia sido arrancado da minha vida. Quando se encurrala alguém, até mesmo um homem tão fraco como eu, o animal sempre emerge.

Chegamos até um grupo de casas em Fair Lawn, em Nova Jersey. Para onde quer que eu olhasse, via gramados bem cuidados, canteiros cheios de flores, móveis de jardim que um dia haviam sido brancos mas que agora estavam enferrujados, mangueiras esparramadas feito cobras na grama e irrigadores que giravam preguiçosamente.

Chegamos a uma casa que em nada diferia das demais. Fisher girou a maçaneta. A porta estava aberta. Atravessamos uma sala com um sofá cor-de-rosa e uma estante com uma TV. Havia fotos de dois rapazes sobre o móvel. As fotografias estavam dispostas em ordem crescente de idades, começando por dois meninos bem pequenos. Na última, os garotos, agora adolescentes, estavam com roupas formais e beijavam os dois lados do rosto de uma mulher que devia ser a mãe deles.

A porta da cozinha era de vaivém. Pistillo estava sentado à mesa de fórmica, tomando chá gelado. A mulher na fotografia, provavelmente sua esposa, estava de pé junto à pia. Fisher e Wilcox saíram. Eu fiquei de pé.

– Você colocou um grampo no meu telefone – falei.

Pistillo balançou a cabeça.

– Um grampo indica apenas a origem de uma chamada. Nesse caso estamos usando um dispositivo de escuta. E para não sermos acusados de nada, conseguimos uma ordem judicial.

– O que você quer comigo? – perguntei.

– A mesma coisa que tenho desejado há 11 anos. Seu irmão.

A mulher abriu a torneira. Lavou um copo.

Mais fotografias, algumas com a mulher, algumas com Pistillo e outros jovens, mas a maior parte com os mesmos dois adolescentes, estavam grudadas com ímãs na geladeira. Pareciam ser fotos mais recentes, tiradas na praia, no quintal, esse tipo de coisa.

Pistillo chamou:

– Maria?

A mulher desligou a torneira e voltou-se para ele.

– Maria, este é Will Klein. Will, Maria.

A mulher – imaginei que fosse a esposa de Pistillo – enxugou as mãos num pano de prato. Deu-me um aperto de mão firme.

– Muito prazer – disse ela num tom um pouco formal demais.

Resmunguei, cumprimentei-a com a cabeça e, quando Pistillo fez um sinal, sentei-me numa cadeira de ferro com assento estofado de vinil.

– Quer tomar alguma coisa, Sr. Klein? – perguntou Maria.

– Não, obrigado.

Pistillo ergueu seu copo de chá gelado.

– Isto aqui é um estouro. Você devia tomar um copo.

Maria manteve-se ali. Acabei aceitando o chá gelado só para podermos seguir em frente. Ela serviu o chá e colocou o copo na minha frente. Agradeci e procurei sorrir. Ela tentou sorrir de volta, mas seu sorriso foi ainda mais forçado que o meu.

– Estarei esperando na sala, Joe.

– Obrigado, Maria.

Ela empurrou a porta de vaivém e saiu.

– É minha irmã – disse ele, ainda olhando para a porta por onde ela havia passado.

Pistillo apontou para os retratos na geladeira.

– Esses são os dois filhos dela. Vic Júnior tem 18 anos agora. Jack, 16.

– U-hu.

Cruzei os braços e pousei-os na mesa.

– Você anda escutando meus telefonemas.

– Ando.

– Então já sabe que não tenho a menor ideia de onde o meu irmão está.

Ele tomou um gole de chá gelado.

– Sei disso.

Ele continuou olhando para a geladeira e fez um gesto para que eu fizesse o mesmo.

– Você percebeu que há algo faltando nessas fotografias?

– Não estou com disposição para jogos de adivinhação, Pistillo.

– Eu também não. Mas olhe mais um pouco. O que está faltando?

Eu não me dei o trabalho de olhar porque já sabia.

– O pai.

Ele estalou os dedos e apontou para mim como se fosse o apresentador de um programa de perguntas e respostas na televisão.

– Acertou na primeira. Impressionante.

– Que diabos está acontecendo, afinal?

– Minha irmã perdeu o marido há 12 anos. Os meninos, bem, você pode fazer as contas. Tinham 6 e 4 anos. Maria os criou sozinha. Eu ajudei no que podia, mas tio não é pai, sabe o que eu quero dizer?

Eu não disse nada.

– O nome dele era Victor Dober. Esse nome significa alguma coisa para você?

– Não.

– Vic foi assassinado. Levou dois tiros na cabeça, à queima-roupa.

Ele esvaziou o copo e acrescentou:

– Seu irmão estava presente.

Meu coração deu um pulo. Pistillo ficou de pé sem esperar minha reação.

– Sei que minha bexiga vai lamentar isso, Will, mas vou tomar outro copo de chá. Quer alguma coisa enquanto estou de pé?

Tentei superar o choque.

– O que quer dizer com isso? Que meu irmão estava presente...

Mas Pistillo estava ocupado agora. Abriu o congelador, pegou uma bandeja de gelo, removeu as pedras na pia. Os cubos de gelo fizeram barulho quando bateram na pedra. Pistillo pegou alguns com a mão e encheu o copo.

– Antes de começarmos, quero que me prometa uma coisa.

– O quê?

– É sobre Katy Miller.

– O que tem ela?

– Ela não passa de uma garota.

– Eu sei.

– Esta é uma situação perigosa. Não é preciso ser nenhum gênio para perceber isso. Não quero que ela se machuque de novo.

– Nem eu.

– Então estamos combinados. Prometa, Will. Prometa que não vai mais envolvê-la nisso.

Olhei para ele e vi que aquele detalhe não podia ser negociado.

– Tudo bem – concordei. – Ela está fora.

Ele examinou o meu rosto procurando algum sinal de mentira, mas, para ser sincero, quanto a isso ele estava certo. Katy já havia pagado um preço alto demais. Eu não tinha certeza de que suportaria vê-la pagar um preço ainda maior.

– Fale-me sobre meu irmão – pedi.

Ele acabou de servir o chá gelado e voltou a se acomodar na cadeira. Olhou para a mesa e ergueu os olhos.

– Você deve ter lido nos jornais a respeito das grandes batidas policiais – começou Pistillo. – Deve ter lido sobre como o mercado de peixes de Fulton foi limpo. Viu aquela fila de bandidos sendo presos nos noticiários e provavelmente pensou: esses dias acabaram. As quadrilhas acabaram. A polícia venceu.

De repente minha garganta ficou seca, arenosa, como se fosse fechar completamente. Tomei um grande gole de chá. Estava doce demais.

– Você sabe alguma coisa a respeito de Darwin? – perguntou ele.

Sabia que se tratava de uma pergunta retórica, mas ele queria uma resposta. Eu disse:

– A sobrevivência do mais forte e tudo mais.

– Não é do mais forte – corrigiu ele. – Essa é a interpretação moderna, mas está errada. A chave na teoria de Darwin não era que os mais fortes sobreviviam, mas sim os mais adaptáveis. Está vendo a diferença?

Concordei com a cabeça.

– Assim, os bandidos mais espertos se adaptaram. Mudaram seus negócios para fora de Manhattan. Passaram a vender drogas, por exemplo, nas regiões menos competitivas. Começaram a alimentar as cidades de Nova Jersey. Camden, por exemplo. Três dos últimos prefeitos têm condenações judiciais. Em Atlantic City, você sabe, ninguém atravessa a rua sem pagar propina. Newark e todo esse papo de revitalização, é tudo fachada. Revitalização significa dinheiro. Dinheiro significa suborno e propina.

Mudei de posição na cadeira.

– Você está querendo chegar a algum lugar com tudo isso, Pistillo?

– É claro que estou querendo chegar a algum lugar, seu idiota.

Seu rosto ficou vermelho. Pistillo fez um esforço visível para controlar a raiva.

– Meu cunhado, o pai daqueles dois garotos, tentou limpar as ruas naquele antro. Trabalhou disfarçado. Alguém descobriu. Ele e o parceiro acabaram sendo mortos.

– E você acha que meu irmão estava metido nisso?

– É, acho.

– Tem provas?

– Mais do que isso. – Pistillo sorriu. – Seu irmão confessou.

Recostei-me, como se ele tivesse me dado um soco. Balancei a cabeça. Calma. Ele diria e faria qualquer coisa, foi o que tentei dizer a mim mesmo. Ele não estivera disposto a me incriminar apenas uma noite atrás?

– Estamos indo depressa demais, Will. E não quero que fique com a impressão errada. Não achamos que seu irmão tenha matado ninguém.

Outra chicotada.

– Mas você disse...

Ele levantou a mão.

– Quer me escutar?

Pistillo se levantou de novo. Precisava de tempo. Eu podia ver isso. Seu rosto estava surpreendentemente sereno, mas isso era porque ele mantinha a raiva trancada. Perguntei-me por quanto tempo aguentaria. Pensei em quantas vezes, quando olhava para a irmã, a fúria o vencia.

– Seu irmão trabalhava para Philip McGuane. Suponho que saiba quem é.

Eu não pretendia lhe dar nenhuma informação.

– Continue.

– McGuane é mais perigoso do que o seu amiguinho Asselta, principalmente porque é mais esperto. A DICO o considera um dos chefões da Costa Leste.

– DICO?

– Divisão de Investigação do Crime Organizado – explicou ele. – McGuane entendeu tudo quando ainda era jovem. A gente fala sobre adaptação, mas esse cara é o sobrevivente dos sobreviventes. Não vou entrar em detalhes sobre a situação do crime organizado, as novas gangues russas, os chineses, os italianos da antiga. McGuane sempre esteve dois passos à frente da concorrência. Ele se tornou chefe com apenas 23 anos. Operava com todos os clássicos, drogas, prostituição, agiotagem, mas se especializou em propina e coerção e estabeleceu seu tráfico de drogas em lugares menos competitivos, longe da cidade.

Pensei no que Tanya tinha dito a respeito de Sheila vendendo drogas na Universidade de Haverton.

– McGuane matou meu cunhado e o parceiro dele, um cara chamado Curtis Angler. Seu irmão estava envolvido. Nós o prendemos, mas por crimes menores.

– Quando?

– Seis meses antes de Julie Miller ser assassinada.

– Como é que nunca fiquei sabendo de nada disso?

– Porque Ken não lhe contou. E porque nós não queríamos o seu irmão. Estávamos atrás de McGuane. Então, fizemos um acordo com ele.

– Um acordo?

– Demos imunidade a Ken em troca da sua cooperação.

– Vocês queriam que ele testemunhasse contra McGuane?

– Mais do que isso. McGuane era cuidadoso. Não tínhamos o suficiente para indiciá-lo por assassinato. Precisávamos de mais provas. Então, colocamos uma escuta em Ken e o mandamos de volta.

– Quer dizer que Ken trabalhava como agente secreto para vocês?

Alguma coisa brilhou nos olhos de Pistillo.

– Não comece a enfeitar a coisa – atacou. – Seu irmão era um contraventor. Ele não tinha nada de representante da lei. Não passava de um monte de lixo tentando salvar a própria pele.

Fiz que sim, lembrando a mim mesmo que tudo isso podia não passar de uma mentira.

– Continue – incitei mais uma vez.

Ele estendeu o braço e pegou um biscoito em cima da bancada. Mastigou lentamente e engoliu com um gole de chá gelado.

– Não sabemos exatamente o que aconteceu. Posso apenas expor nossa teoria.

– Está bem.

– McGuane descobriu. Você tem que entender. McGuane é um filho da mãe violento. Matar alguém é uma simples escolha para ele, você sabe, como decidir entre seguir pelo Lincoln Tunnel ou pelo Holland. Uma questão de conveniência, nada mais. Ele não sente nada.

Agora eu percebia aonde ele estava querendo chegar.

– Assim, se McGuane sabia que Ken tinha se tornado um informante...

– Acertou em cheio – interrompeu ele. – Seu irmão sabia dos riscos. Nós o estávamos vigiando de perto, mas uma noite ele deu no pé.

– Porque McGuane descobriu?

– É o que achamos. Ele foi parar na sua casa. Não sabemos por quê. Nossa teoria é que ele pensou ser um lugar seguro para se esconder, principalmente porque McGuane nunca iria imaginar que ele colocaria a família em perigo.

– E depois?

— A essa altura você já deve ter adivinhado que Asselta também estava trabalhando para McGuane.

— Segundo o que você está dizendo...

Ele ignorou minha observação.

— Asselta tinha muito a perder também. Você mencionou Laura Emerson, a outra garota da república que foi assassinada. Seu irmão nos disse que Asselta tinha acabado com ela. Ela foi estrangulada, a forma predileta de execução de Asselta. De acordo com Ken, Laura Emerson tinha descoberto a respeito do comércio de drogas em Haverton e estava prestes a denunciar tudo.

Fiz uma careta.

— E eles a mataram por causa disso?

— É, mataram por causa disso. O que você acha que eles iam fazer? Comprar um sorvete para ela? Eles são monstros, Will. Enfie isso na sua cabeça dura.

Lembrei-me de quando Phil McGuane aparecia lá em casa para jogar War. Ele sempre ganhava. Era quieto e observador, o tipo de garoto que, pensando bem, exemplificava perfeitamente a expressão "as aparências enganam". Era representante de turma. Ele me impressionava. O Fantasma sempre fora declaradamente psicótico. Podia imaginá-lo fazendo qualquer coisa. Mas McGuane?

— Não sei como descobriram onde o seu irmão estava se escondendo. Talvez o Fantasma tenha seguido Julie quando ela saiu da universidade, não sabemos. Seja como for, ele descobriu seu irmão na casa dos Miller. Nossa teoria é que ele tentou matar os dois. Você disse que viu uma pessoa naquela noite. Acreditamos em você. Também acreditamos que o homem que você viu era, provavelmente, Asselta. Achamos impressões digitais dele no local. Ken foi ferido na luta, e isso explica o sangue, mas, de alguma maneira, ele conseguiu fugir. O Fantasma se viu sozinho com o corpo de Julie Miller. Então, qual seria a coisa mais lógica a fazer? Armar tudo para que Ken levasse a culpa pelo assassinato. Haveria melhor maneira de desacreditá-lo ou até mesmo de aterrorizá-lo e fazê-lo fugir?

Ele parou e começou a mordiscar outro biscoito. Não me olhava. Eu sabia que ele podia estar mentindo, mas suas palavras soavam verdadeiras. Tentei me acalmar, deixar que elas penetrassem em mim. Fixei os olhos nele. Ele manteve o olhar no biscoito. Agora era a minha vez de controlar a fúria.

— Então, durante todo esse tempo — parei, engoli em seco, tentei de novo —, então, durante todo esse tempo você sabia que Ken não tinha matado Julie?

— Não, de jeito nenhum.

— Mas você acabou de dizer...

— Uma teoria, Will. É apenas uma teoria. É igualmente possível que ele a tenha matado.

– Você não acredita nisso.

– Não se atreva a me dizer no que eu acredito.

– Mas que motivo Ken teria para fazer isso?

– Seu irmão era um sujeito ruim. Não se engane a esse respeito.

– Isso não é motivo.

Balancei a cabeça.

– Por quê? Se você sabia que Ken provavelmente não a tinha matado, por que sempre insistiu nisso?

Ele preferiu não responder. Mas talvez nem precisasse. A resposta de repente se tornara óbvia. Olhei para as fotos na geladeira. Elas explicavam muita coisa.

– Porque você queria Ken de volta a qualquer custo – afirmei, respondendo à minha própria pergunta. – Ken era a única pessoa que podia levá-lo a McGuane. Se ele estivesse escondido apenas como testemunha, ninguém iria se importar. Não haveria cobertura da imprensa. Não haveria nenhuma caçada policial. Mas se Ken tivesse matado uma garota no porão da casa dela, aquela velha história de jovens ricos que entram para o crime, a atenção da mídia seria maciça. E as manchetes, você calculou, tornariam ainda mais difícil a fuga dele.

Ele continuava olhando para o biscoito que tinha na mão.

– Estou certo, não estou?

Pistillo levantou lentamente os olhos para mim.

– Seu irmão tinha um acordo com a gente – disse friamente. – Quando ele fugiu, quebrou o acordo.

– Então isso justifica mentir?

– Justifica tentar encontrá-lo usando todos os meios necessários.

Eu agora tremia para valer.

– E a família dele que se dane?

– Não venha colocar a culpa em mim.

– Você tem ideia do que fez com a gente?

– Quer saber de uma coisa, Will? Eu não dou a mínima. Você acha que sofreu? Olhe nos olhos da minha irmã. Olhe para os filhos dela.

– Mas não é certo...

Ele bateu com a mão espalmada na mesa.

– Não me venha dizer o que é certo e o que é errado. Minha irmã foi uma vítima inocente.

– Minha mãe também.

– Não!

Ele bateu novamente na mesa, dessa vez com o punho fechado, e apontou um dedo para mim.

– Há uma grande diferença entre elas, trate de entender bem isso! Vic era um policial que foi assassinado. Não teve escolha. Ele não podia impedir que sua família sofresse. O seu irmão, por outro lado, escolheu fugir. Se isso, de algum jeito, arruinou a sua família, a culpa é dele.

– Mas você o levou a fugir. Alguém estava tentando matá-lo e você, ainda por cima, o fez pensar que seria preso por assassinato. Você forçou a barra. Você o empurrou mais ainda para o fundo do poço.

– Foi ele quem fez isso, não eu.

– Você queria ajudar sua família e acabou sacrificando a minha.

Pistillo deu um safanão no copo, jogando-o longe. Ele foi parar no chão e se estilhaçou. O chá gelado espirrou em mim. Ele se levantou e me olhou.

– Não se atreva a comparar o que a sua família passou com o que a minha irmã passou. Não se atreva!

Enfrentei seus olhos. Discutir com ele seria inútil e eu ainda não sabia se ele estava dizendo a verdade ou moldando-a à sua conveniência. De qualquer modo, eu queria saber mais. Brigar não levaria a nada. Havia mais do que ele tinha me contado. Ele ainda não terminara. Ainda havia muitas perguntas sem resposta.

Claudia Fisher enfiou a cabeça pela porta para verificar o que estava acontecendo. Pistillo levantou a mão indicando que estava tudo sob controle. Ele se acomodou novamente na cadeira. Fisher esperou um instante e saiu.

Pistillo ainda respirava pesado.

– E o que aconteceu depois? – perguntei.

Ele me olhou.

– Ainda não adivinhou?

– Não.

– Na verdade, foi um golpe de sorte. Um dos nossos agentes estava passando as férias em Estocolmo. Foi pura sorte.

– Do que você está falando?

– Do nosso agente. Ele viu seu irmão na rua.

Eu pisquei.

– Espere aí. Quando foi isso?

Pistillo fez os cálculos rapidamente na cabeça.

– Há quatro meses.

Eu ainda estava confuso.

– E Ken escapou?

– Claro que não. O agente não ia perder uma oportunidade dessas. Ele pegou seu irmão ali mesmo, na hora.

Pistillo cruzou as mãos e se inclinou em minha direção.

– Nós o pegamos – disse, a voz praticamente um murmúrio. – Pegamos seu irmão e o trouxemos de volta.

45

PHILIP MCGUANE SERVIU O CONHAQUE.

O corpo do jovem advogado Cromwell já havia sido retirado. Joshua Ford continuava deitado como um tapete de pele de urso. Estava vivo, até mesmo consciente, mas não se mexia.

McGuane entregou um copo para o Fantasma. Os dois se sentaram. McGuane bebeu um gole prolongado. O Fantasma segurou o copo entre as mãos e sorriu.

– O que foi? – perguntou McGuane.

– Conhaque excelente.

– Sim.

O Fantasma ficou olhando a bebida.

– Eu estava me lembrando de como costumávamos passar as noites no bosque atrás de Riker Hill e de como bebíamos a cerveja mais barata que podíamos encontrar. Lembra disso, Philip?

– Schlitz e Old Milwaukee – disse McGuane.

– Isso mesmo.

– Ken tinha um amigo na Economy Wine and Liquor. O cara nunca pedia para ver a identidade dele.

– Bons tempos – disse o Fantasma.

– Isto aqui – McGuane ergueu o copo – é melhor.

– Você acha?

O Fantasma provou um gole. Fechou os olhos e engoliu.

– Você conhece a teoria de que toda vez que alguém faz uma escolha divide o mundo em universos alternativos?

– Conheço.

– Muitas vezes fico imaginando se em algum desses universos nós teríamos enveredado por um caminho diferente ou se, ao contrário, nosso destino era estar aqui não importa o que acontecesse.

McGuane forçou um sorriso.

– Não me diga que vai amolecer agora, John.

– De jeito nenhum – disse o Fantasma. – Mas quando tento ser honesto comigo, não posso deixar de me perguntar se as coisas deviam ter sido mesmo desse jeito.

– Você gosta de machucar as pessoas, John.

– Gosto.

– Sempre gostou.

Asselta pensou no assunto.

– Não, nem sempre. Mas logicamente a pergunta maior é por quê.

– Por que você gosta de machucar as pessoas?

– Não é só machucá-las. Eu gosto de matá-las dolorosamente. Escolhi o estrangulamento porque é uma forma horrível de morrer. Nada de tiro certeiro. Nada de facada brusca. A pessoa fica sufocada, lutando até o seu último suspiro. Ela sente que o oxigênio que a alimenta está sendo negado. E eu faço isso com elas, fico observando de perto enquanto elas lutam pelo ar que nunca chega.

– Ora, ora – disse McGuane, deixando de lado o copo de conhaque. – Você deve ser divertidíssimo nas festas, John.

– Sou mesmo – concordou. E, voltando a ficar sério, disse: – Mas por que, Philip, por que será que eu sinto essa emoção tão forte? O que terá acontecido comigo, com a minha moral, para que o momento em que me sinto mais vivo seja quando estou acabando com o fôlego de outra pessoa?

– Você não vai colocar a culpa no seu pai, vai, John?

– Não, isso seria um clichê barato.

Ele pousou o copo e encarou McGuane.

– Você teria me matado, Philip? Se eu não tivesse liquidado aqueles dois homens no cemitério, você teria acabado comigo?

McGuane optou pela verdade.

– Não sei – respondeu ele. – Provavelmente.

– E você é o meu melhor amigo – afirmou o Fantasma.

– E você, com toda certeza, é o meu.

O Fantasma sorriu.

– Nós somos uma coisa, não somos, Philip?

McGuane não respondeu.

– Conheci Ken quando eu tinha 4 anos – continuou o Fantasma. – Todos os garotos da redondeza tinham sido avisados para ficarem longe da nossa casa. Os Asselta eram má influência, era o que diziam. Você sabe como é.

– Sei – disse McGuane.

– Mas, para Ken, isso era um desafio. Ele adorava explorar a nossa casa. Lembro-me de quando descobrimos o revólver do velho. Tínhamos 6 anos, eu acho. Lembro quando o seguramos pela primeira vez. A sensação de poder.

Fiquei hipnotizado. Usávamos o revólver para botar medo em Richard Werner. Acho que você não o conheceu, ele se mudou quando estava no terceiro ano. Certa vez, nós o raptamos e amarramos. Ele chorou e mijou nas calças.

– E você adorou.

O Fantasma balançou a cabeça lentamente.

– Talvez.

– Quero lhe fazer uma pergunta – disse McGuane.

– Estou ouvindo.

– Se o seu pai tinha um revólver, por que você usou uma faca para matar Daniel Skinner?

John balançou a cabeça.

– Não quero falar sobre isso.

– Você nunca falou.

– Certo.

– Por quê?

Ele não respondeu a pergunta diretamente.

– Meu pai descobriu que a gente andava brincando com o revólver. E me deu uma surra daquelas.

– Coisa que ele fazia muito.

– É verdade.

– Você nunca pensou em se vingar dele? – perguntou McGuane.

– Do meu pai? Não. Ele era desprezível demais para ser odiado. Nunca superou o fato de minha mãe ter nos deixado. Sempre pensou que ela voltaria. Ele costumava se preparar para isso. Quando bebia, ficava sentado sozinho no sofá, conversando e rindo com ela, depois começava a soluçar. Ela partiu o coração dele. Eu já feri muitos homens, Philip. Já vi homens implorarem para morrer. Mas acho que nunca vi nada tão lamentável quanto meu pai soluçando por causa da minha mãe.

Caído no chão, Joshua Ford deixou escapar um gemido. Os dois o ignoraram.

– Onde ele está agora? – perguntou McGuane.

– Meu pai? Em Cheyenne, no Wyoming. Ele não bebe mais. Encontrou uma boa mulher. Virou um cara religioso. Trocou o álcool por Deus, um vício pelo outro.

– Você nunca fala com ele?

A voz do Fantasma era suave.

– Não.

Os dois beberam em silêncio.

– E você, Philip? Você não era pobre. Seus pais não maltratavam você.

– Eram apenas pais – concordou McGuane.

– Sei que o seu tio foi recrutado pela máfia. Foi ele que colocou você nesse negócio. Mas você podia ter se emendado. Por que não fez isso?

McGuane deu uma risadinha.

– O que foi?

– Nós somos mais diferentes do que eu pensava.

– Como assim?

– Você se ressente – disse McGuane. – Você mata, você gosta de matar, você é bom nisso. Mas você se considera mau. – De repente ele disse, com um sobressalto: – Meu Deus.

– O que foi?

– Você é mais perigoso do que eu pensava, John.

– Como assim?

– Você não voltou por causa de Ken – disse McGuane. E em voz baixa concluiu: – Você voltou por causa daquela garotinha, não foi?

O Fantasma tomou um trago prolongado. Preferiu não responder.

– Aquelas escolhas e os universos alternativos de que você estava falando – continuou McGuane. – Você acha que se Ken tivesse morrido naquela noite, tudo seria diferente.

– Podia mesmo ter sido diferente – concordou o Fantasma.

– Mas talvez não fosse melhor – contrapôs McGuane.

E acrescentou:

– E agora, o que vamos fazer?

– Vamos precisar da cooperação de Will. Ele é o único que pode tirar Ken do esconderijo.

– Ele não vai ajudar.

John franziu a testa.

– Você, de todas as pessoas, devia saber que isso não é verdade.

– O pai dele? – perguntou McGuane.

– Não.

– A irmã?

– Ela está longe demais – disse o Fantasma.

– Você tem alguma ideia?

– Pense – provocou o Fantasma.

McGuane pensou. E quando compreendeu, seu rosto se abriu num sorriso.

– Katy Miller.

46

PISTILLO MANTEVE OS OLHOS EM MIM, esperando minha reação à sua bomba. Mas eu me recompus depressa. Talvez tudo aquilo estivesse começando a fazer sentido.

– Você pegou o meu irmão?

– Peguei.

– E o extraditou de volta para os Estados Unidos?

– Correto.

– Então, como isso não saiu nos jornais? – perguntei.

– Nós mantivemos tudo em segredo.

– Para que McGuane não descobrisse?

– Em parte.

– O que mais?

Ele balançou a cabeça.

– Você ainda queria McGuane – concluí.

– Certo.

– E meu irmão ainda podia levá-lo até ele.

– Podia ajudar.

– Então fez outro acordo com ele.

– Mais ou menos, na verdade restauramos o antigo.

Comecei a juntar as peças do quebra-cabeça.

– E você o colocou no programa de proteção de testemunhas?

Pistillo concordou.

– De início o mantivemos num hotel sob custódia preventiva. Mas àquela altura muitas das informações que seu irmão tinha eram obsoletas. Ele ainda era uma testemunha importante, provavelmente a mais importante que tínhamos, mas precisávamos de mais tempo. Não podíamos deixá-lo para sempre no hotel, nem ele queria ficar. Ken contratou um advogado e nós fizemos outro acordo. Achamos um lugar para ele ficar no Novo México. Ele tinha que se comunicar com um dos nossos agentes diariamente. Nós o chamaríamos para testemunhar quando precisássemos. Se houvesse qualquer quebra no acordo, todos os processos seriam reinstaurados, incluindo o do assassinato de Julie Miller.

– O que deu errado?

– McGuane descobriu.

– Como?

– Não sabemos. Um informante, talvez. Seja como for, McGuane mandou dois capangas para acabar com o seu irmão.

– Aqueles dois homens mortos na casa – concluí.

– Correto.

– Quem os matou?

– Achamos que foi o seu irmão. Eles subestimaram Ken. Ele os matou e fugiu.

– E agora você quer encontrar o Ken novamente.

Seu olhar se voltou para as fotografias na porta da geladeira.

– Isso.

– Mas eu não sei onde ele está.

– Agora eu sei disso. Olha, talvez tenhamos feito besteira. Não sei. Mas Ken precisa aparecer. Iremos protegê-lo 24 horas por dia, providenciar uma casa segura, tudo o que ele quiser. É o que temos a oferecer. Mas, se ele não quiser cooperar, a sentença de prisão dele será bastante severa.

– Então o que quer de mim?

– Ele vai acabar procurando você.

– O que o faz ter tanta certeza?

Ele suspirou e olhou para o copo.

– O que o faz ter tanta certeza? – perguntei mais uma vez.

– O fato de Ken já ter telefonado para você – respondeu Pistillo.

Um bloco de chumbo se formou no meu peito.

– Foram dois telefonemas feitos de um telefone público perto da casa do seu irmão, em Albuquerque, para o seu apartamento – explicou ele. – Um deles foi feito mais ou menos uma semana antes de os capangas serem mortos. O outro, logo depois.

Eu devia ter ficado chocado, mas não fiquei. Talvez as coisas estivessem finalmente se encaixando, só que eu não estava gostando nada daquilo.

– Você não sabia dos telefonemas, sabia, Will?

Engoli em seco e pensei em quem, além de mim, poderia ter atendido o telefone se Ken tivesse mesmo ligado.

Sheila.

– Não. Eu não sabia nada sobre isso.

Ele concordou.

– Não sabíamos disso quando entramos em contato com você pela primeira vez. Naturalmente, pensamos que você tivesse atendido o telefone.

Olhei para ele.

– Mas como Sheila se encaixa nisso tudo?

– As impressões digitais dela foram encontradas na cena do crime.

– Eu sei.

– Então deixe-me fazer uma pergunta, Will. Sabemos que seu irmão ligou para você. Sabemos que sua namorada esteve na casa de Ken no Novo México. Se estivesse em nosso lugar, a que conclusão chegaria?

– Que eu devia estar envolvido nisso, de um jeito ou de outro.

– Certo. Achamos que Sheila fosse sua intermediária ou seja lá o que for, e que você estava ajudando o seu irmão. E quando Ken fugiu, imaginamos que vocês sabiam onde ele estava escondido.

– Mas agora você sabe que não foi nada disso.

– Correto.

– E do que suspeita agora?

– Da mesma coisa que você, Will. – Sua voz era suave e... diabos, senti até mesmo um toque de piedade nela. – Que Sheila Rogers usou você. Que ela trabalhava para McGuane. E que foi ela quem deu a dica sobre o seu irmão. E quando o plano deu errado, McGuane acabou com ela.

Sheila. Sua traição me golpeou fundo, foi até os ossos. Defendê-la agora, negar que eu não havia sido nada mais do que um idiota para ela, seria recusar-me a enfrentar a verdade. Era preciso ser mais ingênuo do que Poliana e açucarar demais os fatos para não enxergar a verdade.

– Estou contando tudo isso, Will, porque temi que você fizesse alguma estupidez.

– Como falar com a imprensa – arrisquei.

– Sim, e porque quero que entenda: seu irmão tinha duas escolhas. Ou McGuane e o Fantasma o achavam e acabavam com ele ou nós o encontrávamos e lhe oferecíamos proteção.

– Certo. E até agora vocês meteram os pés pelas mãos.

– Éramos a melhor opção que ele tinha – contra-atacou ele. – E não pense que McGuane vai parar no seu irmão, não. Você acha que o ataque a Katy Miller foi coincidência? Para o bem de todos vocês, precisamos da sua colaboração.

Eu não disse nada. Não podia confiar nele. Sabia disso. Não podia confiar em ninguém. Isso era tudo o que eu tinha aprendido até então. Mas Pistillo era especialmente perigoso. Ele havia passado 11 anos vendo o rosto amargurado da irmã. Esse tipo de coisa mexe com a pessoa. Eu conhecia bem isso, sabia o que significava querer tanto uma coisa que tudo acabava ficando distorcido. Pistillo tinha deixado bem claro que faria qualquer coisa para pegar McGuane. Sacrificaria meu irmão. Chegara até a me colocar na cadeia. E, acima de tudo, havia destruído minha família. Pensei em minha irmã fugindo para Seattle. Pensei em minha mãe, no sorriso de Sunny, e me dei conta de que aquele homem que estava sentado ali, na minha frente, o homem que dizia ser a salvação do meu irmão, havia destruído aquele sorriso. Ele matara minha mãe – ninguém podia me convencer de que o câncer não estava, de alguma maneira, ligado a tudo pelo que ela havia passado, que seu sistema imunológico não tinha sido outra vítima daquela noite horrenda – e agora queria que eu o ajudasse.

Eu não podia dizer ao certo até que ponto tudo aquilo era mentira. Mas decidi que mentiria também.

– Eu ajudo.

– Ótimo. Vou fazer com que as acusações contra você sejam retiradas imediatamente.

Eu não disse obrigado.

– Levamos você de volta, se quiser.

Minha vontade era de recusar, mas não queria levantar a menor suspeita. Se ele queria me enganar, tudo bem, eu podia fazer a mesma coisa. Então, disse que seria ótimo. Quando me levantei, ele falou:

– Soube que o enterro de Sheila será daqui a alguns dias.

– É verdade.

– E agora que não há nenhuma acusação contra você, está livre para viajar.

Eu não disse nada.

– Você vai? – perguntou ele.

Dessa vez eu disse a verdade:

– Não sei.

47

Eu NÃO PODIA FICAR EM CASA esperando, então, de manhã, fui trabalhar. Foi engraçado. Pensei que eu não fosse prestar para nada, mas não foi assim. Entrar na Covenant House é uma experiência que só posso comparar à de um atleta de um esporte violento ao colocar o capacete para entrar em campo. Então, disse a mim mesmo que aquelas crianças não mereciam nada menos do que o meu melhor. Um chavão, é claro, mas me convenci disso e mergulhei satisfeito no trabalho.

Naturalmente muitas pessoas se aproximaram de mim para oferecer suas condolências. Além disso, o espírito de Sheila estava em toda parte. Poucos lugares naquele prédio não guardavam alguma lembrança dela. Mas mesmo assim consegui cumprir o meu papel. Isso não quer dizer que eu tenha me esquecido de tudo, ou que não quisesse mais procurar saber onde meu irmão estava ou quem havia assassinado Sheila, ou qual teria sido o destino de Carly. Tudo isso continuava ali. Mas não havia muito que eu pudesse fazer no momento. Tentara telefonar para o quarto de Katy no hospital, mas ela continuava inacessível. Squares contratara uma agência de detetives para investigar Donna White, o nome falso de Sheila, nos bancos de dados das companhias aéreas, mas até o momento ainda não haviam conseguido nada. Então esperei.

Ofereci-me para trabalhar na van à noite. Squares foi comigo. Informei-o de tudo e, juntos, desaparecemos na escuridão. As crianças eram iluminadas pelo azul da noite. Seus rostos eram lisos, sem traços, magros. Quando vemos um mendigo, uma mulher carregando todos os seus pertences em sacolas plásticas, um homem com um carrinho de compras, alguém dormindo numa caixa de papelão ou pedindo esmolas com um copinho de plástico na mão, sabemos que todas essas pessoas vivem na rua. Mas o problema com os adolescentes – com os garotos de 15 ou 16 anos que fogem dos maus-tratos em casa, que se entregam ao vício das drogas, à prostituição e à loucura – é que eles se misturam melhor ao ambiente. Com os adolescentes, é difícil dizer se vivem realmente na rua ou se estão apenas perambulando.

Apesar do que se ouve por aí, não é fácil ignorar os adultos que vivem na rua. Eles estão bem ali, na nossa cara. Podemos desviar o olhar, continuar andando e dizer a nós mesmos que, se cedermos, se lhes dermos algumas moedas, eles irão comprar bebidas alcoólicas ou drogas ou qualquer outra coisa que nos passe pela cabeça, mas o que fazemos – o fato de fugirmos de um ser humano que precisa de ajuda – ainda nos marca, ainda nos causa impacto. As crianças, contudo, podem se tornar realmente invisíveis. Elas conseguem se mesclar à própria noite. E, como não as vemos, não nos sentimos tão culpados assim.

Ouvimos uma música tocando a todo volume, alguma coisa com uma pesada batida latina. Squares me deu vários cartões telefônicos para distribuir. Chegamos a um beco na Avenida A, notório pela heroína, e começamos nossa ronda habitual. Conversamos e escutamos, tentando persuadi-los. Vi os olhos desolados. Vi-os se coçando e tentando espantar os insetos imaginários sob a pele. Vi as marcas das agulhas e as veias arrebentadas.

Às quatro da manhã, Squares e eu voltamos para a van. Não tínhamos conversado muito nas últimas horas. Ele olhou pela janela. As crianças ainda estavam lá. Havia um número ainda maior delas agora, como se tivessem surgido do nada.

– Deveríamos ir ao enterro de Sheila – disse Squares.

Eu não sabia o que responder.

– Você chegou a vê-la aqui? – perguntou ele. – A expressão no rosto dela quando trabalhava com essas crianças?

Eu tinha visto. Sabia do que ele estava falando.

– É o tipo de coisa que ninguém consegue fingir, Will.

– Gostaria de acreditar nisso.

– Como Sheila fazia você se sentir?

– Como se eu fosse o homem mais sortudo do mundo – respondi.

Ele assentiu.

– Não se pode fingir isso também – disse ele.

– Então, como você explica tudo isso?

– Não explico.

Squares engatou a marcha e deu a partida na van.

– Estamos usando apenas as nossas cabeças. Talvez devêssemos consultar também o coração.

Franzi a testa.

– Uma linda teoria, Squares, mas não estou certo de que faça sentido.

– Que tal isso, então? Vamos até lá honrar a Sheila que nós conhecíamos.

– Mesmo que tenha sido uma mentira?

– Mesmo assim. E talvez a gente possa até descobrir mais alguma coisa. Entender melhor o que aconteceu.

– Não foi você que disse que podíamos não gostar do que descobríssemos?

– Exatamente – disse Squares, arqueando a sobrancelha. – Cara, eu sou bom nisso mesmo.

Eu sorri.

– Devemos isso a ela, Will. À memória dela.

Ele tinha razão. Precisava mesmo encerrar essa história, colocar uma pedra em tudo. Precisava de respostas. Quem sabe alguém no enterro pudesse me dar alguma informação, e quem sabe o enterro em si, o ato de enterrar minha ilusão amorosa, pudesse me ajudar no processo de cura? Não podia imaginar como nada disso pudesse acontecer, mas estava disposto a tentar qualquer coisa.

– E não podemos nos esquecer de Carly.

Squares apontou para fora.

– Salvar crianças. Não se trata disso, afinal?

Voltei-me para ele.

– É – respondi. E depois: – E por falar em crianças...

Esperei. Não podia ver os seus olhos – Squares muitas vezes usava óculos escuros à noite –, mas percebi que ele agarrou a direção com mais força.

– Squares?

Seu tom era duro:

– Estamos falando de você e de Sheila.

– Isso é passado. Não importa o que a gente descubra agora, nada vai mudar o que aconteceu.

– Vamos nos concentrar numa coisa de cada vez, está bem?

– Não está bem coisa nenhuma. Cara, a amizade é uma via de mão dupla.

Ele balançou a cabeça e continuou dirigindo em silêncio. Fiquei olhando seu rosto marcado, a barba por fazer. A tatuagem parecia mais escura do que de costume. Ele mordia o lábio inferior.

Depois de algum tempo, ele disse:

– Nunca contei nada a Wanda.

– A respeito de você ter um filho?

– Um menino – disse Squares com voz suave.

– Onde ele está agora?

Ele tirou uma das mãos do volante e coçou o rosto. Percebi que sua mão estava um tanto trêmula.

– Ele já estava embaixo da terra antes de completar 4 anos.

Fechei os olhos.

– O nome dele era Michael. Eu não queria saber dele. Só o vi duas vezes. Deixei-o com a mãe, uma viciada de 17 anos em quem você não confiaria sequer para tomar conta de um cachorro. Quando ele tinha 3 anos, ela ficou bêbada e bateu de frente num caminhão. O acidente matou os dois. Até hoje não sei se foi suicídio ou não.

– Sinto muito – lamentei em voz baixa.

– Ele teria 21 anos agora.

Procurei algo para dizer. Nada parecia bom, mas tentei mesmo assim.

– Já faz muito tempo. Você ainda era um garoto.

– Não procure racionalizar, Will.

– Não é isso. Só quero dizer que... – eu não fazia ideia de como me expressar – se eu tivesse um filho, pediria a você que fosse o padrinho. E o nomearia tutor caso me acontecesse alguma coisa. Não faria isso por amizade, nem por lealdade, mas sim por puro egoísmo. Pelo bem-estar do meu filho.

Ele continuou dirigindo.

– Há coisas que não esquecemos nunca.

– Você não o matou, Squares.

– Sei. Não tenho culpa nenhuma.

Paramos no sinal vermelho. Ele ligou o rádio. Ouvimos o comercial de um daqueles produtos milagrosos para emagrecer. Ele desligou o rádio, inclinou o tronco e descansou o braço no volante.

– Vejo essa garotada aqui. Tento salvar o maior número deles possível. Fico pensando que se eu salvar o bastante, não sei, quem sabe consiga mudar as coisas para Michael. Talvez eu possa encontrar um jeito de salvá-lo.

Ele tirou os óculos. Sua voz ficou mais dura.

– Mas no fundo eu sei, e sempre soube, que não importa o que eu faça, a verdade é que não valho nada.

Balancei a cabeça. Tentei pensar numa frase reconfortante, sábia, ou em algo que pudesse ao menos distraí-lo, mas não consegui encontrar nada. Todas as frases que me ocorriam pareciam triviais e forçadas. Como acontece na maioria das tragédias, aquele momento explicava muito, mas ao mesmo tempo não esclarecia nada a respeito dele.

Afinal, consegui dizer:

– Você está errado.

Ele tornou a colocar os óculos escuros e olhou para a rua. Vi que ele havia se fechado novamente.

Decidi forçar a barra.

– Você fica aí falando que a gente deve ir ao enterro por causa do que devemos a Sheila. E Wanda?

– Will?

– O quê?

– Acho que não quero mais falar nisso.

48

NADA DE IMPORTANTE ACONTECEU durante o voo para Boise na manhã seguinte. Saímos do LaGuardia, um aeroporto que só poderia ser pior com uma séria interferência de Deus. Viajei na classe econômica, como sempre, atrás de uma senhora baixinha que fez questão de reclinar a poltrona ao máximo a viagem inteira. Estudar seus folículos grisalhos e seu pálido couro cabeludo – a cabeça dela estava praticamente no meu colo – ajudou a me distrair.

Squares se sentou à minha direita. Ele lia um artigo sobre si mesmo no *Yoga Journal*. Em alguns momentos movimentava a cabeça, concordando com o que estava lendo a seu respeito, e dizia:

– É verdade, isso é verdade, eu sou assim mesmo.

Ele fazia isso para me chatear. É por isso que era o meu melhor amigo.

Consegui me manter calmo até avistarmos a placa de: BEM-VINDO A MASON, IDAHO. Squares alugou um Buick Stylark. Por duas vezes nos perdemos no caminho. Mesmo ali, naquele fim de mundo a vários quilômetros da capital, as megalojas dominavam as avenidas. Havia todas aquelas lojas de sempre – Chef Central, Home Depot, Old Navy –, o país inteiro unificado por uma monotonia colossal.

A capela era pequena, branca, e não tinha nada de extraordinário. Localizei Edna Rogers. Ela estava do lado de fora, sozinha, fumando. Squares estacionou. Senti um aperto no estômago. Saí do carro. A grama estava marrom e ressecada. Edna Rogers olhou em nossa direção. Com os olhos grudados em mim, ela soltou uma longa baforada.

Caminhei até ela. Squares ficou do meu lado. Sentia-me vazio, distante. O funeral de Sheila. Estávamos ali para enterrá-la. O pensamento girou em minha mente como as linhas horizontais de um aparelho de televisão antigo.

Edna Rogers continuava fumando, os olhos duros e secos.

– Não sabia se você conseguiria vir – comentou ela.

– Aqui estou.

– Descobriu alguma coisa sobre Carly?

– Não – respondi, o que não era inteiramente verdade. – E a senhora?

Ela balançou a cabeça.

– A polícia não está se esforçando muito. Dizem que não há nenhum registro do nascimento da criança. Acho que eles nem acreditam que ela exista.

O resto foi um borrão. Squares nos interrompeu e expressou suas condolências à Sra. Rogers. Outras pessoas se aproximaram. Quase todos eram homens de terno. Percebi que a maioria deles trabalhava com o pai de Sheila numa fábrica de portas eletrônicas de garagem. Aquilo me pareceu estranho, mas na hora eu não soube dizer por quê. Cumprimentei várias pessoas, mas esqueci todos os nomes. O pai de Sheila era um homem alto e elegante. Ele me cumprimentou com um abraço forte e foi se juntar aos companheiros de trabalho. Sheila tinha um irmão e uma irmã, ambos mais novos, ambos sérios e distantes.

Ficamos todos do lado de fora, como se estivéssemos com medo de iniciar a cerimônia. As pessoas se dispuseram em grupos. Os mais jovens ficaram com o irmão e a irmã de Sheila. O pai formou um semicírculo com os homens de terno, todos de gravatas largas e mãos nos bolsos, mexendo as cabeças. As mulheres se agruparam perto da porta.

Squares atraiu olhares, mas estava acostumado a isso. Vestia seu costumeiro jeans empoeirado, um blazer azul e gravata cinza. Teria colocado um terno, ele disse com um sorriso, mas Sheila jamais o teria reconhecido.

Por fim, todos entraram na capela, e fiquei surpreso com o número de pessoas, embora soubesse que estavam ali por causa dos pais de Sheila, não por ela.

Fazia muito tempo que ela os deixara. Edna Rogers ficou ao meu lado e enlaçou o meu braço. Ela ergueu os olhos e forçou um sorriso corajoso. Eu ainda não entendia aquela mulher.

Fomos os últimos a entrar na capela. Ouvi cochichos sobre como Sheila estava tão "bem", como "parecia viva", comentários que sempre achei extremamente repugnantes. Não sou um cara religioso, mas gosto da maneira como nós, judeus, tratamos os nossos mortos – ou seja, os enterramos logo. Não deixamos os caixões abertos.

Não gosto de caixões abertos.

Não gosto deles por motivos óbvios. Olhar para um cadáver, para um corpo já sem força e fluidos vitais, embalsamado, vestido apropriadamente, maquiado, parecendo um boneco de cera do museu Madame Tussaud ou, pior ainda, parecendo tão "vivo" que quase esperamos que ele respire ou, de repente, resolva se sentar – tudo isso me arrepia. Mas, acima de qualquer coisa, que tipo de imagem um cadáver assim, deitado como um salmão defumado, pode deixar para as pessoas? Será que eu queria que minha última lembrança de Sheila fosse aquela, ela de olhos fechados dentro de um caixão acolchoado – por que é que os caixões são sempre tão bem acolchoados? –, numa caixa hermeticamente fechada, feita do melhor mogno? Enquanto estava no fim da fila com Edna Rogers – nós realmente nos enfileiramos para contemplar o corpo de Sheila –, esses pensamentos se tornaram pesados e deprimentes.

Mas eu não tinha outra saída. Edna agarrou meu braço com força. Quando nos aproximamos, os joelhos dela fraquejaram. Ajudei-a a se manter de pé. Ela sorriu novamente para mim, mas, dessa vez, parecia haver uma doçura autêntica em seu sorriso.

– Eu a amava – murmurou. – Uma mãe nunca deixa de amar os filhos.

Assenti, com receio de falar. Demos mais um passo. Pensei que o processo não era tão diferente do embarque naquele maldito avião. Quase esperei que uma voz no alto-falante dissesse: "Os que estiverem nos assentos a partir da fileira 25 podem ver o corpo agora." Um pensamento estúpido, mas deixei minha cabeça viajar e tomar outros rumos. Qualquer coisa para me livrar daquilo.

Squares estava atrás de nós, era o último da fila. Mantive o olhar desviado, mas, à medida que avançávamos, sentia que uma esperança exagerada batia em meu peito. Acho que isso não é incomum. Tive a mesma experiência no enterro de minha mãe, aquela esperança de que, de algum modo, tudo não teria passado de um engano, um grande erro, de que eu olharia para o caixão e ele estaria vazio, ou aquele corpo não seria o de Sheila. Talvez fosse por isso que algumas pessoas gostassem dos caixões abertos. Finalização. Sabe, a gente acaba aceitando.

Eu estava com minha mãe quando ela morreu. Acompanhei seu último suspiro. Contudo, ainda me senti tentado a verificar o caixão naquele dia, só para ter certeza, só para ver se Deus não teria mudado de ideia.

Muitos enlutados, eu acho, passam por algo parecido. A negação faz parte do processo. Então esperamos o impossível.

Eu estava fazendo isso agora. Estava fazendo acordos com uma entidade na qual eu não acreditava realmente, rezando por um milagre – que as impressões digitais, o FBI, a identificação feita pelo Sr. e a Sra. Rogers, além de todos aqueles amigos e membros da família ali presentes, que de alguma maneira todos eles estivessem enganados, que Sheila na verdade ainda estivesse viva, que não tivesse sido assassinada e jogada à beira de uma estrada.

Mas é óbvio que isso não aconteceu.

Não exatamente assim.

Quando Edna Rogers e eu chegamos perto do caixão, obriguei-me a olhar para baixo. E quando o fiz, o chão se abriu sob os meus pés e comecei a afundar rapidamente.

– Eles fizeram um belo trabalho, não acha? – sussurrou a Sra. Rogers.

Ela agarrou o meu braço e começou a chorar. Mas tudo aquilo estava acontecendo em algum outro lugar, um lugar muito longe dali. Eu não estava com ela. Eu estava olhando para baixo. E foi então que a verdade se revelou para mim.

Sheila Rogers estava realmente morta. Não havia nenhuma dúvida disso.

Mas a mulher que eu amava, a mulher com quem eu havia vivido, que eu tivera em meus braços, com quem eu queria me casar, não era Sheila Rogers.

49

NÃO DESMAIEI, MAS CHEGUEI PERTO.

O salão girou de verdade. Meu campo de visão abriu e fechou, entrando e saindo de foco. Tropecei para a frente, quase caindo no caixão sobre Sheila Rogers – uma mulher que eu nunca tinha visto antes, mas que conhecia tão bem. Alguém avançou e agarrou o meu braço. Squares. Olhei para ele. Seu rosto estava sério e sem nenhuma cor. Nossos olhos se encontraram e ele fez um sinal discreto para mim com a cabeça.

Não tinha sido imaginação minha, nem uma miragem. Squares também vira.

Ficamos para o enterro. O que mais poderíamos fazer? Fiquei sentado ali, calado, sem conseguir tirar os olhos do corpo daquela desconhecida. Eu não podia fazer nada, meu corpo tremia, mas ninguém estava prestando atenção em mim. Afinal, tratava-se de um funeral.

Depois do enterro, Edna Rogers nos convidou para ir até a sua casa. Alegamos que o horário dos voos era muito apertado. Entramos no carro alugado. Squares ligou o motor. Esperamos até estarmos bem longe. Então, Squares estacionou o carro e me deixou falar.

❖ ❖ ❖

– Vamos ver se estamos seguindo o mesmo raciocínio – disse Squares.

Concordei, quase calmo agora. Novamente tive de me controlar, dessa vez procurando disfarçar a euforia. Não tentei imaginar o que acontecera, nem fiquei sonhando com as possibilidades, nada disso. Fiquei concentrado nos detalhes, nas minúcias. Tentei focalizar a atenção numa única árvore, porque não tinha condições de enxergar a floresta inteira.

– Tudo aquilo que ficamos sabendo sobre Sheila, sobre ela ter fugido, os anos que passou nas ruas se prostituindo, vendendo drogas, o fato de ela ter dividido o quarto com sua antiga namorada, as impressões digitais na casa do seu irmão, tudo isso...

– Tem a ver com a desconhecida que acabamos de enterrar – terminei a frase para ele.

– Então nossa Sheila, quer dizer, a mulher que nós pensávamos que fosse Sheila...

– Não fez nenhuma dessas coisas. E não era nada daquilo.

Squares ponderou.

– Um virada e tanto – disse ele.

Procurei sorrir.

– Definitivamente.

❖ ❖ ❖

No avião, Squares disse:

– Se a nossa Sheila não está morta, então ela está viva.

Olhei para ele.

– Tem gente que paga uma grana preta para ouvir essa sabedoria.

– E pensar que estou fazendo isso de graça.

– O que vamos fazer agora?

Cruzei os braços.

– Donna White.

– O nome que ela conseguiu com os Goldberg?

– Certo. O seu pessoal só checou as companhias aéreas?

Ele fez que sim.

– Estamos tentando descobrir como ela conseguiu fugir para o Oeste.

– Talvez possam ampliar o alcance da busca.

– Acho que sim.

A comissária de bordo serviu o lanche. Minha cabeça continuava girando. O voo estava me fazendo muito bem. Tive tempo para pensar. Infelizmente, também tive tempo para considerar a nova realidade, pensar em quais seriam as repercussões. Tentei me livrar desses pensamentos. Não queria deixar a esperança atrapalhar meu raciocínio. Ainda não. Eu ainda não sabia o bastante. Mas mesmo assim...

– Isso explica muita coisa – afirmei.

– Como o quê?

– O fato de ela ser tão cheia de segredos. Não querer aparecer em fotos. Ou de ter tão poucos pertences. O fato de não gostar de falar do passado.

Squares concordou.

– Uma vez, Sheila... – parei porque esse não era o nome dela – ela deixou escapar que tinha crescido numa fazenda. Mas o pai da verdadeira Sheila Rogers trabalhava numa fábrica de portas eletrônicas de garagem. Ela também ficava apavorada com a possibilidade de telefonar para os pais, porque, pura e simplesmente, eles não eram os pais dela. Achei que fosse por ter sido terrivelmente maltratada quando criança.

– Mas ela também podia estar se escondendo.

– Certo.

– Então, a verdadeira Sheila Rogers – continuou Squares, erguendo os olhos –, quer dizer, aquela que acabamos de enterrar, era ela quem saía com o seu irmão?

– É o que parece.

– E as digitais dela estavam na cena do crime.

– Certo.

– E a sua Sheila?

Dei de ombros.

– Tudo bem – disse Squares. – Então, vamos partir do pressuposto que a mulher que estava com Ken no Novo México, a mulher que os vizinhos viram, era Sheila Rogers, a mulher que morreu.

– Sim.

– E eles tinham uma garotinha com eles – continuou.

Silêncio.

Squares olhou para mim.

– Está pensando a mesma coisa que eu?

Fiz que sim.

– Que a garotinha era Carly. E que Ken podia muito bem ser o pai dela.

– Exato.

Recostei-me e fechei os olhos. Squares abriu o lanche, viu o que tinha dentro, e xingou.

– Will?

– O quê?

– A mulher que você amava. Faz alguma ideia de quem ela possa ser?

Ainda com os olhos fechados respondi:

– Nenhuma.

50

Squares foi para casa. Ele prometeu avisar assim que descobrisse alguma coisa sobre Donna White. Segui para a minha casa, completamente exausto. Quando cheguei à porta do apartamento e enfiei a chave na fechadura, alguém tocou meu ombro. Dei um pulo para trás, assustado.

– Está tudo bem – disse ela.

Era Katy Miller.

Sua voz estava rouca. Ela usava um colar cervical. Seu rosto estava inchado, os olhos injetados. Logo abaixo do queixo, onde o colar terminava, eu podia ver os hematomas em seu pescoço.

– Você está bem? – perguntei.

Ela fez que sim.

Abracei-a delicadamente, com um cuidado excessivo, mantendo distância, com receio de machucá-la ainda mais.

– Não vou quebrar – afirmou ela.

– Quando lhe deram alta? – perguntei.

– Há algumas horas. Não posso demorar. Se meu pai souber onde estou...

Levantei a mão.

– Não precisa dizer mais nada.

Empurramos a porta e entramos. Ela franzia o rosto de dor quando andava. Sentamo-nos no sofá. Perguntei se ela queria beber ou comer alguma coisa. Ela disse que não.

– Tem certeza que podia ter saído do hospital?

– Os médicos disseram que eu estava bem, mas que precisava descansar.

– Como se livrou do seu pai?

Ela tentou sorrir.

– Eu sou cabeça-dura.

– Estou vendo.

– E menti.

– Sem dúvida.

Ela virou os olhos para o lado – não podia mexer a cabeça – e pude vê-los marejar.

– Obrigada, Will.

Balancei a cabeça.

– Não posso deixar de pensar que foi tudo culpa minha.

– Bobagem.

Mexi-me no sofá.

– Quando você foi atacada, gritou o nome John. Pelo menos, acho que foi isso o que ouvi.

– A polícia me disse.

– Você não se lembra?

Ela balançou a cabeça.

– Do que você se lembra?

– Das mãos na minha garganta.

Ela olhou para o outro lado.

– Eu estava dormindo. Então alguém começou a apertar o meu pescoço. Lembro-me de ter ficado sem ar.

Sua voz sumiu.

– Sabe quem é John Asselta? – perguntei.

– Sei. Era amigo de Julie.

– Poderia estar se referindo a ele?

– Você quer dizer quando gritei John?

Ela ponderou.

– Não sei, Will. Por quê?

– Eu acho...

Lembrei-me da promessa que fizera a Pistillo, de que a manteria fora disso.

– Eu acho que ele pode ter tido alguma coisa a ver com o assassinato de Julie.

Ela ouviu sem pestanejar.

– Quando você diz que ele pode ter tido alguma coisa a ver com...

– É tudo o que posso dizer por enquanto.

– Você está parecendo os caras da polícia.

– Tem sido uma semana esquisita – expliquei.

– Conte-me o que você descobriu.

– Sei que você é curiosa, mas devia fazer o que os médicos disseram.

Ela olhou firme para mim.

– O que isso quer dizer?

– Acho que precisa descansar.

– Você quer que eu fique fora disso?

– Quero.

– Tem medo que eu me machuque outra vez?

– Tenho, e muito.

Seus olhos pegaram fogo.

– Posso cuidar de mim mesma.

– Não tenho dúvida. Mas agora estamos num terreno muito perigoso.

– E em que outro tipo de terreno estávamos até aqui?

Ela estava certa.

– Escute, preciso que confie em mim.

– Will?

– Sim?

– Você não vai se livrar de mim tão facilmente assim.

– Não quero me livrar de você. Mas preciso protegê-la.

– Não pode me proteger – respondeu ela suavemente. – Você sabe disso.

Eu não disse nada.

Katy se aproximou de mim.

– Tenho que resolver isso. Você, mais do que ninguém, deveria entender.

– Eu entendo.

– E então?

– Prometi que não diria nada.

– Prometeu a quem?

Balancei a cabeça.

– Confie em mim, está bem?

Ela se levantou.

– Nada disso.

– Estou tentando...

– E se eu mandasse você não se meter mais, você ia me escutar?

Mantive a cabeça baixa.

– Não posso dizer nada.

Ela foi para a porta.

– Espere um pouco – chamei.

– Não tenho mais tempo para isso agora – disse ela rapidamente. – Meu pai deve estar preocupado comigo.

Fiquei de pé.

– Ligue para mim, está bem?

Dei a ela o número do meu celular. Eu já sabia o dela de cor.

Ela bateu a porta ao sair.

◆◆◆

Katy Miller chegou à rua. Seu pescoço estava doendo muito. Ela estava forçando demais, sabia disso, mas não podia parar. Estava furiosa. Será que eles haviam entrado em contato com Will? Não parecia possível, mas vai ver ele era tão ruim quanto os outros. Talvez não. Ou então, acreditava mesmo que a estava protegendo.

Ela precisaria ter ainda mais cuidado agora.

Sua garganta estava seca. Estava louca para beber alguma coisa, mas engolir ainda era uma tarefa dolorosa. Ficou imaginando quando tudo aquilo iria acabar. Esperava que fosse logo. Mas aguentaria até o fim. Tinha prometido isso a si mesma. Não iria recuar, nem desistir, até que o assassino de Julie fosse levado à justiça, de um jeito ou de outro.

Ela pegou a Rua 18 na direção sul, depois virou para o oeste, na região dos grandes frigoríficos. O bairro estava calmo agora, naquele período entre o fim dos descarregamentos do dia e o começo da perversidade da noite. A cidade era assim, um palco onde se encenavam dois espetáculos a cada dia, com uma completa mudança de cenários, adereços e atores. Mas a qualquer hora do dia ou da noite, ou mesmo durante o crepúsculo, aquela rua sempre tinha cheiro de carne podre. Não havia jeito de se livrar dele. Se o cheiro era humano ou animal, Katy não tinha certeza.

O pânico voltou.

Ela parou e tentou livrar-se dele. A sensação daquelas mãos apertando a sua garganta, brincando com ela, abrindo e fechando a sua traqueia ao bel-prazer. Tamanho poder contra um total desamparo... Ele tinha impedido a sua respiração. Katy pensava nisso. Tinha apertado o seu pescoço até ela parar de respirar, até que sua força vital começasse a se esvair.

Exatamente como acontecera com Julie.

Ela estava tão perdida naquelas lembranças horripilantes que não reparou na presença de alguém, até que ele agarrou seu cotovelo. Ela se virou.

– O que...?

O Fantasma não a soltou.

– Ouvi dizer que você estava me chamando – disse ele com voz ronronante. E sorrindo, acrescentou: – Pois bem, estou aqui.

51

FIQUEI SENTADO ALI. KATY TINHA TODO o direito de ficar zangada. Mas eu podia suportar a raiva dela. Era preferível a outro enterro. Esfreguei os olhos. Coloquei os pés para cima. Acho que devo ter cochilado – não posso afirmar –, mas quando o telefone tocou, fiquei surpreso ao ver que já era de manhã. Verifiquei quem estava chamando. Era Squares. Tateei até encontrar o fone e levei-o ao ouvido.

– Bom dia – cumprimentei.

Ele foi direto ao assunto.

– Acho que encontramos Sheila.

◆◆◆

Meia hora depois, eu estava entrando no saguão do Hotel Regina.

Ficava a pouco mais de um quilômetro do meu apartamento. Havíamos pensado que ela fugira para o outro lado do país, mas Sheila – de que nome eu deveria chamá-la agora? – estivera tão perto...

A agência de detetives que Squares contratara não teve muito trabalho para localizá-la, principalmente porque ela passara a agir com menos cuidado desde a morte de sua xará. Tinha depositado dinheiro no First National Bank e feito compras com um cartão de crédito Visa. Não se pode viver nesta cidade – bem, em qualquer lugar que seja – sem um cartão de crédito. A época em que era possível se registrar num hotel sob um nome falso e pagar em dinheiro praticamente já se acabara. Ainda existem alguns buracos, antros inadequados para seres humanos, que fazem vista grossa, mas em quase todos os hotéis eles fazem questão, pelo menos, de arquivar uma cópia do cartão para o caso de alguém roubar alguma coisa ou danificar o quarto. A transação não precisava, necessariamente, ser feita com o cartão – como eu disse, eles só querem uma cópia –, mas ele é exigido mesmo assim.

Certamente ela acreditava estar segura, o que era compreensível. Os Goldberg, um casal que sobrevivera por causa da sua discrição, haviam lhe vendido uma identidade. Não havia razão para acreditar que eles falariam – o que só acontecera por causa de sua amizade com Squares e Raquel, além de, em parte, eles se culparem pelo suposto assassinato dela. Acrescente-se a isso o fato de que Sheila

Rogers estava "morta" e, portanto, ninguém mais tentaria localizá-la. Bem, tudo isso deve ter contribuído para que ela se descuidasse um pouco.

O cartão de crédito tinha sido usado no dia anterior para sacar dinheiro em um caixa eletrônico em Union Square. Então, era só procurar nos hotéis da redondeza. A maior parte do trabalho dos detetives é feita através de fontes de informação pagas. Os bons detetives têm fontes pagas nas companhias telefônicas, em firmas que fazem imposto de renda, em companhias de cartões de crédito, no Departamento de Trânsito, seja lá onde for. Se alguém acha que é difícil encontrar gente que se disponha a dar informações confidenciais em troca de dinheiro, é porque não lê os jornais diariamente.

Mas isso era ainda mais fácil. Bastava telefonar para os hotéis e pedir para falar com Donna White. Depois de algumas tentativas, alguém responderia "Um momento" e transferiria a chamada.

Agora, subindo os degraus que levavam ao saguão do Hotel Regina, sentia a euforia se apossar de mim. Ela estava viva. Mas eu não me deixaria convencer até que a visse com os meus próprios olhos. A esperança faz coisas estranhas com a cabeça da gente. Ela pode clarear, mas também pode escurecer. Antes eu havia acreditado que um milagre era possível, agora eu temia que tudo pudesse ser roubado de mim novamente, que, dessa vez, quando eu olhasse para dentro do caixão, a minha Sheila estaria lá.

Te amarei para sempre.

Era o que o bilhete dela dizia. Para sempre.

Aproximei-me da recepção. Eu tinha dito a Squares que queria resolver isso sozinho. Ele compreendeu. A recepcionista, uma mulher loira com um sorriso hesitante, falava ao telefone. Ela me mostrou os dentes e apontou para o fone, indicando que logo estaria livre para me atender. Dei de ombros, como se não estivesse com pressa, e me apoiei no balcão, fingindo estar relaxado.

Depois de um minuto, ela desligou o telefone e me deu toda a atenção.

– Posso ajudá-lo?

– Sim – respondi. Minha voz não soava natural, estava modulada demais, como se eu fosse um locutor de rádio. – Gostaria de falar com Donna White. Pode me informar o número do quarto dela?

– Desculpe, senhor, mas não informamos os números de quarto dos nossos hóspedes.

Dei um tapa na testa. Como é que eu podia ser tão burro?

– Claro, desculpe. Vou telefonar antes. Vocês têm um telefone interno?

Ela apontou para a direita. Três telefones brancos, dos quais era impossível ligar para fora, estavam alinhados na parede.

Peguei um dos fones e ouvi o sinal. Uma telefonista atendeu. Pedi a ela que tranferisse a chamada para o quarto de Donna White. Ela disse "Será um prazer" – a frase-padrão usada por funcionários de hotéis em todo o mundo –, e ouvi o telefone chamar.

Meu coração subiu até a garganta.

O telefone chamou duas vezes. Depois três. Fui transferido para a caixa de mensagens. Uma voz gravada comunicou que o hóspede em questão não estava disponível no momento, mas que eu poderia deixar um recado. Desliguei.

E agora?

Esperar, pensei. O que mais eu podia fazer? Comprei um jornal e encontrei um lugar no canto do saguão de onde eu podia ver a porta de entrada. Mantive o jornal sobre o rosto, como um espião, e me senti um perfeito idiota. Minhas entranhas se revolveram. Nunca me imaginei como o tipo de pessoa que tem dores de estômago, mas, nos últimos dias, uma acidez começara a me corroer.

Tentei ler o jornal – uma proposta totalmente inútil, é claro, já que não podia me concentrar. Não sentia o menor interesse pelo que estava acontecendo no mundo. Além disso, não conseguia ler nenhuma linha, olhando para a porta a cada três segundos. Virei as páginas. Olhei as imagens. Procurei os quadrinhos, mas até o Recruta Zero me pareceu cansativo.

Às vezes a recepcionista lançava um olhar na minha direção. Quando nossos olhos se encontravam, ela me dava um sorriso condescendente. Estava de olho em mim, com toda a certeza. Ou talvez isso fosse paranoia minha. Eu não passava de um homem num saguão, lendo um jornal. Não fizera nada que pudesse levantar suspeitas.

Passou uma hora e nada aconteceu. Meu celular tocou, atendi.

– Encontrou Sheila? – perguntou Squares.

– Ela não estava no quarto. Pelo menos não estava atendendo o telefone.

– Onde você está agora?

– Estou vigiando o saguão.

Squares fez um barulho.

– O quê? – perguntei.

– Você disse "vigiando"?

– Dá um tempo, o.k.?

– Cara, por que não contratamos dois caras da agência de detetives e fazemos a coisa direito? Eles ligam para a gente assim que ela voltar.

Pensei no que ele disse.

– Ainda não – determinei.

E então ela entrou.

Meus olhos se arregalaram. Comecei a respirar mais forte, sorvendo o ar. Meu Deus, era a minha Sheila. Ela estava viva. O telefone escapou das minhas mãos, quase caindo no chão.

– Will?

– Não posso falar agora.

– Ela está aí?

– Ligo depois.

Desliguei. Minha Sheila – vou chamá-la assim porque não sei de que outra forma poderia me referir a ela – havia mudado o cabelo. Estava mais curto, cortado em estilo chanel logo abaixo do seu pescoço de cisne. Ela usava uma franja também, e havia tingido o cabelo de negro. Mas o efeito geral... quando a vi, foi como se um punho gigante tivesse me dado um soco no peito.

Sheila continuou andando. Comecei a me levantar. Fiquei tonto e fui obrigado a parar. Ela caminhava do mesmo jeito de sempre – sem hesitação, a cabeça erguida, decidida. A porta do elevador já estava aberta e percebi que talvez não tivesse tempo.

Ela entrou. Eu estava de pé agora. Apressei-me pelo saguão, sem correr. Não queria fazer uma cena. Independentemente do que fosse acontecer ali – e do que a tivesse levado a desaparecer, mudar de nome, usar um disfarce, sabe Deus mais o quê –, era preciso manter a compostura. Eu não podia gritar o seu nome e sair correndo pelo saguão.

Meus pés estalaram de encontro ao mármore. O som ecoou alto demais aos meus ouvidos. Não ia dar tempo. Parei e vi a porta do elevador se fechar.

Droga!

Apertei o botão. Outro elevador abriu a porta imediatamente. Ia entrar nele, mas parei. De que adiantaria? Eu nem sabia para que andar ela fora. Fiquei olhando para o indicador luminoso do elevador onde Sheila estava. Os números se moviam regularmente, quinto andar, depois sexto.

Será que Sheila era a única pessoa no elevador?

Achava que sim.

O elevador parou no nono andar. Tudo bem, ótimo. Apertei o botão. O outro elevador ainda estava lá. Entrei depressa, apertei o botão do nono andar, torcendo para chegar lá antes que ela entrasse no quarto. A porta começou a fechar. Recostei-me ao fundo. No último segundo, alguém enfiou a mão pela fresta da porta, que voltou a se abrir. Um homem suado vestindo um terno cinza entrou suspirando e me cumprimentou com a cabeça. Apertou o botão do 11º andar. A porta se fechou de novo e o elevador começou a subir.

– Está quente lá fora – disse ele.

– É.

Ele suspirou outra vez.

– Um bom hotel, não?

Um turista, pensei. Eu já devia ter utilizado um milhão de elevadores em Nova York antes. Os nova-iorquinos conhecem a regra: ficar olhando para os números luminosos. Ninguém jamais puxa conversa.

Concordei educadamente e, assim que as portas se abriram, saí correndo. O corredor era longo. Olhei para a esquerda. Nada. Olhei para a direita e ouvi uma porta se fechando. Como um cão farejador, voei na direção do som. Do lado direito, pensei. No fim do corredor.

Segui meu faro auditivo, por assim dizer, e concluí que o som tinha vindo do 912 ou 914. Olhei para uma das portas, depois para a outra. Lembrei-me de um episódio de *Batman* em que a Mulher-Gato diz a ele que uma das portas levará a ela e a outra, a um tigre feroz. Batman escolheu a porta errada. Mas isso aqui não era *Batman*.

Bati às duas portas. Fiquei parado entre elas e esperei. Nada.

Bati novamente, dessa vez com mais força. Movimento. Fui premiado com algum tipo de movimento vindo do interior do 912. Fiquei bem na frente da porta. Ajustei o colarinho. Podia ouvir a corrente de segurança escorregando para o lado. Aprumei-me. A maçaneta girou e a porta começou a se abrir.

O homem era mal-encarado e parecia irritado. Vestia uma camiseta de gola em V e uma cueca samba-canção listrada. Ele ladrou:

– O que é?

– Desculpe. Estou procurando Donna White.

Ele colocou os punhos cerrados nos quadris.

– E eu tenho cara de Donna White?

Sons estranhos vinham de dentro do quarto. Fiquei atento. Gemidos. Gemidos falsos de prazer. Ele me encarou, mas não pareceu nada satisfeito. Dei um passo para trás. TV a cabo, pensei. Filmes de canais fechados. O homem estava vendo um filme pornô. Eu o havia interrompido.

– Desculpe – falei sem graça.

Ele bateu a porta na minha cara.

Tudo bem, eliminamos o quarto 912. Pelo menos, era o que eu esperava. Isso era loucura. Estava levantando a mão para bater à porta do quarto 914 quando ouvi uma voz perguntar:

– Posso ajudar?

Voltei-me e, no fim do corredor, vi um sujeito sem pescoço, o cabelo cortado bem rente, de paletó azul. Havia um logotipo bordado na lapela do paletó e um remendo no braço. O homem estufou o peito. Um orgulhoso segurança do hotel.

– Não, está tudo bem, obrigado – respondi.

Ele fechou a cara.

– O senhor é hóspede do hotel?

– Sou.

– Qual é o número do seu quarto?

– Eu não tenho um número de quarto.

– Mas o senhor acabou de dizer...

Bati à porta com força. O segurança correu na minha direção. Por um momento pensei que ele fosse pular em cima de mim, mas, no último instante, ele parou.

– Por favor, venha comigo.

Ignorei-o e bati mais uma vez. Nada. O segurança me pegou pelo braço. Soltei-me dele, bati de novo e gritei:

– Eu sei que você não é Sheila.

Aquilo o confundiu. Ele fechou ainda mais a cara. Ambos paramos e olhamos para a porta. Ninguém abriu. Ele segurou meu braço, mais gentilmente agora. Não resisti. Descemos o elevador e ele mandou que eu desse o fora.

Eu estava na calçada. Voltei-me. O segurança tornou a estufar o peito e cruzou os braços.

E agora?

Outra regra de Nova York: nunca fique parado na calçada. O fluxo de pedestres deve ser contínuo. As pessoas andam apressadas, não esperam encontrar ninguém plantado no meio do caminho. Se isso acontece, elas podem até se desviar, mas não param jamais.

Procurei um lugar seguro. O segredo era ficar o mais perto possível do prédio. Encolhi-me junto a uma janela, peguei meu celular, disquei para o hotel e pedi que transferissem a ligação para o quarto de Donna White. Ouvi outro "Será um prazer" e fizeram a ligação.

Não houve resposta.

Dessa vez deixei um recado simples com o número do meu celular, tentando não parecer estar implorando que ela retornasse a chamada.

Coloquei o telefone de volta no bolso e novamente me perguntei: e agora?

Minha Sheila estava lá dentro. Pensar nisso me fez levitar. Estava ansioso demais. Havia tantas possibilidades... Tantas incertezas... Obriguei-me a não pensar em mais nada.

Tudo bem, então o que isso significava exatamente? Haveria outra saída? Pelo porão ou pelos fundos? Será que, por trás daqueles óculos escuros, ela havia me visto? Será que foi por isso que se apressou para o elevador? Quando a segui, será que me enganara quanto ao número do quarto? Podia ser.

Sabia que ela estava no nono andar. Era um começo. Ou será que não? Se ela tivesse me visto, podia ter parado em outro andar para despistar.

Será que devo ficar parado aqui?

Não sabia. Não podia ir para casa, disso eu tinha certeza. Respirei fundo. Vi os pedestres passarem apressados. Havia tantos deles, era como uma massa turva, entidades separadas que formavam um todo. E então, em meio àquela massa humana, eu a vi.

Meu coração parou.

Ela ficou lá, olhando para mim. Eu estava entorpecido demais para me mover. Senti algo se formar dentro de mim. Coloquei a mão na boca para conter um grito. Ela veio andando em minha direção. Lágrimas brotavam dos seus olhos. Balancei a cabeça. Ela não parou. Quando chegou perto, me abraçou com força.

– Está tudo bem – sussurrou.

Fechei os olhos. Por um longo tempo ficamos abraçados. Não dissemos nada. Não nos mexemos. Apenas deslizamos para longe dali.

52

– MEU NOME VERDADEIRO É NORA SPRING.

Estávamos sentados no andar subterrâneo da Starbucks na Park Avenue, num canto perto da saída de emergência. Não havia mais ninguém lá. Ela mantinha os olhos na escada, preocupada com a possibilidade de eu ter sido seguido. Como em qualquer Starbucks, o ambiente era decorado em tons terrosos, com pinturas de espirais surrealistas e fotos de homens de pele morena alegremente colhendo grãos de café. Ela tomava um copo grande de Caffe Latte gelado, que segurava com as duas mãos. Eu escolhi um Frappuccino.

As cadeiras eram vermelhas, imensas e confortavelmente estofadas. Aproximamos os nossos assentos e demos as mãos. Eu estava confuso, é claro. Queria respostas. Mas acima de tudo, em um plano muito mais elevado, uma alegria pura se derramava sobre mim. Era uma sensação espantosa. Eu estava calmo. Estava feliz. Independentemente do que eu viesse a saber, nada alteraria isso. A mulher que eu amava estava de volta. Nada poderia mudar o que eu sentia.

Ela bebeu o café.

– Me perdoe – disse ela.

Apertei sua mão.

– Por ter fugido daquele jeito. Por deixar que você pensasse...

Ela parou por um instante.

– Eu nem imagino o que você deve ter pensado.

Seus olhos encontraram os meus.

– Nunca quis magoá-lo.

– Está tudo bem – anunciei.

– Como descobriu que eu não era Sheila?

– No funeral. Eu vi o corpo.

– Eu queria contar tudo, principalmente depois que eu soube que ela tinha sido assassinada.

– Por que não contou?

– Porque Ken me disse que poderiam matar você.

O nome do meu irmão me sacudiu. Nora desviou o rosto. Coloquei a mão em seu braço e fui subindo até o ombro. A tensão havia retesado seus músculos. Massageei-os delicadamente, um momento familiar para nós. Ela fechou os olhos e deixou meus dedos trabalharem. Por um longo tempo nenhum de nós falou. Quebrei o silêncio.

– Há quanto tempo você conhece meu irmão?

– Quase quatro anos – respondeu ela.

Assenti. Embora estivesse atordoado, tentei encorajá-la a revelar mais, porém ela ainda tinha o rosto voltado para o outro lado. Segurei gentilmente o seu queixo e a virei para mim. Beijei-a de leve nos lábios.

Ela disse:

– Eu te amo demais.

A emoção quase me levantou da cadeira.

– Eu também te amo.

– Estou assustada, Will.

– Eu vou proteger você.

Ela sustentou o meu olhar.

– Eu menti para você. O tempo todo que estivemos juntos.

– Eu sei.

– Acredita mesmo que conseguiremos superar isso?

– Já perdi você uma vez. Não vou deixar isso acontecer novamente.

– Tem tanta certeza assim?

– Te amarei para sempre... – respondi.

Ela estudou o meu rosto. Eu não sabia o que ela estava procurando.

– Eu sou casada, Will.

Tentei manter uma expressão serena, mas não era fácil. As palavras se enroscaram em mim e me apertaram como uma cobra. Quase afastei minha mão.

– Me diga o que aconteceu – pedi.

– Há cinco anos fugi do meu marido, Cray. Ele era – ela fechou os olhos – incrivelmente agressivo. Não quero entrar em detalhes. Isso não importa agora. Morávamos numa cidade chamada Cramden. Não é longe de Kansas City. Um dia, depois de ter ido parar no hospital por causa dele, resolvi fugir. Isso é tudo o que você precisa saber.

Concordei.

– Eu não tenho família. Tinha amigos, mas não queria envolvê-los. Cray é louco. Ele não me deixava em paz. Ele me ameaçava... – Sua voz enfraqueceu. – De qualquer forma, eu não queria colocar outras pessoas em risco. Então, encontrei um abrigo que ajudava mulheres que sofriam maus-tratos. Eles me acolheram. Eu disse a eles que queria recomeçar. Queria sair de lá. Mas tinha medo de Cray. Ele é policial. Você não faz ideia... Quando uma pessoa vive aterrorizada por tanto tempo, ela começa a pensar que o agressor é onipotente. Não dá para explicar.

Aproximei-me um pouco mais dela, ainda segurando sua mão. Eu já tinha visto as consequências da violência doméstica e compreendia.

– O abrigo me ajudou a fugir para a Europa. Fui morar em Estocolmo. Foi duro. Arranjei um emprego como garçonete. Ficava sozinha o tempo todo. Queria voltar, mas ainda tinha muito medo do meu marido, não ousava. Depois de seis meses, pensei que fosse enlouquecer. Ainda tinha pesadelos, sonhava que Cray havia me achado...

Ela fez uma pausa. Eu não sabia o que fazer. Tentei me aproximar ainda mais dela. Os braços das cadeiras já estavam grudados, mas acho que ela notou a minha intenção e apreciou o meu gesto.

– Até que conheci uma mulher. Uma americana que estava morando lá. Aos poucos nós nos aproximamos, mas havia alguma coisa diferente nela. Acho que nós duas parecíamos estar fugindo. Éramos muito solitárias, apesar de ela, pelo menos, ter um marido e uma filha. Eles também estavam escondidos. No começo eu não sabia por quê.

– E essa mulher era Sheila Rogers – concluí.

– Isso.

– E o marido dela... – parei e engoli em seco – era o meu irmão.

Ela fez que sim.

– Eles têm uma filha chamada Carly.

Eu estava começando a entender.

– Sheila e eu ficamos muito amigas e, embora Ken tenha levado um pouco mais de tempo para confiar em mim, acabamos nos aproximando também. Fui morar com eles e comecei a ajudá-los a cuidar de Carly. Sua sobrinha é uma criança maravilhosa, Will. É inteligente e bonita e, não quero discutir metafísica nem nada, mas ela tem uma espécie de aura ao redor dela.

Minha sobrinha. Ken tinha uma filha. Eu tinha uma sobrinha que nunca vira.

– Seu irmão falava de você o tempo inteiro, Will. Ele podia falar da sua mãe, do seu pai e até mesmo de Melissa, mas você era o mundo dele. Ele acompanhou a sua carreira. Sabia tudo a respeito do seu trabalho na Covenant House. Ele já estava escondido havia quantos anos, sete? Também se sentia sozinho, eu acho. Assim, depois que passou a confiar em mim, conversava muito comigo. E a pessoa de quem ele mais falava era você.

Pisquei e olhei para a mesa. Vi o guardanapo marrom da Starbucks. Tinha impresso um poema ridículo a respeito do aroma do café e uma promessa. Era feito de papel reciclado. Era marrom porque não usavam alvejante.

– Você está bem? – perguntou ela.

– Estou ótimo – respondi.

Olhei para cima.

– E o que aconteceu depois?

– Entrei em contato com uma amiga da cidade onde eu morava. Ela me disse que Cray havia contratado um detetive particular e sabia que eu estava em Estocolmo. Entrei em pânico, mas, ao mesmo tempo, estava pronta para seguir adiante. Como disse, eu antes vivia com Cray no Missouri. Achei que, se me mudasse para Nova York, estaria segura. Mas precisava de outra identidade, caso Cray continuasse me procurando. Sheila estava na mesma situação. Sua identidade falsa era só fachada, só uma mudança de nome. Foi aí que arquitetamos um plano bem simples.

Assenti, adivinhando o que ela ia dizer.

– Vocês trocaram de identidade.

– Exatamente. Ela se tornou Nora Spring e eu, Sheila Rogers. Assim, se o meu marido fosse atrás de mim, ele só encontraria a esposa de Ken. E se as pessoas que estavam à procura deles achassem Sheila Rogers, bem, como você está vendo, isso também não daria em nada.

Ponderei sobre isso, mas ainda havia uma coisa que não se encaixava.

– Tudo bem, foi assim que você se tornou Sheila Rogers. Vocês trocaram de identidade.

– Isso.

– E você veio parar aqui em Nova York.

– É.

– E – aqui entrava a parte que eu não estava entendendo – por acaso nós acabamos nos conhecendo.

Nora sorriu.

– Você está intrigado a nosso respeito, não está?

– Acho que sim.

– Está achando que foi muita coincidência eu me apresentar como voluntária exatamente onde você trabalha?

– Parece pouco provável que tenha sido por acaso – concordei.

– Bem, você tem razão. Não foi coincidência.

Ela se recostou e suspirou.

– Não estou bem certa de como explicar, Will.

Apenas segurei sua mão e esperei.

– Bem, você precisa compreender. Eu me sentia muito sozinha no exterior. Eu só tinha o seu irmão, Sheila e, é claro, Carly. Passava o dia inteiro ouvindo seu irmão dizer maravilhas a seu respeito, era como se... como se você fosse diferente de todos os homens que eu já tinha conhecido. Na verdade, acho que já estava meio apaixonada por você mesmo antes de conhecê-lo. Então disse a mim mesma que, quando viesse para Nova York, iria encontrá-lo e ver como você realmente era. Talvez, se eu achasse que estava tudo bem, podia até dizer que o seu irmão estava vivo, que era inocente, apesar de Ken ter afirmado várias vezes que isso seria muito perigoso. Não foi um plano propriamente. Vim para Nova York e um dia simplesmente resolvi entrar na Covenant House e, seja pelo destino, ou por sorte, ou o que for, desde o primeiro momento em que o vi, Will, soube que amaria você para sempre.

Eu estava receoso, confuso, mas sorridente.

– O que foi? – perguntou ela.

– Eu te amo.

Ela pousou a cabeça no meu ombro. Ficamos quietos. Havia mais. As respostas viriam com o tempo. Por enquanto, saboreávamos em silêncio o fato de estarmos um com o outro. Depois de alguns minutos, Nora continuou:

– Há algumas semanas, eu estava sentada junto à sua mãe no hospital. Ela estava sentindo muita dor, Will. Não suportava mais, ela me confessou. Queria morrer. Estava se sentindo muito mal, você sabe.

Assenti.

– Eu amava muito a sua mãe. Acho que você sabe disso.

– Sim, eu sei.

– Não podia ficar lá sentada sem fazer nada. Então, quebrei a promessa que havia feito ao seu irmão. Antes de ela morrer, quis que soubesse a verdade. Ela merecia. Quis que soubesse que o filho estava vivo, que a amava e que não tinha feito mal a ninguém.

– Você contou a ela a respeito de Ken?

– Contei. Mas mesmo em meio ao torpor em que estava, ela não acreditou. Acho que precisava de uma prova.

Fiquei gelado e me voltei para ela. Agora eu entendia o que havia acontecido. A visita ao quarto de minha mãe depois do enterro. O retrato escondido atrás da moldura.

– Então você deu à minha mãe aquela fotografia de Ken.

Nora fez que sim.

– Ela não chegou a vê-lo pessoalmente. Só na fotografia.

– Isso mesmo.

O que explicava por que nunca ficamos sabendo de nada.

– Mas você disse a ela que ele voltaria.

– Disse.

– E estava mentindo?

Ela pensou.

– Talvez eu estivesse exagerando, mas não, não acredito que fosse totalmente mentira. Sheila entrou em contato comigo quando capturaram Ken. Ele sempre fora muito cuidadoso. Tinha tudo preparado para Sheila e Carly. Assim, quando o pegaram, as duas fugiram. A polícia nunca ficou sabendo a respeito delas. Sheila ficou no exterior até Ken achar que era seguro. Então ela voltou escondida.

– E procurou você quando chegou?

– Sim.

Tudo começava a se encaixar.

– Ligou de um telefone público no Novo México.

– Exatamente.

Era um dos telefonemas de que Pistillo havia falado – o primeiro dos dois que foram feitos do Novo México para o meu apartamento.

– O que aconteceu depois?

– Tudo começou a dar errado – explicou ela. – Recebi um telefonema de Ken. Ele estava muito angustiado. Alguém os havia encontrado. Ele e Carly não estavam lá quando dois homens invadiram a casa. Torturaram Sheila para saber onde ele estava. Foi quando Ken chegou. Ele atirou nos dois. Mas Sheila estava gravemente ferida. Ele me telefonou avisando que eu precisava fugir. A polícia encontraria as impressões digitais de Sheila. McGuane ficaria sabendo que Sheila Rogers tinha estado com Ken.

– E todos começariam a procurar Sheila – concluí.

– Exatamente.

– E agora você era ela. Então tinha que sumir.

– Eu queria contar tudo a você, mas Ken foi taxativo. Se você não soubesse de nada, estaria seguro. Também me alertou sobre Carly. Aquela gente havia torturado e matado a mãe dela. Eu não iria me perdoar nunca se alguma coisa acontecesse a Carly.

– Quantos anos ela tem?

– Deve ter 12 agora.

– Então ela nasceu antes de Ken fugir.

– Acho que tinha seis meses.

Outro ponto doloroso. Ken tinha uma filha e nunca me contara. Perguntei:

– Por que ele a manteve em segredo?

– Não sei.

Até então eu tinha conseguido seguir a lógica, mas não via como Carly se encaixava naquilo tudo. Fiquei remoendo. Seis meses antes de ele ter sumido... O que estaria acontecendo na vida dele? Isso foi pouco antes de o FBI pegá-lo. Podia haver alguma ligação? Será que Ken temia que suas ações pudessem colocar a filha em perigo? Fazia sentido, concluí.

Não, estava faltando alguma coisa.

Eu estava a ponto de fazer outra pergunta pertinente, tentar conseguir mais detalhes, quando meu celular tocou. Devia ser Squares. Verifiquei. Não era ele, mas reconheci o número imediatamente. Katy Miller. Atendi.

– Katy?

– Não, você se enganou. Tente de novo, por favor.

O medo se apoderou novamente de mim. Meu Deus! O Fantasma! Fechei os olhos.

– Se você machucá-la, juro que...

– Que é isso, Will? – interrompeu o Fantasma. – Ameaças impotentes são indignas de você.

– O que você quer?

– Precisamos bater um papo, garotão.

– Onde ela está?

– Quem? Ah, está falando de Katy? Ora, ela está bem aqui.

– Quero falar com ela.

– Não acredita em mim, Will? Isso me magoa.

– Quero falar com ela – repeti.

– Quer uma prova de que ela está viva?

– Isso mesmo.

– Tenho uma ideia – respondeu o Fantasma, usando uma voz sedosa. – Posso fazê-la gritar para você ouvir. Isso ajuda?

Fechei os olhos novamente.

– Não estou ouvindo, Will.

– Não.

– Tem certeza? Não seria problema nenhum. Um grito só, bem profundo, daqueles de estraçalhar os nervos. O que você me diz?

– Por favor, não a machuque. Ela não tem nada a ver com isso.

– Onde você está?

– Na Park Avenue.

– Seja mais preciso.

Descrevi um lugar a dois quarteirões dali.

– Vou mandar um carro pegar você dentro de cinco minutos. Entre nele. Está entendendo?

– Sim, estou.

– E, Will?

– O quê?

– Não telefone para ninguém. Não conte a ninguém. O pescoço de Katy Miller já está machucado por causa de nosso último encontro. Não preciso dizer como estou tentado a testar a resistência dele.

Ele fez uma pausa e então sussurrou:

– Ainda está me ouvindo, velho amigo?

– Estou.

– Fique firme. Tudo isso vai acabar logo.

53

CLAUDIA FISHER IRROMPEU pelo escritório de Joseph Pistillo.

Pistillo levantou a cabeça.

– O que houve?

– Raymond Cromwell não apareceu no trabalho hoje.

Cromwell era o agente disfarçado que eles tinham infiltrado no escritório de Joshua Ford, o advogado de Ken Klein.

– Pensei que ele estivesse usando uma escuta.

– Eles tinham uma reunião no escritório de McGuane. Ele não podia entrar lá com a escuta.

– E ninguém mais o viu depois desse encontro?

Fisher balançou a cabeça.

– Ford também desapareceu.

– Jesus Cristo!

– O que o senhor quer fazer?

Pistillo se levantou imediatamente.

– Convoque todos os agentes que puder. Vamos dar uma batida no escritório de McGuane.

◆ ◆ ◆

Deixar Nora – eu já havia me habituado ao nome – me partia o coração, mas que outra escolha eu tinha? A ideia de Katy sozinha com aquele psicopata me corroía. Lembrei-me de como me sentira ao ficar algemado na cama, impotente enquanto ele a atacava. Fechei os olhos e desejei não pensar mais nisso.

Nora tentou me impedir, mas acabou entendendo. Era algo que eu precisava fazer. Nosso beijo de despedida foi doce. Afastei-me. As lágrimas retornaram aos olhos dela.

– Volte para mim – disse ela.

Prometi que sim e saí depressa.

O carro era um Ford Taurus preto com vidros escuros. O motorista estava sozinho. Não o reconheci. Ele me entregou uma venda e ordenou que eu tapasse os olhos e me deitasse no banco traseiro. Obedeci. Ele ligou o carro e partimos. Usei o tempo que tinha para pensar. Eu já sabia bastante. Mas não tudo. Não o suficiente. Mas estava quase convencido de que o Fantasma estava certo: tudo acabaria logo.

Tentei recapitular os acontecimentos, e foi isto o que concluí: há 11 anos Ken estava envolvido em atividades ilegais com McGuane e o Fantasma. Eu não podia mais negar. Ken havia agido mal. Ele podia ter sido um herói para mim, mas minha irmã, Melissa, havia lembrado bem que ele era dado à violência. Eu poderia tentar argumentar que na verdade ele gostava de emoções fortes, que se sentia atraído pelo perigo. Mas isso era apenas uma questão de ponto de vista.

A certa altura, Ken foi preso e concordou em ajudar o FBI a pegar McGuane. Arriscou a vida. Bancou o informante. Usou uma escuta. De alguma forma, McGuane e o Fantasma descobriram. Ken fugiu. Foi para casa, embora eu não saiba exatamente por quê, como também não sei onde Julie se encaixa nisso tudo. De qualquer maneira, fazia mais de um ano que ela não ia para casa. A volta dela teria sido coincidência? Será que ela estava lá apenas para ficar perto de Ken?

Talvez estivessem tendo um caso ou ele fosse seu fornecedor de drogas. Será que o Fantasma a seguiu, sabendo que, mais cedo ou mais tarde, ela o levaria a Ken?

Eu não sabia nada sobre isso. Pelo menos, ainda não.

Seja como for, o Fantasma achou os dois, provavelmente num momento inoportuno. Atacou. Ken ficou ferido, mas fugiu. Julie não teve tanta sorte. O Fantasma queria pressionar Ken, de modo que o incriminou pelo assassinato. Com medo de ser morto ou coisa pior, Ken fugiu. Pegou sua namorada, Sheila Rogers, e a filha, Carly, e os três desapareceram.

Apesar da venda nos olhos, percebi que estávamos entrando em um lugar escuro. Havia um barulho abafado feito pelo deslocamento do ar. Tínhamos entrado em um túnel. Podia ser o Midtown, mas eu acreditava que estávamos no Lincoln, seguindo em direção a Nova Jersey. Pensei no papel de Pistillo em tudo isso. Para ele, tudo se resumia à velha questão sobre "os fins justificarem os meios". Dependendo das circunstâncias, ele poderia até ser um defensor implacável da lei, mas esse caso era pessoal. Não era difícil entender seu ponto de vista. Ken era um criminoso. Tinha feito um acordo e, não importava o motivo, havia faltado com a palavra ao fugir. Pistillo começara uma busca implacável. Fizera de Ken um fugitivo, contando com o fato de que o mundo inteiro passaria a caçá-lo.

Passam-se os anos. Ken e Sheila ficam juntos. A filha deles, Carly, cresce. Então, um dia, Ken é pego. É levado de volta aos Estados Unidos e acredita, suponho, que vai ser condenado por assassinato. Mas as autoridades sempre souberam a verdade. Não estão atrás dele por causa da morte de Julie. Querem a cabeça do monstro, McGuane. E Ken ainda pode ajudar a entregá-la.

Então fazem um novo acordo. Ken se esconde no Novo México. Quando acredita estar seguro, Sheila e Carly deixam a Suécia para ficar com ele. Mas McGuane é um inimigo poderoso. Fica sabendo onde eles estão. Manda dois homens. Ken não está em casa, mas eles torturam Sheila para descobrir onde encontrá-lo. Ken os surpreende, mata-os, coloca a mulher e a filha no carro e foge de novo. Avisa Nora, que está usando a identidade de Sheila, de que as autoridades e McGuane estarão na sua cola. Ela é obrigada a fugir também.

Isso era tudo o que eu sabia.

O Ford Taurus parou. Ouvi o motorista desligar o motor. Chega de passividade, pensei. Se eu tivesse alguma esperança de sair disso com vida, teria que ser mais firme. Arranquei a venda e olhei meu relógio. Havíamos rodado por uma hora. Sentei-me.

Estávamos no meio de um bosque cerrado. O solo estava coberto de folhas de pinheiro. As árvores estavam cheias e verdes. Havia uma pequena estrutura de alumínio sobre uma plataforma a quase três metros do chão. Parecia um barracão construído para alguma finalidade específica, alguma construção industrial abandonada. Os cantos e a porta estavam enferrujados.

O motorista ordenou:

— Saia.

Fiz o que ele mandou. Meus olhos fitaram a estrutura. Vi a porta se abrir e o Fantasma sair. Ele estava todo de preto e acenou para mim.

— Olá, Will.

— Onde está ela? – perguntei.

— Quem?

— Não me venha com gracinhas.

O Fantasma cruzou os braços.

— Ora, ora – disse ele –, o soldadinho corajoso!

— Onde está ela?

— Está se referindo a Katy Miller?

— Você sabe que estou.

Ele assentiu. Tinha algo na mão. Uma espécie de corda. Um laço. Gelei.

— Ela se parece tanto com a irmã, você não acha? Como eu podia resistir? Quer dizer, aquele pescoço. Aquele lindo pescocinho de cisne. Já estava machucado...

Tentei impedir que minha voz tremesse.

— Onde está ela?

Ele piscou.

— Está morta, Will.

Meu coração afundou.

— Cansei de esperar e...

Ele começou a rir. Sua gargalhada ecoou no silêncio, arranhando o ar, agarrando-se às folhas. Fiquei ali, imóvel. Ele apontou e gritou.

— Peguei você! Eu só estava gozando da sua cara, pequeno Willie, me divertindo um pouco. Katy está bem.

Ele fez sinal para que eu me aproximasse.

— Venha e veja você mesmo.

Caminhei depressa até a plataforma, o coração na garganta. Havia uma escada enferrujada. Subi. O Fantasma ainda estava rindo. Empurrei-o para passar e abri a porta do barracão de alumínio. Virei à direita.

Katy estava lá.

A risada do Fantasma ainda ecoava em meus ouvidos. Apressei-me até ela. Seus olhos estavam abertos, o cabelo caído sobre eles. As marcas em seu pescoço haviam adquirido um tom amarelado. Seus braços estavam amarrados a uma cadeira, mas ela não parecia estar machucada.

Abaixei-me e afastei o cabelo do seu rosto.

– Você está bem? – perguntei.

– Estou.

Podia sentir a fúria crescendo dentro de mim.

– Ele machucou você?

Katy Miller balançou a cabeça. A voz tremeu.

– O que ele quer conosco?

– Por favor, deixe que eu responda à pergunta.

Voltamo-nos quando o Fantasma entrou. Ele deixou a porta aberta. O chão estava entulhado de garrafas de cerveja quebradas. Havia um velho arquivo de metal em um canto da sala e um laptop no outro, alem de três cadeiras dobráveis de metal. Katy estava sentada numa delas. O Fantasma pegou a segunda e fez sinal para que eu me sentasse na que estava à sua esquerda. Continuei de pé. Ele suspirou e voltou a se levantar.

– Preciso da sua ajuda, Will. – Ele olhou para Katy. – E pensei que, se a Srta. Miller estivesse aqui com a gente, bem – o Fantasma deu um sorriso que fez minha pele arrepiar –, ela poderia funcionar como uma espécie de incentivo.

Enfrentei-o.

– Se você machucá-la, se encostar a mão nela, eu...

O Fantasma não se intimidou. Não recuou. Apenas agarrou o meu queixo e aplicou um golpe em meu pescoço. Um gemido abafado escapou dos meus lábios. Senti como se estivesse engolindo minha própria garganta. Cambaleei para o lado. O Fantasma não teve pressa. Abaixou-se e me deu um soco. Seu punho fechado atingiu os meus rins. Caí de joelhos, quase paralisado pelo golpe.

Ele me olhou de cima.

– Seu comportamento está me dando nos nervos, pequeno Willie.

Eu estava prestes a vomitar.

– Precisamos entrar em contato com o seu irmão – continuou. – É por isso que você está aqui.

Olhei para cima.

– Não sei onde ele está.

Ele se afastou e ficou atrás da cadeira de Katy, colocando suavemente as mãos nos ombros dela. Ela se encolheu ao seu toque. Ele esticou os dedos e afagou as manchas em seu pescoço.

– Estou dizendo a verdade – enfatizei.

– Ora, eu acredito em você.

– Então, o que você quer?

– Eu sei como entrar em contato com Ken.

Fiquei confuso.

– Como?

– Você já viu esses filmes antigos em que o fugitivo deixa recados nos classificados do jornal?

– Acho que sim.

O Fantasma sorriu, aparentemente satisfeito com a minha resposta.

– Ken está um passo adiante. Ele está usando a internet. Mais especificamente, ele deixa e recebe mensagens num site chamado rec.music.elvis.com. Como deve ter percebido, é uma comunidade de fãs de Elvis. Por exemplo, se o advogado quiser fazer contato com ele, entra com um codinome no fórum e deixa uma mensagem com a data e a hora. Então Ken fica sabendo exatamente quando entrar no Messenger.

– Messenger?

– É Messenger. Acho que você conhece. Impossível localizar. A sala de bate-papos é particular.

– Como sabe de tudo isso? – perguntei.

Ele sorriu de novo e colocou as mãos ainda mais perto do pescoço de Katy.

– Obter informações é uma das minhas especialidades.

Suas mãos se afastaram de Katy. Percebi que eu havia prendido a respiração. O Fantasma colocou a mão no bolso e tirou novamente o laço.

– E o que você quer de mim? – indaguei.

– Seu irmão não quis se encontrar com o advogado dele – disse o Fantasma. – Acho que ele suspeitou que fosse uma armadilha. Marcamos outro encontro pelo Messenger. Estamos muito esperançosos de que você possa convencê-lo a se encontrar conosco.

– E se eu não conseguir?

Ele ergueu a corda. Havia um cabo de madeira preso a uma das extremidades.

– Sabe o que é isto?

Não respondi.

– É um laço punjabi – continuou ele, como se estivesse iniciando uma palestra. – Utilizado pelos *thugs*. São assassinos silenciosos da Índia. Algumas pessoas acreditam que foram exterminados no século XIX. Outras, bem, não têm tanta certeza.

Ele olhou para Katy e levantou a arma.

– Preciso continuar, Will?

Balancei a cabeça.

– Ele vai saber que é uma armadilha – argumentei.

– Sua função é convencê-lo do contrário. Se fracassar – ele olhou para o alto, sorrindo –, bem, olhando pelo lado positivo, você terá a oportunidade de ver quanto Julie sofreu anos atrás.

Eu podia sentir meu sangue fugindo.

– Você vai matá-lo – falei.

– Não necessariamente.

Eu sabia que era mentira, mas o rosto dele era aterrorizantemente sincero.

– Seu irmão gravou fitas, recolheu informações incriminadoras – explicou. – Mas nunca mostrou nada aos federais. Manteve tudo escondido durante todos esses anos. Isso é bom. Demonstra cooperação, que ele ainda é o Ken que todos nós conhecemos e amamos. E... – ele fez uma pausa – ele tem algo que eu quero.

– O quê? – perguntei.

Ele me ignorou.

– A proposta é a seguinte: se ele devolver tudo e prometer desaparecer de uma vez, todos nós podemos seguir adiante.

Mentira. Eu sabia. Ele pretendia matar Ken. Mataria todos nós. Eu não tinha dúvidas quanto a isso.

– E se eu não acreditar em você?

Ele deixou a corda cair ao redor do pescoço de Katy. Ela deu um gritinho. O Fantasma sorriu e olhou direto para mim.

– Isso importa?

Engoli em seco.

– Acho que não.

– Acha?

– Vou cooperar.

Ele soltou a corda, que ficou pendurada no pescoço dela como o mais perverso dos colares.

– Não toque nisso – ordenou. – Temos uma hora. Use esse tempo para ficar olhando para o pescoço dela, Will. E imaginando.

54

Mᴄɢᴜᴀɴᴇ ꜰᴏʀᴀ ᴘᴇɢᴏ ᴅᴇꜱᴘʀᴇᴠᴇɴɪᴅᴏ.

Ele viu o FBI invadindo o seu escritório. E isso ele não havia previsto. Sim, Joshua Ford era importante. Sim, seu desaparecimento certamente despertaria suspeitas, mesmo depois de ele ter obrigado Ford a ligar para a mulher e dizer que tinha sido chamado para tratar de "um assunto delicado" fora da cidade. Mas uma reação tão violenta? Parecia um exagero.

Não importava. McGuane estava sempre preparado. O sangue havia sido limpo com um solvente novíssimo à base de peróxido, e nem mesmo os testes mais modernos poderiam encontrar vestígios. Os cabelos e as fibras tinham sido eliminados, mas, mesmo que encontrassem alguma coisa, isso não importava. Ele não negaria que Ford e Cromwell haviam estado lá. Admitiria o fato com satisfação. Também afirmaria que tinham ido embora. E podia provar: seus seguranças já haviam alterado digitalmente a gravação que mostrava Ford e Cromwell saindo do prédio por livre e espontânea vontade.

McGuane apertou um botão que automaticamente formatava o computador. Nada seria encontrado. McGuane já havia feito o backup automático. De hora em hora, seus computadores enviavam uma cópia de todos os seus arquivos para uma conta secreta de e-mail, onde ficavam armazenados em segurança no ciberespaço. Só McGuane sabia o endereço. Podia recuperar os dados quando quisesse.

Ele se levantou e ajeitou a gravata enquanto Pistillo irrompia pela porta com Claudia Fisher e mais dois agentes. Pistillo apontou a arma para McGuane.

McGuane levantou os braços. Não havia medo algum em seu rosto. Ele jamais demonstrava estar com medo.

– Que surpresa agradável...

– Onde estão eles? – gritou Pistillo.

– Quem?

– Joshua Ford e o agente especial Raymond Cromwell.

McGuane não pestanejou. Isso explicava tudo.

– Você está me dizendo que o Sr. Cromwell é um agente federal?

– Estou – vociferou Pistillo. – Onde está ele?

– Nesse caso eu gostaria de registrar uma queixa.

– O quê?

– O agente Cromwell se fez passar por advogado – continuou McGuane, sua voz tão estável quanto possível. – Confiei na sua representação. Confiei nele imaginando que estaria protegido pela confidencialidade entre cliente e advogado. E agora você vem me dizer que ele era um agente disfarçado. Quero ter certeza de que nada do que eu disse a ele poderá ser usado contra mim.

O rosto de Pistillo estava vermelho.

– Onde está ele, McGuane?

– Não faço a menor ideia. Ele saiu daqui com o Sr. Ford.

– Qual era a natureza do seu negócio com ele?

McGuane sorriu.

– Pistillo, você sabe como isso funciona. O que discutimos em nossa reunião está protegido pela confidencialidade entre advogado e cliente.

Pistillo queria muito puxar o gatilho. Ele mirou bem no centro do rosto de McGuane, que continuou sem demonstrar a menor reação. Pistillo abaixou a arma.

– Revistem cada canto deste lugar – urrou ele. – Identifiquem e levem tudo o que for possível. Prendam esse sujeito.

McGuane deixou que o algemassem. Não diria nada a respeito da fita de segurança. Eles que a encontrassem sozinhos. Teria muito mais impacto dessa maneira. Mesmo assim, enquanto os agentes o arrastavam, sabia que aquilo não era nada bom. Ele não se arrependia de ter sido ousado, afinal, aquele não era o primeiro agente federal que ele mandara liquidar, mas não podia deixar de se perguntar se não tinha deixado escapar alguma coisa, se não havia de alguma forma abaixado a guarda, se finalmente havia cometido o erro crucial que lhe custaria tudo.

55

O FANTASMA SAIU PELA PORTA deixando Katy e eu sozinhos. Fiquei sentado em minha cadeira olhando para a corda pendurada no pescoço dela. Estava produzindo o efeito desejado. Eu iria cooperar. Não arriscaria ver aquela corda sendo apertada ao redor do pescoço daquela garota apavorada.

Katy me olhou e disse:

– Ele vai nos matar.

Não era uma pergunta. Era verdade, claro, mas eu ainda negava. Prometi a ela que tudo ficaria bem, que eu encontraria uma saída, mas acho que isso não aliviou suas preocupações. Não é de admirar. Minha garganta estava melhor, mas meus rins ainda doíam por causa do murro. Meus olhos vagaram pelo lugar.

Pense, Will. Pense depressa.

Eu sabia o que ia acontecer. O Fantasma faria com que eu marcasse o encontro. Assim que Ken aparecesse, estaríamos todos mortos. Pensei nisso. Tentaria avisar meu irmão. Tentaria usar algum tipo de código. Nossa única esperança era que Ken percebesse a armadilha e os surpreendesse. Mas eu precisava deixar minhas opções em aberto. Tinha que encontrar uma saída, qualquer saída, mesmo que isso significasse sacrificar a mim mesmo para salvar Katy. Haveria uma brecha, um engano. E eu precisava estar pronto para utilizá-la.

Katy sussurrou:

— Eu sei onde nós estamos.

Virei-me para ela.

— Onde?

— No Reservatório de Água de South Orange. Vínhamos aqui para beber. Não estamos muito longe da Hobart Gap Road.

— A que distância?

— Um quilômetro e meio, mais ou menos.

— Você conhece o caminho? Quer dizer, se nós conseguirmos fugir, você conseguiria nos tirar daqui?

— Acho que sim — respondeu ela.

Depois, com um gesto afirmativo de cabeça, afirmou:

— Consigo. Consigo, sim, posso achar a saída.

Tudo bem. Já era alguma coisa. Não muito, talvez, mas já era um começo. Olhei pela porta. O motorista estava encostado no carro. O Fantasma tinha as mãos para trás. Balançava o corpo, apoiado nos pés. Seus olhos estavam voltados para o alto, como se estivesse observando os pássaros. O motorista acendeu um cigarro. O Fantasma não se mexeu.

Examinei o chão rapidamente e encontrei o que estava procurando — um caco de vidro grande. Olhei pela porta novamente. Nenhum dos dois homens estava olhando. Agachei-me atrás da cadeira de Katy.

— O que você está fazendo? — sussurrou ela.

— Vou cortar a corda e soltar você.

— Ficou louco? E se ele vier?

— Temos que tentar alguma coisa.

— Mas... — Katy parou. — Mesmo que você me solte, e depois?

— Não sei — admiti. — Mas fique atenta. Haverá algum momento em que poderemos tentar fugir. Temos que tirar vantagem disso.

Apertei o vidro quebrado de encontro à corda e serrei para a frente e para trás. A corda começou a ceder. O trabalho era lento. Apressei os movimentos. A corda foi se soltando, fio por fio.

Já havia cortado praticamente metade da espessura da corda quando senti a plataforma estremecer. Parei. Havia alguém na escada. Katy gemeu baixinho. Tirei meus olhos dela e voltei rapidamente para o meu assento, bem na hora em que o Fantasma entrou. Ele me olhou.

– Você está sem fôlego, pequeno Willie.

Escondi o caco de vidro na parte de trás da cadeira, quase sentando nele. O Fantasma franziu a testa para mim. Eu não disse nada. Meu pulso acelerou. Ele olhou para Katy. Ela procurou devolver o olhar, desafiando-o. Ela era um boca-do corajosa. Mas quando voltei a olhar para ela, fiquei aterrorizado.

A corda solta estava bem à vista.

O Fantasma espremeu os olhos.

– Vamos logo com essa história – falei.

Foi o suficiente para distraí-lo. Ele se virou para mim. Katy ajustou as mãos, escondendo a corda solta o melhor que pôde. Ele ainda poderia vê-la se olhasse de perto. Mas talvez aquilo fosse o suficiente. O Fantasma esperou um pouco e então se dirigiu para o laptop. Por um segundo – pelo mais breve dos segun-dos –, ele voltou as costas para mim.

É agora, pensei.

Eu pularia, pegaria o vidro quebrado e o enterraria no pescoço do Fantasma. Pensei rapidamente. Estaria longe demais? Provavelmente. E o motorista? Será que ele estava armado? Eu teria coragem de...?

O Fantasma virou novamente para mim. O momento, se é que houvera um, havia passado.

O computador já estava ligado. Ele digitou algo. Ligou o modem. Teclou mais alguma coisa e o texto apareceu. Ele sorriu para mim e disse:

– Está na hora de conversar com Ken.

Meu estômago deu um nó. Ele apertou a tecla "enter". O que ele havia digi-tado apareceu na tela.

Você está aí?

Ele esperou. A resposta veio um instante depois.

Estou.

O Fantasma sorriu.

– Ah, é Ken. – Ele digitou mais um pouco, apertou "enter" de novo.

Aqui é Will. Estou com Ford.

Houve uma pausa longa.

Diga o nome da primeira garota em que você deu uns amassos.

O Fantasma se voltou para mim.

– Como eu esperava, ele quer uma prova de que realmente é você.

Eu não disse nada, mas minha cabeça estava a toda.

– Sei o que está pensando – continuou ele. – Você quer avisá-lo. Quer dar uma resposta que esteja perto da verdade.

Ele caminhou até Katy. Pegou uma ponta da corda. Puxou só um pouco. O laço ficou rente ao pescoço dela.

– O negócio é o seguinte, Will. Quero que fique de pé. Quero que vá até o computador e digite a resposta certa. Vou ficar segurando a corda. Se você começar com brincadeiras, se eu suspeitar que você está tentando aprontar alguma, não vou parar de apertar até que ela morra. Entendidos?

Fiz que sim com a cabeça.

Ele apertou a corda mais um pouco. Katy gemeu.

– Ande logo – ordenou ele.

Corri para a tela. O medo entorpecia minha mente. Ele estava certo. Eu estava pensando em usar uma mentira calculada, algo que alertasse Ken. Mas não podia. Não agora. Coloquei os dedos sobre as teclas e digitei:

Cindi Shapiro.

O Fantasma sorriu.

– Foi mesmo? Cara, ela era uma gata, Will. Estou impressionado.

Ele soltou a corda. Katy deu um suspiro. Ele se dirigiu para o teclado. Olhei para a minha cadeira. O caco de vidro estava visível. Voltei rapidamente para o meu lugar. Esperamos pela resposta.

Vá para casa, Will.

O Fantasma esfregou a cara.

– Resposta interessante – disse ele.

Ele pensou por um instante.

– Onde você ficou com ela?

– O quê?

– Cindi Shapiro. Foi na casa dela, na sua casa, onde?

– Foi no bar mitzvah de Eric Frankel.

– Ken sabe disso?

– Sabe.

O Fantasma sorriu. E digitou novamente.

Você me testou. Agora é a sua vez. Onde foi que eu fiquei com Cindi?

Outra longa pausa. Eu estava na ponta da cadeira agora. Era um lance esperto do Fantasma, invertendo um pouco o jogo. A verdade é que não sabíamos se aquele era realmente Ken ou não. A resposta iria comprovar isso, de um jeito ou de outro.

Trinta segundos se passaram. Então:

Vá para casa, Will.

O Fantasma digitou mais um pouco.

Eu preciso saber se é você.

Outra longa pausa. E finalmente:

No bar mitzvah do Frankel. Vá para casa agora.

Outro tranco. Era mesmo Ken.

Olhei para Katy. Seus olhos encontraram os meus. John digitou de novo.

Precisamos nos encontrar.

A resposta veio depressa.

Nada feito.

Por favor. É importante.

Vá para casa, Will. Não é seguro.

Onde você está?

Como você encontrou o Ford?

– Hummmm – disse John...

Ele pensou por um momento e digitou:

Pistillo.

Houve outra longa pausa.

Eu soube da mamãe. Foi muito ruim?

O Fantasma não me consultou antes de dar a resposta.

Foi.

Como está o papai?

Nada bem. Precisamos ver você.

Pausa.

Nada feito.

Podemos ajudar.

Fique longe disso.

O Fantasma me olhou.

– Será que devemos tentá-lo com seu vício favorito?

Eu não fazia ideia do que ele estava falando, mas o vi digitar algo e pressionar "enter".

Podemos arrumar dinheiro. Você está precisando?

Vou precisar. Mas podemos resolver isso com uma transferência bancária.

E então, como se estivesse lendo meus pensamentos, o Fantasma digitou:

Preciso mesmo ver você. Por favor.

Eu te amo, Will. Vá para casa.

Novamente, como se estivesse dentro da minha cabeça, o Fantasma teclou:

Espere.

Vou desconectar agora, mano. Não se preocupe.

O Fantasma deixou escapar um suspiro profundo.

– Isso não está dando certo – disse alto.

Digitou depressa:

Desconecte, Ken, e seu irmão morre.

Uma pausa. E então:

Quem é você?

O Fantasma sorriu.

Uma pista: Gasparzinho, o fantasminha camarada.

Não houve pausa dessa vez.

Deixe-o em paz, John.

Acho que não.

Ele não tem nada a ver com isso.

Você sabe muito bem que não adianta contar com a minha solidariedade. Você dá as caras, me dá o que eu quero, e eu deixo seu irmão em paz.

Primeiro, deixe ele ir. Depois eu dou o que você quer.

O Fantasma riu e digitou:

No depósito, Ken. Você lembra do depósito, não lembra? Você tem três horas para chegar lá.

Impossível. Não estou nem na costa leste.

O Fantasma resmungou:

– Droga.

Então, digitou furiosamente:

Melhor se apressar. Três horas. Se não chegar, corto um dedo dele. Vou cortando um dedo a cada meia hora. Então vou para os dedos dos pés. Depois disso vou ficar criativo. No depósito, Ken. Em três horas.

O Fantasma desligou. Fechou o laptop com um barulho e ficou de pé.

– Ótimo – disse ele com um sorriso. – Acho que correu tudo bem, não concorda?

56

NORA LIGOU PARA O CELULAR DE SQUARES e lhe deu uma versão sucinta dos acontecimentos ligados ao seu desaparecimento. Squares ouviu sem interromper, indo em seguida para onde ela estava. Encontraram-se na frente do prédio da Metropolitan Life na Park Avenue.

Ela pulou para dentro da van e abraçou-o com força. Era bom estar de novo na van da Covenant House.

– Não podemos chamar a polícia – disse Squares.

Ela concordou.

– Will disse a mesma coisa.

– Mas então, o que podemos fazer?

– Não sei. Mas estou com medo, Squares. O irmão de Will me falou a respeito dessa gente. Eles vão matá-lo, com toda certeza.

Squares pensou um pouco.

– Como você e Ken se comunicavam?

– Através de uma comunidade na internet.

– Vamos mandar uma mensagem para ele. Talvez ele tenha alguma ideia.

◆◆◆

O Fantasma se manteve a certa distância.

Tínhamos pouco tempo. Fiquei alerta. Se tivesse uma oportunidade, qualquer que fosse, eu arriscaria. Peguei o caco de vidro e estudei o pescoço do Fantasma. Ensaiei mentalmente como agiria. Tentei avaliar que movimentos ele faria para se defender e como eu poderia revidar. Perguntei-me onde estariam as artérias dele. Onde ele era mais vulnerável, onde sua carne era mais macia.

Olhei para Katy. Ela estava suportando tudo muito bem. Pensei de novo no que Pistillo tinha dito, em como havia sido categórico ao recomendar que eu deixasse Katy Miller fora de tudo isso. Ele tinha razão. A culpa era minha. Quando ela quis ajudar da primeira vez, eu devia ter recusado. Eu havia colocado Katy em risco. O fato de eu estar realmente tentando ajudá-la, de compreender melhor do que qualquer um como ela estava ansiosa para que tudo aquilo terminasse, pouco fazia para aplacar minha culpa.

Tinha que achar um jeito de salvá-la.

Olhei novamente para o Fantasma. Ele me encarou. Eu não pisquei.

– Deixe-a ir – pedi.

Ele fingiu que estava bocejando.

– A irmã dela era sua amiga.

– E daí?

– Não tem motivos para machucá-la.

O Fantasma levantou as palmas das mãos e, com a voz sedosa, disse:

– E quem precisa de motivos?

Katy fechou os olhos. Calei-me. Só estava piorando as coisas.

Verifiquei o relógio. Ainda faltavam duas horas. O depósito, um lugar onde os garotos costumavam se encontrar para fumar maconha depois da aula, ficava a pouco mais de quatro quilômetros dali. Sei por que o Fantasma tinha escolhido aquele lugar. Era fácil de controlar. Era isolado, principalmente nos meses de verão. E uma vez lá dentro, teríamos poucas chances de sair vivos.

O celular do Fantasma tocou. Ele olhou para o aparelho como se nunca tivesse ouvido aquele som antes. Pela primeira vez o vi confuso. Retesei os músculos, embora ainda não ousasse usar o caco de vidro. Mas estava pronto.

Ele abriu o celular e levou-o ao ouvido.

– Sim?

Escutou. Estudei seu rosto incolor. Sua expressão permaneceu calma, mas algo estava acontecendo. Ele piscava mais. Conferia o relógio. Ficou calado escutando por quase dois minutos. Depois, disse:

– Estou indo.

Levantou-se e caminhou na minha direção. Abaixou a boca até o meu ouvido.

– Se você sair dessa cadeira – ameaçou ele –, vai implorar para que eu o mate. Entendido?

Fiz que sim.

Ele saiu e fechou a porta. O lugar estava escuro. O sol começava a baixar, os raios se infiltrando por entre as folhas. Não havia janelas na frente, de modo que eu não tinha como saber o que eles estavam fazendo.

– O que está acontecendo? – sussurrou Katy.

Levei o indicador à boca pedindo que ela ficasse em silêncio, e ouvi. Um motor. Um carro entrando em movimento. Pensei no aviso dele. Não saia da cadeira. O Fantasma era o tipo de pessoa que qualquer um faria questão de obedecer, mas, por outro lado, eu sabia que ele nos mataria de qualquer maneira. Curvei o corpo e escorreguei da cadeira. Não foi um movimento suave. Foi bastante descoordenado, para ser franco.

Olhei para Katy. Nossos olhos se encontraram e novamente fiz sinal para que ela ficasse em silêncio. Ela concordou com um gesto.

Abaixei-me o máximo que pude e engatinhei cuidadosamente até a porta. Eu teria me arrastado de bruços, como um soldado na guerra, mas os cacos de vidro espalhados pelo chão teriam me cortado todo. Avancei lentamente, tentando não me machucar.

Quando cheguei até a porta, deitei a cabeça no chão e espiei pela fresta. Vi o carro saindo. Tentei procurar um ângulo de visão melhor, mas era complicado. Sentei e grudei o olho numa fresta vertical. A visão era ainda pior. A abertura era mínima. Levantei o rosto um pouco e pronto! Lá estava ele.

O motorista.

Mas onde estava o Fantasma?

Fiz os cálculos rapidamente. Dois homens, um carro. Um carro sai. Não sou lá muito bom com números, mas isso queria dizer que apenas um homem havia ficado. Voltei-me para Katy.

– Ele foi embora – sussurrei.

– O quê?

– O motorista ainda está aqui. O Fantasma saiu com o carro.

Voltei até a cadeira e peguei o caco de vidro. Caminhando o mais suavemente possível, receoso de que a menor mudança de peso pudesse sacudir a estrutura, fui para trás da cadeira de Katy. Cortei a corda.

– O que vamos fazer? – murmurou ela.

– Você sabe o caminho para sair daqui – respondi. – Vamos sair correndo.

– Está escurecendo.

– É por isso que vamos agora.

– Esse outro cara – disse ela. – Ele pode estar armado.

– Com toda certeza está, mas você prefere esperar que o Fantasma volte? Ela balançou a cabeça.

– Como sabe que ele não vai voltar agora?

– Não sei.

A corda soltou. Ela estava livre. Esfregou os pulsos enquanto me ouvia.

– Então, vamos nessa?

Ela me olhou, e eu pensei que aquele talvez fosse o jeito como eu costumava olhar para Ken, com uma mistura de esperança, adoração e confiança. Tentei parecer corajoso, mas nunca fui do tipo heroico. Ela assentiu.

Havia uma janela nos fundos. Meu plano, por assim dizer, era abri-la, pular para fora e engatinhar sorrateiramente até o bosque. Tentaríamos fazer o mínimo de ruído possível, mas, se ele nos ouvisse, sairíamos correndo. Eu estava contando com a possibilidade de o motorista não estar armado ou de que ele não nos ferisse seriamente. Eles provavelmente sabiam que Ken seria cuidadoso. E teriam de nos manter vivos – bem, pelo menos eu – para que servíssemos de isca para a armadilha.

Ou talvez não.

A janela estava emperrada. Puxei e empurrei o caixilho. Nada. A janela havia sido pintada um milhão de vezes. Não havia nenhuma chance de abri-la.

– E agora? – perguntou ela.

Encurralados. A sensação de um rato na ratoeira. Olhei para Katy. Pensei no que o Fantasma tinha dito: que eu, de alguma forma, não protegera Julie. Não deixaria que isso acontecesse novamente. Não com Katy.

– Só há um jeito de sairmos daqui – eu disse.

Olhei para a porta.

– Ele vai nos ver.

– Talvez não.

Grudei um olho na fresta. A luz do sol estava esmaecendo. As sombras adquiriam força. Vi o motorista. Estava sentado num tronco de árvore. Vi a brasa na ponta do seu cigarro, uma referência firme no escuro.

Ele estava de costas.

Coloquei o caco de vidro no bolso. Fiz um gesto para que Katy ficasse abaixada. Segurei a maçaneta. Girei com facilidade. A porta rangeu ao se abrir. Parei e olhei para fora. O motorista ainda não estava olhando. Eu tinha que arriscar. Empurrei a porta, abrindo-a um pouco mais. O rangido cessou. Abri cerca de 30 centímetros. O bastante para nos esgueirarmos.

Katy levantou os olhos para mim. Fiz que sim. Ela saiu de gatinhas. Eu me abaixei e a segui. Nós dois estávamos do lado de fora agora. Estávamos deitados de bruços, na plataforma. Completamente à vista. Fechei a porta.

Ele ainda não tinha se virado.

Bem, o próximo passo seria sair da plataforma. Não podíamos usar a escada. Era muito exposta. Fiz um gesto instruindo Katy a me seguir. Deslizamos para o lado. A plataforma era de alumínio, o que facilitava as coisas. Não haveria farpas nem muito atrito.

Alcançamos o canto do barracão. Mas, quando dobramos a esquina, comecei a ouvir um ruído que parecia um gemido. E então alguma coisa caiu. Fiquei gelado. Um suporte embaixo da plataforma havia cedido. Toda a estrutura balançou.

O motorista disse:

– Mas que diabos...

Nos encolhemos. Puxei-a para mim, de modo que ela também ficasse na beirada do barracão. O motorista não podia nos ver. Ele havia escutado o barulho. Olhou. Mas viu a porta fechada e a plataforma aparentemente vazia.

Ele gritou:

– Que diabos vocês dois estão fazendo aí dentro?

Prendemos a respiração. Ouvi as folhas sendo esmigalhadas. Estava me preparando para isso. Já tinha uma espécie de plano na cabeça. Fiquei firme. Ele gritou de novo:

– Que diabos vocês dois...

– Nada – gritei, comprimindo a boca contra a plataforma, torcendo para que aquilo fizesse minha voz soar abafada, como se eu estivesse falando lá de dentro. Eu tinha que arriscar. Se eu não respondesse ele iria verificar.

– Este barracão é uma merda – falei. – Fica balançando.

Silêncio.

Prendemos a respiração. Katy se apertou de encontro a mim.

Podia sentir que ela estava tremendo. Dei uns tapinhas nas suas costas. Daria tudo certo. Nós íamos conseguir. Agucei os ouvidos e tentei escutar passadas. Mas não ouvi nada. Olhei para ela, sinalizando com os olhos para que engatinhasse até a parte de trás do barracão. Ela hesitou, mas não por muito tempo.

Meu novo plano, por assim dizer, era escorregar pelo poste que havia nos fundos da estrutura. Ela iria primeiro. Se ele a ouvisse, o que era bem provável, bem, eu tinha outro plano.

Apontei o caminho. Ela compreendeu, os olhos atentos, e se dirigiu até o poste. Girou o corpo, se agarrou ao poste e começou a escorregar como um daqueles bombeiros nos filmes.

A estrutura balançou de novo. Olhei impotente enquanto a plataforma balançava ainda mais. Ouvimos novamente o ruído que parecia um gemido, agora mais alto. Vi um parafuso se soltar.

– Mas que...

A essa altura o motorista não se deu o trabalho de gritar. Pude ouvi-lo caminhando em nossa direção. Ainda agarrada ao poste, Katy olhou para mim.

– Pule e corra! – gritei.

Ela se soltou e caiu no chão. A altura não era tão grande assim. Depois que aterrissou, tornou a me olhar e esperou.

– Corra! – gritei mais uma vez.

O homem gritou:

– Não se mexa ou eu atiro.

– Corra, Katy!

Joguei minhas pernas para fora e pulei. Acho que caí de uma altura maior. Caí pesado. Lembro-me de ter lido em algum lugar que devemos cair sempre dobrando os joelhos e rolando no chão. Foi o que eu fiz. Bati numa árvore. Quando me levantei, vi o homem se aproximando de nós. Devia estar a uns 10 metros. Seu rosto estava contorcido de raiva.

– Se não pararem, estão mortos.

Mas ele não tinha um revólver na mão.

– Corra! – gritei de novo para Katy.

– Mas... – ela tentou dizer.

– Estou indo logo atrás de você. Ande!

Ela sabia que eu estava mentindo. Eu tinha aceitado isso como parte do plano. Meu trabalho agora era retardar o adversário por tempo suficiente para que Katy conseguisse escapar. Ela hesitou, não gostando da ideia do meu sacrifício.

Ele estava quase nos alcançando.

– Você pode pedir ajuda – gritei. – Vá!

Ela finalmente obedeceu, saltando por cima de raízes e do capim alto. Eu já estava pondo a mão no bolso quando o homem me agarrou e me ergueu do chão. O baque foi de abalar os ossos, mas mesmo assim eu ainda consegui me virar e prendê-lo com os braços. Caímos juntos. Eu também havia aprendido não sei onde que quase toda briga acaba no chão. No cinema, os caras levam um soco e caem. Na vida real, eles abaixam a cabeça, agarram o adversário e vão para o chão. Rolei com ele, levando murros, tentando concentrar minha atenção no caco de vidro que tinha no bolso.

Dei-lhe um abraço de urso, apertando-o com toda a minha força, apesar de saber que não o estava machucando muito. Não importava. Isso o atrasaria. Cada segundo contava. Katy precisava ganhar distância. Agarrei firme. Ele se debatia. Eu não soltava.

Foi quando ele me deu uma cabeçada.

Ele recuou a cabeça e me atingiu com a testa. Eu nunca tinha levado uma cabeçada antes, mas a dor é insuportável. Parecia que uma bola de ferro havia esmigalhado a minha cara. Meus olhos se encheram d'água. Afrouxei os braços. Caí para trás. Ele se preparou para me dar outro golpe, mas o instinto me fez rolar para o lado e me encolher. Ele se levantou. Vi que ele estava prestes a me dar um pontapé nas costelas.

Mas agora era a minha vez.

Preparei-me. Deixei-o iniciar o chute e rapidamente agarrei o seu pé, puxando com uma das mãos. Com a outra, segurei o caco de vidro. Enterrei-o na sua panturrilha. Ele gritou quando o vidro fez um talho fundo na sua carne. Seu grito ecoou. Pássaros se espalharam. Puxei o vidro e enterrei-o novamente, dessa vez no tendão atrás do joelho. Senti o seu sangue jorrar.

O homem caiu e começou a estrebuchar como um peixe no anzol.

Eu estava pronto para atacar novamente quando ele disse:

– Por favor. Podem ir.

Olhei para ele. Sua perna estava paralisada, inútil. Ele não era mais uma ameaça para nós. Pelo menos, não agora. Eu não era nenhum assassino. Ainda não. E estava perdendo tempo. O Fantasma poderia voltar logo. Precisávamos fugir antes disso.

Então dei as costas e corri.

Depois de alguns metros, olhei para trás. O homem não estava me perseguindo. Em vez disso, lutava para se arrastar. Comecei a correr quando ouvi a voz de Katy me chamando:

– Will, aqui!

Virei a cabeça e a vi.

– Por aqui – disse ela.

Corremos o resto do caminho. Galhos chicoteavam nossos rostos. Tropeçávamos em raízes, mas não chegamos a cair. Katy conseguira. Quinze minutos depois havíamos saído do bosque e alcançado a estrada.

❖ ❖ ❖

Quando Will e Katy emergiram do bosque, o Fantasma estava lá.

Ele os viu a distância. Então sorriu e pegou o carro. Voltou para o barracão e começou a limpeza. Havia sangue. O que ele não esperava. Will Klein continuava a surpreendê-lo e, sim, a impressioná-lo.

O que era uma boa coisa.

Quando terminou, o Fantasma se dirigiu para a Livingston Avenue. Não havia o menor sinal de Will ou de Katy. Tudo bem. Parou numa caixa de correios na Northfield Avenue. Hesitou antes de enfiar o pacote pela fresta.

Então pegou a Northfield Avenue em direção à Rodovia 280, e depois a Garden State Parkway na direção norte. Não faltava muito agora. Pensou em como tudo isso havia começado e em como deveria terminar. Pensou em McGuane, Will, Katy, Julie e Ken.

Mas, acima de tudo, lembrou-se da sua promessa e da razão por que tinha voltado.

57

MUITA COISA ACONTECEU nos cinco dias seguintes.

Depois da nossa fuga, Katy e eu, naturalmente, entramos em contato com as autoridades. Juntos, voltamos ao local onde havíamos ficado presos. Não havia ninguém lá. O barracão estava vazio. Os detetives encontraram vestígios de sangue perto do local onde eu havia ferido o motorista. Mas não havia impressões digitais nem fios de cabelo. Nenhuma pista. De qualquer modo, eu não esperava que houvesse. E não estava certo de que isso fosse realmente importante.

Estava quase tudo terminado.

Philip McGuane foi preso pelo assassinato do agente do FBI Raymond Cromwell e do advogado Joshua Ford. Dessa vez, contudo, foi detido sem direito a fiança. Quando encontrei Pistillo, ele tinha nos olhos o brilho prazeroso de um homem que finalmente havia galgado o seu Everest, desenterrado seu cálice sagrado, domado seus piores demônios, ou seja lá como queiram chamar o feito.

– O castelo está desmoronando – disse Pistillo, com um prazer um tanto exagerado na voz. – Indiciamos McGuane por assassinato. Todo o seu império está vindo abaixo.

Perguntei como finalmente o haviam apanhado. Dessa vez Pistillo partilhou a informação com visível satisfação.

– McGuane tinha feito uma fita de segurança falsa mostrando nosso agente saindo do escritório. Isso seria o seu álibi. Aliás, devo admitir que a gravação era perfeita. Mas não é difícil de se fazer com tecnologia digital. Pelo menos foi o que o sujeito do laboratório me disse.

– E o que aconteceu?

Pistillo sorriu.

– Recebemos outra fita pelo correio. Com o carimbo de Livingston, Nova Jersey, dá para acreditar? A fita original que mostra dois seguranças arrastando os corpos até um elevador secreto. Os caras foram apanhados e serão testemunhas da promotoria. Havia um bilhete também, informando onde poderíamos encontrar os corpos. Além disso, o pacote ainda continha as fitas e as provas que seu irmão havia juntado durante todos aqueles anos.

Tentei entender essa última frase, mas nenhuma explicação lógica me veio à cabeça.

– Você sabe quem mandou o pacote?

– Não – disse Pistillo, parecendo não se importar muito com isso.

– Então, o que aconteceu com John Asselta? – perguntei.

– Enviamos um mandado de busca a todos os departamentos de polícia do país, e estamos à procura dele.

– Ele sempre esteve na lista de mais procurados.

Ele deu de ombros.

– O que mais podemos fazer?

– Ele matou Julie Miller.

– A mando de outra pessoa. O Fantasma era apenas uma marionete.

O que para mim não servia de justificativa.

– Você não acha que vai conseguir colocar as mãos nele, acha?

– Olhe aqui, Will, eu bem que gostaria de pegar o Fantasma, mas vou ser honesto com você. Não vai ser nada fácil. Asselta já está fora do país. Recebemos informações de que ele está no exterior. Ele vai arrumar trabalho com algum déspota que irá protegê-lo. Mas, no fim, e é importante lembrar, o Fantasma é só uma arma. Eu quero os caras que puxam o gatilho.

Não concordei, mas tampouco argumentei. Perguntei o que tudo isso representava para Ken. Ele levou alguns instantes para responder.

– Você e Katy Miller não nos contaram tudo, contaram?

Eu me mexi na cadeira. Tínhamos relatado tudo sobre o rapto, mas decidimos não contar à polícia que havíamos entrado em contato com Ken. Mantivemos isso entre nós.

– Dissemos tudo, sim – respondi.

Pistillo sustentou o meu olhar e deu de ombros novamente.

– Na verdade, não sei se ainda precisamos de Ken. Mas ele está seguro agora, Will. – Ele se inclinou. – Sei que você não tem tido contato com ele.

Pude ver em seu rosto que dessa vez ele não acreditava nisso.

– Mas se você, de alguma maneira, conseguir localizar seu irmão, diga a ele para sair da toca. Ele agora está seguro. Além disso, poderíamos usá-lo para confirmar as antigas provas.

Como disse, foram cinco dias cheios de atividades.

Além do meu encontro com Pistillo, passei um tempo com Nora. Falamos sobre o passado dela, mas não muito. As sombras que ainda restavam escureciam o seu rosto. Ela ainda sentia um medo enorme do ex-marido, o que me dava raiva, é claro. Um dia teríamos que lidar com o Sr. Cray Spring, de Cramden, Missouri. Eu não sabia como. Ainda não. Mas não ia deixar Nora viver apavorada pelo resto da vida. De jeito nenhum.

Nora falou sobre o meu irmão, sobre como tinha guardado dinheiro na Suíça, como passava os dias caminhando no campo, como parecia estar à procura de paz, e como a paz, de algum jeito, sempre lhe escapava. Nora também falou de Sheila Rogers, o pássaro ferido a respeito de quem eu ficara sabendo tanta coisa e que encontrara esperança tanto na fuga do país como em sua filha.

No entanto, mais do que tudo, Nora falou muito da minha sobrinha, Carly, o que sempre fazia seu rosto se iluminar. Carly gostava de descer as colinas correndo de olhos fechados. Era uma leitora voraz e adorava dar estrelas. Sua risada era das mais contagiosas. De início, Carly se acanhara com Nora – por razões óbvias, seus pais não a deixavam ter muito contato com pessoas de fora –, mas Nora havia pacientemente quebrado essa barreira. Abandonar a criança (abandonar foi a palavra que ela usou, embora eu a achasse dura demais), privar Carly da única amiga que ela tivera direito de ter – tinha sido a parte mais difícil para Nora.

Katy Miller manteve distância. Tinha ido embora – não me disse para onde, e eu não insisti – mas telefonava quase todos os dias. Ela sabia a verdade agora, mas acho que, no fim, isso não adiantava muito. Com o Fantasma à solta, as coisas ainda não tinham terminado, nunca nos sentíamos totalmente seguros.

Acho que todos nós vivíamos com medo.

Quanto a mim, o fim estava cada vez mais próximo. Mas precisava ver meu irmão, talvez agora mais do que nunca. Pensei nos anos em que ele vivera sozinho. Pensei em seus longos passeios pelo campo. Ken não era assim. Ken nunca seria feliz daquele jeito. Ken era o tipo de pessoa que precisa ser vista, e não alguém que pudesse viver escondido.

Eu queria ver meu irmão novamente por todos os motivos mais comuns: queria que fôssemos juntos a um jogo de beisebol. Queria jogar sozinho com ele. Queria que pudéssemos ficar acordados até tarde assistindo a velhos filmes. Mas é claro que agora havia novos motivos também.

Mencionei que Katy e eu mantivemos em segredo a conversa com Ken na internet. Fizemos isso para que meu irmão e eu pudéssemos nos manter em contato. O que mudamos foi a comunidade através da qual nos comunicávamos. Numa mensagem, eu disse a Ken que ele não deveria temer a morte, esperando que ele entendesse a deixa. Ele entendeu. O código tinha a ver com a nossa infância. Não temer a morte era o tema da música favorita de Ken: "Don't Fear the Reaper", da banda Blue Oyster Cult. Encontramos uma comunidade de fãs da antiga banda de heavy metal. Não havia muitos participantes, mas conseguimos usar o site para agendar nossas conversas no Messenger.

Ken continuava sendo cuidadoso, mas também queria que isso tudo acabasse. Eu ainda tinha papai e Melissa, e havia passado os últimos 11 anos com nossa mãe. Todos nós sentíamos uma falta enorme de Ken, mas acho que ele sentia muito mais a nossa.

De qualquer maneira, depois de muitos preparativos, finalmente Ken e eu conseguimos marcar um encontro.

◆◆◆

Quando eu tinha 12 anos e Ken, 14, fomos ao Camp Millstone, uma colônia de férias em Marshfield, Massachusetts. Ela era anunciada como sendo em Cape Cod, o que, se fosse verdade, faria o cabo ocupar quase metade do estado. As cabanas tinham nomes de universidades. Ken ficou na Yale. Eu fiquei na Duke. Adoramos aquele verão. Jogamos basquete e softbol e participamos de competições. A comida era horrível e apelidamos um refresco de "suco de percevejo". Os supervisores eram tão divertidos quanto sádicos. Sabendo o que sei agora, nunca, em um milhão de anos, deixaria um filho meu numa colônia de férias desse tipo. Mas na época, eu adorei.

Isso faz sentido?

Eu levara Squares ao Camp Millstone havia quatro anos. Estavam falindo, então Squares comprou a propriedade e a transformou em um sofisticado retiro de ioga. Ele construiu uma bela casa onde antes ficava o campo de futebol. Só havia uma entrada de carros, e a casa ficava bem no centro do terreno, de modo que se podia ver qualquer um que estivesse chegando.

Concordamos que aquele seria o lugar perfeito para o nosso encontro.

Melissa veio de Seattle, de avião. Como éramos extremamente paranoicos, nós a fizemos descer na Filadélfia. Ela, meu pai e eu nos encontramos numa parada para caminhões e seguimos juntos de carro. Ninguém mais sabia daquele encontro, a não ser Nora, Katy e Squares, que viriam separadamente no dia seguinte, já que eles também tinham interesse em ver tudo terminado.

Mas aquela noite, a primeira noite, seria só para a família.

Eu me ocupei da direção. Meu pai se sentou no banco do carona. Melissa, no banco traseiro. Nenhum de nós falou muito. A tensão pesava sobre nós – sobre mim, eu acho, mais do que ninguém. Eu tinha aprendido a não pressupor nada. Até ver Ken com meus próprios olhos, até que o tivesse abraçado e ouvido sua voz, eu não me permitiria acreditar que tudo finalmente estava bem.

Pensei em Sheila e em Nora. Pensei no Fantasma e em Philip McGuane, representante de turma no ensino médio, e no que ele se transformara. Eu deveria ter me surpreendido, mas não tenho certeza disso. Ficamos chocados sempre que ouvimos falar de violência em bairros mais ricos, como se um gramado bem irrigado, uma casa de dois andares, mães dedicadas, equipes juniores de futebol, aulas de piano, quadras de tênis e reuniões de pais e mestres, como se tudo isso funcionasse como uma espécie de amuleto contra o mal. Se o Fantasma ou McGuane tivessem crescido a uns 15 quilômetros de Livingston, ninguém se espantaria com o que eles haviam se tornado.

Coloquei um CD de Bruce Springsteen. A música ajudou a passar o tempo, mas não muito. A Rodovia 95 estava em obras e a viagem levou cinco longas horas. Estacionamos ao lado da casa. Não havia nenhum outro carro. Era de esperar. Havíamos combinado que seríamos os primeiros a chegar. Ken viria depois.

Melissa foi a primeira a sair do carro. O barulho da sua porta ecoou no campo aberto. Quando saí, pude ainda visualizar o antigo campo de futebol. A garagem agora ficava no lugar do gol. A entrada de carros passava onde antes era a arquibancada. Olhei para o meu pai. Ele olhou para o outro lado.

Por um momento nós três ficamos parados ali. Quebrei o encantamento caminhando em direção à casa. Papai e Melissa me seguiram, um pouco atrás.

Estávamos todos pensando em mamãe. Ela deveria estar ali. Deveria ter tido a oportunidade de ver seu filho mais uma vez. Todos nós sabíamos que isso traria de volta o sorriso de Sunny. Nora consolara minha mãe ao entregar-lhe a fotografia. Não sei dizer quanto isso sempre significaria para mim.

Ken, eu sabia, viria sozinho. Carly estava em algum lugar seguro. Eu não sabia onde. Raramente a mencionávamos em nossas comunicações. Ken poderia se arriscar a vir a esse encontro. Mas não arriscaria a filha. Eu, é claro, entendia.

Andamos pela casa. Ninguém quis beber nada. Havia uma roca de fiar num canto. O tique-taque do relógio de pêndulo soava enlouquecedoramente alto na sala silenciosa. Finalmente, papai se sentou. Melissa se aproximou de mim. Olhou-me com aqueles olhos de irmã mais velha e sussurrou:

– Por que não me sinto como se o pesadelo tivesse acabado?

Não queria nem pensar nisso.

Cinco minutos depois, ouvimos um carro se aproximando.

Todos corremos para a janela. Puxei a cortina e olhei para fora. A essa altura, o sol estava se pondo, mas eu ainda podia ver. O carro era um Honda Accord cinza, nada que chamasse a atenção. Meu coração acelerou um pouco. Queria sair correndo porta afora. Mas fiquei onde estava.

O Honda parou. Por vários segundos – segundos marcados por aquela droga de relógio de pêndulo – nada aconteceu. Então a porta do motorista se abriu. Minha mão agarrou a cortina com tanta força que quase a rasguei. Vi um pé tocar o chão. Depois, alguém deslizou para fora do carro e ficou de pé.

Era Ken.

Ele sorriu para mim, aquele seu sorriso confiante de "vamos dar um bom pontapé na vida". Era tudo de que eu precisava. Deixei escapar um grito de alegria e saí em disparada para a porta. Escancarei-a, mas Ken já estava correndo na minha direção. Ele irrompeu pela casa e me agarrou. Os anos se diluíram. No momento seguinte, estávamos no chão, rolando sobre o carpete. Eu gargalhava como se tivesse 7 anos. Ele também estava rindo.

O resto foi uma confusão maravilhosa.

Papai se atirou sobre nós. Depois Melissa. Lembro-me apenas de tomadas rápidas. Ken abraçando papai. Papai agarrando Ken pelo pescoço e beijando o alto da sua cabeça, um beijo demorado, os olhos apertados, lágrimas escorrendo pelo seu rosto. Ken girando Melissa no ar. Melissa chorando, tateando o irmão como se quisesse se certificar de que ele estava mesmo ali.

Onze anos.

Não sei por quanto tempo agimos daquela maneira, por quanto tempo nos deixamos envolver naquela confusão maravilhosa e delirante. A certa altura, nos acalmamos o suficiente para nos sentarmos no sofá. Ken me manteve junto dele. Ele me agarrou diversas vezes pelo pescoço e me deu inúmeros cascudos. Nunca pensei que cascudos pudessem ser tão prazerosos.

– Você enfrentou o Fantasma e sobreviveu – disse Ken, a minha cabeça embaixo da sua axila. – Acho que agora não precisa mais da minha proteção.

Quando ele me soltou eu disse, com um tom de súplica na voz:

– Preciso, sim.

♦♦♦

Escureceu. Todos fomos para fora. O ar da noite era um bálsamo para os meus pulmões. Ken e eu fomos andando na frente. Papai e Melissa ficaram alguns metros atrás de nós, talvez percebendo que precisávamos daquele tempo a sós. Ken me abraçou. Lembro-me de um dia, durante a colônia de férias, em que errei um lance importante e o meu time perdeu o jogo por causa disso. Os outros garotos começaram a implicar comigo. Não tinha importância. Era só uma colônia de férias. Acontece com todo mundo. Ken me abraçou e me levou para dar uma volta naquele dia, exatamente como fazia agora.

Senti novamente a mesma segurança.

Ele começou a me contar sua história, embora eu já soubesse a maior parte dela. Tinha feito coisas erradas. Tinha feito um acordo com os federais. McGuane e Asselta descobriram.

Quando lhe perguntei por que ele havia voltado para casa naquela noite e, mais precisamente, por que tinha ido à casa da Julie, Ken se esquivou da pergunta. Mas eu queria que tudo ficasse às claras. Já ouvira muitas mentiras. Então, perguntei categoricamente:

– Por que você e Julie voltaram para casa?

Ken pegou um maço de cigarros.

– Está fumando agora? – perguntei.

– Estou, mas pretendo parar.

Ele olhou para mim e disse:

– Julie e eu achamos que seria um bom lugar para nos encontrarmos.

Lembrei-me do que Katy tinha dito. Assim como Ken, Julie não havia ido para casa por mais de um ano. Esperei que ele continuasse. Ele encarou o cigarro, ainda sem o acender.

– Desculpe – disse ele.

– Tudo bem.

– Eu sabia que você ainda gostava dela, Will. Mas eu usava drogas naquela época. Estava todo ferrado. Talvez isso não faça a menor diferença. Vai ver eu só estava sendo egoísta, não sei.

– Não tem importância – respondi.

E era verdade. Não tinha.

– Mas eu ainda não entendo. Como foi que Julie se meteu nisso?

– Ela estava me ajudando.

– Ajudando como?

Ken acendeu o cigarro. Eu podia ver as rugas em seu rosto. Seus traços pareciam mais acentuados, marcados pelo tempo, o que o deixava ainda mais bonito. Seus olhos eram puro gelo.

– Ela e Sheila tinham um apartamento perto da Haverton. Eram amigas.

Ele parou, balançou a cabeça.

– A verdade é que Julie ficou viciada. A culpa foi minha. Quando Sheila foi para Haverton, apresentei as duas. Julie se envolveu no negócio. Começou a trabalhar para McGuane também.

Eu deveria ter adivinhado que havia sido algo do gênero.

– Ela estava vendendo drogas?

Ele concordou.

– Mas quando fui apanhado, quando concordei em colaborar, eu precisava de alguém, de um cúmplice que me ajudasse a ferrar McGuane. Estávamos apavorados no começo, mas depois percebemos que essa seria a nossa saída. Um caminho para a redenção, entende?

– Acho que sim.

– Eles estavam de olho em mim. Mas não em Julie. Não havia motivo para suspeitarem dela. Ela me ajudou a ocultar documentos incriminadores. Quando eu fazia as fitas, entregava-as a ela. Foi por isso que nos encontramos naquela noite. Finalmente tínhamos informações suficientes. Íamos entregar tudo aos federais e acabar com toda aquela droga.

– Não entendo – declarei. – Por que ficaram guardando as fitas? Por que não entregaram as provas aos federais à medida que as conseguiam?

Ken sorriu.

– Você conhece Pistillo?

Fiz que sim.

– Você tem que entender, Will. Não estou dizendo que todo policial é corrupto, mas alguns são. Quer dizer, um deles contou a McGuane que eu estava no Novo México. Mais que isso, alguns, como Pistillo, são ambiciosos para valer. Eu precisava ter algo com o que negociar. Não podia ficar exposto. Tinha que entregar o material nos meus próprios termos.

O que, pensei, fazia sentido.

– Mas o Fantasma descobriu onde você estava.

– Exatamente.

– Como?

Paramos em frente a uma cerca e Ken apoiou o pé. Olhei para trás. Melissa e papai continuavam mantendo distância.

– Não sei, Will. Talvez Julie e eu tenhamos nos descuidado. De qualquer forma, estávamos chegando ao fim do jogo. Pensei que em breve estaríamos livres. Estávamos no porão, no sofá, e começamos a nos beijar.

Ken olhou para o outro lado.

– E então?

– De repente, havia uma corda no meu pescoço.

Ken deu uma tragada longa.

– Eu estava por cima de Julie, e o Fantasma havia entrado sem fazer o menor barulho. Quando me dei conta, já não podia respirar. Estava sendo estrangulado. John apertava com força. Pensei que ia quebrar meu pescoço. Não tenho certeza do que aconteceu depois. Julie começou a reagir, eu acho. Foi assim que eu me soltei. Ele deu um soco na cara dela. Eu saí de perto deles e comecei a recuar. O Fantasma pegou um revólver e atirou. Um dos tiros pegou o meu ombro.

Ken fechou os olhos.

– Então eu corri. Que Deus me perdoe, mas eu saí correndo.

Ficamos em silêncio. Podia ouvir os grilos ao longe. Ken continuou fumando sem dizer nada. Eu sabia no que ele estava pensando. Ele fugiu. E então ela morreu.

– Ele tinha um revólver – comentei. – Não foi culpa sua.

– É claro que não.

Mas Ken não me pareceu convencido.

– Dá para adivinhar o que aconteceu depois. Fui correndo pegar Sheila e Carly. Tinha juntado um bom dinheiro na época em que trabalhava para McGuane. Fugimos, achando que McGuane e Asselta estavam nos perseguindo. Só depois, quando os noticiários anunciaram que eu era o principal suspeito da morte de Julie, percebi que não precisava fugir de McGuane, mas do mundo inteiro.

Fiz a pergunta que me incomodara desde o início:

– Por que nunca me falou a respeito de Carly?

Ele recuou a cabeça como se tivesse levado um direto no queixo.

– Ken?

Ele não me encarava.

– Será que podemos deixar isso de lado por enquanto, Will?

– Gostaria de saber.

– Não é um grande segredo.

Sua voz ficou estranha. Eu podia ouvir sua confiança voltando, mas Ken soava um tanto diferente agora, um pouco incerto, talvez.

– Eu estava numa posição delicada. Os federais haviam me pegado não muito tempo antes de ela nascer. Eu receava por ela. Então, não contei a ninguém que ela existia. Ninguém. Eu a visitava com frequência, mas não morava com ela. Carly ficava com a mãe e Julie. Eu não queria que a vinculassem a mim de jeito nenhum. Você entende?

– Sim, claro que entendo.

Esperei que ele dissesse mais alguma coisa. Ele sorriu.

– O que foi?

– Só estava me lembrando da colônia de férias – explicou.

Também sorri.

– Eu gostava daqui – declarou.

– Eu também – concordei. – Ken?

– O quê?

– Como conseguiu ficar escondido tanto tempo?

Ele riu baixinho. Então disse:

– Carly.

– Carly ajudou você a se esconder?

– O fato de eu não ter dito nada a respeito dela. Acho que isso salvou a minha vida.

– Como assim?

– O mundo inteiro estava à procura de um fugitivo. Estavam procurando um homem sozinho. Ou talvez um casal. O que ninguém estava procurando, e o que me permitia viajar de um lugar para outro e continuar invisível, era uma família de três pessoas.

Fazia sentido, pensei mais uma vez.

– Os federais tiveram sorte de me pegar. Eu me descuidei. Ou então, nem sei, às vezes acho que queria ser apanhado. Viver daquele jeito, sempre com medo, sem jamais criar raízes sólidas, em lugar nenhum... a gente cansa, Will. Sentia tanta falta de todos vocês... principalmente de você. Talvez eu não tenha me resguardado direito. Ou, quem sabe, eu queria que tudo terminasse.

– Então eles extraditaram você?

– Exatamente.

– E você fez outro acordo.

– Eu tinha certeza de que eles me acusariam do assassinato de Julie. Mas quando encontrei Pistillo, bem, ele ainda queria pegar McGuane mais do que qualquer outra coisa. O assassinato de Julie não era o problema. Eles sabiam que eu não tinha feito aquilo. Então...

Ken deu de ombros. Então falou do Novo México, de como ele nunca contara nada aos federais a respeito de Carly e Sheila, sempre tentando protegê-las.

– Eu não queria que elas voltassem tão cedo – continuou, a voz mais suave agora. – Mas Sheila não me dava ouvidos.

Ken me contou que ele e Carly não estavam em casa quando os dois homens entraram; que eles a estavam torturando quando ele chegou, que matou os dois e fugiu mais uma vez. Contou-me que ligou para Nora do mesmo telefone público que Sheila havia usado antes – esse seria o segundo telefonema que Pistillo mencionara.

– Eu sabia que iriam atrás dela. Havia impressões digitais de Sheila pela casa toda. Se os federais não a encontrassem, McGuane encontraria. Então disse a Nora que ela teria que se esconder até as coisas se acalmarem.

Levou dois dias, mas Ken acabou descobrindo um médico discreto em Las Vegas. O médico fez o que pôde, mas já era tarde demais. Sheila Rogers, sua companheira por 11 anos, morreu no dia seguinte. Carly estava dormindo no banco traseiro do carro quando a mãe deu o último suspiro. Sem saber o que fazer, e esperando que isso fosse aliviar a pressão sobre Nora, ele jogou o corpo de Sheila à beira de uma estrada e seguiu em frente.

Melissa e papai se aproximaram. Ficamos em silêncio por alguns instantes.

– E depois?

– Deixei Carly com uma amiga de Sheila. Uma prima, para ser exato. Sabia que ela estaria segura lá. Então vim para a Costa Leste.

E quando disse isso, quando essas palavras a respeito de ele ter vindo para a Costa Leste saíram da sua boca... foi aí que as coisas começaram a dar errado.

Você já passou por momentos assim? Você está ouvindo uma narrativa, concordando com a cabeça, prestando atenção. Tudo parece estar fazendo sentido e seguindo um curso lógico, e então você nota alguma coisa, um detalhe aparentemente irrelevante, que a maioria das pessoas deixaria passar. E então você percebe com um receio cada vez maior que tudo está terrivelmente errado.

– Enterramos a mamãe na terça-feira – comentei.

– Como?

– Enterramos a mamãe na terça-feira – repeti.

– Sim – disse Ken.

– Você estava em Las Vegas nesse dia, não estava?

Ele pensou.

– Estava.

Fiquei pensando.

– O que foi? – perguntou Ken.

– Há uma coisa que eu não entendo.

– O quê?

– Na tarde do enterro – eu parei, esperei que ele me encarasse, encontrei seus olhos –, você esteve no cemitério com Katy Miller.

Alguma coisa brilhou nos olhos dele.

– Do que você está falando?

– Katy o viu no cemitério. Você estava de pé, junto ao túmulo de Julie. Você disse a Katy que era inocente. Disse que tinha voltado para encontrar o verdadeiro assassino. Como fez isso se estava do outro lado do país?

Meu irmão não respondeu na hora. Nós dois ficamos parados. Senti algo dentro de mim encolher, e então ouvi a voz que fez o meu mundo tremer de novo.

– Eu menti sobre isso.

Todos nós nos viramos e vimos Katy Miller sair de trás de uma árvore. Olhei para ela e não disse nada. Ela se aproximou.

Katy tinha um revólver na mão.

Ela o apontava para o peito de Ken. Fiquei boquiaberto. Ouvi Melissa perder o fôlego. Ouvi meu pai gritar "Não!", mas tudo aquilo parecia estar a anos-luz de distância. Katy olhou diretamente para mim, como se quisesse me dizer algo que eu jamais poderia compreender.

Balancei a cabeça.

– Eu só tinha 6 anos naquela época – disse Katy. – Seria fácil me descartar como testemunha. Afinal de contas, o que eu sabia? Era só uma menininha, certo? Vi seu irmão naquela noite. Mas também vi John Asselta. A polícia podia alegar que talvez eu tivesse confundido os dois. Como é que uma criança de 6 anos poderia saber a diferença entre gemidos de paixão e de agonia? Como? Para uma criança de 6 anos é tudo a mesma coisa, não é? Pistillo e seus agentes não tiveram muita dificuldade em manipular o que eu disse a eles. Eles queriam McGuane. Para eles, minha irmã não passava de mais uma garota riquinha viciada.

– Do que você está falando? – perguntei.

Seus olhos se voltaram para Ken.

– Eu estava lá naquela noite, Will. Escondida atrás do velho baú do meu pai. Eu vi tudo.

Ela me olhou outra vez, e acho que jamais vira seus olhos tão claros antes.

– Não foi John Asselta que matou minha irmã – disse ela. – Foi Ken.

Meus alicerces começaram a ruir. Fiquei balançando a cabeça. Olhei para Melissa. O rosto dela estava branco. Tentei olhar para o meu pai, mas ele havia abaixado a cabeça.

Ken disse:

– Você viu a gente fazendo amor.

– Não. – A voz de Katy era surpreendentemente firme. – Você a matou, Ken. Decidiu estrangulá-la porque queria colocar a culpa no Fantasma, do mesmo jeito que estrangulou Laura Emerson quando ela ameaçou denunciar o tráfico de drogas em Haverton.

Dei um passo à frente. Katy se virou para mim. Parei.

– Quando McGuane não conseguiu matar Ken no Novo México, recebi um telefonema de John Asselta.

Katy falava como se tivesse ensaiado as frases por muito tempo, o que suspeito que tenha acontecido.

– Ele me disse que tinham capturado seu irmão na Suécia. De início, não acreditei. Perguntei a ele como não tínhamos ficado sabendo. Ele me respondeu que o FBI queria deixá-lo livre porque assim talvez ainda conseguissem pegar McGuane. Fiquei em estado de choque. Depois de todo aquele tempo, eles deixariam o assassino de Julie se safar numa boa? Eu não podia permitir que isso acontecesse. Não depois de tudo o que a minha família passou. Acho que Asselta sabia disso. Foi por isso que entrou em contato comigo.

Eu ainda balançava a cabeça. Katy continuou:

– Meu trabalho era ficar por perto, porque achávamos que, em algum momento, Ken entraria em contato com você. Inventei que tinha visto o seu irmão no cemitério só para que você confiasse em mim.

Encontrei voz para falar:

– Mas você foi atacada. No meu apartamento.

– É verdade – disse ela.

– Você chegou a dizer o nome do Fantasma.

– Pense nisso, Will.

Sua voz era serena, confiante.

– Pensar em quê? – perguntei.

– Por que você foi algemado na cama daquele jeito?

– Porque ele ia me acusar, do mesmo jeito que tinha acusado...

Mas agora era ela quem balançava a cabeça. Katy apontou novamente o revólver para Ken.

– Ele algemou você porque não queria que você se machucasse.

Abri a boca, mas nenhum som saiu.

– Ele precisava me pegar sozinha. Ele precisava saber o que eu tinha dito a você, saber quanto eu me lembrava antes de me matar. E é verdade, eu gritei "John". Mas não foi porque pensei que ele estivesse atrás da máscara. Foi pedindo socorro. E você salvou a minha vida, Will. Ele teria me matado.

Meus olhos deslizaram lentamente para o meu irmão.

– Ela está mentindo – disse Ken. – Por que eu mataria Julie? Ela estava me ajudando.

– Isso é quase verdade – explicou Katy. – E você está certo: Julie realmente viu a prisão de Ken como uma oportunidade de redenção, exatamente como ele disse. E também é verdade que Julie tinha concordado em ajudá-lo a derrubar McGuane. Mas seu irmão foi um passo além.

– Como? – perguntei.

– Ken sabia que também precisava se livrar do Fantasma. Não podia deixar nada incompleto. E o jeito de conseguir isso seria incriminando Asselta pela morte de Laura Emerson. Ken achou que Julie não faria nenhuma objeção à sua ideia. Mas ele se enganou. Você se lembra de como Julie e John eram chegados?

Consegui assentir.

– Havia um elo entre eles. Não tenho a menor pretensão de saber por quê. E acho que nenhum dos dois poderia explicar. Mas Julie gostava dele. Acho que ela era a única pessoa que realmente sentia afeição por ele. Ela ajudaria a acabar com McGuane. Ela o faria com prazer. Mas nunca faria nada para prejudicar John Asselta.

Eu não podia falar.

– Isso é besteira! – argumentou Ken. – Will?

Não olhei para ele.

– Quando Julie descobriu o que Ken pretendia fazer – Katy continuou –, ela ligou para o Fantasma para avisá-lo. Ken foi até a nossa casa apanhar as fitas e os arquivos. Ela tentou ganhar tempo. Fizeram sexo. Ken lhe pediu as provas, mas ela se recusou a entregá-las. Ele ficou fora de si. Exigiu que ela dissesse onde as havia escondido. Ela não disse. Quando percebeu o que ela estava planejando, ele se descontrolou e a estrangulou. O Fantasma chegou tarde demais. Atirou em Ken quando ele saiu correndo. Acho que teria ido atrás dele, mas, quando viu Julie morta no chão, ficou desesperado. Ele caiu de joelhos ao lado dela. Ninou a cabeça dela nos braços e deu o grito mais angustiado, mais inumano que eu já ouvi. Era como se algo dentro dele tivesse sido quebrado e nunca mais pudesse ser consertado.

Katy se pôs entre nós dois. Fixou os olhos em mim e não desviou o olhar.

– Ken não fugiu porque McGuane o estava perseguindo, ou porque havia sido acusado, ou seja lá por que motivo ele alegue – continuou ela. – Fugiu porque tinha matado Julie.

Senti-me como se estivesse caindo num abismo, estendendo os braços, tentando me agarrar em alguma coisa.

– Mas o Fantasma nos sequestrou e...

– Planejamos tudo. Ele nos deixou fugir. O que nenhum de nós havia previsto era como você se revelaria tão disposto a lutar. O motorista só precisava fingir que tentaria nos impedir de escapar. Não fazíamos ideia de que você ia ferir o cara daquele jeito.

– Mas por quê?

– Porque John sabia a verdade.

– Que verdade?

De novo ela fez um gesto na direção de Ken.

– Que Ken não ia aparecer só para salvar você. Ele nunca se arriscaria desse jeito. Que só numa situação assim – ela ergueu a mão livre – ele se mostraria.

Balancei a cabeça de novo.

– Colocamos um homem para vigiar o depósito toda aquela noite. Só para ter certeza. Mas ninguém apareceu.

Dei um passo para trás. Olhei para Melissa. Olhei para o meu pai. Sabia que era tudo verdade. Todas as palavras que ela dissera. Era tudo verdade.

Ken tinha matado Julie.

– Nunca tive intenção de magoar você, Will – disse Katy. – Mas a minha família precisa colocar um fim em tudo isso. O FBI o havia soltado. Eu não tinha escolha. Não podia deixá-lo sair impune depois do que ele fez com a minha irmã.

Meu pai falou pela primeira vez.

– Então, o que vai fazer agora, Katy? Vai simplesmente atirar nele?

Katy disse:

– Vou.

E então a confusão começou.

Meu pai se sacrificou. Deu um grito e avançou em direção a Katy. Ela atirou. Meu pai cambaleou e continuou avançando. Ele arrancou a arma da mão dela, mas também caiu, segurando a perna.

Mas a distração tinha sido o suficiente.

Quando ergui os olhos, Ken havia sacado o seu próprio revólver. Seus olhos de gelo estavam focados em Katy. Ele ia atirar nela. Não havia qualquer hesitação. Só precisava mirar e puxar o gatilho.

Pulei em cima dele. Bati com a mão em seu braço bem na hora em que ele puxava o gatilho. O revólver disparou, mas a bala se perdeu no ar. Agarrei meu irmão. Rolamos pelo chão de novo, mas não como antes. Não dessa vez. Ele golpeou meu estômago com o cotovelo. Senti todo o ar sair do meu corpo. Ken ficou de pé e apontou o revólver para Katy.

– Não! – gritei.

– Eu preciso fazer isso – disse Ken.

Agarrei-o. Lutamos. Mandei que Katy fugisse. Ken rolou para cima de mim. Nossos olhos se encontraram.

– Ela é a última ameaça – anunciou.

– Não vou deixar você matá-la.

Ken pressionou o cano do revólver contra a minha testa. Nossos rostos estavam a menos de três centímetros um do outro. Ouvi Melissa gritar. Mandei que ela se afastasse. Com o canto do olho, a vi pegar o celular e começar a ligar.

– Vá em frente – falei. – Puxe o gatilho.

– Acha que eu não tenho coragem?

– Você é meu irmão.

– E daí?

E de novo pensei no mal, nas formas que ele assume, em como nunca estamos realmente imunes a ele.

– Você não ouviu nada do que Katy disse? Não entende do que sou capaz, não sabe quantas pessoas já feri e traí?

– Não eu – respondi baixinho.

Ele riu, o rosto ainda bem perto do meu, o revólver ainda enterrado na minha testa.

– O que você disse?

– Não eu – repeti.

Ken jogou a cabeça para trás e deu uma gargalhada que ecoou na quietude da noite. Aquele som me gelou por dentro como nenhum outro que ouvira antes.

– Você não? – perguntou ele. E aproximou seus lábios de mim. – Você – murmurou no meu ouvido –, você foi a pessoa que mais magoei e traí na vida.

Suas palavras me atingiram como brasas. Olhei para ele. Seu rosto ficou mais tenso e tive certeza de que puxaria o gatilho. Fechei os olhos e esperei. Houve gritos e comoção, mas tudo parecia estar muito longe. O que eu ouvia agora – o único som que parecia chegar até mim – era Ken chorando. Abri os olhos. O mundo desapareceu. Só havia nós dois.

Não sei dizer exatamente o que aconteceu. Talvez tenha sido a posição em que nos encontrávamos – eu deitado, indefeso, e ele, meu irmão, dessa vez não mais o meu protetor, mas sim o homem que estava prestes a me liquidar. Talvez Ken tenha olhado para baixo e visto como eu estava vulnerável, e algo instintivo, a necessidade que ele sempre tivera de me proteger, tenha entrado em ação. Talvez isso o tenha abalado. Não sei. Mas quando nossos olhos se encontraram, seu rosto começou a se suavizar e foi se alterando aos poucos.

E tudo mudou novamente.

Senti a mão de Ken afrouxar um pouco, embora ele mantivesse o revólver grudado na minha testa.

– Quero que me prometa uma coisa, Will.

– O quê?

– É sobre Carly.

– O que tem Carly?

Ken fechou os olhos e percebi que havia angústia de verdade neles.

– Ela ama Nora. Quero que vocês dois cuidem dela. Que a criem. Prometa.

– Mas...

– Prometa – disse Ken, a voz carregada de desespero. – Por favor, prometa.

– Está bem, prometo.

– E prometa que nunca a levará para me ver.

– O quê?

Ele chorava amargamente agora. As lágrimas escorriam pelo seu rosto molhando nós dois.

– Prometa, droga! Você não vai falar de mim. Vai criá-la como se fosse sua filha. Nunca vai deixar que me visite na prisão. Prometa, Will. Prometa ou eu atiro.

– Entregue o revólver e eu prometo – respondi.

Ken olhou para mim e colocou o revólver na minha mão. E então me beijou com força. Eu o abracei. Segurei-o, o assassino, e o mantive bem junto a mim. Ele chorou no meu peito como uma criança pequena. Ficamos assim por muito tempo, até ouvirmos as sirenes.

Tentei empurrá-lo.

– Vá embora – implorei. – Por favor. Corra.

Mas Ken não se mexeu. Não dessa vez. Nunca saberei exatamente por quê. Talvez ele estivesse cansado de fugir. Talvez estivesse tentando vencer o mal. Talvez quisesse ser apanhado. Não sei. Mas Ken ficou nos meus braços. Ficou agarrado a mim até que a polícia chegou e o levou preso.

58

Quatro dias depois.

O AVIÃO DE CARLY ESTAVA no horário.

Squares nos levou ao aeroporto. Ele, Nora e eu fomos para o terminal C do aeroporto de Newark. Nora seguia na frente. Conhecia a menina e estava ansiosa para vê-la novamente. Eu estava ansioso e amedrontado.

Squares puxou o assunto:

– Wanda e eu tivemos uma conversa.

Olhei para ele.

– Contei tudo a ela.

– E?

Ele parou e deu de ombros.

– Parece que você e eu vamos ser pais antes do que esperávamos.

Dei um abraço nele, feliz pelos dois. Eu não estava bem certo quanto à minha situação. Ia criar uma menina de 12 anos que eu não conhecia. Faria o melhor que pudesse, mas, apesar do que Squares tinha dito, eu nunca poderia ser o pai de Carly. Havia aceitado muita coisa a respeito de Ken, até mesmo o fato de que ele provavelmente passaria o resto da vida na prisão, mas sua insistência em nunca mais ver a filha ficava me remoendo. Presumi que ele queria protegê-la. Provavelmente achava que a menina viveria melhor sem ele.

Isso tudo eu presumia porque não podia perguntar mais nada a ele. Depois que foi preso, Ken também se recusou a me ver. Eu não sabia por que, mas suas palavras – "Você foi a pessoa que mais magoei e traí na vida." – continuavam ecoando em mim, estraçalhando-me como garras afiadas. Não podia escapar delas.

Squares ficou esperando do lado de fora. Nora e eu entramos correndo. Ela estava usando o anel de noivado. Chegamos cedo, é claro. Encontramos o portão de desembarque e nos apressamos pelo corredor. Nora passou a bolsa pela máquina de raios X. O alarme tocou quando eu tentei passar, mas era só o meu relógio. Corremos para o portão, embora o avião ainda fosse demorar pelo menos 15 minutos para pousar.

Ficamos sentados de mãos dadas esperando. Melissa resolvera passar mais alguns dias na cidade. Estava cuidando do papai até ele ficar bom. Como prometido, Yvonne Sterno tinha ganhado exclusividade na história. Não sei em que isso beneficiaria sua carreira. Ainda não havia entrado em contato com Edna Rogers, mas planejava fazê-lo em breve.

Quanto a Katy, nenhuma acusação foi feita contra ela depois do tiroteio. Eu pensava em quanto ela precisara colocar um fim naquilo tudo e me perguntava se aquela noite a teria ajudado ou não. Talvez sim.

O diretor-assistente Joe Pistillo recentemente anunciara sua aposentadoria para o fim do ano. Agora eu entendia por que ele fora tão taxativo sobre manter Katy Miller fora daquilo – não só por sua segurança, mas pelo que ela vira. Não sei se Pistillo realmente duvidava do testemunho de uma menina de 6 anos ou se o rosto amargurado de sua irmã o levara a torcer as palavras de Katy para servir aos seus propósitos. Sei que os federais mantiveram o depoimento de Katy em segredo, supostamente para protegê-la quando criança. Mas tenho lá minhas dúvidas.

Eu, é claro, fiquei arrasado quando soube da verdade sobre meu irmão, mas mesmo assim – e sei que isso vai soar estranho –, de alguma forma sentia que estava tudo em ordem agora. No fim, a mais desagradável das verdades é preferível à mais bela mentira. Meu mundo agora era mais escuro, mas havia voltado aos eixos.

Nora se aproximou:

– Você está bem?

– Com medo – respondi.

– Eu te amo. E Carly vai amá-lo também.

Olhamos para o painel. Ele começou a piscar. O funcionário da Continental Airlines anunciou o pouso do voo 672. Era o avião de Carly. Voltei-me para Nora. Ela sorriu e apertou minha mão novamente.

Deixei meus olhos passearem. Meu olhar passou pelos passageiros que estavam esperando, os homens de terno, as mulheres com carrinhos, as famílias saindo de férias, os atrasados, os frustrados, os cansados. Olhava distraidamente para todos aqueles rostos quando o vi me encarando. Meu coração parou.

O Fantasma.

Um espasmo de terror me rasgou de alto a baixo.

Nora perguntou:

– O que foi?

– Nada.

Ele me fez um sinal para que eu fosse até ele. Senti-me como se estivesse num transe.

– Para onde você está indo?

– Já volto – respondi.

– Mas ela já vai chegar.

– Preciso dar uma corrida ao banheiro.

Beijei carinhosamente o alto da cabeça de Nora. Ela pareceu preocupada. Olhou para o outro lado do portão, mas o Fantasma não estava mais lá.

Eu sabia o que fazer. Se tentasse despistá-lo e saísse andando, ele me encontraria. Ignorá-lo só iria piorar as coisas. Correr seria inútil. Ele acabaria nos achando.

Tinha que enfrentá-lo.

Comecei a andar na direção de onde ele havia estado. Minhas pernas pareciam de borracha, mas fui em frente. Quando passava por uma longa fila de telefones públicos, ouvi sua voz.

– Will?

Voltei-me e lá estava ele. Fez sinal para eu me sentasse ao seu lado. Foi o que fiz. Ambos ficamos voltados para as janelas de vidro em vez de nos olharmos. A janela ampliava os raios de sol. O calor era sufocante. Apertei os olhos. Ele também.

– Não voltei por causa do seu irmão – afirmou o Fantasma. – Voltei por causa de Carly.

Suas palavras me petrificaram.

– Você não pode ficar com ela – falei.

Ele sorriu.

– Você não entendeu.

– Então, me faça entender.

John se inclinou em minha direção.

– Você categoriza todo mundo, Will. Coloca os bons de um lado e os maus do outro. Não é assim que funciona, é? As coisas não são tão simples assim. O amor, por exemplo, leva ao ódio. Acho que foi isso que deu início a tudo. Um amor primitivo.

– Não sei do que você está falando.

– Do seu pai. Ele amava Ken. Fico procurando a semente, Will. E é ali que a descubro. No amor do seu pai.

– Ainda não sei do que você está falando.

– O que vou contar a você – continuou o Fantasma –, só contei a mais uma pessoa. Está entendendo?

Fiz que sim.

– Temos que retroceder até o tempo em que Ken e eu estávamos na quarta série – disse ele. – Will, não fui eu quem apunhalou Daniel Skinner. Foi Ken. Mas seu pai o amava tanto que o protegeu. Ele comprou o meu velho com dinheiro. Ele lhe ofereceu 500 dólares. Acredite ou não, seu pai praticamente achou que estava fazendo um ato de caridade. Meu pai me batia o tempo todo.

A maioria das pessoas dizia que eu devia ser posto para adoção. Do jeito que seu pai via as coisas, meu destino só poderia ser uma alegação de legítima defesa ou um hospital com direito a terapia e três refeições diárias.

Fiquei pasmo, calado. Lembrei-me de quando encontrei meu pai no campo de beisebol. O medo aterrorizante em seu rosto, seu silêncio de pedra quando voltamos, a frase dele para Asselta: "Se quer acabar com um de nós, acabe comigo." Novamente, tudo fazia um sentido medonho.

– Só contei a verdade a uma pessoa – revelou ele. – Adivinhe quem?

Outra ficha caiu no lugar.

– Julie – arrisquei.

Ele fez que sim. O elo. Isso explicava muita coisa sobre o estranho elo que havia entre os dois.

– Mas então por que você está aqui? – perguntei. – Para se vingar na filha de Ken?

– Não – disse o Fantasma com um risinho. – Não há um jeito fácil de contar isso a você, Will, mas talvez a ciência possa ajudar.

Ele me entregou uma pasta. Eu olhei.

– Abra.

Fiz o que ele pediu.

– É a autópsia de Sheila Rogers – explicou ele.

Franzi a testa. Não era difícil imaginar como a conseguira. Ele tinha fontes.

– O que isso tem a ver com a história?

– Olhe aqui. – O Fantasma apontou com um dedo afilado para uma anotação na parte inferior da página. – Está vendo essa observação no final da página? O osso do púbis não tinha nenhuma marca causada por ruptura do periósteo. Nenhum comentário a respeito de estrias nos seios ou na região abdominal. Nada fora do comum, é claro. Não significaria nada, a não ser que você soubesse o que estava procurando.

– Procurando o quê?

Ele fechou a pasta.

– Sinais de que Sheila tivesse dado à luz.

Ele viu a expressão de confusão em meu rosto e disse:

– Para simplificar, Sheila Rogers não podia ser a mãe de Carly.

Eu estava a ponto de dizer algo quando o Fantasma me deu outra pasta. Olhei para o nome que estava escrito nela.

Julie Miller.

O frio se espalhou por todo o meu corpo. Ele abriu a pasta, apontou para uma anotação e começou a ler:

– Cicatrizes púbicas, estrias pálidas, alterações na microestrutura dos seios e do tecido uterino. E o trauma era recente. Está vendo aqui? A cicatriz da episiotomia ainda estava bem pronunciada.

Fiquei olhando boquiaberto para aquelas palavras.

– Julie não voltou para casa só para se encontrar com Ken. Ela estava se recompondo depois de um período muito ruim. Estava se descobrindo de novo, Will. Ela queria lhe contar a verdade.

– Que verdade?

Ele balançou a cabeça e continuou.

– Ela ia contar antes, mas não sabia qual seria a sua reação. O jeito como você deixou que ela rompesse com você... eu me referia a isso quando disse que você devia ter lutado por ela. Você simplesmente deixou que ela partisse.

Nossos olhos se encontraram.

– Julie deu à luz seis meses antes de morrer – afirmou o Fantasma. – Ela e o bebê, uma menina, moravam com Sheila Rogers no apartamento delas. Acho que Julie ia finalmente lhe contar naquela noite, mas seu irmão se encarregou disso. Sheila também amava a criança. Quando Julie foi morta e seu irmão precisou fugir, Sheila quis ficar com ela. E Ken, bem, ele viu que um bebê seria útil a um fugitivo internacional. Ele não tinha filhos. Nem Sheila. Era o melhor disfarce do mundo.

Lembrei-me das palavras de Ken: "Você foi a pessoa que mais magoei e traí na vida."

– Entende o que estou dizendo, Will?

A voz do Fantasma me despertou.

– Você não é o substituto aqui. Você é o pai verdadeiro de Carly.

Não sei como ainda podia respirar. Olhava para o nada. Magoado e traído. Pelo meu irmão. Meu irmão havia roubado a minha filha.

O Fantasma ficou de pé.

– Não voltei para me vingar, nem mesmo vim em busca de justiça. Mas a verdade é que Julie morreu me protegendo. Eu falhei com relação a ela. Prometi a mim mesmo que salvaria sua filha. Levei 11 anos.

Eu mal conseguia ficar de pé. Ficamos em silêncio por alguns segundos. Os passageiros estavam saindo do avião. O Fantasma enfiou algo em meu bolso. Um pedaço de papel. Eu o ignorei.

– Fui eu que enviei aquela fita para o escritório de Pistillo, de modo que McGuane não vai perturbar você. Encontrei as outras provas na casa de Julie naquela noite e as guardei durante todos esses anos. Você e Nora estão seguros agora. Eu já cuidei de tudo.

Mais passageiros desembarcaram. Fiquei parado, esperei, ouvi.

– Lembre-se de que Katy é a tia de Carly e que os Miller são seus avós. Deixe que eles façam parte da vida dela. Está me ouvindo?

Fiz que sim e, nesse momento, Carly passou pela porta. Tudo dentro de mim parou. A menina andava com tanta dignidade... Igual à... igual à mãe. Carly olhou para os lados e, quando localizou Nora, seu rosto se abriu no mais incrível sorriso. Meu coração se partiu. Bem ali, naquele momento, se estilhaçou. O sorriso. Aquele sorriso era o sorriso da minha mãe! O sorriso de Sunny, como um eco do passado, um sinal de que nem tudo a respeito de minha mãe – nem tudo a respeito de Julie – havia morrido.

Prendi um soluço e senti a mão dele nas minhas costas.

– Agora, vá – murmurou o Fantasma, empurrando-me suavemente na direção da minha filha.

Olhei para trás, mas John Asselta já havia desaparecido. Então, fiz a única coisa que podia fazer. Caminhei em direção à mulher que eu amava e à minha filha.

epílogo

MAIS TARDE NAQUELE DIA, depois de eu ter dado um beijo de boa-noite em Carly e a colocado na cama, lembrei-me do pedaço de papel que o Fantasma havia enfiado em meu bolso. Eram as primeiras linhas de um recorte de jornal.

KANSAS CITY HERALD

Homem encontrado morto no carro

Cramden – O Sr. Cray Spring, oficial da polícia de Cramden, foi encontrado estrangulado em seu carro, aparentemente vítima de um assalto. Sua carteira havia desaparecido. O carro foi encontrado no estacionamento de um bar. O chefe de polícia Evan Kraft afirmou que não há suspeitos, mas que uma investigação está em andamento.

agradecimentos

GOSTARIA DE AGRADECER às seguintes pessoas por sua assessoria: Jim White, diretor executivo, Covenant House Newark; Dra. Anne Armstrong-Coben, diretora de medicina, Covenant House Newark; Frank Gilliam, gerente, Covenant House Atlantic City; Mary Ann Daly, diretora de programas comunitários, Covenant House Atlantic City; Kim Sutton, gerente residente, Covenant House Atlantic City; Dr. Steven Miller, diretor de medicina da emergência pediátrica, Children's Hospital of New York-Presbiterian, Universidade de Colúmbia; Dr. Douglas P. Lyle; Richard Donnen (pelo empurrão final); Linda Fairstein, advogada do Manhattan Assistant District; Gene Riehl, agente aposentado do FBI; Jeffrey Bedford, agente especial do FBI. Todos eles me deram insights maravilhosos, e agora os veem deturpados, dispensados e substituídos pelas minhas próprias ideias.

A Covenant House é uma organização real, embora eu tenha tomado algumas liberdades neste livro. Inventei muita coisa – e é justamente por isso que a história é classificada como ficção –, mas tentei retratar da forma mais fiel possível o espírito dadivoso dessa importante instituição de caridade. Aqueles que quiserem maiores informações ou desejarem contribuir podem acessar o site www.covenanthouse.org.

Também gostaria de agradecer à minha equipe: Irwyn Applebaum, Nita Taublib, Danielle Perez, Barb Burg, Susan Corcoran, Cynthia Lasky, Betsy Hulsebosch, Jon Wood, Joel Gotler, Maggie Griffin, Lisa Erbach Vance e Aaron Priest. Vocês todos significam muito para mim.

Repetindo: esta é uma obra de ficção. O que significa que inventei muita coisa.

CONHEÇA OS LIVROS DE HARLAN COBEN

Até o fim
A grande ilusão
Não fale com estranhos
Que falta você me faz
O inocente
Fique comigo
Desaparecido para sempre
Cilada
Confie em mim
Seis anos depois
Não conte a ninguém
Apenas um olhar
Custe o que custar
O menino do bosque
Win
Silêncio na floresta

COLEÇÃO MYRON BOLITAR
Quebra de confiança
Jogada mortal
Sem deixar rastros
O preço da vitória
Um passo em falso
Detalhe final
O medo mais profundo
A promessa
Quando ela se foi
Alta tensão
Volta para casa

Para saber mais sobre os títulos e autores da Editora Arqueiro,
visite o nosso site. Além de informações sobre os
próximos lançamentos, você terá acesso a conteúdos exclusivos
e poderá participar de promoções e sorteios.

editoraarqueiro.com.br